AF434533

SARAZEL

ROMAN

ISBN : 979-10-976664-0-8

Marque éditorial : Indepentently Published

Dépôt légal : 15 Avril 2025

© Couverture créée par : Cara studio graphique

Correction : Farida Derouiche (Fafa Corrige)
farida1778@gmail.com

Mise en page : S-Shade

Certaines illustrations sont générées via IA.

Texte de loi relatif à la propriété intellectuelle :

Le code de la propriété intellectuelle n'autorisant, aux termes des paragraphes 2 et 3 de l'article L.122-5, d'une part, que les "copies ou reproductions strictement réservées à l'usage privé du copiste et non destinées à une utilisation collective" et d'autre part, sous réserve du nom de l'auteur et de la source, que "les analyses et les courtes citations justifiées par le caractère critique , polémique, pédagogique, scientifique, ou d'information", toute représentation ou reproduction intégrale ou partielle , faite sans le consentement de l'auteur ou de ses ayants droits ou ayants cause, est illicite (article L.122-4). Cette représentation ou reproduction, par quelque procédé que ce soit, constituerait donc une contrefaçon sanctionnée par les articles L.335-2 et suivants du Code de la propriété intellectuelle.

PROLOGUE

À quelques mètres de la bâtisse des Martin, une forme étrange, tel un disque luminescent, observe les lieux. Ni le vent ni la pluie torrentielle ne la perturbent. Elle vole à travers les gouttes et s'élève vers la fenêtre de l'étage : la chambre de Sarah. Au milieu de cette nature déchaînée, personne ne la remarque. Un éclair éblouit les lieux, et la chose disparaît. L'obscurité s'installe à nouveau. Les bourrasques cessent progressivement, la pluie s'atténue, et le calme revient.

Sept heures. Le couple s'apprête à sortir quand l'épouse hurle le nom de sa fille en bas des escaliers.

— Sarah ! Si j'arrive en retard par ta faute, je vais perdre ma promotion !

— Ça va, une minute !

L'adolescente descend les marches sans se presser, le sac à dos sur l'épaule, et bâille à s'en décrocher la mâchoire. Son père laisse échapper un rire à la vue de ses cheveux en bataille et sa salopette à moitié serrée. Quand elle atteint la dernière marche, sa mère secoue la tête, dépitée, et se met à la coiffer, du moins, à plaquer quelques longues mèches récalcitrantes.

Dehors, le mauvais temps s'acharne à nouveau. Abrités sous leurs parapluies, ils se dépêchent d'atteindre la voiture.

— Zut ! Mes bottines sont trempées !

— Tiens, un chiffon, lui tend son mari pour qu'elle les nettoie. En route !

La clé sur le contact, le moteur peine à démarrer et tousse à chaque tentative.

— Manquait plus que ça !

— Chérie, calme-toi. Elle est capricieuse, c'est tout.

Les écouteurs sur les oreilles, bien calée sur la banquette, l'adolescente préfère se concentrer sur Lady Gaga. L'Audi Quattro démarre enfin. L'épouse joint ses mains en prière pour remercier le ciel alors que son mari grimace, secoue la tête, un peu exaspéré par le stress de sa femme, et s'élance en direction de Seugy. Après plusieurs kilomètres, l'homme se raidit sur son siège, les bras bien tendus sur le volant. Le ciel continue de gronder et des déferlantes d'eau s'abattent sur eux. Les essuie-glaces peinent à évacuer l'excédent de pluie... Il aimerait ralentir, mais n'y parvient pas. Son pied s'écrase sur la pédale de frein. En vain. Le compteur continue de s'affoler.

— Seigneur ! Chéri, ralentis !

Les pneus crissent, la voiture tangue.

— Je ne peux pas ! vocifère-t-il, désemparé par la situation.

Son pouls s'accélère, la peur le gagne. Il jette un coup d'œil au rétroviseur pour regarder sa fille, quand il aperçoit soudain deux yeux ronds lumineux. Un éclair frappe l'asphalte au même moment à quelques mètres d'eux. Ébloui par la lumière, il braque sur la droite, heurte la rambarde et repart sur la route. Son épouse crie, pleure, et le supplie de s'arrêter.

— Papa...

Cent dix...

— Attache ta ceinture ! hurle-t-il à sa fille, le front en sueur.

Jamais encore il ne lui avait parlé sur ce ton. L'adolescente lance un regard à sa mère, collée à son siège, les larmes aux yeux. Ses lèvres bougent, elle prie et se cramponne en essayant d'attacher la boucle, mais sans succès. Nouveau coup de volant sur la gauche, Sarah tombe entre les sièges.

Cent trente...

Des phares clignotent et le klaxon d'un camion retentit. L'homme braque à toute vitesse pour l'éviter et passe sur le terre-plein donnant sur la sortie. Les filles hurlent tandis que l'Audi se dirige dangereusement à travers la végétation pour s'écraser contre un arbre. Le silence s'installe. La pluie se transforme en une épaisse brume. Un point lumineux transperce le brouillard : la créature. Ce disque à l'aspect gélatineux parcouru de stries bleues vivaces inspecte les dégâts et s'approche du conducteur, puis glisse à l'intérieur de l'habitacle par propulsion, telle une méduse dans l'eau, et ses deux yeux lumineux fixent la femme. Sa tête présente une plaie béante qui traverse son front de long en large tandis que le sang se répand sur le tableau de bord. La créature se déplace ensuite vers l'arrière, là où se trouve l'adolescente coincée entre les banquettes, et se place au-dessus de son dos. Des dizaines de filaments sortent du disque et piquent Sarah. Son corps tressaute et un gémissement plaintif sort de sa bouche. Les fins tentacules se rétractent. La créature tourne dans l'habitacle, fouille les recoins à la recherche de quelque chose, quand elle tombe sur le mobile de Sarah sur le tapis. Elle glisse jusqu'à l'appareil et se positionne dessus. La sonnerie retentit.

— Appel d'urgence, je vous écoute ?

— Á... À l'aide, prononce-t-elle en imitant à la perfection la voix de Sarah.

CHAPITRE UN

GABRIEL

Londres, 2024

Penché sur sa patiente, Gabriel tient les sutures d'implants mammaires, aidé de son équipe habituelle. Il fredonne un air que lui seul connaît, un mélange de sons entre le funk et le rap chargés de « Brrr, Pfst, Tsaaa », qui l'aide à se concentrer lors des opérations.

Ses deux assistants, eux, se contentent de lui prêter main-forte sans l'interrompre. De toute façon, ils n'ont pas le choix, Gabriel ne supporte aucune intervention de ses collègues. Il fixe les points sous les aisselles de sa patiente et pousse le plateau roulant sur le côté.

— Je vous laisse terminer.

— Comme d'hab, grommelle la fille entre ses dents.

— Un souci ? réplique Gabriel.

— C'est juste...

— Mets-toi au boulot !

— Toujours aussi aimable, finit-elle par lâcher.

L'un des assistants se place derrière lui un bref instant et simule qu'il lui plante un couteau dans le dos. Les autres pouffent derrière leurs masques. Gabriel les remarque et les ignore. Le mépris qu'ils déversent n'est à ses yeux que le signe de leur vulnérabilité, voire même de leur jalousie. Il est le meilleur, et tous le savent.

Aucun de ses confrères ne lui arrive à la cheville. En quatre ans, toutes les femmes opérées par ses soins ne se sont jamais plaintes, bien au contraire. Et leurs propositions très intimes frôlent parfois l'indécence. Avec un sourire en coin, il retire sa tenue de chirurgien et la jette dans le conteneur conçu à cet effet. Il se dirige vers le hall, passe devant les portes vitrées et s'arrête un bref instant pour contempler son reflet. Séduisant, comme toujours. D'un geste souple, il passe ses doigts dans ses cheveux mi-longs d'un noir de jais et s'engage vers la machine à café. Le gobelet à la main, il hume le contenu et laisse échapper un petit rire envers ces Anglais.

Leur théâtralité du *tea time* semble presque cocasse face à ce pur arabica. La pause a assez duré. Gabriel s'apprête à enchaîner les patients : mammoplastie, liposuccion, et son intervention préférée, le ravalement de façade.

Après des heures de boulot, il est temps de quitter la clinique. Il arpente le couloir quand l'une de ses clientes apparaît, accompagnée d'un de ses confrères.

Eh merde, pas elle...

Cette femme l'exaspère ! Exubérante, exigeante et un peu trop collante à son goût. Malgré sa réticence, son sourire s'étire. Après tout, cette quinquagénaire retouchée de la tête aux pieds agrémente ses fins de mois.

Une dizaine de mètres les séparent et son parfum coûteux envahit déjà les lieux.

— Docteur Ardent, minaude-t-elle en lâchant le bras de son confrère Maxim. Je parlais justement de vous.

— Max.

— Gabriel, répond l'homme avec un regard haineux.

— Je lui vantais vos exploits, très cher ! Vos mains ont fait des merveilles sur moi... Depuis, j'enchaîne les conquêtes. Vous y croyez ?

Bien sûr qu'il y croit !

La femme s'approche de lui, très près... trop à son goût, et fredonne à son oreille.

— Je pourrais vous remercier d'une façon... plus intime, si seulement vous cessiez de refuser mes avances.

Elle dépose un baiser à la commissure de ses lèvres, sous le regard écœuré de Max. Ce contact répugne Gabriel qui retient son aversion. Il la repousse avec douceur, lui sourit et s'éclipse sans rien ajouter. Quelques patients le saluent sur le chemin du vestiaire. Il leur rend la politesse, traverse le hall aux colonnes sculptées quand Mick, le spécialiste des implants capillaires, sort d'un bureau avec une patiente. Décidément, ce n'est pas son jour ! La jeune femme porte un foulard sur la tête et affiche un air triste. Pas étonnant ! Ce type est un loser, un raté de la profession. Au lieu de s'éloigner, Gabriel revient sur ses pas pour affronter ce pseudo-médecin.

— Fais pas ça, mec ! lance Mick, les mâchoires serrées. C'est ma patiente, pas la tienne !

— Ton cobaye, oui !

La pauvre femme reste médusée et s'interroge sur leur confrontation.

— Elle a la tête de quelqu'un de satisfait ? enchérit Gabriel.

— Ce ne sont pas tes oignons !

— Avoue !

— Que j'avoue quoi, bordel ? s'emporte Mick.

— Que tu es un con, un opportuniste irresponsable et incapable.

Touché dans son amour-propre, son confrère le pousse violemment contre le mur, les yeux emplis de haine. Gabriel lève les bras, un rictus sur les lèvres.

— Tu me cherches ? crache le type, offusqué par ses propos. Tu vas me trouver !

Mick l'attrape par la blouse, passe son pied derrière ses jambes et le projette au sol. Gabriel l'empoigne par le col et lui envoie un coup de genou entre les jambes. L'autre se plie en deux sous la douleur tandis que Gabriel tente de se relever, mais quelqu'un lui saute soudain dessus et s'accroche à ses cheveux. Il saisit le bras de la personne et propulse son corps par terre. C'est Beth ! La jolie blonde qui fréquente ce bouffon. Elle se retrouve les quatre fers en l'air, exposant sa culotte en dentelle. La patiente, elle, déstabilisée par la situation, impuissante, se réfugie dans le bureau.

— Très jolis dessous, complimente-t-il, la main tendue vers elle.

— Laisse-la tranquille !

Mick le bouscule, aide sa copine à se relever et se tourne vers lui.

— T'avise plus de me chercher !

— Veuillez excuser ces enfantillages, finit par dire Gabriel à la patiente qui sort la tête de temps à autre. Nous n'avons pas pour habitude de nous exposer...

— Si tu t'étais mêlé de tes affaires !

Beth, inquiète de la tournure que ça prend, se rapproche de Gabriel pour s'interposer.

— Quoi qu'il en soit, ajoute-t-il, à nouveau concentré sur la petite blonde. Pourquoi sors-tu avec ce raté ? Imagine...

La main de Beth s'écrase sur sa joue avant même qu'il ne termine sa phrase.

— D'une, ce n'est pas un crétin, de deux, ôte ce sourire de tes lèvres !

— J'aimerais bien, mais je repense à ta petite culotte.

Alors que Mick se lance en avant avec la ferme intention de lui démolir le portrait, une voix grave derrière eux les stoppe net.

— Que se passe-t-il ici ?

Les garçons se retournent vers leur chef, Richard. L'homme d'une soixantaine d'années, aux cheveux poivre et sel, les toise avec sévérité.

— Ta patiente t'attend, indique-t-il à Mick qui part sans broncher. Un seul regard suffit à faire déguerpir Beth. Toi, complète-t-il en saisissant Gabriel par le bras, suis-moi dans les vestiaires.

Ils marchent côte à côte, sans un mot. Le jeune médecin en profite pour analyser son profil et se remémore sa rhinoplastie et son lifting.

— Personne ne te donnerait soixante-trois ans.

— Ferme-la !

Il pousse la porte sèchement et l'invite à entrer d'un geste de la main. Avant d'engager la conversation avec son employé, l'homme vérifie dans les trois rangées qu'il n'y a personne.

— Écoute, Richard, si c'est à cause de ce qu'il vient de se passer...

— Silence ! intime-t-il. Je ne veux rien entendre, pas aujourd'hui. Je suis épuisé. Demain matin, à la première heure, présente-toi dans mon bureau.

— Si tu as quelque chose à me dire, fais-le, bordel !

— Tu es obtus et ces familiarités m'irritent ! Tu saisis ?

À bout de nerfs, son chef préfère lui tourner le dos et quitter la pièce. D'un haussement d'épaules, Gabriel lâche un rire sarcastique. *Tu peux fanfaronner, Richard, mais tu as besoin de moi !* Il ouvre son casier, passe sa veste et s'en va vers le parking. La fraîcheur de la nuit lui fait remonter la fermeture Éclair de son cuir. Il inspire à pleins poumons l'air glacé de ce mois de février, puis s'élance vers sa Porsche grise. Le bip d'ouverture retentit, Gabriel s'installe au volant et démarre. Durant le trajet, il lâche un rire sournois et moqueur en se remémorant Beth et Mick. Malgré tout, une inquiétude le saisit. Depuis ses débuts dans cette clinique, jamais Richard ne l'a sollicité pour un entretien. Une pluie fine s'abat sur Londres. Le véhicule s'arrête face à un bel immeuble géorgien aux briques marron. Le voici chez lui, son havre de paix. Une fois à l'intérieur, il s'affale sur son Chesterfield et commande un repas.

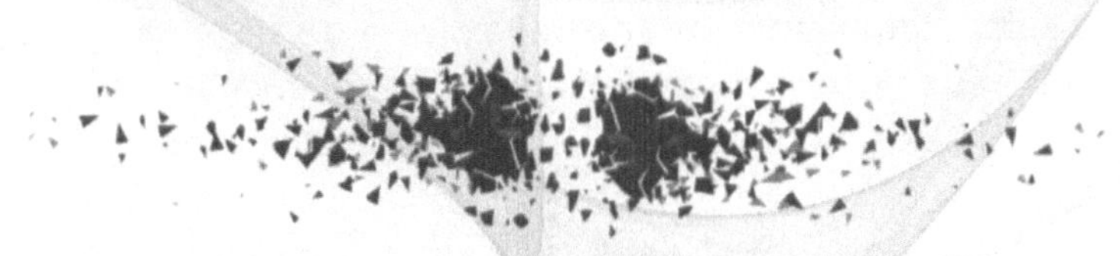

Six heures. Gabriel sort du lit, à peine vêtu d'un boxer moulant, et marche sur le parquet verni vers la cuisine. Son torse imberbe et ses muscles dessinés à la perfection se reflètent dans le miroir du salon. Cet homme est conscient de sa beauté. Le temps que le café coule, il exécute quelques pompes, comme chaque matin, en plus des quelques heures de sport dans un gymnase afin de maintenir son corps d'athlète. Pour briser le silence, il pianote sur son téléphone et sélectionne une musique du groupe Oasis, *Wonderwall*. Tout en préparant ses toasts et sa tasse, il fredonne les paroles.

Assis devant l'îlot en granit bleu, il déguste son petit-déjeuner, seul. Aucune femme ne partage sa vie. Ce n'est pas à trente ans que l'envie de se caser va se faire ressentir. Gabriel préfère les aventures éphémères sans prise de tête, et il compte continuer dans cette voie.

Après avoir jeté un œil à l'horloge murale en forme d'engrenages, il file s'habiller sans prendre la peine de ranger. Sa femme de ménage s'en chargera. Face à son grand dressing, propre et bien rangé, son choix se porte sur un costume gris chiné, une chemise à col mao et des mocassins en cuir. Tout en lui doit refléter sa personnalité : l'élégance, la prestance et l'ambition.

Narcissique de nature, il n'a pas beaucoup d'amis. Une grande partie de sa vie, Gabriel l'a vécue cloîtré au domaine de ses parents, isolé du monde extérieur. Cette solitude subie au quotidien est devenue une armure. Les murs, qu'ils dressent autour de lui, un rempart contre la déception. Il récupère ses clés dans un fourre-tout en cristal juste à l'entrée, s'admire dans le miroir, vérifie la perfection de sa dentition et claque la porte. Il s'installe dans son véhicule lorsqu'une belle brune qui promène son yorkshire lui lance un regard aguicheur. Le tombeur fait vrombir le moteur de sa voiture de sport sans la quitter des yeux. Elle se mordille la lèvre et rougit à son clin d'œil.

— À bientôt, ma belle, dit-il, le pied sur l'accélérateur.

Un dernier regard dans le rétro : la demoiselle lui fait un signe de la main. C'est dans la poche ! À part les femmes, la musique et la lecture, son autre péché c'est la vitesse. Cela lui procure des vertiges, de l'adrénaline, mieux que la drogue. Rouler... Juste rouler. Mais la ville ne se prête pas au jeu ! Il freine d'un coup sec pour éviter un piéton. Les pneus crissent et le vieillard qui traverse devient livide.

— Pauvre con ! hurle l'individu à deux doigts de faire une syncope. Tu te crois dans un circuit automobile ?

— Ça va, papy, plus de peur que de mal.

Le pauvre, il s'est certainement fait dessus ! Gabriel explose de rire à cette idée. Il est ainsi, je-m'en-foutiste pour certaines choses, et pointilleux pour d'autres. Une fois dans le parking de la clinique, il ajuste sa coiffure face au rétro avant de se diriger vers le bureau de son patron. La porte est entrouverte. Il toque une fois, avance de deux pas et attend.

— Alors ? questionne Gabriel.

— Je te laisse le soin de prendre l'enveloppe posée devant toi.

Un peu surpris par son ton sec, Gabriel s'en empare et l'ouvre afin d'en lire le contenu. Les yeux et la bouche grands ouverts, il reste un moment sans voix, réalisant ce qui est écrit sur la lettre.

— Sérieusement ? Une mutation à Paris ? Dis-moi que c'est une plaisanterie ?

— Oh que non, je suis on ne peut plus sérieux !

Indigné par la décision de son boss, il se redresse, puis se penche sur le bureau pour l'affronter.

— Ça te démangeait, hein !

— Ce n'est pas faute de t'avoir prévenu. Et baisse d'un ton, je te prie !

Gabriel le dévisage, l'air mauvais, tandis que Richard enchaîne.

— Tu as déjà reçu une *grievance*[1] concernant des plaintes pour ton comportement, alors ce n'est donc pas une surprise !

— Tu ne peux pas...

— J'ai tous les droits, le coupe Richard. Je dirige cette clinique depuis plus de quinze ans, et jamais je n'ai fait face à autant de plaintes.

Tel un lion en cage, Gabriel se met à arpenter la pièce de long en large.

— Tout ce merdier à cause des collègues ?

Richard lève les yeux au ciel, dépassé.

— Tu es médisant, irrespectueux, sans compter qu'avec toi les internes n'apprennent rien.

— Mais quelle bande d'hypocrites ! Et tu ne vaux pas mieux, renchérit Gabriel, un rictus de dédain sur les lèvres.

---

[1] Une grievance est une décision qui a un impact sur la situation juridique d'une personne et qui peut en conséquence être contestée devant le juge.

— Je ne te permets pas !

— Pendant quatre ans, enchaîne-t-il en le pointant du doigt, tu ne t'es pas plaint, hein, des millions que je t'ai fait gagner et de ton super lifting !

— Tu dépasses les bornes ! hurle Richard qui envoie sa chaise en arrière. Je ne reviendrai pas sur ma décision ! Et Dieu seul sait les efforts que j'ai déployés pour que mes confrères français t'acceptent. Je veux retrouver une bonne ambiance. Et si la solution c'est de te dégager, eh bien tu t'en vas.

Essoufflé et les joues en feu, il rapproche son siège et s'y installe à nouveau.

— Sinon, libre à toi de choisir un autre pays.

— Ils t'ont tous menacé de quitter la clinique ? C'est ça ?

Richard se passe la main sur le menton et l'ignore.

— Tu n'as pas de couilles, mon vieux !

Excédé par l'insolence du jeune homme, il lève le bras et lui indique la porte.

— Sors de mon bureau !

Les mâchoires serrées, Gabriel s'empresse de quitter la pièce et se fige en voyant les employés dans le couloir, qui murmurent entre eux. Certains affichent un air condescendant, d'autres retiennent des petits rires, mais lui ne se démonte pas ! Le torse bombé et la tête haute, il marche vers son bureau. Tous des rats ! Au même moment, Richard apparaît, ce qui a pour effet de calmer les internes et les médecins présents. Beth passe près de lui, un carton vide à la main et un sourire machiavélique sur le visage.

— Tiens, tu vas en avoir besoin ! lui crache-t-elle tout en s'éloignant.

Les mots lui manquent. L'humiliation subie le touche plus que de raison. Il récupère ses biens : diplômes, carnets, stylos, et même une photo de ses parents qu'il garde cachée dans son tiroir. Sa gorge se serre... Il n'est pas retourné en France depuis sa fuite du domaine où il a grandi, à Fontainebleau. Il avait dix-huit ans. Sans un mot, Gabriel quitte la clinique. Une fois ses affaires dans le coffre de sa Porsche Targa 911, son regard se pose sur le pare-brise : un mot y est placé. Il s'en empare et lit son contenu : « Adieu, vilain petit connard ». D'un geste rageur, il le froisse et le jette dans les buissons. La voiture démarre en trombe. Ses mains serrent le volant si fort que ses jointures blanchissent. Sa mâchoire se contracte tandis qu'il lance plusieurs jurons.

L'espace d'un instant, il se sent démuni, incompris, alors il frappe le volant avec fureur et hurle. Son cœur se met à battre à toute allure, trop vite, trop fort. La main sur sa poitrine, il grimace et préfère s'arrêter sur le bas-côté.

— Respire, respire, se répète-t-il en boucle pour ralentir son rythme cardiaque.

Un cri attire son attention : un groupe de jeunes de l'autre côté de la rue. La petite bande s'amuse, rit, leur portable en main. Cette vision l'ébranle et son visage s'attriste. Sans quitter les garçons des yeux, son estomac se noue. La douleur qui enflamme sa poitrine lui rappelle sa solitude, son manque d'amis, son passé... Mais la rage, beaucoup plus forte que la tristesse, l'oblige à se ressaisir. Le véhicule redémarre. Son regard est aussi sombre que ses prunelles noires, et du plus profond de son être, il maudit ses parents. Gabriel s'interdit de penser à eux. Un moyen simple et efficace de tirer un trait sur toute une vie... une vie dénuée d'amour. Des images surgissent malgré lui : Fontainebleau, le lieu où il a grandi, le jasmin qui parcourt les murs de clôture, les jardiniers affairés à tailler les haies. Sa chambre et son beau cheval en bois aux allures médiévales lui soutirent un soupir... Son seul vrai compagnon durant son enfance. Le cœur lourd, Gabriel essaie d'évacuer ses souvenirs douloureux... souvenirs d'un endroit où régnaient l'opulence et un régime strict. Le vent vient de tourner. Qui sait, peut-être qu'une meilleure vie l'attend à Paris...

CHAPITRE DEUX

GABRIEL

Dans le hall de l'aéroport de Paris-Charles-de-Gaulle, Gabriel récupère sa valise quand il reçoit soudain un appel de l'agence de voyages. Il décroche en même temps qu'il hèle un taxi. L'homme au bout du fil lui explique les problèmes survenus dans l'hôtel réservé et transmet par message l'adresse où il devra se rendre.

— Vous me prévenez à la dernière minute ?

— Nous avons eu l'info hier soir et...

— Tout ce que je demande, coupe Gabriel sur un ton sec, c'est que les quinze jours que j'ai payés au prix fort me soient remboursés d'une façon ou d'une autre, puis il raccroche au nez de son interlocuteur et entre dans le taxi.

— Bonjour, l'hôtel *Villeneuve-la-Garenne*, s'il vous plaît.

— Bien, monsieur.

Ils traversent la ville et s'éloignent de la métropole. À travers le carreau, il fixe les champs, les rues, et le ciel menaçant. Paris lui semble déjà si lointain. Malgré le contretemps survenu, Gabriel semble serein : son travail ne débute que dans deux semaines. Il finit par sortir son iPhone et parcourt les dernières stories de ses rares connaissances à Londres. Le chauffeur s'arrête enfin et Gabriel reste sans voix face au lieu à l'aspect campagnard.

— Nous sommes arrivés, monsieur.

— Quoi ?

— Oui, c'est ici. Cela vous fera cinquante-deux euros, monsieur.

Gabriel paye, récupère sa valise et reste un moment à fixer l'allée couverte de pavés agrémentée d'une pergola bon marché. De la végétation entoure l'édifice en forme de L, les volets sont bleu marine et les baies vitrées du rez-de-chaussée sont grandes ouvertes. Un homme en pyjama rayé sort de l'une des chambres pour fumer et lui fait un signe amical.

— Ça promet ! grommelle-t-il entre ses dents.

On est loin du *London Hilton*, rare, coûteux et raffiné, mais plutôt en campagne au milieu des brebis. Il expire bruyamment. Sans grande conviction, il marche jusqu'à l'accueil. Un garçon au teint livide et aux grandes oreilles lui sourit.

— Bonjour, monsieur, vous avez réservé ?

— Malheureusement !

— Pardon ?

Gabriel reste circonspect et le jauge.

— Regardez à Ardent Gabriel.

Le groom se penche sur son clavier, tape son nom et le trouve.

— En effet. Votre compagnie nous a appelés en renfort. Par chance, il nous restait des chambres.

Qui veut dormir dans ce trou à rats ?

— Suivez-moi, je vous prie, c'est au rez-de-chaussée.

Le couloir est sommaire. Quelques tableaux insipides agrémentent les murs pâles. L'homme pousse la porte de la chambre et l'invite à entrer.

— Je peux vous montrer les dispositions de l'hôtel...

— Ce ne sera pas nécessaire, l'interrompt-il sans ménagement.

— Comme il vous plaira, monsieur.

D'un mouvement de tête, le groom le salue et repart vers l'accueil. Gabriel referme la porte, jette sa valise sur le fauteuil à fleurs et inspecte les lieux : poussière, couette, draps, taies d'oreiller... Tout y passe. Ce n'est qu'une fois tranquillisé qu'il retire sa veste, met en charge son iPhone, s'empare de son ordinateur dans son bagage et s'allonge sur le lit. Ses doigts pianotent le clavier à la recherche d'un autre hôtel. Plus les pages défilent, plus sa déception grandit : tous ceux du standing qu'il souhaite sont complets.

Contrarié, il referme son MacBook avec force ! Rien ne va depuis son altercation à la clinique, comme si la terre entière se retournait contre lui. Les emmerdes s'enchaînent sans qu'il en comprenne la raison. Les bras écartés et les yeux rivés sur le lustre hideux en forme de boule, un autre souvenir de son enfance s'impose dans sa mémoire : un ballon de baudruche fixé à l'oreille de son cheval à bascule, la bonne qui ramasse ses jouets... Puis la visite de ses parents pour son sixième anniversaire.

Gabriel expulse un long soupir et se tourne sur le flanc. Pourquoi diable repense-t-il à tout ça ? Il fixe l'extérieur, les branches qui dansent sous le vent, et finit par s'endormir. Les pleurs d'un enfant le sortent de son sommeil. Dehors, la nuit s'est installée. Il jette un œil à sa montre : dix-neuf heures trente. Trois heures de sieste, un exploit venant d'un homme actif incapable de dormir en pleine journée. Après avoir bâillé plusieurs fois, il récupère son blouson, prend une écharpe dans sa valise et rejoint l'entrée. Une femme âgée d'une cinquantaine d'années, les cheveux gris remontés en chignon, l'accueille en souriant.

— Bonsoir, monsieur.

— Bonsoir. Où puis-je dénicher un restaurant de qualité ?

— Nous avons un menu...

— Non, coupe-t-il net. Je préfère manger à l'extérieur.

— Quel dommage ! Nos plats sont succulents.

La tête légèrement penchée sur le côté, elle le détaille de haut en bas. Ses yeux, rétrécis par sa mimique faciale, font ressortir toutes ses rides d'expression.

— Vous devriez cesser de plisser le front. Vous accentuez les imperfections de votre visage.

La femme lève un sourcil, surprise par son culot. Au lieu de lui répondre, elle baisse les yeux et griffonne une adresse sur un post-it. Elle lui tend le papier qu'il réceptionne avant de la remercier et de filer. La gérante s'empare du téléphone, sélectionne un contact et l'appelle. Après trois sonneries, l'interlocuteur décroche et elle ne prononce que deux mots : "Il arrive", puis raccroche.

Une fine pluie commence à tomber. C'est raté pour la marche. Il commande sur son téléphone un Uber, puis avance à grands pas jusqu'à l'intersection de la rue avant qu'une averse ne s'abatte sur lui.

La voiture s'arrête devant le restaurant *L'Odélice* ; Gabriel pousse la porte vitrée et se retrouve dans un hall décoré de tableaux rupestres ainsi que de fleurs fraîches. Une serveuse aux cheveux bruns, la démarche maladroite, se dépêche de le rejoindre.

Plus elle se rapproche, plus il écarquille les yeux. Cette fille n'a pas été gâtée par la nature : menton avancé, petits yeux, et malgré son appareil dentaire, ses dents se chevauchent.

— Bonsoir, monsieur, c'est pour dîner ? Vous êtes seul ?

— Oui.

— Suivez-moi, je vous prie.

L'espace d'un instant, il se concentre sur son allure : de dos, ses courbes sont parfaites... de dos. Rien que de s'imaginer une nuit avec cette fille, son corps frissonne.

— Voilà, je vous laisse vous installer ici, vous serez tranquille.

— Ça, pour être tranquille, fait-il remarquer, les yeux rivés sur le mur de division alors que la salle est presque vide.

— Puis-je vous proposer un apéritif pour commencer ? demande-t-elle en lui tendant la carte.

— Non, je veux dîner !

Elle le dévore des yeux, un sourire idiot plaqué sur le visage, et se penche légèrement pour montrer ses attributs. Exaspéré, il lui arrache le menu des mains et commence à lire. La fille sursaute et son visage s'attriste. Gabriel choisit un plat à base de poisson, des légumes, et demande une tarte aux pommes en dessert.

— Ce sera tout ?

— De l'eau minérale aussi, et, ajoute-t-il en la dévisageant, aujourd'hui si possible.

— Pas la peine d'être condescendant, monsieur.

— J'ai faim, tu saisis ?

Figée, les poings serrés contre son corps, les yeux de la serveuse s'embuent. Elle s'éloigne et revient quinze minutes plus tard avec son plat ainsi que la boisson.

— Quand j'aurai terminé, je désirerais un thé à la camomille.

Elle incline la tête et recule d'un mètre. Gabriel avale un peu de poisson, boit une gorgée d'eau, quand il remarque qu'elle est toujours là.

— Désolée, marmonne la jeune femme qui triture ses mains. Vous êtes acteur ? Ou mannequin ?

— Je suis surtout un client affamé qui désire plus que tout un peu de tranquillité. Le message est parvenu à ton cerveau ou il faut que je répète ?

Le visage en feu, elle saisit le menu sur le bord de la table et renverse au passage son verre qui s'étale sur son jean.

— Non mais, c'est pas vrai ! Quelle gourde !

Elle tourne les talons et part à toute vitesse au fond de la salle. Gabriel éponge l'eau à l'aide de la serviette de table et soupire d'exaspération. Il peut commencer à savourer son repas... Enfin, si le terme "savourer" s'applique à ce qu'on vient de lui servir ! De toute façon, la faim l'emporte.

Son assiette à peine vidée, un homme aux épaules larges muni d'un tablier blanc et au crâne dégarni s'assoit à sa table. Il dépose une tasse de thé fumante juste devant lui et un couteau de boucher sur sa droite. Gabriel se tend en voyant la lame affutée, ouvre la bouche pour parler, mais aucun son ne sort de sa gorge. Un rictus se dessine sur les lèvres du type, satisfait de l'emprise qu'il a sur lui. Le cœur battant, Gabriel essaie de bouger ses jambes et ses mains, sans succès. Son corps semble paralysé ! Le visage de l'individu se déforme sous ses yeux. Les yeux tombent au ralenti, la bouche s'élargit anormalement tandis qu'un rire rauque résonne dans sa tête. Gabriel transpire, son cœur s'accélère ; il veut fuir, mais quelque chose le maintient sur place.

Une aura sombre se dégage du chauve. Une odeur étrange saisit ses narines, une odeur de camphre. L'atmosphère devient pesante, tellement lourde qu'il a la sensation que quelque chose l'écrase. C'est là que le type saisit sa main gauche et la retourne paume en l'air, sans jamais le quitter des yeux.

— Bois ce thé !

La voix résonne tel un écho lointain, cinglante et menaçante. Il ne veut pas obéir, se refuse à prendre la tasse. Son autre bras en décide autrement et agit en parfaite autonomie sous son regard impuissant. Les yeux de l'homme se couvrent d'un voile opaque alors que son aura s'assombrit de plus en plus. Sa main s'empare de la tasse de thé et la rapproche de ses lèvres. *Non, non, non !* Le liquide brûlant coule le long de sa gorge et lui soutire des larmes. Il hurle intérieurement, hurle à s'en arracher les mâchoires, pourtant, aucun son ne sort, seul le silence se fait entendre à travers ses yeux horrifiés. Aucun bruit ne lui parvient, ni le son des couverts sur la vaisselle ni les conversations de gens attablés, tout semble figé autour de lui. Gabriel supplie le type du regard. L'autre jubile et joue avec le couteau, lèche la lame jusqu'à ce qu'un filet de sang coule sur le tranchant, puis lui tend le manche.

— Prends le couteau.

Gabriel bouge frénétiquement les yeux en signe de refus tandis qu'un froid intense remonte le long de sa colonne. La tasse lui échappe et se déverse sur sa chemise. Le liquide bouillant brûle sa peau. Il sent sa chair se boursoufler sous la chaleur intenable du fluide qui s'écoule sur lui, provoquant une intense douleur. Rien n'arrête ce monstre ! Ses doigts saisissent l'arme, la soulèvent pour la positionner au-dessus de sa paume.

— Plante-le !

Non ! Une force insoupçonnée se met à croître au plus profond de ses entrailles. Gabriel entend ses pulsations, son rythme cardiaque ralentir, l'afflux sanguin parcourir ses veines. *Concentre-toi... Tu peux y arriver.* La douleur et la peur viennent de le quitter. L'homme en face secoue la tête, comme gêné par un bourdonnement auditif. Son aura noire diminue et le voile sur ses yeux disparaît. Le corps de Gabriel irradie d'une douce lumière bleue. Il a les yeux clos et distingue à la perfection l'individu qui lui fait toujours face.

Une dualité s'opère entre l'homme au tablier et lui. La donne s'est inversée et l'homme tremble sans réussir à se mouvoir. C'est contre son gré qu'il voit sa main saisir le couteau. Ses yeux sont exorbités par la peur et son front ruisselle de sueur. Il gémit en voyant sa main s'emparer du couteau, tente de résister à cette force inconnue, quand soudain la lame s'enfonce dans sa chair. Le sang se répand sur la table. Il ouvre la bouche pour crier, supplie à son tour Gabriel du regard, qui continue, immobile comme une statue. La peau de son bras se couvre de cloques, comme si son corps se consumait de l'intérieur, puis Gabriel sort de sa transe. Il cligne des paupières et aperçoit le type à l'agonie qui essaie de retirer la lame de son bras. Choqué, il bondit de sa chaise et s'enfuit en courant.

— Eh ! crie une femme qu'il vient de bousculer à l'entrée.

Le jeune homme court à en perdre haleine dans les rues et s'arrête, essoufflé, près d'un arbre. Le front posé sur le tronc, il tente de se calmer et surtout de comprendre ce qui vient de se passer. Chaque scène, chaque action, défile à toute vitesse devant ses yeux.

— C'est... impossible, gémit-il, totalement déstabilisé.

Au moment où il se retourne, Gabriel s'aperçoit qu'il est devant l'hôtel. Un homme fume sa cigarette près de la pergola et ricane sans le quitter des yeux. Se sentant visé, il marche dans sa direction.

— Tu veux ma photo ?

— Fais pas chier, OK ? répond le type qui écrase sa clope sur les pavés. J'ai eu une mauvaise journée !

— Alors on est deux !

— Regarde-moi l'autre, rétorque l'homme aux cheveux gras, tu trompes personne, fils à papa ! T'as pas l'air de souffrir du manque de thunes !

La pression monte d'un coup. La peur se mêle à la colère, et sa poitrine se soulève tant sa respiration s'accélère.

— Oh, Belle Gueule est fâchée ? T'as besoin d'un câlin ?

C'en est trop ! Son poing s'écrase avec force sur l'estomac de l'individu, qui se plie en deux en proférant des jurons. La directrice de l'établissement débarque et se rue sur Gabriel.

— Vous êtes complètement cinglé ! hurle-t-elle. Je vais appeler la police.

— Faites donc ! De toute façon, je ne reste pas dans ce taudis !

Pendant que la responsable réconforte son client, Gabriel récupère ses affaires, sort par la baie vitrée et file vers le parc des Chanteraines. La femme le regarde s'éloigner, arborant un sourire machiavélique.

Une fois devant la grille, le panneau indique que le parc est fermé à partir de vingt heures, pourtant le portail est grand ouvert. Sans se poser de questions, il entre et marche un moment. Quelques réverbères illuminent le chemin et seules les roulettes de sa valise résonnent dans ce lieu. Le froid pique un peu, alors il ouvre son bagage, retire son blouson et enfile un pull. Seul au milieu de cette semi-obscurité, il se sent tout à coup démuni, désemparé. Qu'a-t-il fait à l'univers pour mériter autant d'épreuves en si peu de temps ? Il déambule, telle une âme perdue. Gabriel passe la main dans son blouson et masse l'emplacement de son cœur. Une sensation de petites piqûres le fait grimacer. Pourquoi se sent-il soudain si triste ? L'air lui manque tandis que les souvenirs refoulés tentent d'émerger. Il ne veut pas, secoue la tête et râle contre lui-même. Malgré sa résistance, une image ressurgit : une scène où il surprend une conversation houleuse entre ses parents... Il avait dix-huit ans.

— *Damn !* crie-t-il, las de ne plus rien contrôler.

Il enferme son visage entre ses mains, fatigué, vidé. Chaque pensée semble une guerre qu'il ne sait plus comment mener. Quand il relève le visage, quelque chose le percute. Surpris, il se retourne et voit un mec courir à toute vitesse vers la sortie.

— Oh ! C'est quoi ton problème ?

Mais l'homme a déjà disparu.

— Monde de fous !

Arrivé près du lac, il décide de rebrousser chemin et coupe à travers un petit sentier.

— Que vas-tu faire, hein ? se dit-il à lui-même tout en avan-çant. Regarde dans quelle situation tu t'es fourré !

À une intersection, l'odeur nauséabonde d'un conteneur le révulse. Il se pince l'arête du nez et accélère, quand des coui-nements plaintifs l'obligent à stopper. Gabriel pivote et se rap-proche de la poubelle ouverte : un chiot noir d'environ trois mois, très ressemblant à un labrador. Gabriel tente de l'ignorer et poursuit sa route, mais plus il avance, plus les pleurs de l'animal résonnent dans son crâne.

— Fait chier !

Incapable de gérer l'émotion qui le submerge, il laisse sa va-lise en plan, retourne vers le conteneur et le fait chavirer. Une odeur exécrable s'échappe du réceptacle. Son estomac se sou-lève, un relent remonte le long de sa gorge, puis il finit par régurgiter son repas dans l'herbe. Au moment de se relever, le chiot noir, une peau de banane sur le crâne, le fixe de ses yeux ronds.

— Ne me regarde pas comme ça, OK ? Dégage !

L'animal ne bouge pas et continue de le jauger, sa petite tête penchée sur le côté. Cette vision lui fend le cœur et le ramène encore une fois à son enfance : il a eu un ami, l'a aimé… et perdu.

— Non, désolé, je ne peux pas ! Désolé, répète-t-il sans re-lâche, déjà sur le départ.

Jamais ses pas ne lui ont semblé si lourds, si chargés de re-mords. Alors qu'il franchit le seuil du parc, Gabriel se retourne. L'animal est là, assis sans rien dire. L'une de ses oreilles tombe vers le bas et l'autre est bien dressée. Le chiot semble le sup-plier du regard, tandis que sa poitrine se serre. Il s'agenouille sans un mot et attend. L'animal se précipite vers lui en re-muant la queue frénétiquement et se blottit contre ses jambes. Devant cette boule de poils, son cœur fond et une larme glisse le long de sa joue.

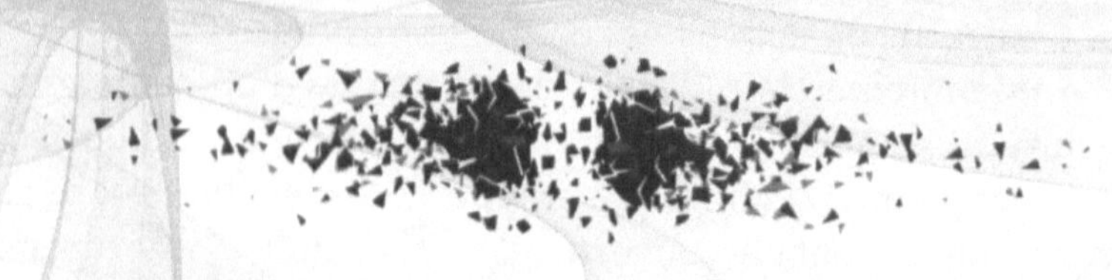

Dans le restaurant, de rage, Dany retire d'un coup sec le couteau et jette le contenu de la nappe au sol. Il récupère le tissu et l'enroule autour de sa blessure. La serveuse, alertée par le bruit, le rejoint et pâlit à la vue du sang.

— Mais, tu saignes ?

— Ce n'est rien, va t'occuper de ranger les tables !

Il traverse la salle, pousse la porte de son bureau et se jette sur le téléphone. Le front en sueur, l'homme ne cesse de grimacer. La douleur lui donne des vertiges. Chancelant, il se laisse tomber sur sa chaise puis compose un numéro.

— C'est Dany.

Une voix féminine et austère retentit.

— Alors ?

— Gabriel, hésite-t-il un bref instant, il a résisté... Il m'a littéralement bousillé le bras ! Je ne comprends pas pourquoi je souffre ! Nous ne sommes pas censés ressentir la douleur, mais là...

Son interlocutrice laisse échapper un soupir.

— Était-il conscient de ses pouvoirs ?

— Non, madame, j'crois pas. Quand il s'est rendu compte de ce qu'il me faisait, il a détalé comme un lapin.

Elle laisse échapper un grognement sourd et coupe la communication.

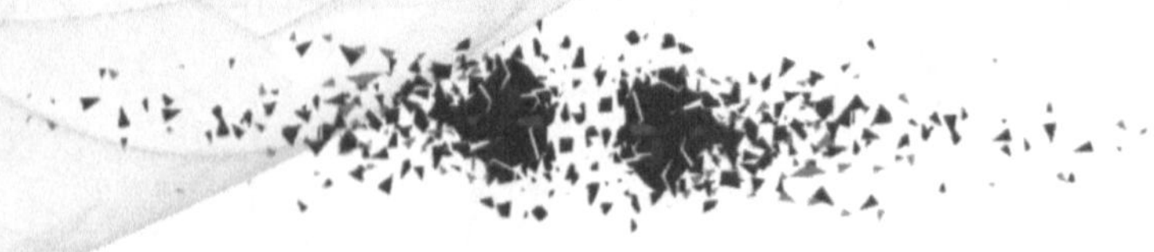

Assise sur une chaise au dossier large, la femme marmonne entre ses dents. La pièce, à peine éclairée par une bougie, ne laisse entrevoir qu'une silhouette fine aux mains pâles qui se déplacent de long en large au-dessus de son bureau. Les dizaines de documents dessus bougent de droite à gauche, comme tirés par des fils invisibles. Puis son doigt s'arrête sur l'un d'entre eux : Sarah, une jeune femme au visage couvert d'acné, mince, les cheveux longs et châtains. La flammèche s'agrandit et éclaire les joues creusées de l'inconnue. Son bras se tend vers une pile de papiers, tous contenant les informations d'autres filles de par le monde, des choix potentiels pour son projet. Mais sa cible est toute trouvée, ce sera Sarah.

Elle se lève de son siège et se dirige vers la fenêtre, les yeux rivés vers l'horizon et les étoiles disparaissant derrière de sombres nuages. La photo de Sarah quitte la surface stratifiée et lévite dans les airs tandis qu'un courant d'air sinueux s'engouffre dans la pièce. Ses longs cheveux blancs se mettent à virevolter, la flamme de la bougie vacille, puis s'éteint.

CHAPITRE TROIS

SARAH

Paris 7e.

Les bras derrière le dos, Sarah lève la tête et contemple les rais de lumière qui percent à travers les branchages. Se promener en forêt reste pour elle un moment exquis et reposant. Aujourd'hui, quelque chose cloche. Le silence... Aucun oiseau ne chante, le vent semble absent et l'air est chargé de négatif. Sarah se sent oppressée et décide d'emprunter le sentier pour rentrer. Un bruissement derrière elle la fait pivoter. Rien, à part une brise glacée qui frôle sa nuque. Des frissons envahissent son corps, elle se frotte les bras et accélère le pas. La brise s'intensifie, souffle au milieu des végétaux et transforme le vent en une voix rauque et lointaine qui prononce son nom. Sarah crie et se met à courir, glisse à plusieurs reprises, puis reprend sa course effrénée. Quand elle croit enfin arriver à la lisière du bois, une main invisible la soulève de terre et la tire en arrière à toute vitesse. Sarah hurle, se débat et se retrouve face à un immense portail en fer forgé. Elle aperçoit des jardins luxuriants et une bâtisse au loin. Le cœur encore emballé par ce qui vient de se produire, elle cherche des repères, quelque chose de familier, mais ne trouve rien. Ce qu'elle voit à nouveau, c'est l'entrée de la maison, non pas du portail, non, elle est juste devant cette bâtisse au style londonien.

La main en visière, Sarah colle son nez à la fenêtre et examine la pièce : une bibliothèque garnie de beaux livres aux reliures dorées, un bureau de style Louis XIV avec sa chaise capitonnée rouge. Elle tourne légèrement la tête et voit un garçon de quatre ou cinq ans, qui frappe avec fureur son cheval à bascule. Le *môme cesse soudain, comme s'il sentait une présence, et se tourne vers la fenêtre. Sarah reste bouche bée face à la beauté du petit : sa peau est cristalline, ses cheveux sont aussi noirs qu'une nuit sans étoiles et ses yeux ressemblent à deux obsidiennes. Un ange à l'éclat sans pareil.*

Son côté angélique se dissipe pour laisser place à un regard froid et menaçant. Sarah recule de quelques pas, surprise par ce changement soudain. Quelque chose de malsain se dégage de l'enfant. Derrière un sourire mutin, ses lèvres remuent et des paroles, tels des psaumes, sortent de sa bouche. Sarah secoue la tête pour chasser ses murmures incompréhensibles, quand soudain le visage du gosse se déforme.

Sarah sursaute dans son lit, le cœur battant la chamade, et tâte le matelas pour s'assurer d'être chez elle. Son souffle est saccadé, elle gémit, puis lance un œil sur son portable : six heures trente. Elle se blottit sous la couette, espérant trouver le sommeil, se tourne, encore et encore, et abandonne l'idée. D'un coup de pied, Sarah écarte les draps et se lève. *Foutu cauchemar !* Trois ans qu'elle n'en fait plus, trois ans où ses nuits lui laissent du répit. Après l'accident de ses parents, son monde s'est écroulé, et avec, son envie de vivre. Il a fallu de longues années de thérapie ainsi que toute l'affection de ses proches pour reprendre goût à la vie. Ce combat, Sarah ne l'a pas affronté seule : sa nouvelle famille l'a beaucoup aidée.

Après un long bâillement, encore dans le brouillard, elle appuie sur l'interrupteur et se dirige vers la porte. Celle-ci grince en s'ouvrant. *Zut !* Elle s'immobilise et écoute : aucun bruit. Jo et Marie n'ont rien entendu. Essayez de progresser sur un vieux plancher en bois ! C'est un véritable défi, il craque à chaque pas.

Les yeux à moitié clos, elle se brosse les dents, crache dans l'évier, se regarde dans le miroir qui lui fait face et soupire. À chaque fois, c'est la même chose. Un sentiment d'injustice et de répulsion l'envahit à la vue de son visage. Elle déteste les miroirs, déteste son corps qui semble figé dans une interminable puberté. *J'en ai marre, voilà tout !* Son pyjama tombe sur le sol et elle enjambe la baignoire. *Moi aussi je veux des seins, des fesses bien rebondies et un putain de visage sans acné !* L'eau chaude ruisselle sur sa peau tandis qu'elle se savonne.

— C'est vrai, quoi ! Pourquoi moi ? Je vais rester vierge et mourir vierge !

— Encore à se lamenter ? intervient Jo près du lavabo.

Sarah sursaute.

— La vache ! Tu veux ma mort ?

La jolie rousse s'étire et croise les bras sur sa poitrine.

— Mouais, j'y pense de plus en plus, figure-toi. Tu fais un de ces boucans en te levant, et tu n'arrêtes pas de râler !

— J'ai parlé tout haut ? s'étonne Sarah, un sourire amer en coin.

— Les prémices de la vieillesse, je suppose...

— N'importe quoi ! Des sondages ont montré que les gens qui se parlent à eux-mêmes sont dotés d'une intelligence supérieure.

— Mais bien sûr ! s'esclaffe Johanna.

Sans rien dire, Sarah récupère son peignoir sur le côté et enroule une serviette autour de ses cheveux.

— Alors ? À quelle partie de ton corps tu en veux cette fois ?

Si tu savais... Sa meilleure amie se brosse les dents. Sarah la contemple dans sa nuisette bleu marine. Elle est belle, pulpeuse et diablement sexy, tout ce qu'elle aimerait être.

— C'est facile pour toi, lâche-t-elle enfin, le visage tourné vers le sol. Toi, tu es sublime.

Johanna se rince la bouche et vient soulever son menton.

— Je croyais que tu avais dépassé ce stade ?

— J'ai presque la trentaine, Jo... Je voudrais que ça change.

— Sois patiente... Ta crise de puberté est plus longue que la normale, c'est tout.

— J'ai écumé tous les spécialistes de Paris, et aucun n'a eu de solution, c'est un signe.

Sarah expire lourdement et fuit vers sa chambre afin de ne pas saouler son amie avec ses états d'âme. Le placard grand ouvert, elle saisit un pantalon oversize et un pull bien large. La voix de Marie retentit dans le couloir.

— Je pars, les filles !

— Tu ne commences pas à neuf heures ? s'étonne Jo qui pointe son nez dans l'encadrement de la porte.

— J'ai besoin de sortir plus tôt aujourd'hui.

— Oh, un week-end avec Cédric se profile, ajoute la rouquine en mode taquinerie.

— Yes ! À lundi.

La porte d'entrée claque. Sarah s'assoit sur le lit, le regard perdu dans le vide. Jo s'appuie sur le montant et l'observe un moment sans intervenir. Elle la connaît par cœur et sait qu'à cet instant précis, elle broie du noir.

— Dis, tu fais quoi demain ?

Les yeux rivés sur la fenêtre, Sarah lui répond sans la regarder.

— C'est samedi… donc comme d'hab, rien.

— Viens à la maison, papa et maman te réclament tout le temps. Tu leur manques.

Aude et Jim, sa famille d'accueil, son rempart depuis le drame. Une bouffée d'air s'engouffre dans ses poumons et son visage s'éclaire un peu.

— Allez ! Je prends ton sourire pour un oui.

Sarah acquiesce et vérifie l'heure. Ses yeux restent bloqués sur le cadre photo de ses parents. Elle ravale sa salive tandis que les larmes montent.

— Tu te fais du mal.

— Je vais bien, assure-t-elle d'une toute petite voix. Mais… je me répète sans cesse que ce jour-là, j'aurais dû mourir avec eux.

— Arrête, OK ! s'emporte son amie tout en lui serrant la main. Je n'aime pas quand tu sors des conneries pareilles !

Sarah reste prostrée et continue de fixer la photo.

— Quatorze ans se sont écoulés depuis l'accident, continue Jo, le timbre doux. Il est temps de passer à autre chose, même si cela te semble insurmontable.

Abdiquer face à ses souvenirs douloureux ? Est-elle prête à l'accepter ? Ses mains tremblent et ses lèvres se mettent à frémir. Non, c'est impossible pour l'instant. Elle peut survivre à son passé, mais vivre, c'est une tout autre histoire.

— Depuis ce jour, reprend Sarah, mélancolique, j'ai l'étrange sensation que quelque chose débloque chez moi.

— Que veux-tu dire ?

— Je n'en sais trop rien ! Moi-même, j'ai du mal à saisir.

— Oublie ça, s'empresse de dire Jo, le bras autour de ses épaules. Tu es là, OK ? Mes parents t'adorent comme si tu étais leur propre fille, et moi... je t'aime comme une sœur.

Les yeux embués, Sarah la serre dans ses bras. Elle a perdu ceux qu'elle aimait, mais a gagné une nouvelle famille, un soutien incontestable et une sœur. Après l'enterrement de son père et de sa mère, Jim et Aude, les parents de Jo, décidèrent de devenir ses tuteurs légaux. Une décision mûrement réfléchie pour le couple prêt à affronter les différentes démarches administratives. Un lien s'est créé entre Jo et elle, un lien que personne ne peut briser, pas même les années. Sarah ouvre le tiroir de sa table de chevet pour extraire une autre photo, celle des parents de Johanna et les siens à bord d'un bateau. Les larmes roulent sur ses joues. Jo resserre son étreinte, puis se redresse.

— À tout à l'heure.

— Merci...

La rouquine se contente d'un clin d'œil et disparaît. Du revers de la main, Sarah balaie les vestiges de sa tristesse et range les clichés dans le tiroir. Un rai de lumière éclaire la chambre et son cœur s'anime. Il suffit de peu de choses pour la requinquer : un ciel bleu, le chant des oiseaux, des balades entre amis... Sarah est une fille simple sans fioritures, l'amie parfaite. Elle se lève et se dirige vers la cuisine, mais s'arrête net à la vue du désordre qui règne dans la chambre de Marie. Beyrouth dans six mètres carrés !

Il lui faut résister à la tentation d'entrer et tout nettoyer. Car oui, mademoiselle est maniaque ! Elle glisse un pied dans la pièce, prête à remettre de l'ordre, et se ravise aussitôt.

— Non, Sarah, se dit-elle à elle-même en allant vers la cafetière. Un deal est un deal ! On respecte l'intimité d'autrui.

Elle avale son café, chausse ses tennis et enfile sa veste en laine. Sa besace en main, elle emprunte la cage d'escalier et descend les trois étages. Un bonjour rapide à son voisin qui attend l'ascenseur au rez-de-chaussée, et elle part au sous-sol récupérer sa voiture. Malgré des années de thérapie pour affronter sa peur de conduire, son estomac se vrille. L'accident l'a marquée. La clé sur le contact, elle inspire, expire plusieurs fois, puis appuie sur l'accélérateur et quitte le parking. Le temps se gâte et la pluie commence à tomber.

Quinze minutes de trajet la séparent de son lieu de travail. Un voyage qu'elle effectuait en bus à l'époque, avant que les grèves ne se succèdent. Le bureau se trouve à côté de la gare Montparnasse. Une fois garée dans le sous-sol de l'immeuble, elle choisit d'emprunter la cage d'escalier pour accéder au hall d'entrée et y aperçoit Marine, la secrétaire du cabinet d'orthodontie, qui attend l'ascenseur. La femme secoue ses vêtements trempés par l'averse.

— Bonjour, Sarah. Sale temps, hein ?

— Bonjour, Marine, oui !

Elles pénètrent toutes les deux dans la cage d'ascenseur. Devant le miroir, Marine remet de l'ordre dans sa coiffure, un carré au rouge criard devant le miroir, tandis que Sarah s'en détourne et préfère fixer les échasses de madame. *Comment elle fait pour marcher sans se casser une cheville ?* Le bip retentit, les portes s'ouvrent sur un hall.

— Bonne journée !

Sarah la salue et pousse la porte de l'office. La secrétaire lui fait un signe de la main en souriant quand Cédric, son boss, apparaît dans le couloir et lui demande sur un ton sec de le rejoindre dans la salle de conférence. L'air songeur, elle dépose ses affaires sur le bureau qui lui a été attribué. Son poste de stagiaire est-il menacé ? A-t-elle commis un impair avec un dossier, ou un client ? C'est la tête pleine de questions qu'elle rejoint son patron. L'homme, blond aux yeux verts, sirote un café avec son associée, Alexia, une femme très fine, aux cheveux bruns coupés très court. Ils stoppent leur conversation et se concentrent sur elle. La jeune femme déglutit. Sa paupière frémit. Elle déteste ce tic qui se déclenche à chaque situation de stress.

— Tu es avec nous depuis presque un an, commence Alexia, et nous tenions à te féliciter.

Un long soupir s'échappe de sa bouche, ainsi qu'un petit rire incontrôlé. Son chef la jauge, puis fixe son associée d'un air interrogateur. Confuse de sa réaction, Sarah se raidit.

— Pardon... Je ne voulais pas... C'est juste que j'imaginais déjà le pire.

— Il n'y a pas de raison, ton travail est remarquable, ajoute Alexia. C'est d'ailleurs pour cela que nous aimerions, Cédric et moi, te gratifier d'une prime ce mois-ci.

— Vraiment ? Je ne sais pas quoi dire... Je... Merci.

Cédric vide le contenu de son gobelet et poursuit.

— J'ai déposé un nouveau dossier sur ton bureau. Nous voulons que tu t'en occupes. Continue comme ça, tu deviendras une avocate redoutable, finit par ajouter son patron d'une tape sur son épaule avant de s'éclipser.

— Encore bravo ! ajoute sa cheffe sur le départ.

Une fois seule, ses jambes cotonneuses flageolent. Sarah se cramponne au comptoir et essaie de contrôler sa respiration. Elle sourit, consciente que sa réaction est un peu exagérée. Mais cet aspect de sa personnalité lui est difficile à maîtriser. *Réjouis-toi. Ils reconnaissent enfin ton travail.*

De retour dans son bureau, installée sur son siège, elle commence à consulter le fameux dossier. Plus elle tourne les feuilles, plus le rouge lui monte aux joues. Elle réfrène sa colère et referme la pochette avec brutalité. *Les enfoirés ! Vas-y que je te passe la pommade, et frotte bien fort !* Son crayon vole à travers la pièce et s'écrase près de l'entrée. Un collègue qui passe le ramasse et la dévisage. Sarah se redresse, marche à grands pas vers le jeune homme à lunettes et le lui retire des mains.

— Désolée, ces objets ne tiennent pas en place.

L'homme la fixe, un sourcil levé ; elle s'empresse de fermer la porte et reste un moment immobile, la main sur l'estomac. L'affaire que lui ont attribuée ses patrons traite d'un cas de pédophilie, d'un grand-père trop proche de sa petite-fille. Rien que d'y penser, un relent remonte le long de sa gorge. Ont-ils le droit de lui transmettre ce genre de dossier ? Après tout, n'est-elle pas une simple stagiaire ? Son rôle devait se limiter à découvrir la relation entre un avocat et son client. Apprendre les démarches à suivre selon les cas traités. Il peut même arriver qu'elle assiste aux plaidoiries. Mais là ! Sarah se sent soudain désabusée. Malgré son aversion, elle s'installe à nouveau sur son siège et se met au travail.

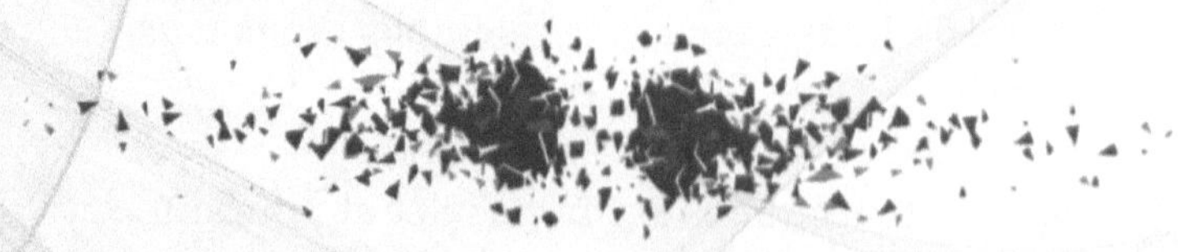

Fatiguée par toutes ses recherches sur le client accusé d'attouchements, Sarah referme son ordinateur et range ses dossiers avec une seule hâte : rentrer. Elle saisit ses affaires et parcourt le couloir à toute vitesse dans l'espoir de ne croiser personne. Un bref "salut" à la secrétaire, et la voilà libre de toutes contraintes. Alors qu'elle sort de l'ascenseur, une agréable odeur de confiseries lui donne soudain envie de s'en acheter. Elle referme son manteau et sort. Bien qu'il ne soit que seize heures, le ciel orageux assombrit la ville. Elle se dépêche, de crainte qu'une averse n'éclate, quand elle percute quelqu'un. Le temps se fige quelques fractions de seconde. Sarah tourne la tête dans un ralenti hypnotique et aperçoit des yeux couleur agate, presque blancs, ainsi qu'un visage amaigri. De longs cheveux blancs volent et passent devant son champ de vision, mais quand la main de l'inconnue la frôle, une chair de poule intense l'envahit. Une peur inexplicable lui vrille l'estomac. D'instinct, elle accélère le pas et ne s'arrête qu'une fois devant la boulangerie.

CHAPITRE QUATRE

SARAH

Le week-end se profile enfin. Encore en pyjama, Sarah contemple Marie dans sa chambre, qui se bat avec l'eyeliner. Elle se fait belle pour son homme... Quelle ironie ! Cette fille est jolie comme un cœur et n'a besoin d'aucun artifice : blonde aux yeux bleus, mademoiselle sait mettre ses formes en valeur. Elle envie ses courbes, sa poitrine opulente, soupire avant de partir se caler sur le canapé, puis se prépare mentalement à passer une fin de semaine seule... Une revue people entre les doigts, elle feuillette les pages sans grand intérêt lorsque Marie se penche sur le dossier pour choper son sac à main.

— Hum, hume Sarah avec extase. Ton parfum est divin.

— Tu penses qu'il plaira à Cédric ?

— N'en doute pas une seconde, on aurait envie de te croquer.

Marie l'embrasse sur la joue, un large sourire sur les lèvres.

— Je t'adore.

— C'est réciproque, mon petit bonbon.

La porte claque... encore. Ces temps-ci, Sarah se retrouve souvent toute seule et cela lui fiche le cafard. Recroquevillée sur le divan, elle écoute les bruits : des gémissements aigus par moments, qui se transforment en hurlements métalliques distants... dignes d'un film d'horreur ! Ensuite, ce sont les talons de la voisine du haut, des claquements secs, rythmés, puis qui glissent. Á se demander si cette femme n'est pas en train de s'entraîner pour un championnat de danse. Cet appartement n'est plus tout jeune, il appartient à ses parents... Elle en a hérité. Il est immense, bien agencé et lumineux. Sa pièce préférée, le salon aux grandes baies vitrées. Parfois, elle y installe quelques coussins, s'allonge et admire le ciel des heures durant en s'imaginant que son père et sa mère, de là-haut, la protègent.

En voulant bouger, la jeune femme heurte le cube en verre sur la table basse, se redresse et le saisit. À l'intérieur, gravée en trois dimensions, l'image de Johanna sur une fourmi géante en métal. Johanna s'était mise en tête d'en chevaucher une pour immortaliser ce moment quand le propriétaire des sculptures s'est pointé à la fenêtre en hurlant. Le type, un homme costaud en salopette, était sorti en courant avec un bâton à la main. Jo avait sauté sur la pelouse, retiré ses chaussures, et elles avaient filé à toute vitesse vers leur véhicule. Une journée mémorable qui leur avait valu de nombreux fous rires.

Sa belle rouquine à la peau parsemée de taches de rousseur possède un charisme extraordinaire, un don pour la création de vêtements, sans compter un grand cœur. Sarah repose l'objet, tapote le verre, un air heureux sur le visage, et décide d'employer son temps à briquer la maison.

Affublée de son vieux jogging troué, un CD de Queen enclenché, le ménage peut commencer : réfrigérateur, vitres, poussière, rien ne lui résiste. Vers treize heures, elle s'octroie une pause et commande des sushis, son péché mignon. Pour parfaire son bonheur, elle mange devant sa série préférée : *Charmed*[2]. Les sœurs Halliwell sont toutes des bombes ! Sa chouchou, Phoebe. Vers seize heures, Sarah poursuit avec l'aspirateur et le lavage du sol. Une fois l'appartement rutilant, elle s'aperçoit qu'il fait déjà nuit. Debout face à la cuisine, elle inspire la bonne odeur de propre, se prépare un bol de chocolat chaud et se remet devant le téléviseur. Elle avale sa boisson, mais ne cesse de bâiller. Ses paupières se fermant à maintes reprises, elle se résout à aller se coucher. Une lourdeur anormale pèse sur son corps. Sarah se traîne et se retient aux murs. Une fois devant son lit, elle bascule en avant et sombre.

---

[2] Série télévisée fin des années 90 mettant en scène trois sœurs ayant des pouvoirs magiques hérités de leur mère sorcière. Elles combattent alors les forces du Mal apparaissant sous forme de démons, sorciers, etc

Sarah court à travers les bois, effrayée par la voix rauque qui prononce son nom. Elle court, court à en perdre haleine. Quelque chose la saisit par la taille et l'emporte dans les airs à contresens. Ses cris résonnent et se propagent comme dans une pièce vide. La vitesse est si grande que ses bras, ses jambes et sa tête sont propulsés en avant. Elle ne distingue rien, à peine ses hurlements. La course effrénée prend fin ! Sarah chute violemment et s'écrase sur le marbre blanc. Une plainte sort de sa bouche lorsqu'elle tente de bouger. Elle jure, et ce n'est qu'à ce moment-là qu'elle voit la grande pièce. De la musique résonne, des gens dans leurs plus beaux atours dansent sur la "Grande valse viennoise". La salle est immense, les lustres en cristal scintillent sur le sol en marbre blanc.

Un jeune homme apparaît au milieu de la foule : la peau claire, les cheveux sombres... Elle l'a déjà vu, mais où ? Puis il se rapproche d'elle. Ses yeux noirs sont saisissants... L'enfant au cheval en bois ! Un frisson d'horreur parcourt sa nuque, Sarah n'a pas envie de rester ! Il y a ici quelque chose d'anormal, de mécanique. Le visage des gens est figé, cireux. L'un d'entre eux se tourne vers elle et Sarah sursaute, sa face est dépourvue d'yeux. La jeune femme se met à trembler et recule de quelques pas, puis sort en trombe de la maison. Elle court sur les pavés à toute vitesse et ne s'arrête qu'en traversant le portail de fer. À bout de souffle, les mains sur les genoux, elle reprend sa respiration. Quand elle se redresse, sa seule envie est de quitter cet endroit maudit. Au moment de poursuivre vers le bois, une épaisse brume fait disparaître la forêt.

Sarah avance à l'aveugle droit devant, les bras à l'horizontale, quand elle touche soudain quelque chose de dur. Le brouillard se dissipe, ses yeux s'écarquillent d'horreur. Les gens ont le visage tailladé, en sang, et continuent de danser. La tête entre ses mains, elle hurle de toutes ses forces pour que tout s'arrête. La musique cesse, les corps s'effondrent sur le sol, mais un seul reste debout, la fixant, un rictus sur les lèvres. Le cœur battant, Sarah s'éloigne doucement et à reculons de la vitre, puis jette un œil aux alentours pour chercher une issue. Ce n'est qu'au moment de tourner à nouveau les yeux vers lui qu'une vitre part en éclats tandis qu'il se jette sur elle, un scalpel à la main.

Sarah crie et bondit d'un coup du lit. Sa main cherche avec frénésie une plaie sur sa joue ou son front. Les images de ce cauchemar ressurgissent et la troublent. Encore groggy, elle inspecte la chambre baignée d'une lueur douce et diffuse, teintée de rose... L'aube. Elle se redresse, appuie sur l'interrupteur, et, par acquit de conscience, inspecte son corps et son visage face au miroir sur pied : aucune blessure apparente, rien que des cernes violacés. Sa bouche s'ouvre en un bâillement bruyant, lorsque Sarah tique sur sa tenue.

— Qu'est-ce qui m'arrive ?

En vingt-six ans, jamais elle n'a dormi habillée ! L'esprit confus, elle se gratte le crâne tout en marchant vers le couloir. Un bruit sourd derrière elle la fait bondir et se retourner. Son cœur s'affole. Sarah se plaque à la porte, cherche du regard si quelque chose est tombé, puis remarque enfin du liquide rouge sur la fenêtre. La gorge nouée, elle avance à petits pas, hésitante. Ce n'est qu'à un mètre de l'impact qu'elle voit la fissure qui part dans tous les sens. Elle se rapproche, toujours indécise, et tend le bras vers la poignée. Ce n'est qu'au moment d'ouvrir le battant que son visage tendu se relâche : un malheureux pigeon, le crâne ouvert et ensanglanté, gît sur le rebord. Sarah s'attriste en voyant ce petit corps sans vie. Elle file vers la cuisine récupérer un torchon, et quand elle revient vers l'animal pour l'envelopper, une fumée noire s'échappe de l'oiseau, tournoie vers le haut et finit par se dissiper dans les airs. Elle reste un moment figée à se demander ce que cela pouvait bien être, balaie la chambre du regard, puis hausse les épaules. Le corps inanimé entre les mains, elle récupère une boîte à chaussures et le place à l'intérieur. Assise sur le lit, le regard fixé sur ce cercueil de fortune, un soupir s'échappe de sa bouche. Il n'est pas question de se débarrasser du pigeon en le jetant dans le vide-ordures ! Ce serait inhumain. Alors une idée lui traverse l'esprit. Elle s'empare de son téléphone et appelle

Jo qui a passé la nuit ailleurs. Au bout de la quatrième sonnerie, son amie décroche et marmonne un "âllo" quasi inaudible.

— Jo ?

— Non, c'est le pape !

— Je t'ai réveillée ?

— Quelle idée ! Non, voyons, je dansais la samba aux aurores !

— Pourquoi tu chuchotes ?

— Parce que... Attends !

Un bruit de pas résonne à l'autre bout du fil. Sarah entend une porte qui grince et l'eau qui coule.

— Petite cachottière ! lance Sarah en riant. Tu n'es pas seule, c'est ça ?

— Je te raconterai plus tard, OK ? Maintenant, déballe ton sac.

— Il m'arrive des trucs chelous, Jo.

— Chelous comment ?

— J'ai fait deux cauchemars étranges, toujours au même endroit, mais où seule la scène change. D'abord, je vois un gosse, et après... le même enfant devenu adulte qui cherche à me tuer... Puis là, un pigeon qui s'écrase contre le carreau de ma chambre.

Un ange passe... Face au mutisme de son amie, Sarah fixe son écran et le replace à l'oreille.

— Johanna ? Tu es là ?

— Dis-moi que ce n'est pas vrai ! Que tu ne m'as pas réveillée à sept heures pour me parler d'un piaf !

Gênant en effet, quand on y repense... Sarah se tourne vers le cadran lumineux posé sur la table de chevet et se mord la lèvre. *Merde !*

— Tu as bu ou fumé des substances illicites ? Dis-moi oui pour pas que je t'étrangle !

— C'est qui ? questionne Sarah, amusée.

— Ne change pas de conversation, OK ? Suis hyper irritée, là.

— Allez, crache le morceau !

Un soupir combiné d'un « Quelle emmerdeuse ! » s'échappe de la bouche de Jo.

— Tu préfères garder le silence ? Je le saurai, de toute façon, puisqu'on se retrouve chez tes parents.

— Mouais !

— Je vais me préparer, à plus.

— Hey ! hurle la rouquine, ne raccroche pas !

Sarah rapproche à nouveau l'appareil de son oreille.

— Oui ?

— T'en as fait quoi du piaf ?

— Il est dans une boîte. Je comptais l'enterrer dans le jardin de tes parents.

— Je ne veux pas le voir, OK ? J'ai toujours une peur bleue des oiseaux.

— Petite nature !

Johanna râle et coupe l'eau du lavabo.

— Passe me prendre à l'hôtel. Je t'envoie l'adresse par SMS.

— Oh, intéressant.

— Gnn ! Tu ne paies rien pour attendre.

Elle raccroche en souriant et pose le téléphone sur la commode pour aller se doucher. Le bip d'un message entrant retentit ; elle ne l'entend pas. Sarah applique un peu de pommade sur ses boutons, bien que convaincue qu'elle n'a aucun effet sur son acné, et enfile une salopette ainsi qu'un pull marine. Une fois son café ingurgité, des tennis aux pieds et sa veste sur le dos, elle claque la porte, prête à partir... et revient en arrière : le pigeon ! Cette histoire d'aventure secrète avec Jo l'a vraiment intriguée, au point d'en oublier l'essentiel. Une fois au sous-sol, elle balance sa besace sur le siège passager et se met à tapoter le volant, l'air soucieux. *J'ai la sensation d'omettre un détail ? Mais quoi ?*

La Mini Cooper démarre, direction Luzarches. Par chance, le temps semble clément et des éclaircies parsèment le ciel. Elle appuie sur le poste radio, la voix d'Edith Piaf retentit, "*N'y va pas, Manuel, n'y va pas*". Ces paroles tournent en boucle, tel un disque rayé. Sarah change de station, parcourue d'un léger frisson.

Le poste grésille, elle abandonne quelques secondes ses recherches pour ouvrir la vitre. *J'aurais dû retirer mon blouson, je cuis !* La voix de Brel résonne dans l'habitacle, surprenant Sarah au passage.

"La mort m'attend aux dernières feuilles de l'arbre qui f'ra mon cercueil, pour mieux clouer le temps qui passe. La mort m'attend dans les lilas qu'un fossoyeur lancera sur moi, pour mieux fleurir le temps qui passe."

Envahie de chair de poule, elle éteint la radio. Son téléphone retentit et sonne avec insistance. Au moment où ses yeux se posent sur le panneau d'indication "Luzarches", les paroles de Jo lui reviennent en mémoire.

— Merde ! profère-t-elle avec un coup de poing sur le volant.

Elle vient à peine de réaliser son erreur de destination. Convaincue que l'appel provient de Jo, elle essaie d'attraper son mobile sans quitter la route des yeux. Mais au milieu de ce fourre-tout bien rempli, impossible de mettre la main dessus.

— Fait chier !

Sarah quitte la route des yeux quelques secondes à la recherche d'un endroit où stationner, quand elle aperçoit un véhicule noir lui foncer dessus. Elle braque d'un coup sec sur la droite, percute la rambarde métallique et écrase la pédale de frein. Les pneus crissent et laissent une traînée de caoutchouc sur l'asphalte, puis son véhicule s'arrête. Son corps tout entier tremble. L'autre voiture, qui roulait à vive allure, s'encastre dans un poteau électrique. Du rétroviseur, Sarah observe la fumée qui se dégage de la berline. Les mains tremblantes, elle saisit son sac et s'empare de son téléphone pour appeler les secours : plus de batterie. Sarah le jette sur le siège et sort. Ses pas deviennent des foulées et intérieurement, elle supplie le ciel pour que personne ne soit blessé. Puis son cœur manque un battement : l'homme au volant a la tête posée sur l'airbag dégonflé. La femme à ses côtés, le front ouvert, saigne beaucoup. *Seigneur !* Son regard se lève vers la route dans l'espoir d'entrevoir un véhicule... mais rien. Cette route semble soudain frappée de désertification.

— Monsieur ? Vous m'entendez ?

Au son de sa voix, l'individu bascule la tête en arrière et la fixe de ses yeux injectés de sang. Sarah recule. Elle essaie de réfléchir, quand soudain, l'homme bouge ses lèvres. Elle se rapproche aussitôt de lui, remarque la tache sur sa tempe droite et tend l'oreille. Il articule des mots inaudibles dans un gargouillis de sang et de salive.

— Je ne comprends rien, désolée.

La panique la gagne. Sarah essaie d'ouvrir la portière, tire dessus, frappe la taule, mais sans succès. Incapable d'abandonner, elle passe le bras à l'intérieur afin d'atteindre la poignée, lorsque le conducteur saisit son bras.

— Non. Les... choses ne sont pas ce qu'elles paraissent.

— Quoi ?

Ces paroles n'ont aucun sens ! Sarah les ignore et tire de toutes ses forces sur la portière, déterminée à les sauver. L'individu ferme les yeux et sa tête retombe sur le volant.

— Non !

Des flammes jaillissent de sous le capot. La jeune femme se protège le visage, recule de quelques mètres, et sent que quelque chose l'agrippe par la taille pour la projeter à une dizaine de mètres du véhicule. La retombée est brutale.

Sarah s'évanouit.

Dany, le restaurateur, observe la scène, camouflé derrière un arbre, jette sa cigarette à moitié entamée et marche d'un pas pressé vers la voiture de Sarah. Il récupère un objet dans sa poche, passe la main dans l'entrebâillement de la vitre et le jette sur le siège. Tout en s'éloignant, l'homme passe un coup de fil.

— Tu as remis l'écrin ? demande l'interlocutrice de sa voix grave.

— Oui, madame.

La berline explose, Dany sursaute et pivote.

— Bien, lâche-t-elle, satisfaite, en entendant la déflagration.

CHAPITRE CINQ

GABRIEL

Accroupi près de l'animal, Gabriel fixe son bagage un bref instant et soupire. Retourner à l'hôtel et les supplier ? Non, hors de question ! Des nuits blanches, Gabriel en a connu, mais plus souvent dans les bras de jeunes femmes. Dormir à la belle étoile avec ce froid s'annonce comme un véritable défi ! Il se jure de garder les yeux ouverts jusqu'à l'aube, même si cela lui semble difficile.

Gabriel se redresse et entre à nouveau dans le parc, suivi de près par le chiot. Il trouve un banc isolé, entouré de végétation, et s'y installe. Les yeux rivés sur le ciel étoilé, un rire cynique lui échappe. À quel moment sa vie est-elle partie en vrille ? Qu'a-t-il bien pu faire au bon Dieu pour mériter un destin pareil ? Un petit couinement le sort de ses pensées, la pauvre bête tremble et se blottit contre sa jambe. Son cœur se serre à nouveau et sa gorge se noue. Les souvenirs veulent remonter, Gabriel résiste, et dans l'espoir de les stopper, se frappe les tempes. Son corps tendu s'assoupit et ses yeux se ferment sur son enfance... Il n'avait que huit ans.

— Monsieur Ardent, hurle la femme de ménage, allez jouer dehors ! Je viens de terminer de passer la serpillière. Vous êtes infernal !

Un sourire malicieux sur les lèvres, les pieds pleins de boue, le gamin ressort en riant aux éclats. Il court dans le jardin, saute dans les flaques d'eau laissées par l'averse en imitant un avion en mode décollage. Lorsqu'il arrive au niveau du portail, il stoppe d'un coup. Sa bouche forme un "o" de surprise devant le petit chiot trempé qui frissonne. Gabriel regarde derrière lui s'il n'y a personne, s'avance lentement et s'agenouille à quelques mètres.

— Viens, n'aie pas peur.

L'animal renifle la main tendue dans sa direction et se recroqueville. Gabriel contemple son pelage beige sali par la terre, ses multiples tremblements, et son visage s'affaisse de tristesse : les bêtes sont interdites à la maison. L'enfant pleure, renifle et essuie son nez du revers de sa manche. Il retire sa veste et enroule le chiot avec, le serre contre lui et promet de le protéger.

Gabriel contourne l'immense bâtisse et file vers l'arrière. Par temps de pluie, personne ne traîne à l'extérieur. Son précieux ami blotti dans ses bras, il vérifie la baie vitrée, entrouverte, qui mène au petit salon : aucune femme de ménage. L'enfant se dépêche d'y pénétrer.

— On y est presque, murmure-t-il à son nouveau compagnon.

Un coup d'œil au couloir. Il entend la voix de deux employées dans la cuisine et en profite pour courir se réfugier dans sa chambre à l'étage.

— Reste bien tranquille, murmure-t-il en le plaçant sous son lit. Je vais chercher à manger.

Le gosse dévale les marches, toujours muni de ses bottes en caoutchouc sales, puis débarque dans la cuisine, l'air de rien.

— Jeune homme ! crie la bonne aux cheveux gris et au regard méchant. Combien de fois vous ai-je dit de retirer ces horreurs quand vous rentrez ?

— Hum, beaucoup.

Malgré les remontrances prononcées avec sévérité, Gabriel sait qu'elle ne lui fera rien. Ici, il est comme un prince, seul, mais libre d'agir à sa guise. Les mains derrière le dos, raide comme un piquet, il avance vers le réfrigérateur avec assurance et s'empare de deux parts de rôtis fumés.

— Vous avez pris votre petit-déjeuner il y a deux heures ! lance la gouvernante aux cheveux blonds, prête à lui retirer l'assiette des mains.

— Pas touche ! réplique-t-il aussitôt, les sourcils froncés.

Le gosse ressort de la pièce sous le regard étonné des deux femmes, puis file dans sa chambre. Attendri par le joli minois du chiot, Gabriel s'assoit près de lui pour le regarder manger.

— Il te faut un nom... Max ? Non, je n'aime pas. Neige ? Félix ? Non, je sais, finit-il par dire en le caressant, tu t'appelleras Lucky.

Ce bonheur ne durera, en tout et pour tout, que quatre jours. L'odeur infecte d'excréments et d'urine qui se dégage de la pièce a fini par alerter les bonnes. Puis le jour fatidique finit par arriver. Un matin, alors que Gabriel étudie avec son professeur de français, un aboiement plaintif le fait bondir de son siège et courir vers le couloir. Le jardinier, un homme de forte corpulence et acariâtre, tient le chien par la peau du cou. Le gosse tente de le ralentir en s'accrochant à sa salopette.

— Il est à moi ! crie-t-il. Rendez-le-moi !

— Pas d'animaux !

Gabriel tombe sur les fesses mais se relève aussitôt, court et lui donne un coup de pied dans les mollets.

— Sale mioche ! s'écrie le jardinier, le regard mauvais. T'as pas encore compris que je ne fais qu'obéir ?

Le gamin cesse un instant de pleurer et le jauge.

— À qui ? ose-t-il demander, la voix tremblante.

L'homme fixe dans un premier temps les autres employés, gouvernantes et professeurs, comme s'il attendait une réaction. Mais aucun d'entre eux n'ose intervenir et tous baissent les yeux.

— Tes chers parents ! finit-il par lui dire, un rictus aux lèvres.

Ces paroles sonnent aux oreilles de l'enfant comme une lame aiguisée qui vient lui perforer le cœur. L'homme s'éloigne vers le local du jardin. Gabriel ne s'avoue pas vaincu, se jette à nouveau sur lui et le frappe de ses poings fragiles. Il hurle jusqu'à ne plus avoir de voix, le supplie et se laisse choir devant le cabanon, en larmes. Le type lance l'animal à l'intérieur et s'empare de la carabine suspendue à des crochets. Les yeux de l'enfant s'écarquillent d'horreur.

— Non, par pitié !

Mais l'employé ne l'écoute pas et soulève l'arme.

— *Je dirai tout à mes parents !* hurle Gabriel alors que les larmes ruissellent sur ses joues.

Le jardinier tourne la tête pour le dévisager, le doigt posé sur la gâchette, et répond avec froideur.

— *Tes parents n'ont pas le choix !*

Puis tire.

Le coup le ramène dans le parc, essoufflé, les yeux mouillés. Sa poitrine se soulève à un rythme effréné. Il n'était qu'un môme... Un môme à la recherche d'un peu d'amour et de compagnie. Lorsqu'il regarde le chiot, toujours tremblant, une dernière image s'impose à lui : Lucky, le crâne éclaté par la balle. Gabriel se redresse subitement du banc et vomit. Cet afflux d'émotions lui vrille l'estomac. Son corps se détend à nouveau mais son crâne tambourine. Il s'accroche à l'accoudoir métallique et s'assoit, avant de sombrer.

Cela fait quatre heures que Gabriel étudie l'italien. Il s'étire et se redresse pour atteindre la fenêtre. Il contemple les parterres de fleurs avec mélancolie. Edouard, son père, entre sans prévenir, habillé d'un beau costume trois pièces, les bras derrière le dos.

— *Tu as terminé ?*

— *Depuis un moment,* répond-il d'un air las.

L'homme aux cheveux bien coiffés toise son fils devenu un beau jeune homme, tousse légèrement et se dirige vers le bureau. En passant devant lui, il soutient son regard quelques secondes, assez pour que l'adolescent déglutisse. Quelque chose a changé... Quelque chose que Gabriel ne peut expliquer. Il retourne s'asseoir sur le siège capitonné et fixe l'auréole couleur grenat située sur la tempe de son père. Jamais il ne l'a vue d'aussi près.

— *Bien, voyons si la leçon est assimilée. Beato il corpo che per l'anima lavora. Traduis !*

— *Heureux le corps qui pour l'âme travaille.*

Sans même un compliment, son père poursuit en y mettant l'accent.

— Bisogna battere il ferro sin quanto è caldo.

— *Il faut battre le fer pendant qu'il est chaud. Quand je dis que j'ai étudié, interrompt-il, agacé, c'est que je l'ai fait. Pourrais-tu arrêter de douter de moi ?*

— *Je n'aime pas le ton sur lequel tu me parles !*

Sans rien ajouter, son père pivote et s'éloigne vers la porte.

— *Père, attendez.*

L'adolescent s'approche timidement, ses cheveux noirs lui couvrant une partie du visage. Il relève la tête, puis se jette dans ses bras. Édouard le repousse avec froideur et réajuste la veste de son costume.

— *Qu'est-ce qui te prend ? Tu n'es plus un enfant, mais un homme.*

— *Je...*

— *Cesse tes enfantillages et remets-toi au travail.*

Face à tant de dureté, Gabriel ravale ses larmes. La porte claque, le laissant prostré un moment, la mâchoire crispée et les poings serrés. La colère monte en lui comme un volcan qui entre en éruption. Au même moment, l'une des bonnes frappe deux coups et se présente avec son repas sur un plateau. D'un mouvement du bras, il envoie tout valdinguer dans la pièce. La femme crie et se plaque au mur, effrayée.

— *Foutez le camp ! rugit-il en tremblant. Vous me dégoûtez, tous autant que vous êtes !*

Gabriel émerge à nouveau, avec la sensation de suffoquer. Dérouté, il se lève et s'appuie contre le tronc, respire par à-coups et tente de se calmer. Mais un autre vertige l'assaille.

— Non ! supplie-t-il alors que son corps glisse au sol.

— *Nous ne pouvons plus continuer ! prononce sa mère sur un ton affolé. Il va finir par comprendre !*

Gabriel se plaque contre le mur et se rapproche un peu plus de l'entrée de la cuisine.

— *Je t'en prie, il ne voit aucune différence.*

— *Ne sois pas si sûr de toi ! Ce n'est plus un gamin, il est intelligent et...*

— Il suffit ! hurle son père. Je te dis qu'il n'a rien remarqué. Pour lui, nous sommes ses parents, point !

Un bref silence s'installe. La voix tremblante de sa mère rompt cette quiétude.

— Écoute, Édouard. Il a atteint la majorité... J'ai de la peine. Et si on lui révélait la vérité ?

— Es-tu folle ? Tu sais ce qu'on risque ? Penses-tu qu'elle nous laissera viv...

L'entrée théâtrale de leur fils qui applaudit les arrête net.

— Depuis quand nous espionnes-tu ? demande son père, le visage blême.

— Assez longtemps !

Barbara se mord la lèvre inférieure et intervient.

— Tu n'étais pas censé être en cours de médecine ?

Gabriel ne répond pas et les jauge avec dédain.

— Donc, je ne suis pas votre fils ?

Édouard se raidit, mal à l'aise.

— Alors ? poursuit-il en s'avançant vers Barbara, les yeux emplis de colère. J'ai été kidnappé à la naissance ? Adopté ? Dites-moi ?

Ils restent muets, et la tension monte.

— Comment j'ai pu être aussi aveugle ? Il suffisait de vous regarder. Nous n'avons rien en commun !

— C'est compliqué...

— Quoi donc ? répond-il à sa mère qui s'emporte. De dire la vérité ?

— Arrête ! intervient Édouard qui l'agrippe par le bras.

Gabriel se dégage violemment, l'homme déglutit et se retient de justesse à l'îlot.

— S'il te plaît, supplie Barbara d'une voix chevrotante, calme-toi. Les choses ne sont pas ce qu'elles paraissent...

— Tais-toi ! l'intime Édouard. Tu ne peux pas !

— Elle ne peut pas quoi, putain ?

— Nous ne sommes pas ce que nous prétendons être...

— Quel ramassis de conneries !

— C'est la vérité, continue Édouard en pointant son doigt vers lui. Tout était régi en fonction de toi. Nous ne faisions qu'...

Mais ses paroles restent en suspens. Barbara quitte la pièce en courant, abandonnant les deux hommes qui se défient du regard.

— *Je ne dirai rien de plus, précise Édouard, le visage fermé.*

Poussé par la rage et l'incompréhension, Gabriel fonce sur lui et le plaque contre le réfrigérateur, les yeux voilés d'une tristesse palpable. Son père ne bouge pas, lui respire comme un buffle et son poing le démange.

— *Tu devais te contenter d'obéir et suivre les règles sans poser de questions !*

Gabriel se fige à ces paroles. Il ne les comprend pas, ne comprend rien... Écœuré, il le lâche. Tous ces secrets le rendent dingue !

— *Jamais, répond-il sèchement.*

Allongé sur le sol, il fixe le ballet des branches sous le vent et le ciel qui s'éclaircit. Le jour se lève. Le chiot lui lèche le visage. Au lieu de le repousser, il s'assoit, le saisit et le caresse. Quelques grimaces viennent agrémenter son visage, des mimiques dues aux élancements au bas de son dos. Ses doigts passent sur le pelage, l'animal s'étire de satisfaction, lui permettant d'oublier, l'espace d'un instant, toutes ces réminiscences. Un long soupir s'échappe de sa bouche. Gabriel se redresse, secoue ses vêtements et cherche un endroit discret où vider sa vessie.

— Non mais, voyez-vous ça ! retentit la voix mécontente d'un homme. Faut toujours que de jeunes cons viennent polluer mon parc !

— Manquait plus que ça, marmonne Gabriel en refermant sa braguette.

Il se retourne sur un vieillard en blouse verte, qui se tient à un chariot où trônent un balai et une grande pelle. Sans répondre à la provocation, le jeune médecin saisit sa valise et s'éloigne.

— Oh, et ton clebs, t'as intérêt à ramasser ses crottes ! T'entends ?

De très mauvais poil, Gabriel pivote et revient à son niveau, avec le visage des mauvais jours.

— Écoute, papy, je viens de passer une soirée abominable...

— Rien à foutre ! cracha l'individu édenté. D'ailleurs, comment t'as fait pour entrer ? Je ferme toujours le portail.

— Tu dois certainement avoir des problèmes de mémoire, car il était ouvert !

— On n'a pas élevé les cochons ensemble, jeune homme, pour que tu me tutoies ! Et ma mémoire est parfaite !

Le vieil homme s'empare de sa pelle et la brandit devant Gabriel.

— Dégage de mon parc !

— Tu ne me fais pas peur, vieux croûton !

— Nom de nom, jamais personne ne m'a parlé sur ce ton !

— Il y a un début à tout !

Gabriel saisit le chiot, sa valise, et quitte les lieux.

CHAPITRE SIX

GABRIEL

Gabriel a faim, son odeur corporelle commence à le gêner et cela impacte son humeur.

— Eh, le chien, tu es conscient que c'est ta faute ?

Pourquoi l'a-t-il pris, d'ailleurs ? Ses horaires de boulot ne lui permettent pas d'avoir un chien. Qui le nourrira, le sortira, nettoiera sa couche ? Ces questions ne l'ont même pas effleuré...

— Vous avez besoin d'aide ?

— Pardon ? répond-il en tournant le visage sur une petite dame au foulard fleuri.

— Vous semblez perdu...

Gabriel suit son regard vers sa valise.

— Ah, ça ? Non, pas du tout. Je suis seulement distrait.

Elle acquiesce, caresse la tête du chien et traverse la rue. Il la regarde s'éloigner, un peu intrigué par sa réaction, mais n'y prête plus aucune attention et se concentre sur ses objectifs : trouver un endroit où dormir ! À peine commence-t-il à penser à appeler un taxi pour aller ailleurs que son cerveau se brouille. Quelque chose l'empêche de réfléchir. Les solutions s'imposent à lui, comme des flashs répétitifs, et l'orientent vers l'hôtel *Villeneuve-la-Garenne*. Gabriel masse l'arête de son nez pour dissiper son léger mal de tête et marche en direction du lieu, tout en programmant son angle d'attaque.

Voilà... Tu entres naturellement, salues Lurch[3], si possible avec le sourire. Même si le type n'a pas l'air de te porter dans son cœur. Pour la harpie, il te suffira de montrer ton côté séducteur, personne ne lui résiste. Il se rapproche de l'endroit et se stoppe à quelques mètres. *Bon sang, heureusement que mon rendez-vous à la clinique n'est que dans deux semaines ! Allez, garde ton calme et tout ira bien.*

Depuis quelque temps, il se parle beaucoup à lui-même et s'en étonne. Peut-être a-t-il développé cette technique afin de se rassurer ? Il respire un grand coup et entre. Le groom[4] le fixe, impassible. Gabriel ravale sa fierté, se force à sourire un minimum et s'avance jusqu'à l'accueil.

— Bonjour... Je tenais à m'excuser pour hier. Je me demandais si vous accepteriez de me rendre la chambre, rien que pour cette nuit.

— Impossible, désolé.

— Pardon ?

L'homme hausse les épaules sans rien ajouter et se concentre sur son ordinateur.

— Hé, Lurch ?

Le groom lève la tête, contrarié par le prénom qu'il vient de lui donner, mais reste indifférent. Gabriel se contracte et son pied tapote le sol compulsivement.

— J'ai payé ma chambre pour deux semaines, vous entendez ? Deux semaines !

— Que voulez-vous que je vous dise ?

Il pose le chiot sur le comptoir, se penche en avant pour saisir l'employé par la cravate, puis rapproche son visage du sien.

— Tu veux peut-être que je t'aide à chercher ?

— Les... Les chiens ne sont pas autorisés ! gémit le groom en se débattant.

— Monsieur Ardent ! crie avec fermeté une voix féminine.

---

3 Lurch est le majordome dévoué de La Famille Addams, film américain de Barry Sonnenfeld
4 Jeune employé d'hôtel

D'un mouvement souple, Gabriel le libère et se concentre sur le dragon. La responsable, habillée d'un tailleur beige et les cheveux remontés en chignon, le jauge avec mépris.

— Je vous prie de quitter mon établissement, monsieur. Vous n'êtes plus le bienvenu.

— Sans rire !

— Je ne me répéterai pas !

— Êtes-vous consciente que je peux porter plainte contre vous ?

— Faites donc, dit-elle en fixant la caméra à l'angle du mur.

Un tout petit détail qui a son importance, au vu des scènes auxquelles il s'est adonné. Gabriel lève les yeux au ciel, résigné. Même s'il a raison sur le principe, les images, elles, l'accusent à coup sûr. La femme lui ouvre la porte et le somme de partir.

— N'oubliez pas votre chien.

— Vieille peau, murmure-t-il en la croisant.

— Pardon ?

— Je disais : le ciel est beau.

Sur ce, le jeune médecin sort. Malgré son torse bombé et son air fier, il a plutôt l'impression d'avoir la queue entre les jambes. Il se trouve désormais dans une merde noire, sans personne pour l'aider. Le téléphone dans la main, une idée le traverse : appeler un taxi et chercher un hôtel plus loin. D'ailleurs, pourquoi n'y a-t-il pas pensé hier ? Il secoue la tête, saisit son mobile et tapote sur le moteur de recherche quand l'écran s'éteint.

— Noooon !

Il lève le bras, prêt à briser l'appareil sur le sol, mais se retient en se mordant la lèvre.

— Putain de poisse !

Le temps de reprendre ses esprits, Gabriel marche vers le bas de la route, pose le chien à ses pieds et essaie de réfléchir. Il fixe la rue au loin et se demande de quel côté aller quand une femme d'une soixantaine d'années avec un foulard fleuri sur la tête l'approche.

— Cette fois, vous semblez dans le pétrin.

— Encore vous ? Seriez-vous en train de me suivre, ma petite dame ?

— Oui, bien sûr, je n'ai que ça à faire de mes journées, répond-elle, un sourire en coin.

Gabriel la détaille des pieds à la tête : peau pâle un peu jaunie, gonflement du visage, plaies sur les lèvres... Le constat est sans appel ! Elle souffre d'un cancer.

— Qu'est-ce que vous me voulez ?

La petite dame détourne le visage et opère un demi-tour pour repartir. *Un phénomène, celle-là !* Il la regarde s'éloigner, la nuque légèrement courbée en avant, les mains nouées dans le dos... puis la voit s'arrêter et revenir vers lui. *Ce n'est pas vrai, elle va me faire chier longtemps ?*

— Je n'ai pas pour habitude d'aborder les gens dans la rue, et cette attitude ne me ressemble pas. Mais pour une raison que j'ignore, je me dois de réitérer ma question : avez-vous besoin d'aide, jeune homme ?

Ses yeux verts ternis par un léger voile soutiennent son regard. Il y a en elle quelque chose d'inexplicable, d'insaisissable. Gabriel hausse les épaules, l'air de rien, et répond avec un naturel déconcertant.

— Vous avez raison, Sherlock, je suis dans la panade !

Au lieu de s'offusquer, à sa grande surprise, elle éclate de rire. C'est bien la première fois que quelqu'un rit à l'un de ses sarcasmes. Le chiot, amusé, sautille autour d'elle, puis se hisse sur le pantalon de Gabriel pour lui réclamer un câlin.

— Désolée, reprend l'inconnue, une fois l'euphorie passée. J'avais oublié combien rire faisait du bien. Il est vraiment mignon, ajoute-t-elle, les yeux rivés sur l'animal.

— Je l'ai trouvé dans le parc... Vous pourriez le garder ?

— Non, c'est malheureusement impossible pour moi.

Le mot « impossible » le conforte dans sa première analyse : elle est malade. Mais il s'abstient de tout commentaire et préfère garder une certaine distance : son lot d'emmerdes est déjà conséquent.

— Vous êtes du coin ? demande Gabriel.

— Oui, je n'habite pas très loin.

— Vous pourriez m'indiquer s'il y a un autre hôtel dans le coin ?

— Non.

Sa réponse abrupte le fait sourciller.

— Pardon, je voulais dire que je n'en connais pas d'autres. Cela étant, je ne sors presque jamais de chez moi. C'est une exception... Et vous ? Vous n'êtes pas d'ici, pas vrai ?

— On est curieuse ?

Elle le toise, et gratte son foulard à fleurs.

— On dirait... finit-elle par dire comme si cela la surprenait. Au cas où vous seriez intéressé, j'ai un appartement de libre dans mon immeuble, au troisième étage, juste à côté du mien.

— Votre "immeuble" ?

Elle ne répond pas et semble soudain lointaine, le regard perdu dans le vide.

— Je veux bien le visiter... Où se trouve-t-il ? C'est que je suis à pied.

— À dix minutes de marche.

Il soulève le chien et décide de la suivre. Durant les dix minutes de trajet, elle lui raconte combien elle a apprécié le précédent locataire. Le vide ressenti après son départ, et sa joie lorsque le jeune homme lui a envoyé une carte postale. Lui qui déteste perdre son temps se surprend à l'écouter. Elle évoque le drame qui a emporté son mari et son fils, sans préciser les raisons de leur mort. Il voit les yeux de cette femme se remplir de larmes tandis qu'une douleur étrange serre sa poitrine. Gabriel grimace et masse le côté gauche de son torse.

— On est arrivés, annonce-t-elle en désignant le bâtiment blanc aux balcons vitrés.

Il s'attarde sur la façade et le parking. Après une petite pause, la femme lâche la barrière séparatrice et reprend sa marche vers le hall d'entrée.

— L'appartement se trouve au troisième, il n'est pas très grand et possède une surface de quarante mètres carrés.

— Parfait pour commencer.

— Vous verrez, le quartier est très calme, complète Mel, blottie au fond de l'ascenseur.

— Un peu loin de Paris.

— Pas si on a un véhicule. Quarante-cinq minutes, ce n'est rien.

— Vous avez toujours réponse à tout...

— Je m'appelle Mélissa, reprend-elle alors que les portes de l'ascenseur s'ouvrent.

— Gabriel.

— Attendez-moi là, Gabriel, je vais chercher les clés.

Cette rencontre tombe du ciel !

— Allez, dit-il au chiot en le posant par terre.

Son regard balaie le hall blanc aux appliques beiges, fixe les trois portes et se demande laquelle des deux restantes est celle du studio, quand Mel revient et ouvre celle face à l'ascenseur.

— Voilà, je vous laisse visiter.

Il pose la valise dans le vestibule et explore les lieux.

— Vous avez une cuisine ouverte et équipée.

— C'est meublé...

— Oui, en effet. C'est un problème ?

— Non.

Elle pousse la porte de gauche.

— La chambre. Vous trouverez des draps ainsi que des serviettes dans l'armoire. Tout est propre, je m'en suis chargée moi-même. La salle de bain est derrière cette porte coulissante. Elle a été refaite au goût du jour. Petite, mais fonctionnelle. Cela vous ira ?

— Je ne pouvais pas rêver mieux ! lâche-t-il, presque soulagé.

De toute façon, il va devoir s'en contenter. Malgré sa petite surface, l'endroit lui semble sain. Le salon baigne dans la lumière, le parquet brille et les meubles sont propres.

— Quand pourrai-je venir y habiter ?

— Tout de suite, si cela vous convient.

— Comme ça ? Sans rien payer ni papiers au préalable ?

— Je me fie à mon instinct. Il faudra débourser deux mois de loyer et un mois de caution. Sept cents euros par mois, charges comprises. Gabriel se tourne vers elle, ébahi par la rapidité de l'affaire, regarde le chien qui renifle tous les coins, et claque la langue dans sa bouche.

— Il va falloir que je lui trouve un refuge, prononce-t-il à voix basse.

— Vous disiez ?

— Je prends l'appartement.

— À la bonne heure !

Gabriel récupère son bagage, l'emporte dans la chambre et retire sa veste. De retour dans le salon ouvert sur la cuisine, il trouve Mel en train de donner à manger au chiot ainsi que de l'eau. *Où a-t-elle trouvé la nourriture ?*

— Pâtée pour chat ! lance-t-elle en voyant son visage interrogateur. Des restes de l'ancien locataire.

Gabriel se contente de hocher la tête en guise de réponse.

— Voici un double des clés. Je vous apporterai le contrat demain, ou plus tard. En attendant, je vous laisse vous installer. Si vous avez besoin de moi, vous savez où me trouver.

— Je m'en souviendrai.

— Ah, j'oubliais, ajoute Mel, sur le pas de la porte. Vous avez les codes wifi sur la table de chevet et il y a l'eau et l'électricité. Je n'ai pas eu le temps de prévenir les organismes, alors je me chargerai des formalités dès que possible.

Il la regarde refermer derrière elle, conscient que cette situation sort de l'ordinaire ! Tant de générosité... Pourquoi ? Qui, de nos jours, loue un bien dans de telles conditions ? Gabriel sent au plus profond de son âme que quelque chose cloche chez cette femme. Il met cela sur le compte de sa maladie, puis redresse les manches de son polo.

— Bon ! s'exclame-t-il en direction de la boule de poils. Un bain s'impose.

Gabriel saisit son gel douche dans la valise et installe le chiot dans la baignoire. Durant toute la séance toilettage, l'animal se laisse dorloter. Le jeune homme s'empare ensuite d'une serviette sur l'étagère en bois, pose le chien sur le carrelage, mais celui-ci lui échappe.

— Viens ici !

La boule de poils trotte dans tout l'appartement et laisse des traînées d'eau derrière elle. Gabriel manque de glisser à plusieurs reprises, profère un juron en se retenant de justesse au dossier du canapé, puis s'élance sur le chiot près de la table basse.

— Je t'ai eu !

Assis à même le parquet, sale et trempé, il contemple l'animal jouer avec la serviette et la tirer dans tous les sens. L'anxiété l'envahit, suivie d'un sentiment plus profond, un sentiment de catastrophe, de mort imminente… Il rejette ces pensées avec force en secouant la tête. Puis il remarque que le chiot est immobile devant lui, les yeux ronds. Gabriel laisse échapper un soupir empreint de remords.

— Toi et moi, c'est impossible, désolé.

Incapable d'affronter plus longtemps son regard, il se lève, part se doucher et profite de ce moment pour éliminer toutes les tensions accumulées ces derniers temps. Ses muscles se relâchent, ses épaules s'allègent, le poids semble disparaître. Un coup de tondeuse à barbe, un bon brossage de dents et le voilà comme un sou neuf. Gabriel fait un clin d'œil à son reflet, satisfait par son apparence. Nu, il retourne dans la chambre et enfile un jean. Assis sur le lit, il consulte ses mails : un message du transporteur disant que ses effets personnels vont être livrés dans un garde-meuble. Un autre message lui demande de confirmer l'adresse de livraison pour sa voiture. Gabriel tape celle de Villeneuve et l'envoie. Le chiot est allongé près de la porte et ne le quitte pas des yeux. Il l'ignore, à contrecœur, écrit "refuge" sur son moteur de recherche et trouve une adresse à Paris. La fatigue le gagne, il s'allonge, bâille, et finit par s'endormir.

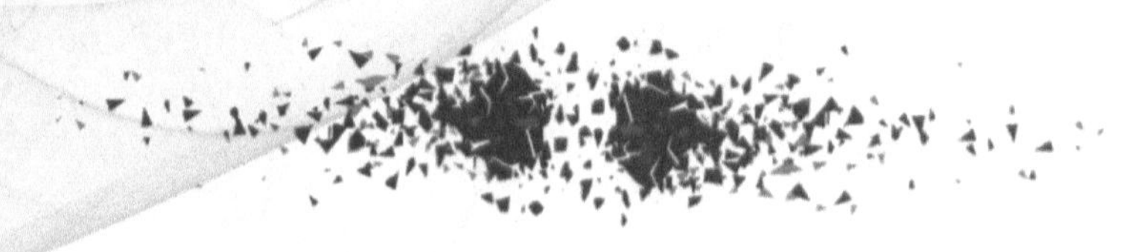

Les aboiements du chiot le réveillent en sursaut. Il jette un œil à sa montre et se rend compte qu'à peine une heure s'est écoulée. Gabriel s'étire, enfile un pull et jauge l'animal qui remue la queue avec enthousiasme.

— Bon, annonce-t-il à voix basse, j'ai besoin d'un véhicule... Et j'ai faim.

Alors qu'il referme la porte à clé, Mélissa surgit sur le palier.

— Une petite balade ?

Le jeune homme sursaute.

— Vous surprenez toujours les gens de cette façon ?

— Désolée.

— J'allais chercher quelque chose à grignoter.

— Il y a la boulangerie Caravelle... Il vous faudrait une voiture.

— J'en ai une... Le souci, c'est que je n'ai aucune idée de son heure d'arrivée.

Mélissa lui intime d'attendre d'un mouvement de la main et retourne chez elle. La porte reste ouverte et il peut la voir saisir des clés pendues près d'une patère. Elle revient à sa hauteur et les lui tend. Gabriel fixe le trousseau, les sourcils arqués, circonspect ! Ou cette femme est un ange tombé des cieux ou elle cache un secret bien plus lourd.

— Vous semblez choqué ?

— Il y a de quoi, finit-il par dire sur un ton presque moqueur. Vous m'offrez l'asile, me prêtez une voiture... Je me pose des questions.

Son bras se baisse et elle le dévisage avec un regard doux empli d'empathie.

— Voyez-vous, Gabriel, commence-t-elle d'une voix chevrotante. Pour moi, c'est une attitude normale. L'altruisme fait partie de ma personnalité, et je ne regrette pas d'être ce que je suis. Mais vous, comment en êtes-vous arrivé là ? Qu'est-ce qui vous a rendu hermétique à la compassion ?

Alors qu'il ouvre la bouche pour lui répondre, Gabriel reste là, à la fixer, sans qu'aucun mot sorte. A-t-elle raison à son propos ? Est-il devenu un homme sans cœur, dépourvu d'empathie ? Mélissa soupire et lui tourne le dos pour rentrer chez elle.

— Attendez !

La main sur la poignée, Mel se retourne.

— Je ne suis pas facile à vivre... bourré de défauts, et j'ignore ce qu'est l'altruisme. Je pourrais prétendre que je n'y suis pour rien, que mon passé est responsable de mes actes présents, mais... c'est faux.

Il se rapproche d'elle, avec cette allure si élégante qui lui est propre, et plonge ses yeux couleur obsidienne dans les siens.

— Veuillez m'excuser, j'ai été maladroit.

Avant qu'elle ne baisse le visage, il aurait juré apercevoir une larme couler sur sa joue. Mel évite de le regarder et lui donne les clés.

— Elle se trouve dans le parking en bas et la carte grise est dans la boîte à gant. Faites-la chauffer un peu... Elle n'a pas roulé depuis six mois.

Sans rien rajouter, la petite dame repart dans son appartement et referme sa porte. Gabriel reste planté sur le palier et fixe les clés, songeur. Il n'arrive pas à déchiffrer cette femme, parfois souriante, et à d'autres moments, complètement ailleurs. Les pleurs du chien le sortent de ses pensées.

— OK, on y va.

Une fois en bas, il appuie sur la clé. La Nissan Micra bleu ciel clignote, et lui inspire profondément. *Je vais avoir l'air de quoi là-dedans ?* Le chien placé sur le siège passager, le véhicule peine à démarrer. À la troisième tentative, le moteur rugit enfin. Gabriel roule jusqu'à la boulangerie, stationne la Micra et entre dans l'établissement. La vendeuse, qui agrémente sa vitrine de merveilleuses confiseries, le reluque avec intérêt. Elle est mignonne. Un peu ronde, mais son visage est joli. Les clients s'accumulent, elle détache son regard de lui à l'approche de sa patronne et s'active. *Zut, c'était bien parti !*

L'afflux de gens l'empêche de draguer. Il achète un sandwich, lance un clin d'œil à la jeune femme qui rougit aussitôt, puis s'en va. Qui sait, peut-être la reverra-t-il. Gabriel s'assoit dans la voiture pour manger un morceau. Cela ne vaut pas un bon repas chaud, mais au moins, son estomac cesse de gronder. Le pain craque sous ses dents : jambon, œuf et cornichons se marient à merveille. Plus il croque dedans, plus le chien se lèche les babines. Gabriel essaie de l'ignorer et détourne son regard. Mais il entend ses petites plaintes répétitives pour lui rappeler sa présence.

— OK ! finit-il par lâcher en le fixant.

Gabriel pose un morceau généreux sur le sol. Le chiot saute dessus et le déguste avec frénésie. Il en profite pour insérer l'adresse du refuge sur le GPS et démarre. La fondation d'assistance aux animaux se trouve dans le onzième arrondissement de Paris. Il vérifie la jauge : le réservoir est plein. Au bout de quarante-cinq minutes de trajet, un message "signal perdu" apparaît au milieu de son écran. Égaré dans une ruelle à sens unique, Gabriel gare la voiture près d'un garage quand il aperçoit un vieillard.

— Monsieur ? hurle-t-il, la vitre abaissée.

L'homme continue sa route en agitant les bras, tel un fou à lier.

— Monsieur, oh ! Cette fois, l'individu pivote, un air interrogateur sur le visage. Vous savez où se situe le refuge ?

— Pff, il y a longtemps qu'il a fermé ses portes ! Ces sales bêtes braillaient à longueur de journée et nous empêchaient de dormir. Bon vent !

Le type marche à grandes enjambées et râle sur les voitures, les murs, ainsi que sur tout ce qui se trouve sur son chemin.

— Complètement siphonné !

Toujours au volant, Gabriel lance un regard au chien avec un sentiment de culpabilité. *Non ! Tu vas enchaîner les heures de boulot... Si c'est pour qu'il reste seul toute la journée, laisse tomber !* Alors qu'il cherche d'autres refuges sur Google, les pages disparaissent sans même qu'il clique dessus. De son index, il tapote l'écran, pensant à un bug. Une image surgit, celle d'un cabinet vétérinaire. Effaré par tous ces signes étranges, Gabriel regarde la boule de poils enroulée sur le siège et se frotte le visage. Le destin continue de lui infliger des épreuves et s'acharne de manière inexorable, comme si la vie avait décidé de le punir. Il laisse échapper un souffle lourd, fixe l'adresse du véto et clique dessus.

Quand il arrive devant l'immeuble, le chien a un beau collier rouge et une laisse assortie. Mel, une baguette de pain à la main, arrive au moment où il attrape le sac de croquettes ainsi qu'un sac garni.

— Mon petit doigt me dit que vous avez changé d'avis.

— Votre petit doigt a raison.

Le sourire de Mel s'étire et son visage s'éclaire.

— Tant mieux, ajoute-t-elle en lui ôtant la laisse des mains. Laissez-moi vous aider.

Chargé comme un bœuf, il la suit et engouffre tout son attirail dans l'ascenseur.

— Lucky, prononce-t-elle en appuyant sur l'étage.

Gabriel se fige ! Comment diable connaît-elle le nom de son premier chien ?

— Cela veut dire chanceux, non ? Un prénom parfait pour ce petit être.

Son corps se détend à nouveau et son visage s'adoucit. Au final, ce n'était qu'une suggestion logique.

— J'aime beaucoup, se contente-t-il de répondre.

La porte s'ouvre, lui s'empresse de rentrer ses affaires quand sa voisine tapote son épaule.

— Oui ?

— Il est presque treize heures, que diriez-vous de déjeuner avec moi ? Un bon bœuf bourguignon ?

— Eh bien, pourquoi pas !

Avec un large sourire sur le visage, Mel glisse son bras sous celui de Gabriel et le guide vers son appartement.

Ce contact provoque en lui une drôle de sensation, un mélange de sérénité mêlé à de la crainte. Il y a dans son geste une forme de familiarité malaisante, trop soudaine pour une inconnue rencontrée depuis peu. Gabriel veut s'en détacher, mais c'est elle qui le fait, sans qu'il le demande. Mel dépose son manteau à l'entrée. L'odeur de viande mijotée embaume la maison. Alléché par ce somptueux fumet, il l'imite et la rejoint. Lucky s'installe sur le tapis du salon et s'endort. Un cadre attire son attention : deux hommes sur un bateau.

— Mes défunts fils et mari. C'est tout ce qu'il me reste d'eux... Venez, le repas est prêt.

Attablés l'un en face de l'autre, Gabriel se délecte, bouchée après bouchée, mais Mel ne touche pas à son assiette. Gêné, il pose sa fourchette et la dévisage. Elle semble épuisée.

— Je n'ai pas très faim, finit-elle par avouer avec un sourire timide.

La première chose qui lui passe par la tête, c'est de la remercier et filer à toute vitesse. Pourtant, il ne bouge pas. Au lieu de ça, Gabriel rompt le silence et s'ouvre à elle, comme à une vieille amie. Mélissa lève la tête et l'écoute. Il raconte son histoire, celle d'un môme délaissé par des parents trop occupés par leur travail, des parents absents à longueur de temps. Son visage s'assombrit quand il repense à eux et ses mâchoires se crispent.

— Je n'ai certes manqué de rien ! continue Gabriel, le regard plongé dans son assiette. Une vie abondante où le matériel compensait l'émotionnel... Cela devait alléger leur conscience ! crache-t-il, les poings serrés.

Un nœud se forme dans sa gorge et il cesse de parler. Jamais il ne s'était confié... Elle semble troublée et se lève de sa chaise.

— Un café ?

— Avec joie.

La machine s'enclenche, l'arôme de pur arabica flotte dans l'air. Elle lui tend la tasse sans proposer de sucre et se rassoit.

— Pardon, suis-je bête, du sucre ?

— Non, merci.

— Ils vous manquent ? demande Mel d'une voix timide. Vos parents ?

Gabriel plonge son regard dans la tasse, confus par les sentiments qui se bousculent en lui. Voyant qu'il ne répond pas, elle décide de débarrasser.

— Vous savez, reprend-elle, les coupures sont parfois utiles, voire nécessaires pour réaliser certaines choses de la vie.

— Peut-être.

Tout en lavant la vaisselle, elle s'ouvre aussi à Gabriel et lui raconte comment elle a perdu les deux hommes de sa vie.

— Ils sont partis un week-end dans le Midi avec le bateau. Deux ans qu'ils programmaient ce voyage... Un voyage censé être une partie de plaisir, un moment entre père et fils.

Sa voix se brise, il sait qu'elle pleure, même si elle a le dos tourné.

— La mer m'a tout pris...

Gabriel lui ramène la tasse, la remercie chaleureusement et s'éclipse. Il a besoin d'air ! Cette femme remue tout son être, le chamboule et le déstabilise. Il décide de marcher un peu avec son chien pour se vider la tête. Un appel interrompt ses pensées. Gabriel décroche. Le transporteur lui annonce être proche du point de livraison. Gabriel se dépêche de repartir à l'appartement et y laisse le chiot. Cette voiture, il y tient comme à la prunelle de ses yeux. Sa Porsche Targa de 1980 est le cadeau de ses parents pour ses dix-huit ans, un cadeau inestimable qui lui a permis de prendre son envol, ou plutôt, de fuir loin de sa prison. Ce véhicule est devenu son refuge, son antre.

Au moment de fermer la porte, la sonnerie de son téléphone retentit.

— Allô ?

— Monsieur Ardent ? Gabriel Ardent ?

— Lui-même. À qui ai-je l'honneur ?

— Gendarmerie de Bobigny, sous-officier Pelletier Francis. Pourriez-vous passer au poste, s'il vous plaît ?

— Je n'ai commis aucune infraction, puisque je n'ai pas de...

— Monsieur Ardent, coupe l'officier à la voix solennelle. Il s'agit d'un sujet délicat que nous aimerions aborder de vive voix. Sachez que nous avons eu beaucoup de mal à trouver votre numéro.

— Ne me faites pas perdre mon temps et allez droit au but !

Il y a un moment de silence avant que l'homme n'intervienne à nouveau.

— Vos parents ont eu un accident de voiture, cela suffit-il pour que vous vous déplaciez ?

— C'est insensé ! Vous devez faire erreur, car ils sont à Londres, comme chaque année, afin de rejoindre leurs actionnaires.

— Est-ce que le nom d'Édouard Ardent vous évoque quelque chose ?

Gabriel se raidit.

— J'arrive !

Au même moment, Mel apparaît sur le palier.

— Gabriel ? Quelque chose ne va pas ?

— Pardon, je... je n'ai pas le temps. Ce sont mes parents. Je dois me rendre à la gendarmerie.

Sa voisine s'apprête à le retenir, la main tendue vers lui, comme si elle voulait lui dire quelque chose, mais il est déjà parti vers la cage d'escalier. S'il avait pris le temps de la regarder ne serait-ce qu'une minute, Gabriel aurait remarqué sa pâleur, ses yeux éteints.

CHAPITRE SEPT

SARAH

Sarah sent des mains sur elle, perçoit des voix tels des murmures lointains. Son corps lui fait mal, mais étrangement, la douleur s'estompe au fur et à mesure qu'elle se réveille. Ses paupières papillonnent et son regard se pose sur la perfusion à son bras. Son front se plisse et elle essaie de se redresser.

— Doucement, mademoiselle, pas trop vite ! Laissez-moi vous aider.

L'infirmière appuie sur la télécommande et relève le dossier du lit.

— Voilà. Comment vous sentez-vous, ce matin ?

— Bien, répond Sarah, un peu ailleurs. Enfin, je crois. Je dors depuis longtemps ?

— Presque vingt-quatre heures. Vos examens sont excellents. Sur ordre du médecin, je retire la perfusion.

Sarah détourne le visage et grimace pendant qu'elle lui enlève le cathéter. Jo entre dans la chambre, les yeux rouges. Sarah réalise la souffrance que cela a dû être pour elle et se mord la lèvre, comme gênée de lui avoir causé de la peine. L'infirmière quitte la pièce, Jo s'approche du lit, puis se jette en pleurs dans ses bras.

— Ne me refais plus jamais ça... J'ai cru te perdre.

— Je vais bien, la rassure Sarah en lui souriant.

— Tu te souviens de ce qu'il t'est arrivé ?

— Oui, je me souviens de tout. Je roulais en direction de Luzarches quand je me suis rendu compte que je m'étais trompée de destination... J'ai détourné le regard de la route, à peine quelques fractions de seconde... Une berline s'est retrouvée devant moi. J'ai braqué le volant. L'autre véhicule s'est écrasé contre un poteau. J'ai essayé de prévenir les pompiers, mais je n'avais aucun réseau.

Jo, assise près d'elle, prend sa main dans la sienne pour la soutenir. Sarah fixe la barre du lit tandis que les images de l'accident défilent dans sa tête.

— J'ai couru vers la voiture pour leur venir en aide. C'était horrible... L'homme saignait et sa femme ne bougeait plus. En essayant d'ouvrir la portière, Sarah hésite, puis décide de ne pas tout lui dire, je me suis sentie projetée en arrière.

— Certainement l'explosion, réagit Jo, qui soudain plisse le front. Mais tu aurais eu des brûlures si tel était le cas.

— Je ne me souviens pas. J'aurais aimé avoir des infos sur le couple...

— Eh bien j'en ai, figure-toi. Selon les dires du sous-officier Pelletier, il ne reste que la carcasse de la voiture et un porte-document. Du moins, c'est ce que j'ai perçu de la conversation.

— C'est horrible ! Mais... Tu as espionné l'officier ?

— Non, il parlait au téléphone avec quelqu'un dans le hall des urgences, je me suis attardée un peu pour écouter. Au fait, reprend soudain Jo en plongeant la main dans son sac, je crois que ceci t'appartient. Ma mère l'a trouvé sur le siège de ta voiture. C'est elle qui a ramené la Mini dans le parking de l'hôpital.

Elle lui tend un petit écrin en bois sculpté de fleurs en forme de marguerites.

— Tu remercieras Aude, mais... dit-elle en saisissant la trouvaille, ce truc ne m'appartient pas.

— Ah bon ?

Pendant que Sarah analyse l'étrange cube, le médecin fait son entrée, gratifie Jo d'un sourire et se rapproche de l'alitée.

— Les examens sont parfaits, mademoiselle Martin. Aucune lésion interne ou externe, vous avez eu de la chance. Par précaution, nous aimerions vous garder une journée de plus...

— Non, coupe Sarah qui bondit presque de son lit. Si je vais bien, je préfère rentrer.

— Bien. Je vous prescris une semaine de repos, par précaution. Une infirmière vous apportera les papiers de sortie.

— Merci.

Sarah pose la petite boîte sur la table de chevet et s'en désintéresse totalement. Ce qu'elle veut, c'est retourner chez elle et ne plus penser à cette journée. Jo récupère l'objet et le jette dans son sac à main.

— J'ai prévenu mes parents que tu allais bien et mon père a appelé ton cabinet.

— Qu'est-ce que je ferais sans vous ?

— Je t'ai ramené des vêtements propres. Si tu veux qu'on se tire de ce mouroir, dépêche-toi de te changer.

— Tu exagères.

— Ces odeurs d'antiseptique me révulsent l'estomac !

En petite culotte sous la blouse ajourée, Sarah se sent toujours aussi gênée de se montrer et referme sa blouse de fortune.

— Regarde ailleurs, je te prie !

— Toujours aussi pudique, s'amuse Jo, un sourire en coin. Tu sais combien de fois je t'ai vue nue ?

— Un peu trop à mon goût.

— La faute à qui, hein ? D'une, précise Jo, le pouce en l'air, tu n'as toujours pas fait réparer la serrure. De deux, l'appartement possède une autre salle de bain IMMENSE avec jacuzzi, que tu maintiens fermée.

— Tu sais pourquoi ! lance Sarah sur un ton sérieux.

— Mouais...

Elles aiment se provoquer, se chamailler, mais il leur est impossible de se fâcher. Les liens qui unissent ces deux amies semblent indéfectibles. Sarah s'empare de ses vêtements et se place derrière le lit pour se vêtir. Jo, elle, s'installe sur le fauteuil sans la quitter des yeux, histoire de bien marquer le coup.

— Au fait ! lance Jo en se levant. Il faut passer à la gendarmerie pour ta déposition.

— Je sais... Tu n'es pas obligée de m'accompagner...

— Mais oui bien sûr !

La rouquine rassemble les affaires de son amie lorsque soudain Sarah l'oblige à pivoter pour la serrer dans ses bras. Jo ne dit rien tandis que son amie resserre son étreinte. Jo... Ce petit bout de femme est un rayon de soleil avec sa joie de vivre, son entrain ; Sarah apprécie même leurs chamailleries. Les larmes aux yeux, elle remercie le ciel de l'avoir placée sur son chemin. Les mots sont inutiles... Les filles se regardent, émues, et se mettent en route. Une fois dans le parking, l'air frais saisit Sarah qui frissonne. Jo sort de son sac les clés de la voiture.

— Je prends le volant, précise-t-elle en s'asseyant.

Le silence s'installe dans l'habitacle. Le front posé sur la vitre, Sarah fixe le paysage, l'esprit ailleurs.

— Tu y repenses encore ? l'interrompt Jo.

Cette question la laisse pensive un moment, et son visage se ferme.

— Je revois ce type, sa main sur mon bras, et j'entends en boucle ses dernières paroles...

— Pardon, intervient son amie, un peu confuse, le regard fixé sur la route. Je faisais plus allusion à ton passé... l'accident avec tes parents.

— Oh, sans arrêt... Chaque fois que je conduis cette voiture, que j'emprunte la même départementale, que j'écoute Lady Gaga... Ils sont toujours là.

— Désolée... Je ne voulais pas te replonger dans ces souvenirs douloureux.

— Ce n'est rien.

Le reste du trajet se fait dans le silence. Le véhicule garé à quelques mètres de la gendarmerie, Jo dévisage Sarah, une façon de lui demander si elle est prête, et celle-ci lui répond par un simple signe de tête. Elles s'élancent sur le trottoir, côte à côte, quand un homme vêtu d'un blouson en cuir bouscule Sarah pour lui passer devant.

— Eh ! s'écrie-t-elle en percutant Jo. C'est quoi ces manières ?

L'homme se retourne brièvement, l'ignore, et poursuit sa route.

— La vache ! lâche Jo en s'accrochant au bras de son amie. Qu'est-ce qu'il est beau !

Sarah se stoppe net et croise les bras sur sa poitrine, une moue d'indignation sur le visage.

— Tu as eu le temps d'admirer ce type ?

— Pas toi ?

— Euh, non, ment-elle, les joues un peu rosies. Mais toi, tu baves.

— Et alors ! Ce n'est pas parce que madame est aveugle que je dois l'être aussi.

— Tu me fatigues !

— Eh, il est allé à la gendarmerie, fait remarquer Jo qui accélère le pas.

Arrivées devant l'entrée, Jo recoiffe ses longues boucles rousses, ouvre son manteau afin d'exposer sa poitrine généreuse et cherche l'apollon du regard.

— Tu me fais honte, lui murmure Sarah. Une vraie chatte en chaleur.

— Jalouse !

— Tu devrais revoir tes choix en matière d'homme. Ce mec n'a aucun tact.

— Rabat-joie !

— Mesdames ? retentit une voix masculine derrière elles.

— Oh ! sursaute Johanna qui se retourne.

— Je suis l'officier Pelletier.

— Ne soyez pas trop brusque avec mon amie, elle sort à l'instant de l'hôpital.

— Je ne suis pas en sucre, s'empresse d'ajouter Sarah, le rouge aux joues. Tout ira bien, Johanna.

— Suivez-moi, mademoiselle Martin.

Ils longent le couloir. Sarah s'arrête soudain devant un bureau à la porte entrouverte. Bien que de dos, elle reconnaît la chevelure noire de l'homme qui l'a percutée.

— Excusez-moi, reprend l'officier Pelletier qui s'avance pour refermer la porte de son collègue.

— Désolée, balbutie-t-elle au moment où elle entend l'autre inspecteur prononcer le nom de l'homme. Gabriel Ardent.

Son visage blêmit. *Seigneur... C'est peut-être le fils des victimes ?* Prise de légers vertiges, Sarah se retient au mur.

— Mademoiselle ? intervient l'officier. Vous vous sentez bien ?

— Ça ira...

Ils entrent dans le bureau et elle s'assoit, toujours le regard dans le vague.

— Nous pouvons reporter la déposition si vous n'êtes pas en état ?

— Non, finissons-en.

Elle raconte le déroulement de l'accident : son départ de l'appartement, son erreur sur la route empruntée, la panique ressentie en voyant la berline. Durant la demi-heure qui suit, elle revit la scène comme si elle y était. Ses mains tremblent à chaque phrase prononcée et sa voix se trouble d'une émotion palpable quand elle évoque les propos du défunt. L'officier plisse le front à ses dires, mais continue de taper son compte rendu. Une fois terminé, il la remercie et la raccompagne vers le hall.

— Dites, Officier Pelletier, je m'interroge...

— Et sur quoi, mademoiselle ?

— Le jeune homme... C'est bien leur fils ?

Il n'est pas censé lui répondre, pourtant le gendarme acquiesce et ajoute une phrase qui la bouleverse.

— La vie doit suivre son cours, mademoiselle Martin.

Sarah le regarde s'éloigner, le cœur lourd. Ses paroles ont une connotation cruelle et si injuste. "Suivre son cours" signifie enfermer à jamais le souvenir tragique de cette perte, finir par les oublier. Sans même qu'elle s'en rende compte, les larmes coulent sur ses joues. La jeune femme lance un dernier regard plein de compassion vers le couloir... vers cet homme qui s'apprête à vivre la même tragédie qu'elle a vécue.

Le soir venu, épuisée par sa journée, Sarah se prépare un bain. Elle se déshabille et attend, prostrée devant le miroir.

Face à son reflet, elle referme ses bras sur sa poitrine presque inexistante et secoue la tête, écœurée par ce corps resté figé dans l'adolescence. Ses lèvres frémissent et les larmes envahissent ses yeux... Elle explose en sanglots. Le visage enfoui entre ses mains, les pleurs s'accentuent. L'accident lui revient en mémoire et la projette dans le passé. Johanna s'incruste au même moment, une bouteille de blanc ainsi que deux verres dans les mains.

— Je me suis dit que ça te remonterait le moral.

Sarah ferme le robinet sans un mot et s'immerge dans la baignoire.

Son amie remplit les verres à moitié et en tend un à Sarah qui le boit cul sec.

— Bien ! lance Jo qui la sert à nouveau. Peut-être que saoule, je saurai pourquoi tu m'as zappée.

Que peut-elle lui dire ? Elle-même ne comprend rien à la situation. Sarah se laisse glisser progressivement, jusqu'à ce que l'eau recouvre sa tête.

— Ne te défile pas !

Son amie lui saisit le bras et la soulève de force.

— Tu es une vraie teigne ! grogne Sarah en retirant la mousse de son visage.

— Hum, oui, je confirme.

— Ressers-moi un verre.

Jo saisit la bouteille à ses pieds et obéit.

— Alors ? Qu'est-ce que tu foutais sur cette route ?

— J'allais chez tes parents. Je sais, la coupe-t-elle en la voyant ouvrir la bouche, j'étais censée venir te chercher à l'hôtel. Mais des trucs bizarres se sont produits durant mon trajet : les musiques à la radio, qui m'envoyaient des signes comme pour m'avertir... Depuis ces foutus cauchemars, rien ne va. Il y a quelque chose de malsain et d'effrayant dans ces rêves. Les scènes se répètent, seuls certains détails changent, comme le môme qui devient ado. Puis il y a la voix caverneuse, le sang. Tout a l'air si réel... C'en est troublant.

Envahie de frissons, Sarah frémit et fixe Jo.

— À propos, toi aussi tu me dois des explications.

— Ne change pas de sujet ! Et le pigeon ? Il est où ?

— Encore dans le coffre de la Mini.

— On ne laisse pas un animal mort dans son coffre, OK ? Elle se redresse et récupère le verre et la bouteille. Habille-toi, je vais nous préparer quelque chose à manger et on terminera notre discussion sur le canapé.

Sarah sort de la baignoire, enfile son peignoir et retourne dans la chambre afin de mettre son pyjama à pois. De retour dans le salon, Jo l'attend sur le divan.

— Salade de fruits de mer, pour vous servir !

— Excellent.

Toutes les deux mangent en regardant une série télévisée, bien blotties sous leur plaid.

— N'empêche... Je n'arrête pas de penser à ce mec.

— Hum, répond Sarah, la bouche pleine. Pourquoi ne suis-je pas étonnée ?

— Il avait des traits parfaits, des lèvres pulpeuses, des cheveux noirs, et un fessier... Punaise, quelles fesses !

Le visage de Sarah s'assombrit. Elle pose son repas sur la table basse et reste pensive.

— Il s'appelle Gabriel Ardent, et les gens qui sont morts dans la voiture... c'étaient ses parents.

— Sarah, stop ! s'écrie Jo en la voyant aussi abattue. Repenser au passé ne t'aidera pas.

— J'en suis consciente... C'est juste que c'est dur.

— Eh, tu n'es plus toute seule, OK ? On est ta famille, maintenant, et tu m'as moi.

Pour la remercier de toutes ses attentions, Sarah l'embrasse sur la joue quand elle remarque la boîte en bois sur la table basse. Jo suit son regard et écarquille les yeux.

— Tu l'as sortie de mon sac ?

— Non...

Les deux se dévisagent, confuses. Ni l'une ni l'autre ne se souvient de l'avoir laissée à cet endroit. Jo se mordille l'ongle, puis lâche un soupir.

— Laisse tomber, Sarah. C'est certainement moi. Sur le coup de l'émotion, j'ai zappé.

La rouquine se penche et saisit l'écrin pour l'analyser.

— C'est fou ! Je ne trouve aucun système permettant de l'ouvrir.

Appuyée sur son épaule, Sarah l'observe qui tourne la boîte dans tous les sens et remarque un détail.

— Regarde... Les marguerites ne sont pas toutes pareilles.

— Oh, tu as raison. Bon, je te la laisse, j'ai besoin d'aller aux toilettes.

Le temps de son absence, Sarah l'étudie : quatre faces, et sur chacune d'elles, le nombre de pétales varie : deux, quatre, six et huit. Alors qu'elle se concentre sur la manière de l'ouvrir, une fumée grise glisse le long de la bouche d'aération située contre le mur du salon. Un spectre se forme, sans visage ni membres, et avance vers le dos du canapé. Lorsque Sarah secoue la boîte, plus énervée qu'autre chose, un souffle sur sa nuque la fait frissonner et se retourner. Elle ne voit rien, mais entend le déclic émis par la boîte.

— J'ai réussi !

— Non !

Les filles restent sans voix... À l'intérieur se trouve une chaîne en argent agrémentée d'un pendentif en forme de larme. Le bijou ressemble à du cristal pur et saisissant. Quelques veines violacées circulent et leur donnent la sensation de se mouvoir.

— Ouah ! s'exclame Sarah. Il est sublime.

— Ça bouge, non ?

Un bras vaporeux passe au-dessus des filles et les veinures cessent de danser.

— Hum, marmonne Sarah, les yeux rivés sur l'objet. Ben non.

— Il m'a semblé, pourtant.

Elles continuent d'admirer cette larme, aussi belle qu'hypnotique, puis Sarah interrompt le silence.

— Je ne comprends toujours pas comment cet objet a atterri dans ma voiture !

— Mouais, c'est hyper chelou. Mais maintenant qu'il est là, si tu l'essayais ?

Sarah approuve d'un haussement d'épaules et soulève sa chevelure. Jo retire le bijou de son socle et le passe autour de son cou. Au moment où elle rapproche les mousquetons, une attraction anormale les attire et les scelle.

— Ouaouh ! s'écrie Jo, surprise par la scène.

— Quoi ? demande Sarah qui pivote pour lui montrer le bijou de face.

— Non, rien, disons que le fermoir doit être aimanté. Sinon, c'est très joli.

— Bon, retire-le, je vais le garder dans sa boîte. Imagine que quelqu'un le cherche ?

Jo saisit la chaîne et s'apprête à déclipser le fermoir. Le spectre vole au-dessus de la jeune femme et projette deux bras fantomatiques sur les mains de celle-ci. Elle se fige et sent un courant froid la traverser. Sa vision se brouille, son teint devient pâle et une vapeur glacée sort de sa bouche entrouverte. Sa respiration est saccadée et ses lèvres bleuissent.

— Jo, tu as les mains gelées, constate Sarah qui pivote, l'obligeant à lâcher la chaîne. Seigneur, qu'est-ce que tu as ?

— Je... Je n'en sais rien. Peut-être la salade de fruits de mer.

Sarah s'empresse de toucher les joues de son amie, choquée de constater que ses taches de rousseur ont presque disparu sous sa pâleur. Même son regard est vide. Le spectre se détache de la jeune femme, s'avance vers le bijou que porte Sarah, puis s'évapore. Jo reprend instantanément des couleurs.

— Mes doigts sont engourdis...

— Tu couves peut-être quelque chose ? Et si je t'apportais une aspirine ?

— Oui, s'il te plaît.

Encore un peu sonnée, Jo avale son cachet et se colle à Sarah. Devant « Orgueil et préjugés », les deux filles finissent par s'endormir sur le canapé. Au milieu de la nuit, Jo se lève pour boire un peu d'eau et retrouve son amie qui s'agite et gémit, encore plongée dans le sommeil. Johanna s'approche et la secoue un peu pour que son cauchemar cesse. Le poing de Sarah s'abat alors sur son visage. Jo fait un bond et saute comme un cabri dans le salon, la main sur son œil.

— Oh, tu vas me le payer ! menace-t-elle sur un ton sarcastique, prête à bondir sur elle.

Mais au moment de la secouer comme un prunier pour assouvir sa vengeance, Jo se ravise. Durant quelques secondes, la jeune femme la regarde dormir la bouche ouverte, se penche et murmure à son oreille "Tu ne paies rien pour attendre !". Un sourire en coin, elle remonte délicatement le plaid sur son amie et part chercher un sachet de légumes surgelés dans le congélateur pour le placer sur son œil.

CHAPITRE HUIT

SARAH

Au petit matin, Sarah se réveille avec une bonne odeur de café et de pancakes. Elle s'étire et réalise s'être endormie sur le divan. Après un long bâillement, elle se dirige vers la cuisine où s'affaire Jo.

— Ouah, tu es motivée, ce matin !

Jo ne lui répond pas et continue, concentrée sur la poêle. Sarah se sert un café, boit une gorgée et se rapproche de l'assiette près de la plaque vitrocéramique.

— Pas touche ! s'oppose Jo d'un coup de cuillère sur le dos de sa main. Il faudra te faire pardonner si tu veux en manger.

— Hein ? Oh mince ! lâche-t-elle à la vue du bleu qui orne sa paupière. Tu t'es cognée ?

— Cognée ? C'est ton œuvre, OK ?

— Sans rire ?

— J'ai l'air de plaisanter, mademoiselle Martin ?

Jo tient l'ustensile en bois droit devant elle, une moue renfrognée sur le visage.

— Tu étais vénère dans ton sommeil. Moi je voulais juste te réveiller pour aller te coucher.

— Je ne me souviens de rien, désolée… Ça fait mal ?

— Oublie ça ! Sers-moi donc un café pour la peine !

Lorsqu'elles s'installent à table, Sarah remarque le bloc-notes sur lequel Jo commence à griffonner.

— Qu'est-ce que tu écris ?

— Notre programme de la journée !

— Tu ne bosses pas ?

— Non, j'ai posé deux jours de RTT.

— Parlant de RTT, mon boss m'a envoyé un mail de soutien... Honnêtement, je suis soulagée de ne pas y être, le dossier qu'il m'avait confié me donne envie de gerber.

— Laisse-moi deviner, tente Jo, le stylo dans la bouche. Un truc de pédophilie ?

— Yep ! confirme-t-elle en lui subtilisant le bloc-notes. Marché de Saint-Germain, boutiques de fringues et de chaussures, le primeur, déjeuner au restaurant chinois, et pour clôturer, une promenade au bois de Vincennes. Tu penses que la journée suffira ? ironise Sarah. Jo la toise d'un air déterminé. Elle regarde à nouveau le programme, quand elle sent des fourmillements sur le crâne et un son lointain qui lui suggère un autre lieu.

— Je préfère la forêt domaniale de Sénart.

— Sarah, c'est à plus d'une heure d'ici !

— Je sais... Ne me demande pas pourquoi, mais c'est là que j'ai envie d'aller.

— OK, alors go, va t'habiller.

Forcée de se plier au bon vouloir de sa tortionnaire, Sarah obéit. Elle se brosse les dents, coiffe ses cheveux ternes et prend le tube de crème prescrit par la dermatologue. Sa peau ne présente aucune amélioration... Ses boutons d'acné ont même pris du volume. Désespérée, elle jette la pommade dans la corbeille, enfile un jean, un pull à col roulé et rejoint sa copine. Jo s'installe au volant de son Opel Adam de couleur mauve. La petite citadine roule vers le sixième arrondissement et se gare dans un parking souterrain. Sarah referme son manteau et Jo enroule son écharpe autour du cou. Le soleil brille ce matin, ce qui est rare à Paris. Les filles arpentent les allées, entrent dans une boutique de vêtements japonais et en essaient plusieurs avant de ressortir avec leurs emplettes. Elles continuent vers un magasin de sport, puis décident de marquer une pause.

— J'ai les pieds en feu, se plaint Sarah, appuyée contre l'arche en pierre.

— Oh, bichette ! Go vers la voiture, j'ai la dalle.

— Femme cruelle !

Jo éclate de rire et lui montre son joli bleu en tapotant sa joue. Résignée, Sarah souffle et saisit ses sacs pour la suivre. Sur le trajet du parking, elle ne peut s'empêcher d'admirer la silhouette de son amie, ses bottes à talons hauts, ses jambes bien moulées dans un pantalon noir et ses boucles longues et soyeuses. Jamais elle ne l'a enviée, pas même dans ses pires moments de doute. Tout ce qu'elle veut, c'est connaître cette sensation grisante de désir dans le regard des autres. Un désir qui lui serait destiné à elle comme en reçoit souvent son amie. Les courses dans le coffre, les filles partent vers le septième où se trouve leur restaurant chinois préféré. Une fois attablées, Sarah commande des nouilles sautées aux crevettes, Jo opte pour les brochettes aux fruits de mer et demande un saké.

— Alors, demande Sarah entre deux bouchées, c'était qui ?

— Hum, quoi ?

— Le type de l'hôtel ! Tu croyais vraiment que je lâcherais l'affaire ?

La rouquine essuie la commissure de ses lèvres et boit un peu d'eau.

— En réalité... tu le connais.

— Oh ?

Jo opine du chef, un sourire en coin, tandis que le cerveau de Sarah se met à carburer. Jamais elle n'a croisé les collègues de Johanna, enfin si, un seul de ses collaborateurs, mais ceux-ci sont gays. Hormis cela, celle qu'elle considère comme sa sœur ne fréquente personne... *Quoique. Elle connaît bien Cédric, mon boss, Marc, le stagiaire, mais non, il ne cadre pas avec son caractère. Et puis...*

Le visage de Sarah s'éclaire.

— Patrick ? Tu sors avec Patrick ?

— Bingo ! T'es trop forte.

Un serveur les interrompt en proposant la carte des desserts. Elles prennent un café gourmand et poursuivent leur discussion.

— Depuis quand ? Pourquoi tu ne m'as rien dit ?

— J'en sais trop rien, continue son amie en se tortillant, mal à l'aise. Peut-être que c'est juste un coup comme ça.

Le serveur leur apporte les douceurs accompagnées d'un verre de saké.

— Oh là ! ajoute Sarah qui rapproche son visage de Jo.

— Quoi ?

— Johanna Silver, je te connais comme si je t'avais faite ! Tu te trémousses, rougis... Tu es amoureuse.

Les joues empourprées, la jeune femme soulève le petit verre d'alcool et le boit d'une traite.

— OK, reprend Jo, la gorge en feu, il me plaît... beaucoup. C'est la première fois que je ressens autant d'attirance pour un mec, et ça me fout la trouille. Je m'étais promis de ne jamais m'attacher, puis « paf », ça me tombe dessus.

— Promesse débile ! Ce n'est pas parce que tu as subi plusieurs déceptions amoureuses qu'ils sont tous pareils.

— Je sais, marmonne-t-elle tout en plantant sa fourchette dans un mochi glacé.

Elle mange une bouchée et mâche assez violemment. Sarah ne peut s'empêcher de remarquer sa hargne et sourit.

— Qu'est-ce qu'il t'a fait ce gâteau ?

Les yeux de Jo roulent. Elle avale et inspire un grand coup.

— OK ! Ce mec est beau, brillant, et d'une douceur déconcertante...

— D'accord... Alors où est le problème ?

— Les filles ! Elles lui tournent autour comme des mouches !

Sarah éclate de rire, attirant les regards sur leur table. Elle se pince les lèvres, retient ses gloussements, gênée, et fixe son amie.

— Tu ne serais pas jalouse, par hasard ?

— Hein, euh...

— Si ça peut te rassurer, malgré les tentatives de la nouvelle stagiaire, il ne la calcule même pas.

— Je vais lui faire la peau à cette pétasse !

Leurs éclats de rire résonnent dans la salle. L'euphorie passée, Sarah se lève pour payer, puis elles sortent. Sur le trajet menant à la forêt domaniale de Sénart, elles écoutent de la musique, parlent de leur groupe préféré, quand Sarah entend la chanson *Wonderwall* d'Oasis et monte le son. Les deux complices se mettent à chanter et mêlent les gestes aux paroles. Cette musique transporte Sarah chaque fois qu'elle l'entend et elle se dit qu'un jour, elle aussi sera le mur des merveilles de quelqu'un. Jo stationne son Opel dans une allée où d'autres véhicules sont garés. Sarah respire à pleins poumons la bonne odeur des feuilles mortes tandis que son amie troque ses bottes contre des tennis et saisit son sac à dos. L'après-midi s'annonce parfait. Le soleil brille, des gens se promènent à vélo, à pied, et profitent de cette belle journée.

— Au fait, intervient Jo, les mains dans les poches. Tu me demandes souvent où j'en suis dans ma vie amoureuse... mais toi ?

— Quoi, moi ? répond Sarah sur un ton détaché.

— Tu ne fais aucun effort pour te trouver un mec.

— Je n'ai pas ton physique, très chère.

— Tu m'énerves !

Sans rien dire, Sarah la regarde marcher à grands pas, se stopper près d'un arbre et étendre une grande serviette sur l'herbe. Elle s'installe près d'elle et s'allonge sur le dos pour contempler le ciel à travers les feuillages.

— Ne boude pas, s'il te plaît, reprend-elle d'une voix mielleuse. Tu sais que j'ai raison.

— Exaspérante !

Jo se redresse subitement et retire de son sac un cahier à dessin qu'elle place devant elle. À plat ventre, elle tourne les pages tandis que Sarah se met sur le flanc gauche pour admirer ses ébauches.

— D'où viennent ces idées de robes, d'ensembles variés, de tuniques ?

— Difficile à dire. Je suis inspirée par tout ce qui m'entoure.

Alors qu'elle tourne les feuilles, Sarah l'arrête sur une petite robe d'été à bustier blanche, brodée de tulipes rouges.

— Je l'adore celle-là !

— Je l'ai créée hier, avant de m'endormir.

— Tu devrais montrer tes esquisses à ta patronne.

— Je l'ai fait !

Jo se met sur le dos et ferme les yeux.

— Alors ? Elle en pense quoi ?

— Elle les a gardées dans son bureau durant quelques jours. Quand j'ai voulu les récupérer, elle m'a félicitée.

Sarah s'empare du cahier et contemple le design élégant de la robe.

— Tu la trouves belle, hein ?

Sarah hausse les épaules pour ne pas lui avouer qu'elle rêve un jour d'en porter une comme celle-ci.

— Je choisirai un beau tissu, explique Jo en mimant avec ses doigts une aiguille qui coud. Peut-être du satin ou de la soie, et je broderai les fleurs avec du coton. Quand j'aurai terminé de la coudre, finit-elle par dire en fixant son amie, c'est à toi que je l'offrirai.

Attendrie par cette attention, Sarah lui sourit avec tendresse.

— T'ai-je déjà dit que je t'aimais ?

— Mouais, plein de fois.

Au même moment, un chiot noir déboule sur leur serviette. L'animal, tout fou, se met à les lécher à tour de rôle. Amusées, elles le caressent.

— Alors, mon pépère, tu t'es perdu ?

— Je ne pense pas, répond Jo qui entend un sifflement. Beau mec en vue ! Regarde-moi ce morceau : belle allure, classe, et sa casquette lui donne un côté mystérieux.

— Oui, pas mal du tout.

— Oh la vache, c'est lui ! s'égosille soudain Jo, tout excitée. Bordel, c'est le beau gosse !

— Quoi ? Qui ?

— Le fameux Gabriel, lève-toi !

Les mots lui manquent quand elle l'aperçoit qui se dirige vers elles. Sa beauté est saisissante ! Le jeune homme est grand, sa peau, légèrement satinée, et ses yeux, d'un noir envoûtant. Sarah se redresse, ajuste son pull et sent son cœur battre la chamade. Pourquoi bat-il aussi fort pour cet inconnu ? Et surtout, pourquoi sent-elle cette attraction ? Sa poitrine est en feu. Sarah se ressaisit et se prépare mentalement à l'aborder ; elle sait ce qu'il traverse et imagine sa peine. Son stress est si grand qu'elle se mord la joue. Le goût métallique envahit sa bouche, elle avale sa salive, il avance…

— Lucky !

Il s'approche des filles et attache son chien sans omettre de le gratifier d'un câlin. Scène irrésistible pour les deux copines qui fondent.

— Désolé, s'excuse-t-il en fixant Johanna. Il est tout jeune.

La jeune femme bombe le torse et bat des paupières de façon exagérée.

— J'adore les chiens, surtout celui-là, il est si craquant.

Jo se baisse et couvre l'animal de baisers, tout en regardant le bel étalon du coin de l'œil. Ce n'est qu'en fixant à nouveau la jolie rousse et ses tentatives de séduction qu'il pense les reconnaître.

— J'ai l'impression de vous avoir déjà vues toutes les deux ?

— Croisées serait… plus approprié.

— Oui, tu te rendais au poste de police, comme mon amie, ajoute Jo, les lèvres étirées en un merveilleux sourire.

Gabriel lève un sourcil et se tourne vers Sarah.

— Je, enfin, j'étais allée faire ma déposition sur l'accident de tes parents.

— Alors c'est toi ?

Gabriel recule de quelques pas et la jauge de haut en bas avec une forme de dédain dans les yeux. La gorge de Sarah se noue et un malaise s'installe entre eux.

— Ils étaient sur ma voie, j'ai braqué et…

— Elle n'est pas responsable de l'accident, coupe Jo pour la défendre.

— Je ne t'ai rien demandé, crie-t-il sur la rouquine qui sursaute.

— Calmez-vous, supplie Sarah.

— C'est ta faute !

Tout le corps de Sarah se met à trembler, et ses larmes montent à la vitesse d'un geyser.

— Oh ! Non mais ça va pas ? C'était un ACCIDENT, OK !

Gabriel saisit Jo par l'épaule et la pousse sur sa serviette. Elle tombe sur les fesses et jure à tout-va. Le chiot aboie autour de son maître et le tire par l'ourlet du pantalon. Face à cette scène, Sarah éclate en sanglots.

— Elle n'a rien fait, crétin ! hurle Johanna qui se redresse.

— C'est une meurtrière !

Sarah ouvre la bouche, mais les mots restent bloqués dans sa gorge. Ses genoux flanchent, sa vision se brouille et elle se laisse tomber sur le sol.

— Pauvre con ! jure Jo en le frappant sur le torse de toutes ses forces.

L'impact déséquilibre Gabriel, qui se retient de justesse, mais semble troublé. Sarah essuie ses larmes. Jo l'aide à se relever quand elles remarquent que le jeune homme vacille et s'appuie contre un arbre. Il respire par à-coups et frictionne sa poitrine.

— Qu'est-ce qui lui arrive ? murmure Johanna, étonnée. Il semble avoir du mal à respirer.

Sarah ne peut s'empêcher de ressentir de la peine et s'avance, dans l'espoir de le réconforter. Au moment de poser la main sur son épaule, il la repousse avec violence, puis s'éloigne sans un regard en arrière.

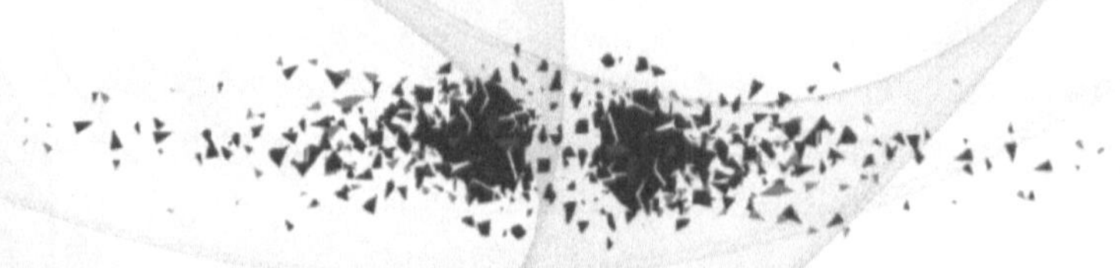

Sept heures. Sarah râle et se couvre la tête avec son coussin. Elle a passé la nuit à rêver de lui, de ses yeux, de ses lèvres sur son cou, de son corps sur le sien. Irritée, le coussin vole à travers la pièce et atterrit près du miroir sur pied. Après un râle exaspéré, elle décide de se lever. Tout son corps se met à fourmiller et de légers picotements assaillent la pointe de ses doigts. *Qu'est-ce qui m'arrive ?* Elle masse ses mains tout en allant aux toilettes. *Ce type m'a vraiment chamboulée !* Assise sur le trône, elle tente de retirer le collier, puis finit par s'énerver.

— Eh merde !

Elle se traîne ensuite vers la cuisine. Ses colocataires, qui entament leur déjeuner, explosent de rire en la voyant. Marie s'apprête à ouvrir la bouche, mais Sarah tend l'index.

— Fermez-la ! Pas un seul commentaire.

Jo laisse échapper un ricanement, vite calmé par le regard tueur de Sarah. Marie finit son thé et se dépêche de déguerpir, non sans poser un baiser sur la joue de ses copines avant de filer. Devant la machine à café, Sarah se sert une tasse, s'assoit et fixe le liquide en lâchant un soupir.

— Mauvaise nuit ?

Peut-elle qualifier son rêve torride de mauvais ? Elle avale une gorgée de café et lève les yeux vers Jo.

— On peut dire ça.

Jo fronce les sourcils et se met à la dévisager avec insistance.

— Quoi ? J'ai une autre pustule sur le nez ?

— Non ! lance-t-elle en contournant la table pour vérifier ses yeux de plus près.

— Mais qu'est-ce que tu fais ?

— Tes iris, ils ont changé de couleur ? Merde, accentue-t-elle, bouche ouverte, c'est dingue !

Affolée par ses propos, Sarah bondit de sa chaise, se précipite vers le buffet du salon, ouvre le tiroir et en sort un miroir.

— Oh putain !

Tremblante, Sarah soulève chaque paupière pour mieux les examiner. Le marron est parsemé de turquoise et de quelques taches ocre. Elle a des iris uniques.

— Ne panique pas, la rassure Jo. Si ça se trouve, ce n'est rien de grave.

Incapable de répondre, Sarah continue de fixer le miroir.

— Fait chier, faut vraiment que je file. Mais va voir un ophtalmo, OK ? Et tiens-moi au jus.

La porte claque tandis qu'elle se laisse choir sur le canapé, complètement dépassée. De crainte qu'il ne s'agisse de symptômes d'une quelconque maladie, elle récupère son portable dans la chambre et cherche un médecin disponible. Par chance, elle obtient un rendez-vous proche de la gare de Lyon. Sarah jette un œil par la fenêtre : il pleut. Le cabinet se trouve à quinze minutes de chez elle et il lui reste une bonne heure à attendre. Pour ne pas trop penser à ses rétines bizarres, elle décide de dépoussiérer la deuxième salle d'eau. C'est Marie qui s'en charge, et parfois Jo... Retourner dans cette pièce lui vrille le cœur. Sarah s'assoit sur le rebord en marbre et caresse la pierre du bout des doigts. Elle se remémore le jour où ses défunts parents ont acheté cet appartement... Elle était encore à la fac. Ils ont passé une année à lui demander son avis sur tout ce qu'elle aime pour le restaurer à son image. Finalement, c'est elle qui a choisi le parquet en chêne, la cuisine, la couleur des chambres, ainsi que cette pièce qu'elle désirait plus que tout. Les larmes aux yeux, elle entend les paroles de son père résonner. *Mon ange, rien n'est assez beau pour toi.* Une chaleur inhabituelle inonde sa poitrine, telle une brûlure bien localisée près de la perle. Elle va pour soulever la chaîne en argent quand elle remarque l'heure sur sa montre.

— Zut !

Sarah file vers l'entrée, met ses tennis, son manteau, et prend son parapluie. Dehors, elle court sur le trottoir, tourne dans une rue et entre dans un immeuble, tout essoufflée. Le médecin ophtalmo est au rez-de-chaussée. Elle laisse le parapluie dans un socle et se dirige vers l'accueil.

— Bonjour, je suis Sarah Martin.

— Vous êtes déjà venue ?

— Non, c'est la première fois.

La secrétaire saisit dans l'ordinateur toutes les informations nécessaires à la consultation et l'invite à s'asseoir. Au bout de vingt minutes, une vieille dame sort du cabinet, accompagnée du praticien.

— Mademoiselle Martin ?

— Oui, c'est moi, dit-elle en se levant.

— Veuillez me suivre, je vous prie. Alors... ajoute l'homme qui lui montre le siège où s'installer, qu'est-ce qui vous amène ?

— La couleur de mes yeux.

— Pardon ? Je ne comprends pas.

— Je m'explique. Ils étaient bien marron avant, or je me suis levée ce matin avec ce mélange de couleurs.

L'homme fronce les sourcils, mais se contente de lui donner des instructions. Sarah place son menton à l'endroit indiqué et le médecin s'approche pour l'ausculter. Après tous les tests basiques de vue, il recule son siège.

— Acuité visuelle parfaite. Mobilité oculaire impeccable. Je ne vois rien qui justifie ce changement de teinte. Mais je vais pratiquer un fond de l'œil afin de ne rien omettre.

— Qu'est-ce que c'est ?

— Juste un examen complémentaire qui me permettra de vérifier le cristallin, plus précisément la rétine. S'il y a une quelconque dégénérescence, je la verrai. Suivez-moi, c'est dans la pièce à côté.

Un peu troublée par toutes ces machines, Sarah lui emboîte le pas et s'assoit devant un autre engin métallique. Malgré le sourire du médecin, elle ne se sent pas rassurée et imagine des maladies génétiques destructrices. Pendant toute la consultation, elle garde les poings serrés sur ses cuisses et déglutit une dizaine de fois.

— Eh bien, reprend l'ophtalmologue, je ne décèle aucune tension, aucun problème sous-jacent. Votre vue est parfaite, mademoiselle Martin. En ce qui concerne le changement de pigmentation, je n'ai aucune réponse à vous fournir.

Sarah le remercie, paie la consultation et repart encore plus confuse. Il ne pleut plus et elle décide de passer à une bijouterie-atelier pour retirer le collier. La clochette tinte à l'ouverture de la porte. La voix grave d'un vieil homme retentit de l'arrière-boutique. Il se présente vêtu d'un tablier marron ainsi que de petites lunettes sur le nez.

— Que puis-je pour vous, jolie demoiselle ?

Sarah lui sourit, soulève sa chevelure et lui montre le fermoir.

— J'aimerais retirer mon collier, mais il semble bloqué.

— Voyons voir ça, propose-t-il en ajustant ses lunettes.

Le bijoutier fronce les sourcils en examinant le fermoir : jamais il n'a vu un mécanisme pareil. Un assemblage d'engrenages si complexe qu'il lui semble presque vivant.

— J'en ai vu des mécanismes durant ma carrière... mais celui-ci !

— Vraiment ?

Il saisit la pince dans sa poche et commence avec précaution à manipuler le fermoir. À peine a-t-il touché le bijou qu'une fumée noire s'élève derrière lui, grandit et se plaque sur le dos du vieil homme. La lampe du plafonnier grésille. Le bijoutier est figé, ses lèvres bleuissent et une vapeur froide sort de sa bouche tandis qu'il convulse, encore debout. Sarah pivote aussitôt et le retient par les bras.

— Monsieur ? Qu'est-ce que vous avez ? crie-t-elle, horrifiée.

Elle essaie de le maintenir, mais le corps se cambre en arrière. L'homme a la bouche grande ouverte comme s'il voulait hurler, sans y parvenir, et ses yeux sont révulsés.

— Seigneur ! supplie Sarah en panique quand il s'effondre sur le sol.

Elle fouille son sac à main si vite que le contenu de celui-ci s'éparpille par terre. Les larmes ne cessent de couler. Sarah est à bout ! Cette horrible impression que son cœur étouffe, pire, qu'il se comprime dans sa cage thoracique, ne la quitte plus. Elle suffoque et ne parvient pas à respirer normalement. Tout ce qui lui arrive n'est que drame et malheur, comme si elle était maudite.

Le cœur battant et les mains tremblantes, elle s'empare de son téléphone et appelle les pompiers. Quand ils répondent, les mots de la jeune femme sont hachés, entrecoupés, tant la panique l'envahit. Le temps que son interlocuteur la calme, le corps du vieil homme sursaute, se tord, puis retombe mollement. La fumée noire glisse hors du bijoutier, ne laissant qu'un corps sans vie, et glisse vers le haut pour disparaître. Sarah raccroche et s'agenouille près de l'homme. Les yeux du joaillier la fixent, mais semblent soudain si froids, si vides, tel un masque mortuaire effrayant. La chair de poule l'envahit... Il n'est plus.

Elle tente de rassembler ses esprits, de comprendre pourquoi tout semble partir en vrille dans son existence. Les sirènes résonnent à l'extérieur. Sarah reste près du corps inerte, tétanisée. Deux hommes entrent dans l'atelier. L'un s'occupe d'elle et tente de la raisonner. Le second vérifie l'état du bijoutier et confirme le décès. Il faudra un moment à Sarah pour réussir à ouvrir la bouche et expliquer ce qu'il s'est passé. Le pompier lui demande son nom, qu'elle transmet entre deux hoquets, puis ils embarquent le corps dans le fourgon. Du monde s'est agglutiné dans la rue, des curieux. Elle regarde une dernière fois la boutique, encore chamboulée par ce qui vient de se passer... Un sentiment étrange l'envahit : une peur irrationnelle.

CHAPITRE NEUF

GABRIEL

Gabriel accélère le pas vers la voiture, toujours remonté contre la fille. Il place le chien sur le siège et démarre le véhicule. Sa poitrine le lance comme des coups d'aiguilles lui transperçant le torse. Cette douleur ne le quitte pas et l'oppresse. Les kilomètres défilent tandis que les élancements s'accentuent. Quand il atteint le parking de l'immeuble, il ouvre la portière pour respirer à pleins poumons et s'écroule au sol.

Ses paupières peinent à s'ouvrir et des flashs lumineux lui agressent les rétines. Quand il émerge, des néons défilent au-dessus de sa tête.

— Heureuse de vous revoir parmi nous, monsieur Ardent ! lance une femme en blouse blanche tout en poussant le brancard où il est allongé. Vos vêtements sont dans un sac juste en dessous.

Elle pousse la porte et l'installe dans une pièce avec des rideaux séparateurs.

— Un médecin arrive avec les examens. Ça ira ?

Complètement désorienté, il essaie de comprendre.

— Qu'est-ce que je fais ici ?

— Vous vous êtes évanoui dans le parking de votre domicile.

L'infirmière s'approche, tire sur un fil pendu au mur et le pose à ses côtés.

— Au moindre souci, appuyez dessus.

Gabriel redresse le dossier du lit à l'aide de la manette et tente de se souvenir des dernières heures : la balade avec Lucky, l'altercation avec les filles... Il place une main sur sa poitrine et se souvient de la douleur ressentie, comme un feu intérieur qui le consumait, et plus rien. Le jeune homme frotte son visage, soulève le drap et constate qu'il est en boxer. Il soupire lourdement, retire l'aiguille de son bras et se lève pour s'habiller. Alors qu'il boutonne sa chemise, le médecin fait son entrée, des radios à la main.

— Ce n'est pas raisonnable, monsieur Ardent.

Gabriel saisit ses mocassins en cuir et les chausse.

— Bonjour, Docteur. À moins que vous n'ayez de mauvaises nouvelles à m'annoncer, je compte bien partir.

— J'entends bien, mais dites-moi avant de partir comment la douleur s'est déclenchée.

— Quelqu'un m'a porté un coup à la poitrine. Peu de temps après, j'ai senti une douleur vive suivie de nausées. D'ailleurs, je me demande qui m'a porté secours.

— Une habitante de votre immeuble.

L'homme s'avance vers lui et montre le cliché où apparaît une anomalie étrange située près du cœur.

— Vous voyez ça ? Avez-vous eu un accident étant jeune ?

— Pas que je me souvienne.

— Je suis incapable d'affirmer si c'est de l'os, du cartilage ou bien le fragment d'un objet. C'est peut-être même une malformation de naissance.

Gabriel saisit la radio et l'analyse avec curiosité.

— Un bilan de santé est nécessaire afin de déterminer l'origine du problème. Si ce coup a éveillé des douleurs, elles peuvent se répéter, vous comprenez ? Les symptômes décrits s'apparentent à un infarctus, mais ceci pourrait cacher un autre mal.

Ses paroles résonnent en lui comme un écho lointain... Gabriel est loin dans ses pensées. Les yeux rivés sur cette chose ressemblant à un éclat de verre, il se demande d'où cela provient et comment il a atterri dans son torse.

— Je remarque votre inquiétude, lance le médecin, je peux vous proposer une biopsie pour commencer...

— Non, coupe-t-il sèchement, lui-même étonné par la rapidité de sa réponse. Je m'en chargerai en temps voulu. Puis-je garder les radios ?

— Passez à l'accueil pour les formalités, vous pourrez y récupérer le compte rendu.

Après vingt longues minutes à poireauter, son nom résonne dans le mégaphone. Gabriel récupère les papiers et appelle un taxi pour rentrer. Adossé au mur extérieur, il fixe une mère et son enfant, et les questions affluent. Ses parents étaient-ils au courant de son souci ? Était-ce là la raison de son isolement durant toutes ces années ? Gabriel masse sa nuque légèrement tendue et se mord la lèvre. *Ils ne sont plus de ce monde pour me répondre.* Un véhicule stoppe près de lui et marque l'arrêt. Obnubilé par ses pensées, il ne le voit que lorsque l'homme abaisse la vitre pour l'interpeller.

— Monsieur, c'est pour vous la course ?

— Oui.

Il s'installe dans le véhicule et transmet les coordonnées au chauffeur. Le visage tourné vers la rue, il aperçoit une vieille femme devant une banque et cette image lui évoque un autre souvenir de son passé : sa *nanny*[5]. Une femme âgée retrouvée par hasard à la sortie d'une banque quelques mois avant son départ pour Londres. Cette petite femme aux cheveux argentés l'avait interpellé et insisté pour lui parler. Il se souvient qu'elle l'avait tiré par le bras, fixant les alentours avec préoccupation, comme si elle avait peur qu'on la surprenne.

— *Mon garçon,* avait-elle commencé en chuchotant. *Je t'ai cherché depuis ton départ du domaine, il fallait que je te parle. Tes parents... Comment te dire, cela n'était plus vraiment pareil depuis quelques années. Ils avaient changé d'attitude envers toi et même envers le personnel de maison. J'avais l'impression d'avoir affaire à d'autres personnes. Quoi qu'il en soit, deux mois avant ton départ, j'ai surpris une conversation dans le bureau. Ils discutaient avec une femme à la voix rauque, qui me faisait froid dans le dos rien que de l'entendre. Cette femme parlait de détruire tous les "Eiseis" s'ils ne coopéraient pas.* Gabriel

---

[5] Nounou en anglais

avait secoué la tête d'incompréhension et s'était dit que sa *nanny* devait délirer.

Après avoir payé le chauffeur, il s'empresse de monter les marches quatre à quatre pour sonner chez Mel. Personne ne répondant, il appuie à nouveau sur la sonnette et insiste quand la porte s'ouvre enfin. Lucky se précipite sur lui. Gabriel se baisse et le couvre de caresses. En l'espace de quelques secondes, la bouille du chiot lui redonne le sourire et le stress disparaît.

— Vous comptiez casser ma sonnette ?

— Pardon, répond Gabriel en se redressant. Mais vous n'arriviez pas, alors...

— Comme toute personne munie d'un système digestif, j'ai des besoins.

— D'accord, coupe-t-il d'un air écœuré. Épargnez-moi les détails !

Dans un long soupir, Mel le convie à entrer. Il remarque qu'elle se traîne en allant vers le salon. Son état a empiré. Pour la première fois depuis leur rencontre, il s'inquiète pour elle, mais se garde de le lui dire.

— Vous savez qui a alerté les secours pour moi ?

Mel prépare deux verres de jus de fruits, lui s'installe sur le canapé.

— Lucky hurlait à la mort. J'ai regardé par la fenêtre et je vous ai vu sur le sol. Il y avait un jeune homme près de vous. Quand je suis descendue, il m'a dit que vous respiriez mais qu'il fallait appeler les secours, ce que j'ai fait.

— Vous le connaissez, ce garçon ?

— Non, je le voyais pour la première fois.

— En tout cas, merci à vous... et à lui.

Elle lui donne le jus, s'assoit et caresse le chien.

— C'est normal. Et vous ? Quelle était la cause de votre évanouissement ?

— Oh, eh bien, élude-t-il. Un peu de surmenage, rien de grave en tout cas.

Mel se dirige vers la buanderie et ressort avec un panier à provisions.

— Je m'apprêtais à aller au primeur.

Gabriel regarde sa montre : dix heures.

— Il est loin ce commerce ? On peut y aller à pied ?

— Sur la rue Henri Barbusse.

Il saisit son téléphone et regarde sur la carte.

— Et si je vous y emmenais ?

Les yeux de Mel s'illuminent d'une lueur indéfinissable et un sourire se dessine sur ses lèvres.

— Je veux bien.

Quand il la voit mettre son manteau avec difficulté, la peine le submerge. Il se redresse d'un coup, la rejoint et l'aide à se vêtir. Elle ne lui dit rien, se contentant d'un regard reconnaissant. Elle s'installe dans la voiture de Gabriel et l'inspecte de fond en comble d'un air étonné.

— Très jolie voiture.

— Content qu'elle vous plaise ! lance-t-il en mettant les clés de son appartement dans le fourre-tout central.

Le véhicule démarre et le trajet se fait dans le silence. Gabriel se gare juste en face du magasin. Il descend, et décide d'aider sa voisine, quand elle lève la main dans sa direction.

— Je ne suis pas handicapée, mon garçon. Ça va aller.

Non sans mal, elle s'extirpe de son siège sous le regard bienveillant de Gabriel.

— Je n'en ai pas pour longtemps.

— Prenez votre temps, je promène Lucky en attendant.

Un peu nostalgique, il fixe cette petite dame qui traverse la rue, son panier à la main. Cette inconnue sortie de nulle part lui a apporté plus de réconfort et de soutien que tous les proches qu'il a pu compter autour de lui. Son écoute attentive et sa présence silencieuse semblent être sa bouée de sauvetage dans cet océan de confusion. Son regard se baisse sur son compagnon à quatre pattes, heureux de trouver des territoires nouveaux à marquer. Lui aussi est un don du ciel, une bénédiction. Alors qu'il continue de marcher, le doute s'installe. Malgré tous ces points positifs, il a la sensation que ça ne colle pas !

Quelque chose le tracasse. *Tu te poses trop de questions,* résonne la voix dans sa tête. Gabriel fronce les sourcils, amusé par sa réflexion, et jette un œil en arrière : Mélissa parle avec une femme en tablier. Il rejoint la voiture sans se presser et attend... *Mais qu'est-ce qu'elle fout ?* Mélissa tourne le visage vers lui au moment de sa réflexion et continue de parler. *Sérieux ? Je n'ai pas que ça à faire ! Ça m'apprendra à rendre service, tiens...*

Au même moment, Mélissa le fixe, un air exaspéré sur le visage, saisit son panier et traverse la rue.

— La prochaine fois, je viendrai toute seule, finit-elle par dire, presque offusquée, en lui filant ses courses.

La bouche ouverte, il la regarde qui s'assoit et claque la portière. *Putain, vas-y mollo avec ma Porsche !* Un peu contrarié, il met le contact et démarre. Le silence lui pèse, alors il meuble comme il peut.

— J'aimerais un endroit plus spacieux, juste pour installer tous mes effets personnels qui sont dans un garde-meuble.

La petite dame ajuste son foulard violet et respire profondément.

— J'ai peut-être ce qu'il vous faut. L'étage au-dessus se libère.

Le doute envahit Gabriel. Depuis qu'il habite l'immeuble, jamais il n'a croisé de voisins ni entendu de bruits de chaises qui raclent le sol ni aucun pleur ou cri d'enfants. À croire que le bâtiment ne possède aucun locataire mis à part cette femme. Mel tapote ses genoux et semble encore plus agitée. Il l'observe du coin de l'œil sans rien dire et met tout sur le compte de sa maladie. Quand ils arrivent devant l'immeuble, il l'aide à porter son panier jusque chez elle quand elle décide d'ouvrir la bouche.

— Si jamais l'appartement du haut vous intéresse, j'ai les clés.

— Bien, merci...

Ils montent, sans rien dire. Elle franchit le seuil. Gabriel lui tend le panier, se dirige vers sa porte et tâte ses poches.

— Tenez, ajoute-t-elle, un trousseau tendu vers lui. Je suis certaine qu'il vous plaira.

Il revient à sa hauteur, le saisit et Mel entre chez elle. *Vraiment dérangée !* Elle ressort sur le palier, une moue renfrognée sur les lèvres.

— Je suis tout à fait normale, jeune homme !

— Mais qu'est-ce qui vous prend ? demande Gabriel, décontenancé.

Une étrange sensation le submerge : cette femme lit dans les pensées ! Mel réagit. Son visage s'attriste, ses yeux se ternissent et la voilà prostrée, le regard dans le vide, complètement déconnectée de la réalité.

— Je vais me reposer...

Les clés dans la main, Gabriel ne sait comment réagir. Elle referme la porte, le poids du monde sur ses épaules. Il se sent mal, soupire, lève le bras pour sonner et s'excuser, mais se ravise. Que va-t-il lui dire ? Qu'il la trouve bizarre ? Qu'il a la sensation qu'elle sonde son âme ? C'est absurde ! Gabriel préfère ne plus y penser et décide de visiter l'appartement. Il monte et en ouvre la porte. Le chien se précipite à l'intérieur pour tout renifler. Il parcourt les pièces, les unes après les autres. Deux chambres de plus, une buanderie attenante à la cuisine ouverte, un salon lumineux au parquet rutilant. Le bien lui plaît. Satisfait, il redescend sur son palier quand il se tape le front et réalise que ses clés sont dans la voiture. Gabriel repart vers le parking et jette un œil au chiot pour être sûr qu'il ne s'aventure pas vers la route. Au moment d'atteindre le véhicule, il remarque son pneu à plat.

— Ne bouge pas, dit-il à son chien en ouvrant le coffre à l'avant pour extraire le pneu de secours.

En le saisissant, une enveloppe tombe sur le bitume et Lucky s'en empare.

— Eh, viens ici !

Le chiot sautille, content de son nouveau jouet. Gabriel le soulève et retire l'enveloppe A4 de sa gueule. Aucune inscription, mais une odeur familière s'en dégage... Il la sent à plusieurs reprises, et même si le parfum est subtil, il reconnaît celui de sa mère. Étrange... La confusion l'envahit. À quel moment l'a-t-elle placée dans sa voiture, et pourquoi ? Le chien se cale à ses pieds, sans bouger, tandis qu'il décachette l'enveloppe et en extrait des documents. Les premières pages concernent un testament qui fait de lui l'unique héritier des biens de ses parents : à Londres, en Autriche, mais aussi le domaine à Fontainebleau en France. Le second papier, lui, concerne une clinique privée spécialisée dans les grands brûlés, située à Salzbourg et gérée par un homme du nom de Mozer Ademar. Gabriel devient, au décès de sa mère Barbara, l'actionnaire majoritaire de cette clinique. Il reste un moment immobile, les papiers dans les mains, quand un détail l'attire. Tous les documents datent de 2010, deux jours avant qu'il ne quitte le domaine... Deux jours avant l'altercation avec ses parents. Ce n'est pas un hasard. Ont-ils prémédité son départ ? Puis ses yeux s'assombrissent, comme si le ciel venait de lui tomber dessus. Une vérité plus horrible le frappe de plein fouet : *et s'ils savaient qu'ils allaient mourir ?* Cette idée semble si absurde qu'il remplace la roue et décide de rentrer dans son petit appartement.

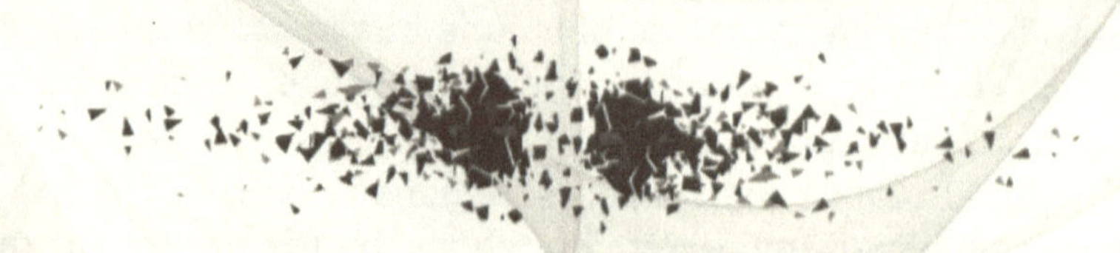

Sorti de la douche, une serviette autour de la taille, Gabriel se passe un coup de rasoir électrique sur le visage afin de tailler sa barbe naissante. Il admire sa peau parfaite, douce et sans aucune imperfection et repense à la petite rouquine rencontrée à Sénart. Elle était vraiment jolie et avait des seins bien ronds. Son membre se tend à cette pensée, mais l'image de son amie lui retire toute envie. Cette fille était repoussante. Après un long soupir, il prend des vêtements dans la penderie et s'habille. Lucky saute sur le lit, excité de voir son maître réveillé. Vêtu d'un jean skinny, d'un polo col V, Gabriel cherche ses chaussures dans l'appartement, le chien à ses trousses. Il finit par les trouver sous le canapé. Le chien profite de le voir à genoux et le lèche à plusieurs reprises.

— Ça va, calme-toi. Je n'ai pas l'intention de t'abandonner. Tu le sais, non ?

Avec tendresse, il enveloppe la petite tête de ses mains et la caresse, jusqu'à ce que l'animal s'assoupisse. Un peu de douceur après tant de tumulte... C'est l'effet qu'a le chiot sur lui, il l'apaise énormément. Gabriel le laisse et prépare un café. Tout en buvant, une idée lui traverse l'esprit : remercier Mélissa et lui offrir un bon repas confectionné par ses soins. Il ouvre les placards et le réfrigérateur : vides.

— Logique, banane ! Personne ne vit ici.

Un rire sourd s'immisce dans son esprit, comme un écho lointain. Gabriel se frotte la tempe droite et se dit qu'il ne s'agit que de fourmillements, puis décide de se rendre au supermarché. La cuisine le passionne tout autant que la musique et l'art. Seul dans son immense maison, entouré de domestiques, il avait trouvé comment passer le temps en peignant de magnifiques paysages. À d'autres occasions, il virait le cuisinier et prenait sa place. Gabriel roule vers le magasin et revoit quelques bribes de son passé. Un sourire se dessine sur ses lèvres. Le souvenir de son départ du domaine reste gravé dans sa mémoire : lui qui appuie sur l'accélérateur et fonce vers le portail ouvert, les gardes qui se jettent sur le gravier pour ne pas être écrasés. Un moment mémorable ! Il goûtait pour la première fois à la liberté. Gabriel effectue le tour du rond-point et parcourt la rue lentement à la recherche d'une place. Un véhicule en libère une à une dizaine de mètres du magasin. Il se gare et ouvre un peu les vitres.

— Reste bien sage, je n'en ai pas pour longtemps.

Le temps se couvre et un vent froid lui fait remonter la fermeture de son blouson. Il saisit un panier à l'entrée et arpente le rayon des légumes frais. Une jeune femme aux cheveux blonds, habillée d'une robe moulante, tâtonne et renifle des avocats. Gabriel admire les formes voluptueuses de l'inconnue, s'approche et saisit aussi un avocat.

— Mûr et prêt à consommer.

Elle le considère, amusée, et effleure ses doigts en le prenant. Il frissonne, l'imagine dans son lit quand une autre fille, brune et pleine de piercings au visage, la saisit par la taille et l'embrasse avec fougue.

— Elle ne mange pas de ce pain, mec !

L'air dépité, mais surtout déçu de louper un coup pareil, Gabriel jette les carottes dans le panier en râlant. Une fois les courses terminées, il fixe les deux caisses. L'une comporte une file de quatre personnes. L'autre est encore vide, mais il repère une mamie au dos voûté qui avance lentement vers celle-ci. Il accélère le pas et la devance, l'air de rien, puis pose ses courses sur le tapis. La petite dame s'accroche à sa canne et laisse son sac de courses par terre. Gabriel lui sourit et fixe ses yeux bleus ternis par le temps. Malgré ses rides, ses joues rondes lui donnent un côté doux.

— Vous avez une carte d'invalidité, monsieur ? demande la caissière.

— Absolument pas.

— La dame était avant vous, désolée, ajoute-t-elle d'un ton ferme.

Il lance un regard vers la vieille dame qui ne doit pas mesurer plus d'un mètre cinquante. Son chignon argenté et ses joues rondes donnent à la mamie un air angélique. Elle ne dit rien et continue de le fixer, le visage levé vers lui.

— Ça n'a pas l'air de la déranger, explique-t-il d'un haussement d'épaules tout en continuant de vider ses courses.

— S'il vous plaît, monsieur, insiste la jeune femme, les lèvres pincées. Elle est âgée.

— Justement, madame est à la retraite, elle a tout son temps, n'est-ce pas ? demande-t-il à la concernée.

C'est là qu'il se raidit. Le vieux corps avachi se redresse et grandit sous le regard effaré de Gabriel. Choqué, il se tourne pour regarder la caissière et remarque qu'elle est figée, la bouche ouverte, prête à parler, tout comme les gens dans le magasin. Le temps s'est arrêté. Lorsqu'il fait à nouveau face à la vieille dame, ses cheveux flottent autour d'elle, animés par un vent invisible. Gabriel sent des sueurs froides monter le long de sa colonne. Son cœur pulse à ses oreilles et il perçoit même la circulation de son sang. Il essaie de bouger, mais ses jambes refusent d'obéir et le maintiennent cloué au sol.

— Putain, c'est quoi ce bordel ?

Une onde puissante se propage dans tout le magasin, comme un souffle. Une odeur de chanvre envahit ses narines et l'aspect de la vieille dame se met soudain à changer. Ses joues se creusent, ses lèvres s'affinent et ses yeux ressemblent à deux globes qui sortent de leurs orbites. L'abomination tend le bras dans sa direction et touche son torse.

— Ça... m'appartient !

Une douleur vive lui transperce la poitrine. Gabriel hurle de toutes ses forces et s'accroche au tapis roulant. Le doigt filiforme se fraie un chemin entre ses chairs et creuse pour atteindre le fragment. La douleur lui vrille les tempes, son corps tremble, ses yeux se révulsent, il est à l'agonie. Le sang se répand sur son polo tandis que la femme triture sa poitrine. *Résiste, tu en as la force en toi !* Sa voix intérieure lui insuffle de l'énergie, assez pour le ramener à la surface, faible, mais déterminée. Ses yeux noirs, remplis d'une puissance qu'il ne connaît pas, se plantent dans ceux du spectre. Gabriel gonfle son torse, empoigne la main cadavérique et la retire. L'entité pousse un cri strident qui fait voler les cheveux de Gabriel en arrière. Elle insiste et tente de plonger sa main dans sa poitrine ensanglantée. Il s'y oppose et serre poings et mâchoires pour lui résister. Furieuse, elle le frappe de toutes ses forces sur le torse et hurle de rage, la gueule grande ouverte.

— Si je ne peux pas le récupérer par la force, il viendra à moi !

L'onde de choc se propage dans ses entrailles et lui arrache un autre hurlement. Son corps brûle de l'intérieur, il tombe à genoux. Dans un souffle puissant, le spectre disparaît... puis tout s'arrête. Le souffle court, Gabriel tente de reprendre sa respiration. Les sons environnants ont repris et la mamie est redevenue la petite dame avachie. Quand Gabriel se redresse, la caissière pousse un cri atroce en voyant le sang sur son polo.

Les gens se retournent sur eux, choqués. Son premier réflexe est de regarder... Il blêmit, s'affole et prend ses jambes à son cou. Une fois dans la voiture, à bout de souffle, son visage se baisse sur le vêtement troué taché de rouge. Sa salive racle sa gorge, son front perle de sueur. Avec hésitation, il soulève le polo : aucune blessure ! Mais il n'a pas rêvé, le sang en témoigne. La main tremblante, il rassure son chien et aperçoit son reflet dans le rétroviseur : une mèche blanche, de cinq centimètres de large, vient d'apparaître sur le haut de sa chevelure.

CHAPITRE DIX

GABRIEL

Les mains serrées sur le rebord du lavabo, Gabriel se réveille d'une nuit agitée. Il fixe son torse à travers le reflet et touche l'endroit où le spectre a planté ses doigts. Sa peau ne présente aucune lésion, mais la douleur est encore présente dans son esprit. Il frissonne en revoyant l'image du spectre qui ressemble au personnage de *Sinister*[6], lave son visage à l'eau froide dans l'espoir d'effacer ses terribles pensées, puis contemple ses traits.

Son regard pivote vers le sol, sa gorge se serre en voyant son polo déchiré et maculé de sang. Tout est réel ! Il soulève la mèche décolorée et la tourne dans tous les sens. Pas une seule variation de gris, elle est aussi blanche que la neige. Sacré contraste au milieu de sa chevelure noire. Dégoûté, il barbouille avec hargne le miroir de savon. Pourquoi endure-t-il tout ça ? Devient-il cinglé au point d'halluciner ?

Il se brosse les dents et crache dans le lavabo. Depuis sa mutation, sa propre vie semble lui échapper. Il cherche un lien, une explication à ces évènements étranges, mais aucune réponse logique ne lui vient. Le doute l'envahit. Bien que pragmatique et athée, le voilà qui remet en question ses propres convictions.

De retour dans la chambre, Gabriel soupire lourdement à la vue des saletés qui recouvrent le parquet. Avec tout ce micmac, un certain laisser-aller s'est installé. En attendant de trouver

---

[6] Film d'horreur de 2012 de Scott Derrickson où une entité surnaturelle menace la famille du héros

une femme de ménage, Gabriel enfile un pantalon et un t-shirt, puis s'attelle au nettoyage.

Il lave le sol et lance une machine. Ces gestes le ramènent au passé, aux difficultés qu'il a eues à trouver un endroit où dormir après sa fugue. Une femme l'avait généreusement accueilli pendant quelques années. En échange d'une chambre, il s'était occupé de la maison et des courses, tout en cumulant les boulots pour se payer ses études de médecine. Ce qui au premier abord pourrait sembler compliqué ne fut pour Gabriel qu'une simple formalité. Sa capacité extraordinaire à emmagasiner les infos lui avait donné un avantage certain.

Gabriel prépare un café et repense à cette femme, la plus extraordinaire et aimante personne qu'il lui ait été donné de rencontrer. Après son départ pour la fac de médecine à Oxford, il ne la revit plus jamais. Elle avait quitté le Royaume-Uni sans le prévenir, sans laisser son numéro ou son adresse... Pas un jour ne passe sans qu'il ne pense à elle.

Un bruit de froissements l'attire. Lucky joue avec une feuille et la secoue dans tous les sens.

— Eh, viens là, toi !

Déchiré par endroits, il lit le mot de Mel glissé sous la porte :

Bonjour, Gabriel, le compromis de vente de l'appartement est prêt à signer. Je vous attends chez moi à dix heures pour en discuter.

Gabriel hausse un sourcil, étonné par la rapidité de la transaction. Décidément, cette femme renferme bien des secrets ! La montre à son poignet affiche neuf heures quinze. Il saisit son manteau, met une écharpe autour du cou et s'en va promener Lucky. Rien qu'une balade pour se vider l'esprit. Mais plus il marche, plus ses épaules pèsent. Ses jambes s'alourdissent et la fatigue l'envahit.

Appuyé contre un poteau métallique, il s'accroche pour ne pas vaciller. Au bout de quelques minutes, le malaise se dissipe. Par précaution, Gabriel retourne à l'appartement. Sur le seuil de sa porte, ses clés en main, il entend un bruit. Mélissa vient de sortir de chez elle. Alors qu'elle s'apprête à lui parler, le visage du jeune homme la laisse perplexe et elle continue de le fixer. Tout en triturant ses doigts, elle se décide à l'inviter pour boire un thé, dans l'espoir d'en savoir un peu plus sur ce qui l'afflige.

Gabriel la dévisage lorsqu'un détail sur sa voisine le fait sourciller : son aspect. Son teint n'est plus blafard et ses yeux brillent maintenant avec vivacité. L'esprit confus, il se frotte l'arête du nez et la fixe à nouveau.

— Au lieu de me dévisager, intervient Mel, accepte mon invitation.

Il retire la laisse au chien et entre en posant sa veste sur le porte-manteau. Pas un mot ne sort de sa bouche. Mel referme la porte et lui réalise qu'elle vient de le tutoyer.

— Je tiens à m'excuser, lance-t-elle en le devançant pour aller vers la cuisine. Depuis le temps qu'on se connaît, le "vous" me semble désuet. Cela te choque ?

— La notion de "tu" ou de "vous" n'existe pas en Angleterre. C'est juste que je ne m'y attendais pas.

Un peu gênée, elle lui sourit, lui tend le thé et saisit une liasse de documents posée sur la table. Gabriel s'installe sur le canapé, boit une gorgée tandis qu'elle s'assoit sur le fauteuil juste à côté.

— Voici les papiers du compromis, tu n'as plus qu'à vérifier et signer.

Son regard glisse sur ses mains moins fripées, moins tachetées... comme si sa maladie s'était envolée.

— J'ai... repris du poil de la bête, explique-t-elle avec une certaine hésitation. Ma maladie, enfin, je veux dire mon cancer, est en rémission... Je dois dire que c'est un immense soulagement, complète Mel en triturant ses doigts. Mais le combat n'est pas fini.

— Vous vous moquez de moi, c'est ça ? s'emporte-t-il, épuisé par tout ce qui lui arrive. Vous arrivez à lire en moi ?

— Euh, non, tu as parlé tout haut, et...

— Stop ! crie Gabriel en se redressant, le doigt pointé sur elle. Ne me prenez pas pour un imbécile ! On ne se remet pas d'un cancer en vingt-quatre heures ! Mais qu'est-ce qu'il se passe, bon sang ? J'ai l'impression de vivre un cauchemar éveillé !

Le chien, effrayé par l'attitude de son maître, se faufile sous la petite table. Mélissa s'enterre dans son siège alors qu'il déballe son sac de déboires. Tout y passe : sa mutation, son affreuse expérience avec le restaurateur, sa rencontre avec Lucky et cet afflux de souvenirs refoulés. Il reprend son souffle, frotte son visage et termine par sa dernière épreuve : le spectre. Étrangement, elle ne dit rien, ne fait aucune remarque et se contente d'écouter. Gabriel laisse échapper un soupir et secoue la tête.

— Je viens d'annoncer un truc dément, digne des pires films d'horreur, et vous, ajoute-t-il en écartant les bras, vous ne réagissez pas ?

— Que veux-tu que je dise ? Que cette histoire semble irréelle, folle ? Le moins qu'on puisse dire, c'est qu'elle l'est. Et honnêtement, je n'ai pas les mots pour exprimer ce que je ressens.

— Vous pensez que je deviens fou ?

— Loin de moi cette idée... Je n'ai pas le droit de te juger.

Gabriel la fixe. Il émane de cette femme quelque chose qui le met en confiance, quelque chose qui le pousse à se confier sans réserve. Les yeux rivés sur le mug, son cœur s'ouvre enfin.

— Ma vie ne ressemble plus à rien... Elle était déjà compliquée dans le passé.

— Compliquée ?

— C'est ça, confirme-t-il d'un soupir las. Je n'ai manqué de rien durant mon enfance. J'avais les meilleurs professeurs, des soins réguliers, des nounous attentives et des jouets plein les placards... Mais à ce magnifique tableau il ne manquait que mes parents, toujours absents, occupés à voyager. Le visage de Gabriel s'affaisse sous le poids de son chagrin. Depuis que je suis en France, je ne cesse de m'interroger sur eux et j'ai l'étrange sensation qu'ils me cachent des choses, enfin, cachaient. Ils ne sont plus là pour répondre à mes questions.

Gabriel se laisse tomber lourdement sur le divan. Un silence s'installe entre eux. De légers picotements au niveau du torse se manifestent, différents des autres fois, plus doux, presque agréables. Il se masse la poitrine et Mel l'observe en silence, peinée de le voir dans cet état.

— Tout ce que tu ressens, commence-t-elle de façon posée, ces changements soudains, tes douleurs, c'est en partie dû au fragment dans ta... Mel s'interrompt et semble chercher ses mots, presque déstabilisée par ses propres paroles.

— À quel moment ai-je évoqué mon anomalie ? lâche-t-il sur un ton sec, les yeux écarquillés.

Mel baisse la tête et tripote l'ourlet de son pull, gênée par son observation.

— Je... Je ne suis pas ton ennemie, Gabriel. Je vois bien que tu es troublé depuis quelque temps. Mais, finit-elle par ajouter en le fixant, je peux t'assurer que tu en as parlé. Sinon, comment aurais-je pu le deviner ?

Jamais Gabriel ne s'est senti autant à la ramasse et désorienté. Il veut lui faire confiance, il en ressent le besoin, et pourtant... Ce foutu pressentiment le poursuit.

— Laisse-moi t'aider.

— M'aider à faire quoi ?

— Je n'en sais trop rien, déjà comprendre ce qui se passe.

À ces paroles, Gabriel se redresse et la toise avec intérêt. Qui est cette femme sortie de nulle part, qui lui a proposé un toit alors même qu'elle ne le connaît pas, et qui en prime, lui offre son appui sans rien attendre en retour ? Mel détourne à nouveau les yeux de Gabriel, troublée par tant d'insistance.

— J'imagine toutes les questions que tu te poses, les doutes qui t'assaillent...

C'en est assez ! Bien sûr que les doutes l'assaillent, simplement parce que tous ses repères sont ébranlés. La main sur la nuque, Gabriel ne sait que faire ni que penser. Il se dirige vers la fenêtre pour contempler la ville, puis inspire longuement. Mel s'avance d'un pas feutré et reste près de lui un moment avant de rompre le silence.

— Tu n'as pas l'habitude qu'on te tende la main, c'est une réaction normale.

— Détrompez-vous, réplique-t-il, toujours concentré sur le ciel couvert. J'ai connu une femme généreuse, il y a quelques années de ça. Gabriel pivote et la dévisage. Un peu comme vous aujourd'hui.

— Alors cesse de te questionner et accepte mon aide.

Il hausse les épaules et se contente de soupirer, las de tout.

— Si tu n'aimes pas cette mèche, reprend-elle en la désignant, je connais un salon de coiffure, c'est une amie. Elle griffonne l'adresse sur un bout de papier. Dis-lui que tu viens de ma part.

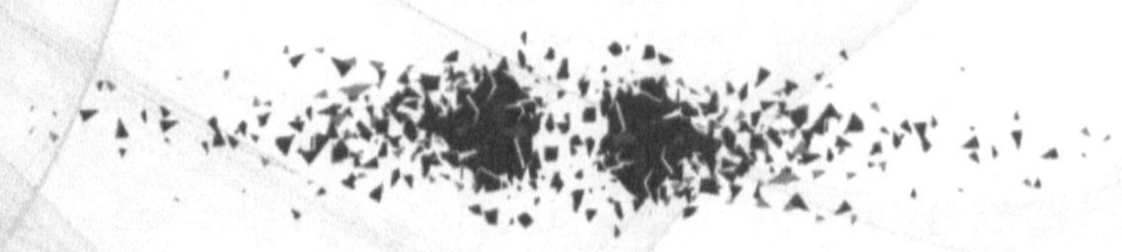

L'adresse dans le GPS, Gabriel repart sans le chien. Il roule vers le centre de Villeneuve-la-Garenne, emprunte un rond-point et se gare dans une rue adjacente. Il traverse la rue, monte les quelques marches qui mènent à une petite place et repère le salon juste à côté d'une boulangerie. Les pâtisseries françaises le fascinent, gustativement parlant, alors il sélectionne un millefeuille, ajoute un café et s'assoit à l'extérieur pour déguster son gâteau. La jeune vendeuse, un sourire radieux aux lèvres, apporte sa commande et dépose le tout sur la table.

Aujourd'hui, Gabriel n'a pas envie de draguer et se contente d'un "merci". Malgré la grisaille et la fraîcheur, il fait bon. Ce moment de tranquillité l'apaise, il oublie, l'espace d'un instant, toutes les emmerdes qui lui sont tombées dessus. Sa collation terminée, il se lève et marche jusqu'à la devanture du *MC coiffure*.

— Fermeture exceptionnelle ? lit-il sur la porte, quand une femme à l'intérieur abaisse le rideau.

Gabriel toque sur la vitre pour attirer son attention. Elle s'arrête et le fixe.

— Je viens de la part de Mel.

Le rideau métallique de la vitrine glisse vers le sol. Gabriel, estomaqué, se dirige vers la porte. *Gonflée, la bonne femme !* Il s'appuie contre la vitre, la main en visière, au moment où la coiffeuse tire sur la poignée.

— Vous êtes Gabriel Ardent ?

— Oui, je...

— Entrez, l'interrompt-elle en se décalant sur le côté. Installez-vous, j'arrive.

Assis sur le siège, son regard se tourne vers la femme qui termine de fermer son salon.

— Ne vous inquiétez pas, déclare la coiffeuse, un sourire en coin. Je ne vous séquestre pas, jeune homme. C'est juste que j'ai un rendez-vous important dans quelques heures...

— Me voilà rassuré.

— Mélissa m'a prévenue que vous passeriez.

— Cette femme m'épate ! lâche-t-il avec ironie.

Je n'ai jamais précisé à ma voisine à quel moment je comptais venir !? De quoi perturber le plus sensé des hommes ! Elle saisit un peignoir tandis que Gabriel l'analyse à travers le reflet du miroir : grande, assez mince, la quarantaine, de jolis yeux verts légèrement en amande et une alliance à l'annulaire. *Dommage.*

— Bien, passons aux choses sérieuses. On recouvre la mèche, c'est ça ?

Pourquoi lui répondre... Gabriel acquiesce, s'empare d'une revue posée sur le petit établi et attend qu'elle revienne. Gantée, un bol à la main, la coiffeuse isole la partie à teindre, place une feuille sous la mèche et applique le produit de la racine aux pointes. Quand elle s'apprête à repasser le pinceau, la femme bondit en arrière, le bol tombe au sol, éparpillant le produit. Gabriel lâche sa revue et tourne le siège vers elle. La poitrine de la femme se soulève, ses membres tremblent et ses yeux sont grand ouverts.

— Qu'est-ce que vous avez ?

Son bras se lève et son index pointe du doigt ses cheveux, sans arriver à parler. Il se replace devant le miroir et son regard s'élargit. La mèche absorbe le reste de la teinture et redevient blanche.

— Oh putain !

— Vous le voyez ? Dites-moi que vous le voyez, répète la coiffeuse en panique.

— C'est quoi ce bordel ?

— En trente ans de carrière, jamais je n'avais vu ça !

Pendant une fraction de seconde, le visage cadavérique du spectre de la vieille du supermarché s'immisce dans la tête de Gabriel et son corps se couvre de chair de poule. Les mâchoires contractées, il retire son peignoir.

— Désolé... Je ne sais quoi vous dire.

Il saisit un billet et le lui tend.

— Non, je n'en veux pas, refuse-t-elle en reculant. Partez, c'est tout ce que je vous demande !

Sans un mot, la coiffeuse pointe la porte arrière de l'index. Gabriel quitte le salon si perturbé qu'en tournant pour accéder à la place, il bouscule un type.

— Faites un peu gaffe, bon sang ! râle l'individu qui lâche la main de sa compagne. Eh, je vous reconnais !

Gabriel stoppe au milieu du trottoir afin de voir son interlocuteur. L'homme, une trentaine d'années, habillé à la cool, le jauge de haut en bas, un rictus sur les lèvres.

— C'est le chirurgien qui s'est fait renvoyer par son boss ! lance-t-il sur un air moqueur à la petite brune qui se tient à son bras.

— Crétin ! s'empresse de répondre Gabriel sur un ton sec. Tu ne sais rien de moi.

— Ils ne se sont pas trompés sur ton cas : arrogant, impétueux et grossier. Pas sûr que tu fasses long feu à la clinique.

— Arrête, Jean-François, le supplie la jeune femme, apparemment gênée par la situation.

Gabriel n'aime pas sa tronche, et encore moins le ton qu'il emploie. Le type hausse les épaules et donne une tape amicale à sa compagne.

— Tu vois, j'avais raison. Beau mec, mais c'est un con !

Les poings de Gabriel se serrent et le démangent. Une envie irrépressible de lui briser le nez monte en lui. Son regard s'assombrit.

— Chéri, je t'en prie...

— Quoi ? finit-il par lui répondre, presque irrité qu'elle l'interrompe. J'estime que c'est mon droit de lui dire que ses futurs collaborateurs sont au courant de la situation, non ? Les collègues ne t'apprécient pas... Personne ne veut d'un mec coureur de jupons et imbu de sa personne dans le service.

La paume de Gabriel s'écrase sur la joue du type avec une telle force que ce dernier se déséquilibre et tombe sur le bitume. L'homme secoue la tête et semble soudain désorienté, les yeux rivés à la fois sur lui et sur sa copine.

— Pauvre type ! crache Jean-François qui se redresse et saisit la main de sa compagne. J'espère que tu brûleras en enfer !

Ils s'éloignent de lui à toute vitesse tandis que Gabriel sent l'adrénaline redescendre, et une légère tension se forme dans sa nuque. Il tourne la tête de droite à gauche en espérant que le mouvement l'apaise et repart vers sa voiture. Plus il avance, plus il réalise que les gens le détestent. Si ce détail ne l'interpellait pas avant, pourquoi cela l'affecte-t-il aujourd'hui ? L'opinion des autres, il s'en fiche comme de l'an quarante. De retour chez lui, Gabriel jette son blouson sur le canapé sous les aboiements de Lucky qui court dans tous les sens, heureux de retrouver son maître. Gabriel éclate de rire... Des fourmillements sur son lobe frontal l'obligent à s'asseoir. Du bout du doigt, il frictionne la zone endolorie. Son regard balaie la pièce et s'arrête sur quelques cartons encore à déballer. Gabriel se dirige vers l'un d'eux, l'ouvre et s'empare de l'une des toiles : un jardin fleuri avec un saule pleureur... Le jardin de son enfance. Son pouce caresse sa signature en contrebas et un léger sourire anime son visage.

— Voilà un beau cadeau pour Mel.

Il sort sur le palier et sonne à la porte de sa voisine qui apparaît vêtue de son manteau et d'un foulard rose à fleurs.

— Désolée, je dois y aller.

— Donnez-moi quelques minutes, Mel. S'il vous plaît ?

Elle évite son regard, mais lui propose d'entrer.

— Je... Je voulais vous remercier.

Gabriel lui tend son présent. En le saisissant, les yeux de Mel s'embuent et ses mains se mettent à trembler.

— Ça ne va pas, Mel ?

Pour cacher les larmes qui s'apprêtent à couler, elle se détourne d'un coup et le positionne contre le mur.

— Il sera parfait à cet endroit.

Son émotion ne lui a pas échappé. Il s'approche de quelques pas afin de décoder son malaise, mais Mel s'éloigne vers le salon. *Qu'est-ce qui ne tourne pas rond chez elle ?*

— Je ne suis pas folle, si c'est ce que tu penses.

Cette fois, Gabriel la saisit par le bras pour l'obliger à lui faire face.

— N'insultez pas mon intelligence en me disant que j'ai parlé tout haut !

Elle baisse son regard, puis répond.

— C'est une longue histoire.

— J'ai tout mon temps !

— Tu vas avoir du mal à me croire, je te connais.

— C'est là le problème, vous semblez mieux me connaître que moi-même.

Mel déglutit, retire son manteau et va s'installer sur le canapé. *Tu n'as pas intérêt à mentir, Mélissa.*

— J'ai beaucoup de défauts, mais le mensonge ne fait pas partie de mon tempérament.

Gabriel se raidit. Ses doutes viennent d'être confirmés !

— Je t'en prie, ne panique pas. C'est troublant au début, mais tu t'y feras. Ton cadeau a ravivé des souvenirs... Le domaine de tes parents reste gravé dans mon esprit.

— Vous les connaissiez ? s'étonne-t-il, choqué par ce qu'il vient d'entendre.

— Nous étions... Mel hésite et semble chercher ses mots, de bons amis. Écoute... Ce que je m'apprête à te révéler risque de te surprendre.

— Au point où j'en suis !

Gabriel s'installe sur le canapé, l'air méfiant et un peu tendu. Melissa n'arrête pas de se mordre la lèvre, va et vient, puis s'assoit sur le fauteuil.

— Tu as compris que j'ai un don ?

— J'aurais du mal à passer à côté.

L'une tripote ses doigts nerveusement et ajuste son foulard, l'autre ne cesse de la jauger. *Accouche, bon sang !*

— Plus facile à dire qu'à faire ! lâche-t-elle en soupirant.

— C'est déstabilisant !

— Oui, je sais... mais est-ce que tu es prêt à entendre la vérité ?

— Ai-je le choix ?

Mel se redresse, se rassoit, jusqu'à ce que Gabriel la stoppe en la prenant par le bras. Les mots semblent avoir du mal à sortir. La main sur le cœur, lèvres tremblantes, sa bouche s'ouvre enfin.

— Je suis une sorte d'être de lumière, une « Eisei », pour être plus précise. Voilà, c'est dit !

Dans un premier temps, Gabriel explose de rire, un long rire qu'il peine à contrôler. Quand son hilarité s'atténue, il remarque ses traits sérieux.

— Non mais, vous vous foutez de moi ? Un être de lumière ? Rien que ça ? Style Léo dans *Charmed* ?

Cette phrase déclenche chez Mel un fou rire monumental.

— Seigneur, pourquoi tout le monde fait la comparaison avec cette série ? demande-t-elle en essuyant ses larmes. J'étais loin de me douter que tu en étais fan.

Un peu renfrogné, les bras croisés sur le torse, Gabriel la toise avec sévérité. Le moment de plaisanter semble inopportun.

— Ce n'est pas mon genre, mais celui des résidentes de la clinique où je bossais... Donc, vous êtes une Léo ? Vous protégez aussi des sorcières ?

Elle se met à rire à nouveau lorsqu'un détail revient à l'esprit de Gabriel. Il fronce les sourcils en repensant aux paroles de sa *nanny*. Il bondit et se met à arpenter le couloir, tel un lion en cage.

— Non mais sérieusement, faut que je consulte en urgence. Des spectres ? Des êtres de lumières ? Je suis quelqu'un de rationnel, vous comprenez ? Tout ça me dépasse ! À ce stade, y'a deux solutions : ou je suis enfermé dans un putain de cauchemar et il est grand temps que le réveil sonne, ou on essaie de me pousser à bout. Sans compter ces foutus fourmillements, ces visions, et ma propre voix qui résonne dans mon crâne !

— Arrête de hurler et cesse ces allers-retours, le coupe Mel, tu me donnes le tournis ! Viens t'asseoir.

Conscient d'avoir tout débité en une seule tirade, le jeune homme soupire et s'installe sur l'accoudoir à l'autre bout du divan, loin du fauteuil où elle se trouve.

— Je ne mords pas.

— Ça va, n'en demandez pas trop. J'essaie d'encaisser... Manquerait plus que vous vous téléportiez dans un halo lumineux. Vous apparaissez aussi quand on dit votre prénom ? demande-t-il d'un ton sarcastique.

Il aperçoit son sourire en coin.

— Je n'ai pas cette faculté, mais...

Mel marque une pause prolongée qui ne fait qu'augmenter son angoisse.

— Mais quoi ?

— Donne-moi une minute, s'il te plaît !

Gabriel lève les yeux au ciel et attend. Elle réfléchit quelques secondes et poursuit.

— Certains de notre espèce ont ce don, ils arrivent à se projeter hors de leur corps et être à deux endroits en même temps. Le corps physique reste sur place. C'est une projection astrale, si tu préfères.

— Votre espèce ?

— Les réponses viendront, mais d'abord, laisse-moi te parler de tes parents. J'ai eu le plaisir de les côtoyer au domaine de Fontainebleau. Quand j'ai contemplé la toile que tu m'as offerte, j'ai décidé de t'avouer la vérité.

Le visage de Mel s'adoucit puis se couvre de tristesse.

— Ah, je te revois sur ce cheval en bois avec tes longs cheveux noirs. Qu'est-ce que tu étais beau !

En apercevant les yeux écarquillés de Gabriel, elle toussote dans sa main, gênée par son excès d'émotion.

— Désolée, c'étaient de bons souvenirs.

— Allez-y, continuez de me prendre pour un con. J'ai une mémoire infaillible, Mélissa. Si on s'était déjà vus, je m'en serais rappelé.

— Non, tu ne peux pas t'en rappeler, tu ne m'as jamais parlé ni même peut-être eu conscience que j'étais là. Ce n'est pas étonnant. Tes parents étaient très prudents à cause de Sybille.

— Sybille ?

— J'y reviendrai plus tard. Dans un premier temps, je t'explique pourquoi Barbara et ton père t'ont maintenu à l'écart du monde.

— Vous connaissez les raisons ?

— En partie, oui. Sybille leur avait expliqué que tu étais fragile, spécial. Et ils ont cru à ses mensonges... en tout cas au début. Ils ont fait le nécessaire pour te protéger en t'isolant du reste du monde. Ils étaient persuadés de bien agir, dans ton propre intérêt ! Je leur rendais visite et t'ai vu grandir, mais toujours dans la discrétion, sans que tu puisses soupçonner ma présence.

Gabriel l'écoute sans l'interrompre. Son esprit s'éloigne à nouveau vers Fontainebleau et ses jardins. Il se revoit, enfant, courir, crier après les bonnes et pleurer en cachette lorsque ses parents partaient.

— Si je comprends bien, cette Sybille a réussi à convaincre mes parents que m'élever comme un paria était pour mon bien ? Et elle me veut quoi, concrètement ? Et pourquoi mes parents l'ont écouté ?

— Arrête avec tes questions, je te promets d'y répondre en temps et en heure. En attendant, tout ce que je peux te dire, c'est que c'est une « Eisei » elle aussi. Et qu'elle désire récupérer quelque chose que tu possèdes.

D'instinct, ses doigts frôlent son torse et les battements de son cœur se mettent à accélérer.

— Ça y est ? Les pièces du puzzle s'assemblent ? Je sais que tu as compris.

Mel réduit la distance qui les sépare et pose la main pile à l'endroit où se trouve l'anomalie de Gabriel.

— Je ressens ta peur. Laisse-la circuler, elle est légitime.

— Mais qu'est-ce donc que cette chose à côté de mon cœur ? Et pourquoi elle la veut ?

Gabriel déglutit.

— Je te promets d'y répondre, en attendant, je veux t'aider.

— Comment ?

— Je ne sais pas encore comment, mais s'il y a un moyen, je le trouverai.

CHAPITRE ONZE

SARAH

Sarah se réveille haletante, en nage, la gorge sèche. Elle essaie de se calmer et respire profondément.

— J'en peux plus de ces cauchemars, gémit-elle, le coussin sur le visage.

Le pyjama trempé de sueur, elle se sent poisseuse et part se doucher. Enroulée dans son peignoir rose, Sarah jette un œil par la fenêtre de sa chambre. Ce début de mai s'annonce ensoleillé. Décidée à se changer les idées, elle enfile une culotte, un débardeur, et au moment de passer devant le miroir sur pied, sa condition physique la choque : son corps est maigre. D'un geste brusque, elle frappe son reflet.

— Rien à foutre, je suis comme je suis !

Son jean enfilé, le pendentif s'accroche à la maille de son pull et la fait grincer des dents. *Foutu bijou !* Une fois dans la cuisine, le nez plongé dans sa tasse fumante, un long soupir s'échappe de sa bouche. Le silence qui l'entoure la rend nostalgique et cet état la déprime.

Décidée à faire de sa journée un moment de pure détente, Sarah préfère sortir et s'aérer l'esprit. Alors qu'elle atteint le rez-de-chaussée, son élan se stoppe devant la porte vitrée. Son envie de prendre le métro pour se rendre au parc s'envole et une autre émerge, les Galeries Lafayette. Sans trop comprendre pourquoi, elle repart vers le sous-sol récupérer sa voiture.

Pour la première fois depuis le drame, Sarah ne ressent pas le besoin de se concentrer avant de conduire. Cette appréhension semble s'être évaporée.

Elle gare sa voiture à quelques rues de là, puis marche jusqu'aux Galeries et profite des vitrines. Après avoir flâné près d'une heure, la jeune femme s'installe à la terrasse d'un café. Les gens passent en coup de vent, d'autres discutent travail sans prendre la peine de s'asseoir. Une serveuse couverte d'acné se présente avec son plateau et lui sourit timidement.

— Bonjour, que désirez-vous ?

— Un jus de mangue, s'il vous plaît.

La fille à la peau mordorée acquiesce, puis Sarah fixe une vieille dame qui s'installe à une table un peu plus loin. Ses gestes sont maladroits et son sac à main tombe par terre. Sarah se lève et s'empresse de la rejoindre pour le ramasser.

— Oh, comme vous êtes gentille. Ce n'est pas bon de vieillir !

Quand la mamie tourne le visage pour la fixer, la chair de poule envahit les bras de Sarah. Des yeux d'un bleu presque blanc lui glacent le sang. Elle se force à sourire et tire sa chaise pour qu'elle s'assoie.

— Nous nous connaissons, mademoiselle ?

— Non, je ne pense pas.

— Et si vous me teniez compagnie ? propose-t-elle en désignant le siège. À mon âge, rares sont ceux qui s'arrêtent pour discuter.

Une sensation étrange s'empare de Sarah. Tout son corps est en alerte et lui dicte de partir, mais elle reste là à regarder le visage buriné de cette mamie. Son teint est pâle et ses cheveux blancs tirés en arrière lui donnent un aspect sévère.

— Tout va bien ?

— Pardon, se reprend Sarah, embarrassée de l'avoir fixée aussi longtemps.

Elle prend place tandis que la serveuse la cherche du regard. La terrasse est bondée, Sarah se redresse et lui fait signe.

— Je ne vous voyais plus, sourit-elle en posant la boisson sur la table. Que puis-je vous servir, madame ? demande-t-elle à la vieille dame.

— Un thé à la menthe, répond-elle en touchant son bras.

Soudain, Sarah remarque son bracelet en cuir à son poignet, avec en son centre une perle presque identique à celle du collier. Des veines noires circulent à l'intérieur.

— Joli, n'est-ce pas ?

— Surprenant, oui, précise Sarah qui ne peut détacher les yeux du bijou.

Le thé arrive. La mamie ajoute les deux sachets de sucre, remue avec la cuillère et boit une gorgée. Sarah sirote son jus, sans trop savoir que dire.

— Je suis venue vider le local de mon défunt mari.

— Oh, toutes mes condoléances, madame.

— Merci, vous êtes bien aimable. Mais je dois avouer que cette tâche me pèse. Je n'ai pas d'enfant, vous comprenez ? Et me retrouver seule dans le magasin qui fut le sien...

La pauvre petite dame repose sa tasse, les doigts tremblants. Peinée par son état, Sarah presse gentiment son avant-bras pour lui montrer son soutien et un peu d'affection. Elle ne supporte pas le désarroi des personnes âgées, son cœur se serre de les savoir seules, ignorées par leurs propres enfants et jetées dans des mouroirs. Elle n'a jamais eu la chance de connaître ses grands-parents. Son père lui a raconté l'histoire de son grand-père, un homme toxique qui a fini par briser leur famille. Du côté de sa mère, ils sont morts. Alors Sarah succombe.

— Je n'ai rien de prévu ce matin, je pourrais peut-être vous accompagner ?

— Oh ! s'exclame la vieille dame, vous êtes trop gentille. Allons-y !

— Là, tout de suite ?

— Vu la lenteur de mes pas, on n'arrivera pas avant demain !

La jeune femme éclate de rire et passe son bras sous le sien. La mamie remet un billet à la serveuse, sans attendre la monnaie. Ensemble, les voilà qui contournent le bâtiment, marchent vers la rue Guisarde où les boutiques aux couleurs chatoyantes agrémentent les façades : restaurants, brasseries, laboratoires, boutiques de vêtements... lorsqu'enfin leurs pas s'arrêtent devant un échafaudage.

— Ils rénovent la façade. Un coup de fraîcheur avant la vente, annonce la mamie qui saisit le trousseau de clés dans son sac.

— J'imagine que ce n'est pas facile.

— Non, du tout.

La porte s'ouvre sur une pièce quasi vide où l'essence de térébenthine flotte encore dans l'air. Quelques cartons traînent au sol, des papiers, ainsi que du matériel de peinture.

— Comment puis-je vous aider ? demande Sarah.

— Nettoyer un peu, si cela ne vous dérange pas ? Le balai est derrière vous, contre la vitrine.

La vieille dame tire ouvre le tiroir d'un placard et récupère une liasse de paperasses qu'elle range dans son sac. Sarah nettoie, vide dans la corbeille lorsque ses yeux se posent sur un tableau tombé au sol. Des sueurs froides la traversent en voyant le paysage : un grand portail noir, une allée de pavés gris, et cette bâtisse en pierre... Celle de ses cauchemars.

— Ce tableau vous plaît ?

Sarah sursaute. Le mot est mal choisi. Cette toile lui fait froid dans le dos !

— Vous savez où se trouve ce paysage ?

— Alors là, mon enfant, je n'en ai aucune idée... Mon époux voyageait beaucoup et ramenait des toiles de divers endroits. Elle est signée, regardez. La petite dame soulève le cadre et lui montre le coin droit du tableau : G.A.

Un éclair traverse le crâne de la jeune femme qui écarquille les yeux : elle sait à qui appartiennent ces initiales, mais n'arrive pas à s'en souvenir.

— Il me reste un chevalet, une toile vierge et un coffret de peinture que je n'aurai pas le temps de vendre. Alors je vais vous les offrir, ainsi que cette toile.

— Quoi ? réagit Sarah, étonnée.

— Faites-en cadeau à vos proches, si vous n'en avez pas l'utilité. Il me faut tout débarrasser. Un transporteur arrive en fin d'après-midi pour emporter le reste.

— Je ne peux pas accepter, c'est beaucoup trop.

— Que nenni ! insiste-t-elle en agitant son index devant son visage. J'y tiens.

Une fois ses cadeaux remis, elle raccompagne Sarah vers la porte. Cette dernière sourit, comprenant qu'il est temps de partir.

— Merci pour votre aide, jeune fille.

— C'était un plaisir.

— Au fait, je m'appelle Sybille.

Sarah n'a pas le temps de lui répondre que la silhouette disparaît dans le magasin. Encombrée par tous ses cadeaux, la jeune femme s'éloigne. De temps en temps, ses yeux basculent vers le tableau sous son bras et ses poils se hérissent. Ce présent ne la réjouit pas ! Elle rejette ce drôle de pressentiment qui pèse dans son esprit et marche en direction de la voiture. Durant le trajet à pied, le chevalet tombe, puis c'est au tour de la toile vierge.

— Bien fait ! Tu n'as qu'à apprendre à dire non. Et si tu arrêtais de faire ta bonne samaritaine, ce serait encore mieux !

Sarah pousse le siège côté passager en avant, place le chevalet ainsi que le reste à l'arrière, puis se met en route, sans cesser de pester.

— Non mais c'est vrai, en plus, je suis une quiche en peinture !

Une fois dans l'appartement, Sarah dépose tout son attirail dans le hall et s'empresse de rejoindre son canapé. Les gargouillis de son estomac lui rappellent qu'il est l'heure de manger. Devant le congélateur, elle en sort des légumes et les déverse dans une poêle avec un peu d'huile d'olive. Tout en touillant, un souvenir lui donne le sourire : ses fameuses séances de dessin et les fous rires de ses collègues face à ses ébauches. Sarah est douée pour la broderie, l'écriture, et même le bricolage. Mais en ce qui concerne la peinture, son talent se rapproche plus du peintre en bâtiment que de Monet. Elle verse les aliments dans une assiette, ajoute une tranche de jambon et son visage s'attriste. Ces cours de dessin lui avaient été offerts par les parents de Johanna pour fêter ses quatorze ans. À l'époque, son seul désir se limitait à rester enfermée à la maison pour noyer son chagrin. En lui offrant ce cadeau, ils savaient que l'expérience aurait sur elle un effet thérapeutique. Et tel fut bien le cas. En quelques mois d'atelier, elle avait créé des liens d'amitié, oubliant un peu la tristesse qui la rongeait.

La vibration de son portable la sort de ses réminiscences. Son doigt fait défiler l'écran : un message de Johanna.

Jo : tu n'as pas oublié le repas de ce soir ?
Sarah : Bien sûr que non !
Jo : Fais-nous des lasagnes.
Sarah : OK, si tu ramènes le dessert.
Jo : Ça marche !

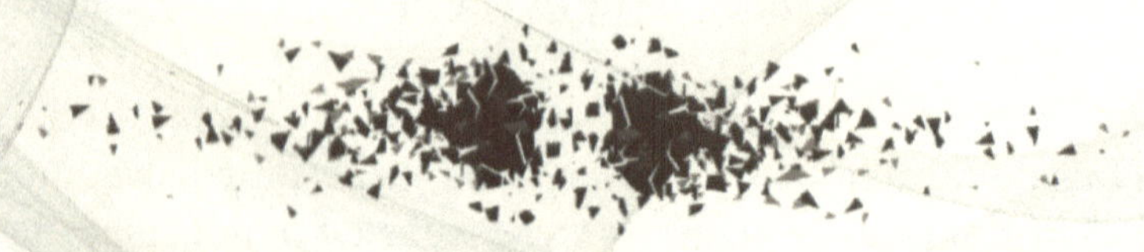

Vers dix-sept heures, la porte d'entrée claque.

— Mais qu'est-ce que c'est que ce foutoir ? hurle Jo du couloir.

Sarah s'essuie les mains sur un torchon et la rejoint.

— Salut, toi ! Ça ? Ne m'en parle pas, c'est une longue histoire !

Son amie redresse le chevalet, place la toile vierge contre le mur et s'empare du tableau avec le paysage.

— J'adore ! On dirait du Monet. Alors ? D'où ça provient ?

— Cadeau d'une vieille femme qui ferme sa boutique.

— Sérieux ? Comme ça, sans raison ? Tu la connais ?

— Non, enfin, hésite-t-elle, les sourcils froncés. Maintenant que tu me le dis, je crois que je l'ai croisée dans la rue.

Jo repose la toile contre le mur, enlève son manteau, mais semble perturbée.

— C'est quoi cette tête ?

— Raconte-moi tout ! Cette femme t'a demandé quoi en échange ? J'imagine qu'elle t'a ensorcelée avec sa bouille de gentille mamie ?

— Euh... Non... Bon, OK, il se peut que je lui aie rendu un léger service. Décidément, tu me connais par cœur !

Sarah retourne dans la cuisine continuer ses préparatifs. Sa copine place le gâteau acheté en boulangerie dans le réfrigérateur, saisit un tablier dans le placard et l'aide à terminer les lasagnes. Au bout de dix minutes de silence, Jo la dévisage.

— Bon, tu me la racontes, ton histoire avec la mamie ?

En appui sur le comptoir, Sarah lui dit tout. Mais en évoquant l'étrange ressemblance du bracelet avec le pendentif, les lèvres de son amie se pincent.

— Trop bizarre !

— Je sais. Mais le pire, continue Sarah, le visage assombri, le lieu sur la toile... C'est exactement l'endroit que je vois dans mes cauchemars.

— Non ! C'est flippant, là ! Écoute, Sarah. Je ne crois pas aux coïncidences, surtout pas de ce genre. Si ça se trouve, c'est une sorcière, ta bonne femme.

Sarah éclate de rire et place le plat dans le four.

— Stop avec les séries cheloues, on est en 2024.

— Ah ouais ? s'enflamme Jo en la frappant avec le torchon. Moi, je ne la sens pas du tout ton histoire.

Puis les filles préparent la table. L'une dispose les assiettes et les couverts, l'autre les verres et les apéritifs.

— On est là ! retentit la voix de Marie.

La blonde apparaît alors avec Sam, son copain, et juste derrière eux, Patrick, le beau brun aux yeux verts qui tient deux bouquets de fleurs entre les mains.

— Regardez qui on a croisé dans le hall d'entrée ! lance Sam qui se met à l'aise et pique un petit four.

— Pas touche, morfale ! râle Jo d'une tape sur la main avant d'embrasser Patrick.

— Ce n'est pas toi qui m'offrirais des fleurs, rouspète Marie.

— Je t'offre mon somptueux corps tous les soirs, ce n'est pas suffisant ?

Tous éclatent de rire, sauf la concernée qui préfère se servir un verre de blanc. Pendant que ce petit monde picore et rit, Sarah en profite pour attirer son collègue de boulot dans un coin.

— Tu es un bel enfoiré !

— Hein ?

— On se croise tous les jours au bureau, et pas une fois tu ne m'as parlé de ta relation.

— Je n'y croyais pas, pour être totalement honnête. Johanna est tellement belle, spontanée, pleine d'entrain... J'ai cru qu'elle m'enverrait bouler au bout de la deuxième semaine.

Il se rapproche de Sarah, lance un regard dans le salon afin de s'assurer que Jo ne le regarde pas et poursuit.

— C'est une femme pas très expressive. Je veux dire, elle ne s'ouvre pas beaucoup.

— Mouais, je confirme. Mais je peux t'assurer qu'elle t'adore.

Tous les deux se sourient puis rejoignent leurs amis. Une fois tous à table, Patrick et Sam discutent de leur passion commune, le surf. Patrick relate à ses amis sa dernière escapade au Portugal.

— Je vous jure, les vagues à Nazaré sont des monstres !

— J'ai toujours rêvé d'y aller, lance Sam, très intéressé par le sujet.

— Mouais, enchérit Sarah, la bouche pleine. Arrête de bouffer, sinon tu rouleras au lieu de glisser.

— Garce ! lâche-t-il sur un ton amusé.

— C'est la faute de sa mère, explique Marie, la main sur sa bidoche. Ils ne sont pas italiens pour rien.

Ils s'esclaffent à nouveau et les joues de Sam se colorent. Sarah apporte le repas, vite posé sur la table. Tous mangent, et les bouteilles de vin se vident.

— N'empêche, qu'est-ce que j'aimerais y aller dans ce pays avec vous tous, dit Johanna, nostalgique.

— Bien sûr ! pouffe Sarah. Pendant que vous vous bécoterez, moi je tiendrai la chandelle.

— T'as raison, enchérit Jo d'une grimace, attendons la fin de ta puberté.

— Pétasse !

— Tu reprends le travail lundi ? interroge Patrick qui casse l'ambiance.

— Oh ! le taquine Jo d'une tape amicale. On ne parle pas de boulot ce soir, OK ?

Les heures s'écoulent et les convives sont de plus en plus éméchés. Depuis combien de temps Sarah n'a-t-elle pas passé une soirée aussi agréable ? Les souvenirs restent lointains. Même si les bons moments en compagnie de ses parents sont mémorables, seul l'accident a marqué son âme. La jeune femme se ressert un verre de rouge et trinque avec ses amis.

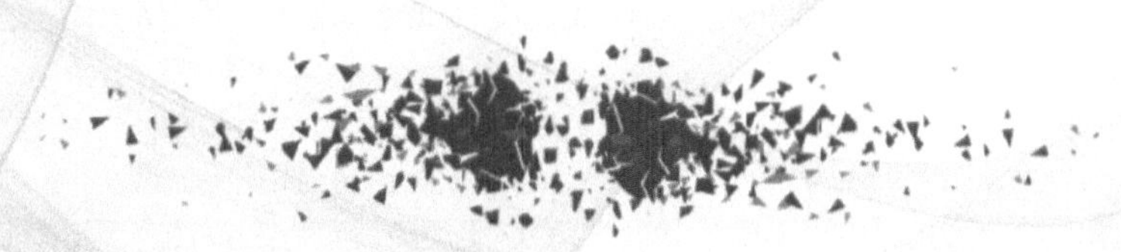

Trois heures du matin. Le silence s'installe enfin dans la maison. Sarah bâille à n'en plus pouvoir et marche péniblement vers sa chambre, heureuse de cette soirée. Un sourire s'affiche sur son visage en repensant à Jo et Patrick. Les bâillements se succèdent. Une énorme fatigue s'abat sur ses épaules. Tout en enfilant son pyjama à pois, son corps tangue et finit par s'écrouler sur le matelas.

Sur le dos, bras et jambes ouverts, ses paupières s'ouvrent et se ferment au ralenti. Sa vision se trouble, puis ses membres s'alourdissent. Sarah a soudain la sensation d'être avalée par son lit. Entre deux clignements de paupières, une sphère de la taille d'une balle de tennis apparaît au-dessus d'elle.

— Coucou, jolie chose. Qui es-tu ?

Le globe lumineux dégage une aura ocre puissante, presque aveuglante, et se rapproche un peu plus de son visage.

— Ouaouh, comment tu es belle !

Toujours en transe, Sarah observe l'étrange phénomène, subjuguée. Un va-et-vient lumineux se forme entre eux deux, lorsque soudain l'âme de la jeune femme sort de son corps physique et s'élève.

Elle fixe la forme arrondie et la voit rapetisser à vue d'œil et foncer sur son spectre. Des jets lumineux se dégagent de toutes parts, puis le corps céleste s'anime, virevolte dans les airs et finit par se stopper. Les deux Sarah se regardent, mais celle qui est couchée ne peut bouger. Prise d'euphorie, la version esprit s'envole vers le salon.

Près de la fenêtre se trouve le chevalet avec la toile vierge. Juste à côté, posée sur le tabouret, une palette de peinture. Savoir qui les installés à cet endroit n'effleure même pas son esprit. Tout ce qu'elle voit, c'est un pinceau qui lévite et l'appelle. Sarah cesse de planer, descend vers le tableau et s'empare de l'ustensile.

— Peins ! souffle une voix masculine lointaine.

Sa main va et vient à un rythme effréné. Elle trempe le pinceau des dizaines de fois et s'applique à étaler des couleurs qu'elle ne perçoit pas. Une fois le travail achevé, Sarah penche la tête sur le côté : la toile reste cruellement vierge. Le regard vide, les membres flasques, elle s'élève dans les airs et tourbillonne jusqu'à la chambre. L'âme regagne le corps. Le pyjama de Sarah se gonfle, comme si le vent s'y était engouffré, et le silence s'installe à nouveau.

CHAPITRE DOUZE

SARAH

Le téléphone sonne depuis plus de cinq minutes. Enfouie sous les draps, Sarah râle et remonte la couette pour se couvrir.

— Foutez-moi la paix, c'est dimanche, bordel !

L'insistance de la sonnerie l'oblige à s'extraire du lit pour saisir son portable sur la table de chevet. *Sept appels du bureau ? Non, sans rire ? Qu'est-ce qu'ils me veulent ?* Après avoir lâché un long soupir, elle appuie sur la touche « rappeler ». C'est la secrétaire, Marine, qui décroche.

— Sarah ? Qu'est-ce que tu fous ? Ça fait quinze minutes que j'essaie de te joindre. Le client t'attend !

— Un dimanche ? Je...

Ses paroles restent en suspens lorsqu'elle voit les dix messages de Jo : "Besoin de te parler", "Tu fais quoi ?", "Sarah, réponds, bordel !"... puis elle aperçoit enfin la date. *Putain ! On est lundi ? Mais, comment ?*

— Tu t'es rendormie ? chuchote Marine pour que personne ne l'entende.

— Euh, non, ment Sarah qui bondit du lit, je suis dans les bouchons. Fais-le patienter.

Dans sa précipitation, elle s'emmêle le pied avec la couette et s'écrase bruyamment au sol.

— Sarah, ça va ? C'est quoi ce vacarme ?

— Aïe, ce n'est rien... J'arrive.

Elle raccroche, se débat à coups de pied et s'habille à toute vitesse.

— Quelle merde !

Jamais elle n'a dévalé les escaliers aussi vite ni couru autant pour atteindre sa voiture.

À bout de souffle, elle ouvre la portière, jette sa besace du côté passager et enclenche la première. Les rues sont engorgées, comme toujours. Sarah klaxonne au feu vert un type devant elle qui ne semble pas pressé. L'homme lève son majeur, mais avance.

— C'est pas vrai ! hurle-t-elle à nouveau un kilomètre plus loin. Je vais me taper tous les feux rouges ?

Concentrée sur la route, pas une fois elle ne se regarde dans le rétro. Son téléphone retentit à nouveau. Elle le saisit : c'est le cabinet.

— Tu es où ? demande Marine, la secrétaire.

— Dix minutes, répond Sarah, retiens le client, s'il te plaît.

— OK.

Chaque fois qu'elle le peut, la jeune femme accélère, au risque de se faire arrêter. Mais dans son malheur, la chance lui sourit et elle parvient à proximité de l'immeuble. En entrant dans le hall, une pluie fine commence à tomber. Sarah n'attend pas l'ascenseur et monte les marches quatre à quatre. À peine le seuil du cabinet franchi que la secrétaire écarquille les yeux et se précipite pour la retenir.

— Hop, hop, hop ! Viens avec moi.

— Mais pourquoi ?

— Crois-moi, tu vas comprendre !

Elle la tire jusqu'aux toilettes et l'oblige à se regarder.

— Non mais, Sarah ! Je ne sais pas ce que tu as foutu, mais tu ressembles à l'une des toiles de Picasso.

La bouche grande ouverte, la jeune femme reste figée : ses joues, son front ainsi que ses doigts sont tachés de peinture. Elle pâlit... puis réalise que son rêve était réel.

— Eh, ça ne va pas ?

Non, ça ne va pas ! Rien ne va, d'ailleurs. Son corps tremble et l'envie de hurler monte comme un geyser, mais aucun mot ne sort de sa bouche.

— J'ai de l'acétone dans mon sac, si ça peut t'aider. Sarah acquiesce. Attends-moi ici.

Marine revient avec le flacon et lui donne quelques feuilles de papier toilette. Sarah frictionne son visage avec hargne, puis se rince à l'eau claire.

— Bon, te voilà présentable ! Je retourne à l'accueil.

— Merci, Marine, je ne sais pas ce que j'aurais fait sans toi.

La porte se referme tandis que Sarah se retient au rebord du lavabo pour ne pas s'effondrer. Sa poitrine se soulève tant son cœur bat vite. Comment expliquer sa nuit ? Ce rêve totalement déjanté et inexplicable pour le commun des mortels ? La jeune femme respire à fond, se redresse et part vers son bureau. Son boss, élégant comme toujours, arrive à son niveau.

— Veuillez excuser mon retard, je...

— Bon sang ! la coupe-t-il en se pinçant la lèvre. Qu'est-ce qui t'arrive ?

— Pardon ?

— Ton visage. Tu es toute boursouflée.

— Oh non ! s'écrie Sarah qui touche ses joues du bout des doigts.

— Écoute, je me charge du client, toi tu rentres pour te soigner et tu prends ta semaine.

— Monsieur...

— C'est un ordre, Sarah. Tiens-nous au courant.

— Bien, monsieur.

Sarah, après avoir repris ses affaires, passe devant le secrétariat. Marine grimace en l'apercevant et lui fait signe d'approcher.

— Ma sœur est dermatologue, explique-t-elle en griffonnant l'adresse. Son cabinet se trouve dans le huitième. Vas-y de suite, je la préviens de ton arrivée.

— Ça brûle, c'est atroce !

— L'acétone, ajoute-t-elle d'un air désolé, c'était une mauvaise idée.

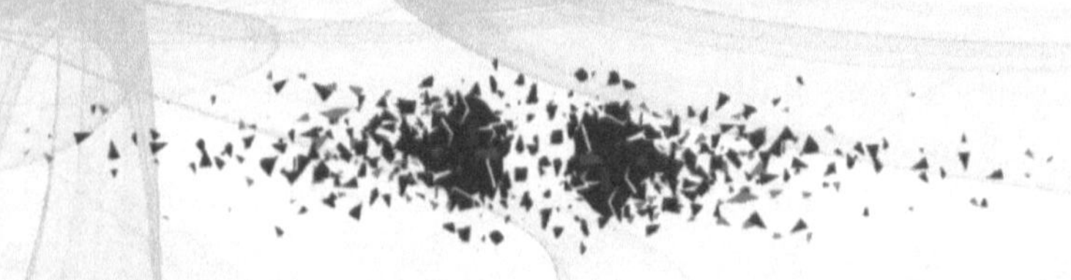

Arrivée dans le cabinet, les têtes se retournent sur Sarah, écœurées pour certaines, désolées pour d'autres. Elle s'installe sur la dernière chaise du fond et en profite pour envoyer un texto à Jo, histoire de la rassurer. Avec tout ce méli-mélo, elle l'avait zappée.

Désolée de ne pas t'avoir répondu plus tôt, un truc de dingue m'est arrivé, rappelle dès que tu peux.

Un patient sort du cabinet et la spécialiste fixe Sarah.

— Madame Martin ?

— Oui, dit-elle en se levant.

— Entrez, je vous prie.

Sarah se dépêche de la suivre, mais n'arrive pas à détacher son regard de la dermatologue. C'est la copie conforme, en blonde, de Marine.

— Cela surprend, hein ?

— Votre sœur ne m'a jamais dit qu'elle avait une jumelle.

— Marine est une femme discrète. Assoyez-vous sur le siège.

Munie d'une loupe, la praticienne inspecte avec minutie les recoins de sa peau.

— Votre acné n'a pas aimé l'acétone. Mais vous semblez ci-catriser... Impressionnant, d'ailleurs.

— Si vite ?

Le médecin se redresse, pose son instrument et passe derrière son bureau afin de préparer l'ordonnance.

— Je vous prescris quand même un antihistaminique ainsi qu'une pommade apaisante, si jamais cela persiste. Dans quelques jours, tout cela ne sera plus qu'un mauvais souvenir. Faites-vous des allergies au pollen ?

— Non, enfin, je ne sais pas.

— S'il n'y a pas d'amélioration, revenez me voir.

Sarah la remercie, règle la consultation et quitte le cabinet, un peu rassérénée. Avisant une pharmacie à quelques pas de là, elle y récupère les médicaments et décide de rentrer chez elle sans plus tarder. En arrivant sur son palier, la jeune femme découvre Sam, le petit ami de Marie, qui s'apprête à entrer dans l'ascenseur, un carton dans les bras.

— La vache ! crie-t-il en la voyant. Tu t'es fait attaquer par des abeilles ?

— Très drôle, répond la jeune femme d'une grimace. Non, c'est juste une allergie.

Le voir là avec les derniers cartons appartenant à Marie lui donne soudain le cafard.

— J'avais oublié que c'est aujourd'hui que Marie emménage chez toi.

— Ne sois pas triste, on viendra te charrier de temps en temps. C'était sympa vendredi soir, et très joli tableau !

— Hein ? Ah oui, pas mal, s'empresse-t-elle de répondre en pensant qu'il fait référence à la toile avec le paysage.

— Soigne-toi bien, j'y vais, à plus !

— À plus.

Sarah avance mécaniquement vers le salon, le regard rivé vers le sol. Elle jette son sac et son blouson sur le canapé, le vague à l'âme. Les filles quittent le nid et elle se retrouve seule... sans personne.

— Sarah ?

— Sur le divan, Marie, lui précise-t-elle.

— Comment se fait-il que tu sois là ?

Il suffit à la blonde d'apercevoir son visage pour avoir sa réponse.

— OH MON DIEU !

— J'admire ta réaction.

— Désolée, s'excuse son amie en maintenant une distance.

— Ce n'est pas contagieux, hein ! Pas la peine de rester à des kilomètres.

Un sourire en coin, Sarah se lève et part chercher un jus d'orange.

— Au fait, lance Marie, du salon. Tu es une sacrée cachottière !

— De quoi tu parles ?

— Ça fait longtemps que tu t'es mise à la peinture ?

— Quoi ?

Marie pointe du doigt la création en question située près de la fenêtre.

— Si ça, ce n'est pas l'œuvre d'une artiste !

Le jus à la main, Sarah avance et tourne la tête vers l'endroit indiqué. Son visage se fige, le verre tombe et se brise en mille morceaux. Devant elle se trouve le portrait de Gabriel, saisissant, presque réel. Marie se précipite vers Sarah.

— Tu as vu un fantôme ou quoi ?

Un fantôme ? Pire que ça... Un cauchemar en mode éveillé !

— Ne bouge pas, je vais ramasser les débris et nettoyer avant qu'on se blesse.

Non, Sarah ne bouge pas. Son regard fixe le visage de cet homme et elle ne comprend pas ce qui lui arrive.

— En tout cas, ce garçon est canon, apprécie Marie qui réunit les morceaux de verre. Je ne te connaissais pas ce don.

— Moi non plus, marmonne-t-elle, perdue dans ses pensées.

Son étrange nuit lui revient à l'esprit et tout son corps se met à frissonner. Marie lui parle depuis un moment, mais elle n'entend rien. Face à sa léthargie, son amie la secoue doucement.

— Eh, tu es là ?

— Tu disais ?

— Eh ben ! Sur quelle planète étais-tu ?

— Désolée, je...

Sans terminer sa phrase, Sarah se dirige vers sa besace, consulte les appels et remarque qu'Aude a essayé de la contacter.

— Décidément, je te trouve bizarre.

— Je suis juste fatiguée.

— Dans ce cas, repose-toi. Je te laisse, Sarah. Sam m'attend en bas.

Les deux filles se regardent sans rien dire pendant quelques instants. Chacune affichant de la tristesse sur son visage.

— Nos moments de folie vont me manquer, balbutie Marie, les larmes aux yeux.

— Une nouvelle vie t'attend…

Sarah la serre fort et pleure aussi, puis son amie se détache d'elle avec douceur.

— On se fera des bouffes.

— Tu peux en être sûre !

La porte claque, et une vague de nostalgie l'envahit. Rien ne sera comme avant… Rien. Son portable en main, elle se décide à appeler la mère de Jo. La sonnerie retentit, elle inspire profondément pour paraître enjouée.

— Enfin, ma belle ! Tu en as mis du temps.

— Désolée…

Aude lui répond sur un ton si joyeux que cela la surprend, jusqu'à comprendre la cause de son bonheur : le couple se trouve au Japon, cadeau surprise de Jim pour leur anniversaire de mariage.

— Je suis ravie pour vous deux. Vous rentrez quand ?

— Dans deux semaines.

— Profitez-en et ramenez des souvenirs.

— Promis.

À peine a-t-elle raccroché qu'elle aperçoit sur son écran un message de Johanna. Au lieu de répondre par écrit, Sarah lance l'appel.

— Salut, toi.

— Eh bien, punaise ! Heureusement que ce n'est pas urgent, hein ? Mais, tu n'es pas au boulot ? s'étonne Jo.

— Nope ! Mon patron m'a donné ma semaine, tu verras ma gueule ce soir, j'ai plein de trucs à te raconter.

— Justement, je ne rentre pas. C'est pour ça que j'essayais de te joindre. J'accompagne ma boss à Lyon. Je vais assister au défilé des créations de John Campbell.

— Oh, ton styliste mystérieux ?

— Yep !

— Super nouvelle. Au fait, tu savais pour tes parents ?

— Ils me l'ont annoncé ce matin au tel.

Sarah perçoit des bruits de fond et la voix d'une femme.

— J'te laisse, le boulot m'appelle. Bises.

Le téléphone posé sur la table basse, un long soupir lui échappe. Son regard se dirige vers la toile qui semble la dévisager. Prise de frissons, la jeune femme se frotte le bras, récupère ses médicaments et file vers la salle de bain. Elle ouvre le petit tube et applique la crème sur son doigt. Au moment de lever le visage pour l'étaler, ses yeux s'écarquillent. Les rougeurs et son acné ont disparu. Abasourdie, elle inspecte chaque partie de son visage, tâte ses joues et n'en revient pas.

Sa peau est aussi lisse que les fesses d'un bébé. Son sourire s'étire, puis ses yeux fixent le pendentif. Quelque chose lui dicte de s'en débarrasser, alors elle file vers le placard de l'entrée et retire de la sacoche à outils une pince coupante, se replace devant le miroir, saisit la chaîne et presse de toutes ses forces. Une décharge électrique la fait hurler. L'outil tombe dans l'évier tandis qu'elle essaie de reprendre ses esprits. Sarah masse sa main endolorie et secoue la tête d'incompréhension. Mais en revoyant son visage parfait dans la glace, l'histoire du collier s'envole. Pour la première fois de son existence, une joie immense l'envahit, et avec, l'envie de se faire belle.

Devant le placard coulissant, son choix se porte sur un tailleur-pantalon bleu marine. Cet ensemble était un cadeau des parents de Jo pour ses vingt-quatre ans. Jamais elle ne l'a porté, par manque de confiance, d'assurance, et surtout parce qu'elle n'acceptait pas son corps. Elle l'enfile, se contemple quelques minutes dans le miroir sur pied et se trouve belle. Sarah file vers la chambre de Jo, subtilise sa trousse à maquillage et souligne ses yeux de noir, puis applique du gloss.

— Aujourd'hui je sors !

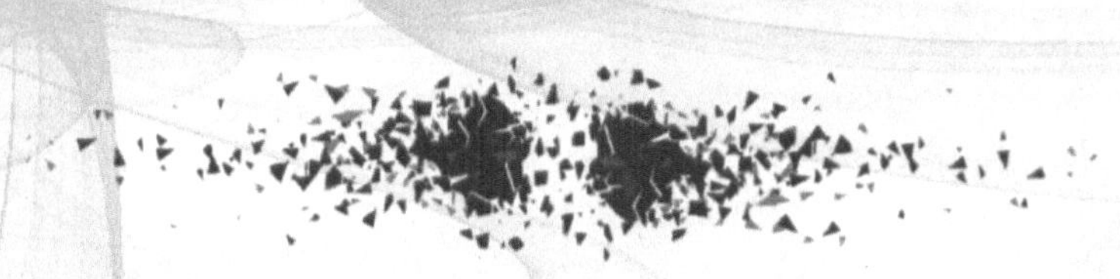

Son sac bandoulière sur l'épaule, la voilà qui entre dans cette magnifique coupole des Galeries Lafayette. L'endroit, majestueux et beau, l'éblouit. Sarah admire le dôme gigantesque quelques minutes, puis s'élance vers les boutiques. Elle flâne, contemple les vitrines, quand une belle paire de chaussures à talons hauts l'attire. Un sourire timide sur le visage, elle s'imagine les porter quand elle se rend compte qu'un homme à l'intérieur la regarde.

Ses joues s'empourprent. Gênée, ses yeux se baissent en même temps qu'elle recule. Au bout de quelques mètres, sa tête se met à tourner, le sol se déforme sous ses pieds et ses jambes deviennent du coton. Une main ferme la retient de justesse par la taille. Quelqu'un lui parle, elle l'entend à peine, ses paupières papillonnent.

— Je... Je ne me sens pas très bien.

Puis sa vue se stabilise lentement. Assise sur une banquette en cuir à l'intérieur de la fameuse boutique de chaussures, l'homme qui l'observait tout à l'heure lui tend un verre d'eau. Ses yeux se lèvent sur lui : teint bronzé, cheveux châtains et une barbe bien taillée. Les joues de Sarah se colorent.

— Merci.

Une fille entre au même moment et embrasse le vendeur sur la joue. Celui-ci lui donne quelques directives pour la journée et revient vers Sarah.

— Comment vous sentez-vous ?

— Vaseuse, mais ça devrait aller.

Première tentative pour se relever, mais les vertiges prennent.

— Oh là ! s'exclame l'individu en la retenant. Vous n'êtes pas en état. J'appelle une ambulance.

— Non, s'il vous plaît, ça va passer. J'ai juste besoin de temps.

— Restez assise autant qu'il le faudra.

Un couple s'approche des étals, tandis que son regard ne quitte pas ce bel homme au sourire ravageur. De temps à autre, il détourne son regard des gens pour s'assurer qu'elle est là. Cette attention la perturbe autant qu'elle la chamboule. Une sensation nouvelle pour Sarah.

— Vous avez repris des couleurs, c'est déjà ça.

C'est sûr ! Chaque fois que ce type s'approche, son parfum musqué lui donne envie de sauter à son cou. *Bon sang qu'il sent bon !*

— Oui, merci. Je vais y aller.

Sarah vacille à nouveau près de la porte, lui se colle à son corps et la maintient fermement. Ce contact l'électrise et son être s'enflamme.

— J'ai l'impression que vous êtes fiévreuse.

— J'ai dû attraper froid... Pouvez-vous m'appeler un taxi ?

— Bien sûr.

Appuyée contre la paroi, Sarah attend que son sauveur revienne.

— Il sera devant la coupole dans dix minutes. Venez, je vous accompagne.

Accrochée à son bras, la voilà qui se mord la lèvre, déçue d'être dans cet état, déçue de ne pouvoir profiter de cette rencontre comme il se doit. Plus elle marche, plus elle se sent à plat et nauséeuse. *J'ai dû bouffer un truc pas frais !* Ses sensations sont étranges... comme si ses os et ses muscles s'étiraient. Tous deux continuent de marcher et se rapprochent de l'extérieur. Sa vue se brouille encore, ses paupières ne parviennent pas à rester ouvertes. La voix de l'homme résonne dans son crâne, mais ses mots sont lointains.

— J'ai besoin de votre adresse pour le taxi ?

Sans réponse de Sarah, le jeune vendeur saisit son sac à main, jette un œil à sa pièce d'identité, la remet à l'intérieur et l'aide à s'asseoir dans la voiture. La tête de Sarah tombe sur son épaule.

— Tu sens super bon, murmure-t-elle en souriant, les yeux vaporeux. Si Jo me voyait !

— Et qui est cette "Jo" ?

— Ma meilleure amie... ma sœur.

Sa voix s'éteint, ses yeux se ferment, et le roulis du véhicule la berce. La voiture s'arrête, ses yeux s'ouvrent. Elle reconnaît l'entrée de l'immeuble et se redresse, toujours amorphe. Le beau mec demande au taxi d'attendre et l'accompagne jusqu'à l'ascenseur.

— C'est vraiment sympa ce que tu fais.

— Je suis un mec bien.

Sarah fouille son sac à la recherche des clés tandis que les portes de l'ascenseur s'ouvrent.

— Quel étage ?

— Troisième.

— J'ai rien bu, se justifie Sarah, avachie contre la paroi. J'te jure. Et j'ai pourtant l'air d'être totalement torchée ! T'es mon premier mec... Enfin, qui s'tient si près de moi, tu vois ?

L'homme ne peut s'empêcher de sourire face à ses paroles. Ils arrivent sur le palier. Sarah tangue et se retient à son bras.

— Quelle porte ?

— À droite toute, mon capitaine, ordonne-t-elle en indiquant la direction. T'es marié ? Après j'men fous, je suis pas jalouse...

Amusé par les pitreries de la jeune femme, son sourire s'élargit. Sarah le guide jusqu'à sa chambre et s'écroule sur son lit comme une crêpe, lui s'approche et lui fait un signe de la main.

— J'y vais. C'était un plaisir.

Elle n'est déjà plus là, du moins son esprit est loin. Les heures passent, et quand Sarah se réveille enfin, le jour se lève. D'abord, la jeune femme émerge, bâille, puis bondit du lit d'un coup et reste figée à scruter sa chambre du coin de l'œil. Elle le cherche, le type qui l'a raccompagnée, et ose à peine tourner la tête de peur de le voir allongé à ses côtés. Mais il n'y a personne. Sarah lâche un soupir et constate qu'elle porte les mêmes habits qu'hier. Des bribes de leur conversion lui reviennent...

— Non, non, non ! Je n'ai pas fait ça ?

Honteuse de son comportement, elle frappe son matelas et mord son coussin.

— Quelle conne !

Après quelques minutes de lamentation, elle explose de rire et part vers la salle de bain en riant, se douche, toujours hilare, et se calme seulement quand son estomac se met à gargouiller. Son peignoir sur le dos, elle ouvre le réfrigérateur, prend du jambon, du beurre, un yaourt et du pain de mie dans le placard et avale tout.

Assise sur le divan, Sarah a soudain l'impression d'être observée. Un frisson la parcourt et sa peau se glace. Tous ses poils se hérissent. La jeune femme se lève, les traits tirés par l'angoisse. Au même moment, la sonnette retentit. *Étrange... Je n'attends personne.* Le parquet grince sous ses pieds nus. Une fois arrivée vers la porte, un peu fébrile, son visage se rapproche de l'œil-de-bœuf : le type du magasin de chaussures. Plaquée contre la paroi, Sarah se mordille les lèvres nerveusement. *Non, pas lui !* La voilà qui pivote le plus discrètement possible, s'étire, et le regarde à nouveau. Quelque chose cloche. Le type est... différent. Les mains plaquées contre la porte, elle le voit qui la fixe, un rictus affreux sur le visage. Elle bondit en arrière... Une odeur étrange lui titille les narines... Une odeur de camphre.

Le calme revient, et avec, la crainte de bouger. Sarah respire à fond pour se donner du courage et vérifie, avec hésitation, s'il est toujours là. Personne. Tremblante, la jeune femme verrouille sa porte et repart dans le salon en rasant les murs, les yeux rivés sur l'entrée. Un cadre tombe, elle sursaute. Ce n'est qu'un cadre. En le ramassant, le sourire lui revient. Il s'agit d'un souvenir, une sorte de pacte qu'elles avaient établi, Jo, Marie et elle, quand elles étaient à la fac. Sur un parchemin vieilli au briquet, les filles avaient marqué leurs cinq priorités :

Réussir nos études
Travailler dans le milieu désiré
Être toujours fières de nos exploits

Rester amies pour la vie
Trouver l'âme sœur... Impératif !

Sarah le replace sur le mur et va s'installer sur le canapé. Ce silence et ce vide dans la maison lui donnent soudain le cafard. Elle récupère son portable dans la chambre, s'assoit sur le lit et envoie un texto à Jo.

Sarah : Coucou, Jo, tout va bien ?
Jo : Oui, fatiguée, mais l'ambiance est géniale ici. Je ne vais pas tarder à rejoindre les filles pour les aider à s'habiller. Et toi ?

Elle hésite à lui dire la vérité et finit par se retenir pour ne pas l'inquiéter.

Sarah : La maison est vide sans vous.
Jo : Eh oh, tu ne serais pas en train de déprimer ?
Sarah : Un peu...
Jo : Je sais ce qui te ferait du bien.
Sarah : Ah oui ? Et quoi ?

Son regard fixe les points de suspension qui flottent et annoncent que Jo est en train d'écrire. Elle sourit et s'attend au pire, connaissant son amie.

Jo : Un bon bain dans le jacuzzi !

L'idée n'est pas mauvaise, pourtant Sarah inspire et se gratte la tête, puis un autre message apparaît.

Jo : Arrête de réfléchir... Fais-le ! Tes parents seraient heureux, crois-moi.
Sarah : Bien, madame.
Jo : Promis ?
Sarah : Promis.
Jo : À plus, bises.

Un élancement au niveau des tempes lui fait plisser les yeux. Une migraine se pointe. Elle anticipe et se dirige vers la cuisine chercher une aspirine quand son regard s'arrête sur le portrait de Gabriel. Il la fixe avec tellement d'intensité qu'elle ressent le besoin de l'approcher. Sarah avance, pas à pas, attirée comme un aimant par sa beauté. Son pendentif se met alors à briller. Hypnotisée par son regard, la jeune femme frôle ses cheveux noirs du bout des doigts, sa mâchoire, et s'arrête sur ses lèvres. Elle frémit et sent le désir monter, quand soudain le portrait s'anime. Les cheveux de Gabriel bougent, sa bouche s'entrouvre, tandis que les battements de cœur de Sarah s'accélèrent. Une goutte de sang s'échappe de son index et coule sur le tableau. Sarah ne sent rien et ne voit pas le filet rouge se diviser en plusieurs rameaux. Des dizaines de veines circulent sur Gabriel, vite absorbées par le tableau. Elle repart vers le couloir et s'arrête en plein milieu, comme désorientée. La nuit s'est bien installée, mais Sarah écoute les conseils de Jo : un bon bain à remous lui fera le plus grand bien.

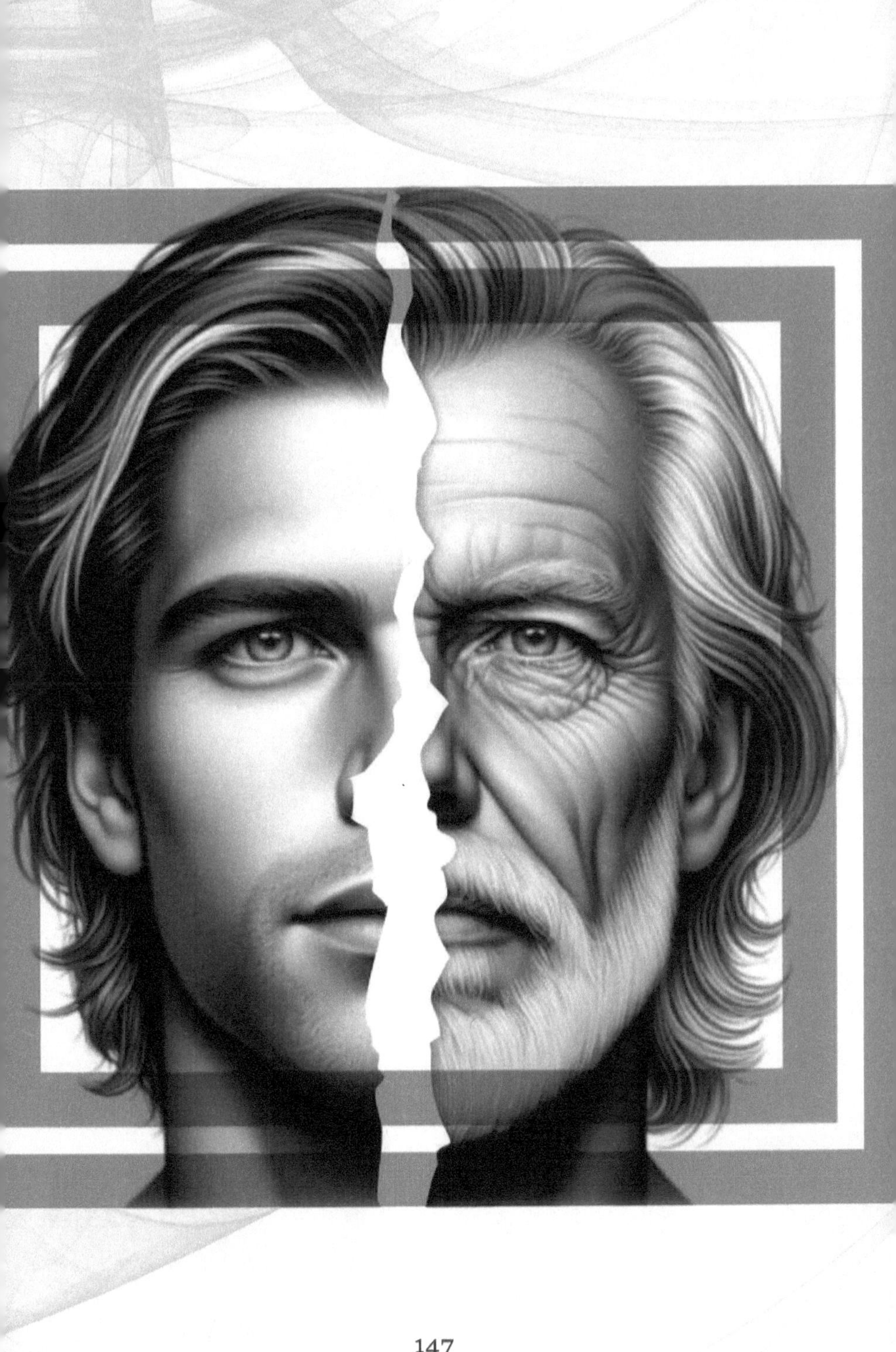

CHAPITRE TREIZE

GABRIEL

Il visualise tout avec une perspective unique, comme si sa vue se focalisait sur un point précis en zoomant. Devant lui, un tableau et un pinceau qui l'attendent. Il a l'impression de peindre, mais ne voit ni ses membres ni ses jambes. Tout ce qu'il sait, c'est que malgré les coups de peinture, la toile reste vierge. La frénésie s'arrête et il se sent soulevé vers le haut. Cette sensation de légèreté est grisante. Gabriel virevolte dans l'obscurité de la pièce et remarque que c'est lui qui dégage un halo lumineux sur son passage. Le vol se termine dans une chambre où quelqu'un dort. Il file vers le plafond et s'arrête au-dessus de la personne, le temps nécessaire pour reconnaître la fille du parc, puis fonce sur elle.

Gabriel se réveille en sursaut. Il frotte son visage et se laisse retomber sur le matelas. La clarté de la lune traverse la fenêtre et éclaire la porte de sa chambre. Lucky s'y trouve, recroquevillé.

— Qu'est-ce qu'il y a, pépère ? Viens !

Malgré ses tentatives, l'animal refuse de s'approcher. Gabriel allume la lampe de chevet et l'observe sur le pas de la porte, la queue entre les jambes et la truffe au sol. Ce comportement ne lui ressemble pas. En posant les pieds par terre, tout son corps lui paraît lourd, endolori, comme après de longues journées de travail. Certainement le contrecoup de ses mauvaises nuits. Il se masse le cou, puis marche vers la salle de bain. Le chien détale à toute vitesse pour se cacher derrière le canapé, comme effrayé.

— Mais qu'est-ce que tu as aujourd'hui ?

Lucky le toise discrètement, et Gabriel s'en amuse. *Ça lui passera !* En franchissant la porte, la main sur l'interrupteur, il pousse un cri en se voyant dans la glace. Son sang bouillonne et la pression monte d'un cran. Poussé par la colère, son poing s'abat sur le miroir et le brise. Le sang coule dans le lavabo tandis qu'il essaie de se calmer. La main sous le robinet, Gabriel nettoie sa plaie et enroule une serviette sur sa blessure. Son reflet miroite encore dans les débris et ce qu'il discerne le dégoûte : un homme au visage ridé et aux cheveux blancs. L'esprit embrouillé, il tourne en rond afin de trouver les raisons de son état, puis décide d'aller voir Mel. Dans sa tête, tout n'est que confusion. Sur le palier, il sonne avec insistance, frappe du poing, sans se soucier de l'heure. Personne ne répond. Lucky s'avance vers son maître, méfiant, le renifle et se hisse pour réclamer des câlins. Gabriel se baisse, le caresse et finit par se calmer. La main dans son pelage, une image s'immisce dans sa tête : la scène du supermarché. Quelque chose lui dit que son état doit certainement être en rapport avec cette Eisei... Mais pourquoi ? Connaissant le pouvoir de cette "Sibylle", il lui aurait été facile d'arracher l'éclat de sa poitrine en un claquement de doigts... Quelque chose l'en a empêché. *Aie confiance en toi.* Sa main frôle son torse et son visage s'attriste. *Parfois, ce qui te semble irréel... ne l'est pas.* Cette phrase le laisse pensif. Gabriel se redresse et cogite : et si son rêve n'était pas qu'un rêve ? Un soupir las s'échappe de sa bouche. Il rentre, se douche, s'habille presque mécaniquement, sans entrain, puis se contente d'un café. Lucky attend assis devant la porte, signe d'un besoin pressant. Sortir avec cette apparence de vieillard ne l'enchante guère. Après une longue inspiration, Gabriel saisit sa veste et met le harnais à son chien. De toute façon, personne ne le connaît dans le coin... sauf Mel.

— Allez, viens !

Un vent frais souffle sur Villeneuve-La-Garenne. Gabriel marche lentement lorsque des picotements dans son crâne l'alertent. Pour ne pas s'écrouler, il s'assoit sur le banc d'un arrêt de bus. Son corps tombe sur le côté. Sa vision se brouille. Les aboiements de Lucky lui parviennent à peine... Il se sent partir. Son âme quitte son corps et se met à voler dans les airs. Gabriel voit son corps physique allongé sur le banc et se sent soudain poussé en avant. Impossible de contrôler son âme, elle file tout droit vers un immeuble, traverse une chambre où un couple se trouve en pleins ébats, une autre pièce où des gosses s'amusent à balancer des coussins, puis il est à nouveau dehors. Le vent fouette son visage. Bien que celui-ci ait la transparence d'une méduse, son corps astral peut sentir les odeurs environnantes et écouter les sons qui l'entourent. Le cri d'une chouette, les pleurs d'un enfant qui réclame sa mère, le bruit assourdissant des voitures. Cette expérience le transporte. Jamais il n'a éprouvé pareille sensation. Là il est conscient et vit étape par étape sa projection. Ce n'est pas un rêve, mais bel et bien réel ! La course cesse, le spectre de Gabriel s'immobilise. Le halo qu'il dégage lui permet de distinguer un couloir. Une lumière filtre sous une porte. Curieux, il avance, mais reste planté devant sans trop savoir quoi faire. *Si je suis un genre de Léo, je n'ai qu'à souhaiter me retrouver à l'intérieur ? OK, facile !* Gabriel recule de quelques pas, se concentre et émet son souhait. Son corps se projette en avant si vite qu'il traverse le mur, décolle et se retrouve à virevolter dans tous les sens, puis s'écrase dans de l'eau.

— Putain ! crie-t-il en émergeant.

Un hurlement le fait se figer. La fille du parc est juste là, devant lui, dans un jacuzzi, tentant de rassembler la mousse vers elle. Gabriel reste coi, la bouche ouverte.

— Toi ? hurle-t-elle, affolée. Sors de ma salle de bain, tout de suite !

Pour seule réponse, il hausse les sourcils, amusé, se tenant au rebord. Elle, rouge comme une tomate, se tourne afin de vérifier la porte, balaye la pièce des yeux et se focalise à nouveau sur lui.

— Comment es-tu rentré ?

— La fameuse question à un million d'euros ! Réponse : je n'en sais fichtre rien.

— Tu te fous de moi ?

— J'aimerais bien, mais... non !

— Ôte ce sourire de tes lèvres !

— Difficile... Cette situation me rend perplexe.

Le silence s'installe alors que la mousse, elle, disparaît lentement.

— Alors, quel est ton nom ?

Hum, tu ne réponds pas ? Tu es trop affolée à rassembler le reste de mousse.

— Tu as une tête à t'appeler Francine.

— Pauvre con ! râle-t-elle, une moue renfrognée sur le visage. C'est Sarah, et maintenant fous le camp de mon jacuzzi !

— Si la vue d'un corps de papy ne te dérange pas, que ta volonté soit faite.

Cette réflexion fait froncer les sourcils à la jeune femme, comme si sa phrase n'avait aucun sens. Gabriel se tourne pour se redresser, et Sarah s'empourpre à la vue de ses fesses.

— Non ! hurle-t-elle, les mains sur les yeux. Entre dans l'eau, par pitié !

— Oh, il faudrait savoir... Dehors ou dedans ?

Sarah retire les mains de son visage quelques secondes, assez pour entrevoir son corps musclé et son intimité.

— Hummm, tu es une petite cochonne en vrai.

Consciente de ne pas avoir détaché son regard du membre, elle plonge la tête sous l'eau. Au bout de quelques secondes, par manque d'air, Sarah émerge et lui intime par gestes de s'asseoir.

— Avoue que la vue te plaît.

— Crétin !

Hilare, Gabriel s'installe à nouveau dans l'eau.

— Beau collier... D'ailleurs, tu es plus jolie que dans mon souvenir, constate-t-il soudain. Fin de puberté ?

Cette phrase a l'effet escompté.

— Ma puberté, elle t'emmerde, et maintenant j'aimerais que tu m'expliques comment tu as atterri dans mon bain !

Lui-même n'en sait rien et cherche des réponses. Il a beau analyser la situation, rien n'explique sa matérialisation en chair. D'ailleurs, rien de ce qui se passe n'est explicable !

— Je n'en sais rien ! J'étais en mode Casper, et d'un coup, je me suis retrouvé ici.

— Prends-moi pour une cruche ! C'est quoi ton problème ?

La situation l'amuse de plus en plus. La paume de sa main tapote la surface de l'eau, un rictus sur les lèvres.

— N'empêche, poursuit-il, un air mutin sur le visage. Ce n'est pas moi qui vais me sentir mal dans quelques minutes.

Sarah baisse les yeux. La mousse est quasiment dissipée. Elle déglutit et pivote sur le côté.

— Pervers !

— Je te rassure, tu n'es pas mon genre.

— Pauvre type !

Sarah s'étire vers le rebord, tentant de cacher d'une main son derrière, de l'autre, d'attraper le tapis au sol. Mais elle bascule en avant et glisse par terre. Gabriel se penche pour ne rien perdre de la situation.

— Je t'interdis de reluquer mon cul ! menace-t-elle tout en courant vers la patère récupérer son peignoir. Je vais m'habiller, et quand je reviendrai, j'espère ne plus te voir.

La porte claque. Gabriel éclate de rire et l'entend courir dans la maison. Il quitte le jacuzzi et récupère dans un placard une serviette qu'il entoure autour de sa taille. Cette fois, il saisit la poignée pour sortir de la pièce et suit les traces d'eau laissées sur le parquet. La jeune femme râle encore tandis qu'il s'approche de sa chambre. Les bras repliés sur son torse, adossé au montant, Gabriel la regarde enfiler un polo.

— C'est pas vrai ! s'emporte Sarah qui lui jette l'un des coussins du lit. L'intimité, tu connais ? Habille-toi, merde !

— Bien vu, Einstein, le souci c'est que je ne suis pas chez moi.

— Je ne t'ai jamais invité !

Gabriel se permet d'entrer et explore les lieux. En colère, elle le pousse pour accéder au placard, quand enfin il se voit dans le miroir. Son air ahuri surprend Sarah, mais elle l'ignore. Lui inspecte son corps musclé, touche ses bras, sa mâchoire, et même ses cheveux noirs. Tout est revenu à la normale. Il n'en revient pas !

— Je ne suis pas un spectre, murmure-t-il, étonné. Et je suis beau !

— Prétentieux, par-dessus le marché !

— Pince-moi !

— Quoi ?

— Pince-moi, insiste-t-il en lui tendant son bras.

Il ne fallait pas lui demander deux fois. Elle saisit sa peau et la tord de toutes ses forces.

— Aïe !

— Bien fait !

Après la douleur, l'extase. Heureux d'être redevenu séduisant, il la soulève dans les airs et l'embrasse sur la bouche. Le poing de Sarah s'écrase si fort sur sa joue que Gabriel se déséquilibre.

— Bordel, tu as une sacrée droite !

La jeune femme secoue sa main et sautille, lorsque soudain des scintillements sortent du corps de Gabriel.

— Je me sens tout bizarre...

Sarah lui parle, pourtant ce n'est pas sa voix qui résonne, mais celle d'un homme, qui l'appelle. Les images deviennent floues et tout disparaît d'un coup. L'obscurité l'entoure.

— Monsieur, monsieur, vous allez bien ?

Quelques minutes sont nécessaires à Gabriel pour sortir de son état comateux. Ses yeux s'ouvrent, son chien couine près de lui et un garçon à capuche le secoue comme un prunier.

— C'est bon, grogne-t-il en s'asseyant.

— J'étais sur le point d'appeler les pompiers.

Les pompiers ? C'est là que tout s'éclaire : la balade, les vertiges, l'abri de bus. Gabriel agrippe le pull du garçon et le tire vers lui.

— Comment tu me trouves ?

— Pardon ?

— Qu'est-ce que tu vois ?

— Euh...

— Vas-y, lâche le morceau !

Le jeune homme retire la main de l'étranger et tapote gentiment son épaule.

— Vous vous êtes cogné, papy ?

Sa réponse lui fait lever les yeux au ciel. Dans un mouvement pour se redresser, ses jambes se mettent à trembler. *Eh merde !*

— Te serait-il possible de me raccompagner ?

— Qui ça ? Moi ?

— Tu vois quelqu'un d'autre ?

Le jeune cherche des gens du regard et se rend vite compte que personne ne court les rues à cinq heures du matin.

— Ce n'est pas très loin, indique Gariel, l'index pointé vers l'immeuble du fond.

— OK.

Les lampadaires illuminent assez les trottoirs pour que Gabriel discerne enfin le visage mat et un peu rond de son aidant. Il est grand et porte des vêtements amples.

— Quel est ton nom ?

— Carlos.

— Moi, c'est Gabriel.

Ils avancent lentement tandis qu'il reste accroché au bras du garçon.

— Je peux te poser une question ? L'ado hausse les épaules en réponse. Tu me sembles bien jeune pour traîner dans la rue si tôt.

— D'une, j'embauche dans une heure. De deux, je vais bientôt avoir dix-huit ans.

— Dans quelle branche es-tu ?

— Boulangerie. J'ai commencé à travailler à l'âge de quinze ans.

— Échec scolaire ?

L'ado secoue la tête en riant.

— Chaque fois que quelqu'un commence à bosser tôt, les anciens reviennent toujours avec cette réplique. Ce n'est pas parce que j'étais nul en cours que j'me suis lancé dans la vie active, mais pour aider ma grand-mère malade.

Ils sont devant l'immeuble et Gabriel ne peut s'empêcher de repenser à son passé, à cette femme qui lui est venue en aide quand il en a eu le plus besoin. Quelque chose l'attire chez ce garçon. Ce môme dégage de la gentillesse et beaucoup de compassion.

— Tout va bien, monsieur ?

— Je crois... Dis, je déménage du troisième au quatrième dans quelques jours. Il me faudrait un coup de main... Tu connais quelqu'un ? Je paierai, cela va de soi.

— Un peu, oui, moi. Mais que les après-midis.

— Ça me va.

Après l'avoir remercié et échangé leurs coordonnées, Gabriel rentre chez lui. En sortant de l'ascenseur pour rejoindre son appartement, Mel semble l'attendre sur le palier. Elle le fixe, les yeux remplis de tristesse, mais ne dit rien.

— Vous savez ce qui m'arrive ?

Sa voisine se mord la lèvre et secoue la tête, les larmes aux yeux.

Après une longue hésitation, Gabriel se décide à lui parler.

— Ma vie est un véritable cauchemar. Je me sens vidé, détruit de l'intérieur, car je ne comprends rien. J'ai tant de questions que je ne sais par où commencer.

— Ton esprit s'embrouille et tu cherches des réponses, c'est légitime. Mélissa s'approche de lui et le prend par le bras. Viens, nous devons parler... Il est temps que je t'avoue tout.

Le visage abattu, Gabriel la suit sans rien dire et s'installe sur le fauteuil. Dépourvu d'énergie, déprimé comme jamais. Que pourrait-il apprendre de plus qu'il ne sait déjà ? En réalité, son désir le plus cher est de comprendre la raison de son état. Mélissa prépare un thé, pose le mug sur la table basse devant lui et reste debout à se tortiller les doigts. Geste qui ne passe pas inaperçu, pourtant il se contente d'attendre.

— La dernière fois, j'ai éludé ta question concernant ce que je suis. Ne dis rien, intervient-elle en le voyant ouvrir la bouche. Laisse-moi poursuivre. Je n'ai pas menti sur ce que je suis, mais... il y a plus. Tu te souviens de ta réflexion sur mon cancer ? Que personne ne peut guérir en vingt-quatre heures ?

Ses sourcils se haussent, interloqué.

— Comment l'oublier !

Leurs regards se croisent, puis elle continue, d'une voix timide.

— Tes doutes étaient fondés. Mel s'assoit sur le divan. Permets-moi de tout te raconter depuis le début.

— Allez-y.

— Bien... Je cherchais un hôte depuis quelques jours, et ce soir-là, j'ai vu Mélissa sortir de son véhicule et vomir. Son odeur était celle d'une mourante. Je me suis approchée, elle m'a fixée avec un regard désespéré. En me voyant sous ma vraie forme, elle n'a pas eu peur, j'étais à ses yeux une apparition divine. J'ai intégré son corps et vécu toutes ses souffrances. Elle m'acceptait... et moi je l'ai respectée jusqu'à son dernier souffle.

— Deux dans un même corps ?

— Oui.

Ses mains commencent à trembler et Mel les cache sous sa veste en laine. Les mots semblent ne pas vouloir sortir...

— Cette femme a gardé toute sa tête et le contrôle de son corps jusqu'à sa mort. Je ne suis pas guérisseuse et je n'ai rien pu faire pour l'aider, elle le savait et avait accepté la situation. C'est moi qui l'ai guidée à travers son subconscient pour qu'elle t'aborde. Elle faisait ce que je lui demandais sans s'en rendre compte. Lorsque son âme s'en est allée, j'ai pris vie dans son corps et le changement s'est opéré : plus de maladie, plus de teint pâle, mais une enveloppe saine.

Les mâchoires de Gabriel se contractent. Il commence à saisir. La gorge de Mel se serre et elle déglutit avant de prononcer les paroles qui lui coûtent tant.

— Je suis ta mère, Gabriel, Barbara.

Le choc est brutal. Refusant d'en écouter plus, le jeune homme bondit du fauteuil.

— Je t'en prie, supplie-t-elle en se levant à son tour. J'ai essayé de te le dire plusieurs fois...

— C'est impossible ! Mes parents sont morts dans un accident de voiture.

— Des enveloppes humaines sont mortes dans cet accident, Barbara et Eduard Ardent, pas nous.

Alors qu'elle essaie de s'avancer vers lui, Gabriel recule et secoue la tête.

— Il n'y a qu'un mot qui me vient à la bouche : monstrueux.

— Ne dis pas ça, par pitié. Nous ne sommes pas des monstres, on ne tue personne.

Les larmes aux yeux, Mel dévisage son fils tétanisé et tremble. Elle fait un pas de plus, mais Gabriel la somme de se stopper.

— Mensonges ! Ce ne sont que des mensonges.

Je ne veux plus t'écouter ! Rien n'est vrai... Rien ! Alors que ses pas s'accélèrent vers la sortie, la voix de sa mère s'élève derrière lui.

— Si tu pars maintenant, jamais tu ne sauras le fin mot de l'histoire.

CHAPITRE QUATORZE

GABRIEL

Figé sur le seuil de la porte, Gabriel tente de canaliser sa rage et serre les poings. Rester ou partir… Ce qui lui vrille les tripes, c'est la peur de découvrir la vérité. Partir ou rester ? Un sacré dilemme… La colère retombée, il pivote, referme la porte et s'installe à nouveau sur le fauteuil. Sa mère n'a pas bougé d'un cil et le dévisage. Elle acquiesce, juste d'un petit mouvement de tête, et poursuit.

— Pour que tu comprennes ce que nous sommes, d'où nous venons, tu vas devoir écouter notre histoire sans m'interrompre, tu saisis ?

Malgré le regard froid de son fils, elle inspire, puis débute l'histoire des Eseis.

Notre planète, nichée au cœur d'une galaxie presque identique à la Voie lactée terrestre, était baignée par la lumière de deux soleils. Deux espèces distinctes coexistaient en ce monde : nous, les Eiseis, et les Razels. Contrairement à ces derniers, capables de vivre à la surface, notre sensibilité extrême aux rayons ultraviolets nous condamnait à rester confinés sous terre.

Pour pallier cette contrainte, notre leader, le Suprême, créa des enveloppes corporelles dépourvues de poils, semblables à des corps humains. Cet artifice nous permettait de sortir à l'air libre et de découvrir un monde autrement inaccessible. Nous fonctionnions comme une immense colonie de fourmis, régie par les décisions et le pouvoir absolu du Suprême.

Depuis son cocon protecteur, caché au cœur d'une grotte profonde, il exerçait un contrôle total sur notre environnement. Il pouvait modeler le climat, moduler les rayons du soleil, et même insuffler la vie ou la façonner à sa guise. Ses dons télépathiques maintenaient l'harmonie au sein de notre société. Sans jamais quitter son sanctuaire, sa puissance rayonnait au-delà des murs, imposant à tous sa domination incontestée.

Nos deux races communiquaient principalement par la pensée, et la couleur de nos auras révélait notre place dans la hiérarchie. Plus l'aura était vive et lumineuse, plus élevé était le rang de celui ou celle qui la portait. Notre existence était théoriquement infinie : nous nous nourrissions de l'énergie ambiante et profitions des bienfaits d'une végétation luxuriante qui abondait sur notre planète.

Vivant en communauté, nous faisions de l'harmonie une priorité. Malgré notre différence, nous partagions avec d'autres êtres vivants la capacité de ressentir le chagrin, rire et goûter à l'amour. Lorsque deux âmes s'unissaient, leurs auras se mêlaient dans une danse lumineuse, donnant naissance à une nouvelle vie, unique et vibrante.

En échange de cette existence paisible, nous ne connaissions ni la douleur, ni la colère, ni la peur— jusqu'à ce qu'une des nôtres décide de défier cet équilibre. Sybille. Cette Eisei, pour une raison que j'ignore, s'est mise à tout détruire, animée par une colère dévastatrice. Son pouvoir dépassait le nôtre, puis elle aspira à renverser le Suprême. Son ambition était... démesurée. Elle s'attela à manipuler les esprits, ralliant à sa cause une poignée de fidèles. Une rébellion éclata alors, avec un objectif clair : la chute du Suprême.

Mel marque une pause dans son récit, porte la tasse de thé à ses lèvres et observe son fils sur le canapé. Gabriel reste impassible, honorant leur accord de ne pas l'interrompre, bien que les questions lui brûlent la langue. Elle capte ses interrogations non formulées, lisant en lui avec une aisance déconcertante. Bien sûr qu'elle y répondra, songe-t-elle, cela fait partie de l'histoire. Leurs regards se croisent un instant, puis elle reprend.

La guerre éclata avec une violence inouïe. Sous les assauts des rebelles, les enveloppes protectrices de nos frères et sœurs furent déchirées, laissant des milliers d'entre nous périr dans des souffrances indicibles. L'aura de Sybille, d'une intensité écrasante, déclenchait des explosions si puissantes qu'elles réduisaient tout en cendres sur leur passage. Ses attaques répétées finirent même par ébranler le Suprême.

Impuissant face à cette dévastation, il ne put empêcher les siens de fuir sous terre, terrifiés et désespérés. Cinq d'entre nous, cependant, prirent la lourde responsabilité de dissimuler notre mentor, le protégeant des griffes de Sybille tout en cherchant un moyen de quitter ce monde devenu invivable. Mais le temps jouait contre nous. La chaleur devenait insupportable, étouffante. La planète elle-même mourait, asphyxiée par le chaos. Sybille semblait invulnérable, presque intouchable. Elle était comme blindée face au déclin qui nous frappait tous.

Convaincue d'avoir anéanti le Suprême, Sybille entreprit alors de construire un immense vaisseau, une structure lumineuse et éthérée, semblable à un disque d'énergie, pour transporter les survivants loin de ce monde agonisant. Cependant, grâce aux derniers fragments de pouvoir du Suprême, nous parvînmes à nous dissimuler. Une barrière protectrice fut érigée autour de nous cinq, empêchant Sybille de détecter notre présence. Dans cette folle course vers la survie, j'ai ramassé un cristal grenat par terre, certainement perdu par Sybille. Le Suprême m'a alors demandé de le garder précieusement, qu'il avait une importance capitale pour la reconstruction de notre future planète. Nous sommes ensuite montés à bord.

Ainsi commença un voyage interminable à travers les étoiles, nos auras affaiblies sombrant dans une torpeur désespérée. La première halte fut sur une planète aride, balayée par des vents hurlants et dépourvue de végétation. Sybille tenta de persuader les survivants de s'installer sous terre, argumentant que c'était leur seule chance. Mais le souvenir de la vie en plein air était encore vivace et tous rejetèrent cette idée. Comprenant que les forcer à rester anéantirait son autorité déjà fragile, elle céda à contrecœur.

Le voyage reprit, indéfini, jusqu'à ce qu'apparaisse enfin un monde d'espoir : la Terre. Doté d'une technologie avancée, le vaisseau s'approcha discrètement de la planète bleue, échappant à toute détection. Il se posa finalement dans une région isolée, près du golfe du Mexique, offrant à notre peuple la possibilité d'un nouveau départ... ou d'un dernier espoir.

Nous avions retrouvé la liberté et un ciel infini constellé d'étoiles. Pourtant, un défi majeur demeurait pour Sybille : offrir à notre peuple la possibilité de vivre à la surface, exposé à la lumière du jour. Elle fit une promesse solennelle : celle de trouver une solution, à condition que nous acceptions de patienter sous terre.

Des galeries furent creusées et nous vécûmes reclus dans les entrailles de la Terre pendant plusieurs années. Pendant ce temps, Sybille se consacra sans relâche à ses expériences. Mais chaque tentative échouait. Elle était incapable de concevoir une enveloppe protectrice permettant aux Eiseis de survivre en plein jour. Peu à peu, elle réalisa l'étendue de ses limites, bien inférieures aux pouvoirs quasi divins du Suprême.

Déterminée à ne pas dévoiler ses faiblesses et à maintenir l'illusion de sa toute-puissance, Sybille chercha une autre solution. Et elle la trouva... Un moyen radical et impitoyable : absorber la vitalité des êtres vivants en les phagocytant.

En voyant l'expression de dégoût sur le visage de Gabriel, elle réagit à ses pensées remplies d'a priori.

— Ne nous juge pas. Nous avons tous en nous l'instinct de survie, que l'on soit humain, animal ou Eisei.

— Si on considère que tuer est un acte honorable...

— Je t'arrête tout de suite, le coupe Mel d'un ton sérieux.

Elle s'avance sur son siège et le regarde droit dans les yeux avec détermination.

— Nous ne sommes ni des monstres ni des assassins, malgré ce que tu pourrais penser. Nous sélectionnons nos hôtes avec le plus grand soin : ils sont toujours condamnés par de graves maladies.

— Ces gens, ils ont des familles, non ? Quelqu'un doit bien remarquer leur disparition ?

— Peut-être, en effet. Mais nous veillons à choisir des humains isolés, sans lien familial ou amical, précisément pour éviter de telles complications. Tu me dévisages comme si j'étais un monstre ! Mais tu ne peux pas comprendre la douleur que cela nous cause de voir ces pauvres êtres humains condamnés. Cette souffrance, elle nous a tous pris au dépourvu, elle est bien plus forte que ce que nous avions imaginé.

Mel se crispe, troublée par ses propres pensées.

— Je me suis attachée à chaque personne que j'ai occupée, et les ai pleurées.

— Admettons, lance-t-il froidement. Qu'est-il arrivé à votre Suprême ?

Elle baisse soudain les yeux sur ses genoux. Un sentiment de culpabilité, de honte, s'empare de Mel. Lorsqu'elle lève à nouveau les yeux sur lui, en le voyant dans son apparence de vieillard, son cœur se serre et sa gorge se noue. Après une longue inspiration, elle continue son récit.

— Pour la survie de notre espèce, il était impératif de protéger notre créateur. Grâce à nos efforts, il retrouvait, mois après mois, quelques forces. Mais Sybille, frustrée par l'absence de progression de ses propres pouvoirs, commença à perdre patience. Finalement, elle en comprit la raison : le Suprême était toujours en vie.

Dès lors, une traque acharnée s'engagea. Sybille n'hésita pas à proférer des menaces de mort envers quiconque oserait défier ses ordres. Trois des nôtres se sacrifièrent pour détourner son attention et protéger le Suprême, lui offrant un sursis précieux. Lorsqu'un hôte fut présenté à notre Suprême pour l'aider à regagner pleinement sa puissance, il refusa catégoriquement de prendre possession de ce corps.

— Enfin quelqu'un de sensé dans toute cette histoire, la coupe Gabriel en haussant les épaules.

— Tu as raison sur un point : le Suprême incarne l'amour, la compassion, l'altruisme. Pour lui, utiliser une vie humaine est impensable. Il a choisi de conserver son état larvaire et difforme plutôt que de sacrifier une existence. Aujourd'hui, il est en sécurité, mais nous, nous vivons sous la menace constante de Sybille. La suite de cette histoire, poursuit-elle avec une hésitation palpable dans sa voix, te concerne directement.

Gabriel se redresse, sans lui adresser la parole, et se dirige vers le couloir.

— Tu t'en vas ?

— N'ayez crainte, je vais seulement aux toilettes.

Toujours égal à lui-même ! Au bout de quelques minutes, son fils réapparaît, va vers la cuisine se servir un verre d'eau, puis revient s'asseoir sur le canapé. Le chien s'installe près de lui, réclamant des caresses.

— Bien, reprend-il tout en s'occupant de Lucky, je vous écoute.

— Arrête de me vouvoyer, Gabriel, par pitié.

En réponse, Mel a droit à un faux sourire qui lui signifie que c'est mal parti. Cette fois-ci, les mots peinent à sortir. Les lèvres pincées, elle enferme son visage entre ses mains quelques minutes, avant de reprendre.

— Lorsque j'ai fusionné avec le corps d'Élise, ma première hôte, une jeune femme rongée par une tumeur au cerveau, je me suis sentie revivre. Je sais, dit comme cela, ça paraît cruel. Mais pour la première fois, je pouvais sortir à l'air libre, respirer pleinement. Anatole, lui, a trouvé un sans-abri en fin de vie, nommé Édouard, puis m'a rejointe dans notre cachette. Cet Eisei, poursuit-elle, émue par ses propres paroles, est un être exceptionnel, aimant, patient, il est mon âme sœur, celui sur qui je peux compter. Nous sommes restés un certain temps à la frontière mexicaine, partageant une vie simple, comme de vieux amis. C'est là que j'ai rencontré Scott, en pleine randonnée. Nos regards se sont croisés et j'ai su que j'allais aimer cet homme pour la vie. Durant des semaines, on se rencontrait en lisière de bois pour flirter... Puis nos corps se sont unis.

Repenser à son histoire d'amour lui brise le cœur. Les larmes aux yeux, la voix chevrotante, Mel évoque ce moment de bonheur.

— Entre lui et moi, ce fut un véritable coup de foudre. Les mois se sont écoulés, et mon corps a commencé à changer. Même si les Eiseis ne procréent pas comme les humains, j'ai vite compris que j'étais enceinte. Édouard a piqué une colère noire, non pas parce que tu étais en moi, mais par crainte que Sybille ne le découvre. J'ai camouflé comme j'ai pu ma grossesse dans l'espoir qu'elle ne le voie pas de suite, le temps de trouver une solution. Gabriel ouvre la bouche, prêt à réagir, mais elle l'arrête d'un geste, sa voix tremblant légèrement. Laisse-moi finir, je t'en prie. C'est déjà suffisamment difficile.

Son fils lève la main, l'air désinvolte, mais sa mâchoire se contracte. Mélissa sent sa colère et la comprend.

— Sybille a commencé à me suivre et nous a surpris. Jamais je n'oublierai le visage de ce monstre quand elle nous a découverts... Il y avait de la haine dans ses yeux, mais aussi beaucoup de jalousie. Je le sentais au plus profond de mon être. Elle n'acceptait pas le fait que je sois mère alors que sur notre planète on nous avait interdit d'aimer et de nous unir avec les Razels, c'était contre nature. Sybille a frappé Scott, encore et encore, tandis que je la suppliais en pleurs d'arrêter. J'ai cru mourir aussi en le voyant en sang, étalé sur le sol. À ces paroles, les larmes coulent sur ses joues et ses lèvres tremblent. Mais elle a cessé de le rouer de coups. Pourquoi ? Je me le demande encore. Ce monstre a épargné sa vie en l'éloignant. Moi, je suis restée au domaine pour t'élever.

— Tu es en train de me dire que tu es tombée enceinte de moi ? Gabriel écarquille les yeux, ahuri par ce qu'il vient d'entendre. C'est impossible !

— Je le pensais aussi.

— Comment ?

— Élise était jeune, et malgré sa maladie, son système reproducteur fonctionnait parfaitement.

— Mais elle était morte ?

— L'âme d'Élise s'était éteinte, mais le corps physique continuait de fonctionner grâce à moi. Le pouvoir que nous dégageons procure une certaine vitalité aux membres ainsi qu'aux organes de nos hôtes.

Soudain, Gabriel percute sur un détail et revient dessus.

— Édouard n'est pas mon vrai père !

— Non.

— Et cet homme, Scott, t'a quittée sans se battre ?

Il y a dans sa voix une forme de reproche que Mel perçoit sans mal.

— Tu ne sais pas ce qu'elle lui a fait, Gabriel ! Ce monstre l'a torturé d'une façon inimaginable. Les larmes coulent tandis qu'elle essuie son visage pour regarder ses doigts humides. Il hurlait quand Sybille l'a arraché à moi... Ton père m'aimait plus que sa vie, jamais il ne nous aurait abandonnés de son plein gré.

— Tu l'aimais ?

— Ne parle pas de lui au passé, s'il te plaît, j'ai la certitude qu'il est quelque part... en vie.

Puis elle réalise qu'il vient de la tutoyer et ses lèvres s'étirent en un beau sourire. Gabriel tique à son tour.

— Ne prends pas ça pour argent comptant, précise-t-il en croisant les bras sur son torse. Disons que c'est plus simple, d'accord ?

— C'est un premier pas vers moi, et je te remercie.

Gabriel a beau se montrer dur, bourru, mais en réalité, quelque chose au fond de lui vient de s'éveiller. Un frisson puissant parcourt son être, comme un signe envoyé par son cerveau pour lui signifier que cette femme est sa mère. Il cherche son regard, comme on cherche une vérité, et quand leurs yeux se croisent à nouveau, il y a cette lueur en elle, si pure, si vraie. Gabriel se redresse et s'étire afin de cacher son trouble.

— Quand je réfléchis à ma conception, je me dis que Scott était surtout amoureux de l'humaine, Élise ?

— Tu te trompes, précise Mel, heurtée par ses mots. Il savait ce que j'étais, jamais je ne lui ai menti.

Le visage de sa mère s'attriste... Elle pleure. À cet instant, il a envie de la prendre dans ses bras et la serrer fort contre lui. Mais la confusion qui règne dans sa tête l'en empêche.

— Sybille nous a manipulés. Son seul objectif étant de te surveiller.

— Pourquoi ?

— Parce que tu es le fruit d'un mélange unique, humain et Eisei, certainement une menace pour ses plans... Le jour de ta naissance, quand je t'ai tenu dans mes bras, j'ai découvert ce que signifiait vraiment le bonheur d'être mère. Tu étais tout ce qui me restait de mon amour pour Scott.

— Je suis né au domaine ?

— Oui, dans la maison où tu as grandi, à Fontainebleau. Anatole, ou Édouard si tu préfères, m'a aidée à t'élever. Alors oui, il essayait de garder un peu ses distances avec toi pour que tu ne t'attaches pas à lui, par respect pour Scott. Édouard t'adore... Elle baisse les yeux et change de sujet. Nous vivions constamment dans la peur de Sybille et de ses pouvoirs... Mais il est vite devenu clair que nous ne pouvions plus continuer ainsi. Cette Eisei est redoutable, prête à tout, même au pire, pour atteindre ses objectifs. Avec le temps, j'ai fini par percer ses véritables intentions, et c'est à ce moment-là que j'ai convaincu Édouard qu'il fallait tout faire pour te protéger.

— Que voulait-elle au juste ?

— Elle cherchait à savoir si tu allais développer des dons, pour ensuite mieux te manipuler. Nous avons joué à son jeu, obéissant docilement comme de gentilles brebis, de crainte qu'elle ne veuille récupérer le cristal.

— Et c'est quoi ce cristal ? questionne-t-il, intéressé.

— Un artefact contenant une partie des pouvoirs du Suprême. Lors de la rébellion, elle était parvenue à le lui subtiliser.

— Ça explique son affaiblissement lors des attaques ?

— Je pense, oui.

La main sur le torse, Gabriel pense à l'éclat qu'il possède en lui.

— Tu devais avoir treize ans à l'époque quand le cristal a été brisé en trois morceaux.

— Pour quelle raison ?

— J'y viens... Nous vivions sous tension, tout le temps. J'avais caché l'artefact dans le grenier et je tentais de me comporter normalement auprès des autres. Mais quelque chose a commencé à me perturber : l'une des filles, qui s'occupait du ménage, n'arrêtait pas de me suivre. Ses yeux étaient livides, elle paraissait en transe. J'ai vite compris qu'on m'espionnait. Le problème, c'est qu'elle m'a surprise au grenier... Et c'est au moment de passer devant elle, alors que je tenais le cristal dans ma paume, que j'ai remarqué sur son visage le faciès de Dany. C'est l'acolyte de Sybille, et désormais, celle-ci savait que je l'avais en ma possession.

Tremblante, Mel se balance d'avant en arrière, plongée dans son récit, son regard reflétant l'effroi face à ses souvenirs.

— Je me suis précipitée dans ton bureau pour te protéger. Tu faisais tes devoirs, et...

— Je n'ai aucun souvenir de ce moment... précise Gabriel, le front plissé.

— Peut-être que ton esprit refuse de s'en souvenir ? Quoi qu'il en soit, c'est bel et bien arrivé. Sybille était déjà là. Sa main serrait ton cou et elle te soulevait du sol alors que tu tentais de te débattre pour essayer de respirer. Tu devenais tout pâle et j'ai eu peur de te perdre. Elle a menacé de te tuer si je ne lui donnais pas le cristal. Je me suis approchée d'elle en lui tendant l'artefact, tremblante, et l'ai suppliée de te laisser. Le cristal grenat s'est alors mis à léviter dans sa direction, mais au moment où elle allait s'en emparer, un rai lumineux puissant a frappé le cristal en le brisant en trois. L'un des morceaux s'est ancré dans ta poitrine ; les deux autres, Sybille s'en est emparé et a disparu de la pièce dans un tourbillon de noirceur.

— Comment tu expliques ça ? Elle aurait pu tenter de l'extraire, non ? l'interroge-t-il, troublé par son histoire.

— J'ignore pourquoi elle t'a épargné. Peut-être que la surprise ou la colère l'ont aveuglée. Mais sa rage ne s'est pas arrêtée là. Elle nous a arrachés de nos hôtes, Édouard et moi, nous remplaçant par deux de ses acolytes. Malgré tout, nous avons réussi à nous enfuir. Depuis, je suis restée cachée, jusqu'à ce que je rencontre Mélissa...

— Je ne comprends plus rien. La conversation dans la cuisine, ce n'était plus vous ?

— Tu continuais de voir tes parents, en apparence, alors qu'elle nous avait remplacés par d'autres.

— Ça explique la froideur de leurs paroles.

— Je suis désolée.

Gabriel frotte sa nuque, puis va et vient dans l'appartement. Cela fait beaucoup d'informations à encaisser.

— Et l'enveloppe ? Qui l'a placée dans la voiture ?

— Celle qui m'a remplacée craignait Sybille et n'approuvait pas ses actions. J'ai réussi à sympathiser avec elle, et dans le plus grand secret, je la rencontrais pour prendre de tes nouvelles. J'ai tout fait pour la persuader de nous aider et elle a fini par accepter. Je lui ai demandé de t'offrir la voiture et d'y glisser l'enveloppe. C'était le jour de tes dix-huit ans, le jour de cette fameuse conversation dans la cuisine.

— Ce monstre m'a gardé en vie juste pour avoir un œil sur l'éclat ?

— Tu es le premier hybride eisei-humain. Elle ne pouvait pas prendre le risque de te tuer en extrayant l'éclat. Elle a préféré essayer de te rallier à sa cause.

— Donc, si je résume, je suis le fils d'une extra-terrestre et d'un humain, et j'ai été élevé par les sbires d'un être ambitieux et destructeur qui veut récupérer un cristal censé lui donner le pouvoir absolu ? Sybille l'a pourtant eu en sa possession quand elle a détruit votre planète ? Pourquoi n'a-t-elle pas utilisé son pouvoir ?

— Notre Suprême arrivait à protéger le cristal sans qu'elle le sache.

— Elle n'a donc jamais pu l'utiliser... D'accord... Et les autres morceaux, tu sais où ils sont aujourd'hui ?

À son tour, Mel sort de son siège pour se rapprocher de son fils.

— L'un est en possession du Suprême. Les deux autres, c'est elle qui les a.

— Merde, ça ne va pas nous arranger, ça.

— Ce n'est pas tout.

— Ah, parce que ce n'est pas fini ?

— Non, malheureusement. Sybille a confectionné un bijou à partir de son éclat... Un collier.

— Un collier ? Laisse-moi deviner, en forme de goutte ?

Sa mère ouvre grand les yeux.

— Comment peux-tu...

— Savoir que c'est une certaine Sarah qui le porte ? Je l'ai découvert il y a peu. Mais toi, comment le sais-tu ?

— Notre Suprême nous transmet des données.

Les allers-retours reprennent. Gabriel s'interroge : que vient faire cette fille dans l'histoire ?

— Quelque chose ne colle pas, finit-il par dire.

— Tu penses à Sarah ? Il opine. J'ai pensé la même chose. J'avoue que moi-même je ne comprends pas les desseins de Sybille.

— Cette Sybille est si puissante qu'elle a l'air de n'avoir besoin de personne, alors pourquoi se servir de cette fille ?

— La seule réponse qui me vient à l'esprit, c'est qu'il lui fallait un moyen discret de t'approcher afin de connaître tes faits et gestes.

— Elle aurait pu choisir un peu mieux. Mel sourit à sa boutade. En tout cas, elle a pris un sacré risque à se séparer de son éclat et en le confiant à une humaine.

— Nous devons récupérer ce collier, reprend sa mère en fixant la blessure de Gabriel.

— Ne t'inquiète pas, ça finira par cicatriser. Et pour Sybille ?

Ce rapprochement inattendu gonfle de bonheur le cœur de cette maman meurtrie. Les yeux embués, Melissa comprend à cet instant qu'elle a récupéré son fils.

— Occupe-toi de Sarah, je me charge de Sybille.

CHAPITRE QUINZE

SARAH

Étalée comme une crêpe à l'horizontale sur le lit, Sarah peine à se réveiller. Jambes et bras écartés, ses mains tâtonnent le drap avec insistance. Ils sont humides. Lorsque ses paupières s'ouvrent enfin, la première chose qu'elle voit, c'est la porte de sa chambre. Ses muscles lui font mal, même les racines de ses cheveux la tiraillent. Avec moult difficultés, Sarah pivote sur sa droite. Une horrible grimace s'affiche sur son visage. Depuis combien de temps n'a-t-elle pas éprouvé pareille souffrance ? Depuis la fac et ce fameux marathon couru avec Jo et Marie. Dans un rire crispé, elle se redresse et retire une mèche devant ses yeux. Ses jambes tremblent sous l'effort. Il lui faut quelques minutes pour se stabiliser et se déplacer vers la salle de bain, avec une démarche se rapprochant de celle d'un canard. Une main sur le bas de son dos, l'autre derrière sa nuque, elle s'étire tout en gémissant.

Dans un long soupir empreint d'exaspération, la jeune femme entre dans la pièce. Elle jette son pyjama sur le lavabo, sans même se regarder dans le miroir, et enjambe la baignoire. Le jet positionné, la température réglée, elle profite un moment de l'eau chaude avant de se laver. Sarah pose le pied sur le rebord et savonne, chacun leur tour, ses mollets puis ses cuisses. C'est en remontant progressivement sur ses hanches et sur ses fesses qu'elle lève un sourcil. Elle secoue la tête, un sourire en coin, et continue de frotter son ventre, son dos, quand ses doigts atteignent sa poitrine.

L'éponge tombe dans la baignoire tandis qu'elle reste figée, les yeux grand ouverts. Son cœur bat la chamade, Sarah n'ose plus bouger. Elle ne veut pas baisser les yeux, alors elle touche ses seins et hurle de toutes ses forces. Dans sa précipitation, elle heurte l'étagère, renverse les flacons de bain moussant qui s'éparpillent sous ses pieds. Elle glisse et bascule en arrière. Dans sa chute, elle emporte le rideau et se retrouve les quatre fers en l'air. Sarah se débat, retire le plastique et ferme le robinet. Une fois son peignoir enfilé, ses pas accélèrent jusqu'à la chambre. Devant le miroir, elle retient le tissu contre son corps, de crainte de découvrir ce qu'elle redoute.

Ses mains écartent enfin le peignoir et sa paupière se met à sautiller nerveusement. Terminé, le corps flasque et sans formes. Sous ses yeux, des lignes parfaites dessinent ses hanches et sa taille, des seins bien ronds et fermes épousent son torse. Son visage ainsi que ses cheveux sont lumineux. Troublée, la jeune femme se racle la gorge et referme son peignoir d'un geste brusque, comme pour reprendre le contrôle.

La voilà qui tourne en rond dans la pièce, ses pensées tourbillonnent. Doit-elle rire de cette situation absurde ou fondre en larmes ?

Soudain, un éclat de joie pure la traverse. Elle bondit sur son lit, éclate de rire, et se met à sauter comme une enfant, laissant l'euphorie prendre le dessus. Puis, après quelques instants, elle s'effondre sur le matelas, le souffle court, le regard fixé au plafond.

Son sourire s'efface doucement, remplacé par une expression de réflexion intense. Qu'est-ce qui lui arrive ?

Dix ans à rêver d'une silhouette féminine attirante, dix ans à attendre désespérément que son corps évolue... Et voilà qu'en l'espace d'une nuit, son souhait le plus cher est exaucé. Assise sur le lit, Sarah se balance doucement d'avant en arrière, tentant de donner un sens à ce miracle inattendu. Les derniers évènements défilent dans son esprit, troublants et inexplicables : l'accident étrange, ce collier énigmatique, la vieille dame au regard perçant, le portrait mystérieux... et Gabriel.

La joie laisse brutalement place à une vague de colère intense. Animée par cette fureur, elle se précipite hors de sa chambre. Arrivée dans le salon, elle se plante devant le portrait, le regard dur et chargé de mépris. Ses yeux le scrutent avec dédain, comme si l'image pouvait lui rendre des comptes.

— Tout est ta faute ! s'écrie-t-elle en frappant la toile du bout des doigts. Tu m'entends ? Depuis que tu es entré dans ma vie, tout est devenu complètement dingue ! Je vis des trucs insensés... et... et voilà que je parle à une peinture ! Elle marque une pause, les larmes lui montent aux yeux, avant de reprendre, la voix tremblante. Je te déteste ! hurle-t-elle, incapable de contenir sa frustration, tout en faisant les cent pas devant le tableau. Montre-toi qu'on règle ça une bonne fois pour toutes !

Le tableau s'écroule sur le sol en même temps qu'un fracas monstrueux retentit dans le salon. Sarah n'en croit pas ses yeux : un homme totalement nu est étendu sur le parquet. Lequel râle et frotte son crâne. Elle court vers la cuisine, le cœur battant à tout rompre. D'un geste fébrile, elle ouvre un tiroir et saisit un couteau, ses doigts tremblants enserrant le manche.

— Ne vous approchez pas de moi ! lance-t-elle, les mains jointes autour de l'arme, sa voix vacillant sous l'effet de la peur.

Face à elle, l'inconnu se redresse lentement, son regard planté dans le sien.

— Toi ? souffle Sarah en reconnaissant Gabriel.

Elle rougit, tandis que lui la dévore des yeux et se pince même les lèvres.

— Une vision de rêve, murmure-t-il finalement, sa tête inclinée sur le côté, un sourire presque insolent sur les lèvres. Je n'en reviens pas.

Le déclic s'opère alors dans le cerveau de Sarah : elle baisse la tête, et en effet... son peignoir est ouvert ! Une onde de chaleur monte à ses joues. Elle rabat les pans de son vêtement et son foutu tic se déclenche à nouveau, puis ses jambes se mettent à trembler. La première idée qui lui passe par la tête, c'est de trouver un trou où s'enterrer, et un sentiment de honte s'ensuit. Elle pose le couteau sur la table et court vers sa chambre.

— Espèce de voyeur ! lance-t-elle en fuyant, le rouge toujours aux joues.

— Ah, tu ne manques pas de culot, toi, hein ? réplique Gabriel en la suivant d'un pas assuré. Je te rappelle que c'est toi qui m'as appelé !

Elle se retourne vivement, le doigt tendu comme une arme.

— Pas un pas de plus ! avertit-elle, les yeux lançant des éclairs.

Gabriel s'immobilise, un sourire amusé éclairant son visage. Il lève les bras, faussement innocent.

— Je ne bouge pas, promis. Mais... tu n'as rien à dire ?

Sarah reste figée, cherchant une réplique cinglante, mais rien ne vient. Parce que oui, il a raison. C'est elle qui l'a invoqué. Frustrée, elle croise les bras, se renfrogne et lâche sèchement.

— Si ! Pourquoi es-tu toujours à poil ?

— Je n'en sais rien, moi ! Peut-être que les projections n'aiment pas le tissu.

— Reste dans le couloir !

La porte claque. La voilà qui arpente la pièce en se mordillant la lèvre, ouvre sauvagement le tiroir de la commode à la recherche d'un vêtement qui lui va... Les pantalons refusent de passer au niveau des hanches, alors elle grogne et les jette par terre.

— Besoin d'aide ?

Sarah lève les yeux au ciel.

— Oh, toi, la ferme !

À court d'options, elle finit par attraper son vieux jogging et enfile rapidement un t-shirt. En ajustant son haut, la voix de Gabriel retentit à nouveau, pleine d'une nonchalance insolente :

— Ce n'est pas très pratique de parler à travers une porte, tu ne trouves pas ?

Surprise, la jeune femme pivote. Gabriel est là, négligemment appuyé contre l'encadrement, son regard planté sur elle. Plus précisément, sur ses mamelons qui se dessinent sous le tissu trop fin.

— Décidément, je ne m'en lasse pas !

Les mâchoires serrées, Sarah s'empare du cousin sur son lit et le lui envoie en pleine figure.

— Couvre ton… enfin, tu vois ce que je veux dire ! lance-t-elle, embarrassée, en détournant les yeux de son sexe.

— Avoue que je te plais ?

— Crétin !

Face à face, les yeux dans les yeux, la tension redescend d'un cran et un sourire s'installe sur leurs visages. Mais la joie de Sarah retombe très vite. Submergée par les évènements, elle se laisse retomber sur le lit, les épaules basses, le regard triste.

— Ma vie ressemble à un tambour de machine à laver en mode essorage.

— Belle métaphore. Mais pour ta gouverne, je suis dans un contexte aussi bordélique que le tien.

Sarah lève un sourcil, sceptique.

— Tu crois que c'est agréable d'être arraché à son propre corps ? Ce chaos me rend fou. Tout comme toi, ma vie a pris un virage à quatre-vingt-dix degrés, et je suis là à essayer de comprendre ce qu'il se passe.

Son ton est sincère, presque vulnérable, et pour la première fois, Sarah entrevoit un peu de l'humain derrière l'assurance insolente de Gabriel.

— Ce n'est pas réel, n'est-ce pas ?

Gabriel passe les mains sur ses cheveux mi-longs, les ébouriffant, et secoue la tête. Ce simple geste, pourtant anodin, déclenche une vague de chaleur en Sarah, un désir inattendu, brûlant. Troublée par cette pulsion soudaine, elle baisse rapidement les yeux, priant intérieurement pour que cette attraction disparaisse avant de la trahir davantage.

— Je ne crois ni au diable ni en Dieu, et encore moins à la magie, continue-t-il en avançant lentement vers elle, sa voix grave et posée. Mais tout ce qu'on subit, toi et moi, ne peut être qu'une sorte de malédiction.

La jeune femme relève la tête, son regard perçant scrutant le sien.

— Que veux-tu insinuer ? demande-t-elle, la voix tremblante, partagée entre méfiance et curiosité.

— Que derrière tous ces phénomènes inexplicables, il n'y a qu'une personne capable d'un tel chaos. Et plus encore, responsable de tout ce merdier. Sibylle, conclut-il dans un murmure.

Sarah écarquille les yeux, son cœur se figeant un instant.

— Répète ce nom ? demande-t-elle, incrédule.

— Sybille... Tu la connais ?

— Oui, enfin... balbutie-t-elle, totalement perdue. Je l'ai rencontrée par pur hasard.

— Avec elle, il n'y a pas de "hasard", rétorque Gabriel d'un ton acerbe.

Cette réponse lui embrouille l'esprit, et se sentant incapable de soutenir la vision de son torse musclé qui semble attirer son attention en dépit de tous ses efforts, elle se déplace nerveusement vers la fenêtre pour l'éviter.

— Je te perturbe à ce point ? demande Gabriel, un sourire amusé aux lèvres.

Quelle question ! Bien sûr qu'il la trouble. Mais au lieu de répondre, Sarah continue d'observer fixement le ciel gris à l'extérieur, la tête remplie de questions qu'elle n'ose formuler.

Après un moment d'hésitation, elle finit par briser le silence.

— Es-tu responsable de mes changements physiques ?

— J'aurais adoré, plaisante-t-il en avançant un peu plus. Mais je ne pense pas.

— Cette situation me terrorise, explique Sarah, le fixant enfin dans les yeux. Je ne sais pas comment je vais expliquer cette... apparence à mes proches.

— En effet, tu vas devoir trouver une sacrée histoire. Mais cela dit, murmure-t-il en effleurant son visage du bout des doigts, tu es absolument sublime.

Un frisson intense parcourt Sarah, paralysant son corps. Au même moment, le collier à son cou émet une légère lueur, presque imperceptible.

À seulement quelques centimètres l'un de l'autre, Gabriel sent son souffle se raccourcir, son cœur tambouriner comme s'il voulait briser sa cage thoracique. Il est irrésistiblement attiré par cette fille, comme un aimant qu'on ne peut détourner. Son regard intense l'enveloppe... Il est différent. Unique. Troublée, Sarah tente de reculer, son esprit lui criant de s'éloigner, mais son corps refuse de bouger. Une colère sourde monte en elle, mélange de confusion et de désir incontrôlé.

Gabriel, d'un geste instinctif, attrape son bras. Elle hésite, le fixe un instant, son regard oscillant entre la rage et une envie qu'elle ne comprend pas. Il l'attire brusquement contre lui, et elle ne lutte pas. Ses muscles tendus se relâchent, comme si une force plus grande qu'elle la poussait à céder. Elle sent son souffle chaud contre ses lèvres, son cœur battant à l'unisson du sien. Le contact est électrique.

Leurs lèvres se frôlent et une vague brûlante submerge Sarah. Son cœur s'emballe, chaque fibre de son être s'embrase. Sa bouche s'entrouvre sous la pression, tandis que Gabriel l'embrasse avec une fougue qui la submerge. Entre colère et abandon, elle se surprend à répondre à ce baiser.

Soudain, une lumière jaillit. Le bijou qu'elle porte au cou se met à rayonner, projetant des faisceaux lumineux autour d'eux. La chaleur devient insupportable, vibrante, comme si l'air lui-même se déchirait. Les yeux de Sarah s'ouvrent brusquement. Gabriel, lui, scintille. Une aura éblouissante enveloppe son corps.

— Gabriel ? murmure-t-elle, terrifiée.

Mais avant qu'elle ne puisse réagir, il disparaît dans un éclat de lumière aveuglante, la laissant seule, le souffle court, et l'esprit en chaos.

CHAPITRE SEIZE

SARAH

Quel rêve ! Encore étourdie par les scènes érotiques qu'elle vient de vivre, elle frappe le matelas, déçue que tout ait été trop vite... Elle, lui, eux... Et pourtant, son sentiment envers Gabriel ne fait que croître. Ils partagent une alchimie, telles deux pièces qui cherchent à s'emboîter à tout prix. C'est ça qu'elle ressent chaque fois qu'il la touche. Plus il est proche, plus son corps le réclame. *Stop ! Arrête de penser à lui !*

Elle bâille et constate qu'une heure s'est écoulée depuis sa visite. Sarah repousse la couette et part vers la cuisine. Plantée devant le réfrigérateur, elle se rend compte qu'elle n'a pas fait de courses depuis longtemps. Elle referme la porte, pensive, et fixe un magnet en forme de fraise. *Pas question d'aller à la supérette du coin, ils me connaissent.* Sarah retourne dans la chambre, vérifie le temps par la fenêtre : couvert, comme presque toujours. Elle troque son polo contre un sweat à capuche et s'en va récupérer la voiture pour se rendre dans le huitième. Après quelques achats dans un supermarché, Sarah repart. Chargée comme une bourrique, elle atteint le palier du rez-de-chaussée, appelle l'ascenseur juste au moment où la voiture des parents de Jo ralentit devant l'immeuble.

— Oh merde ! Pourquoi sont-ils là ?

Prise de panique, la pauvre s'élance dans la cabine et appuie de façon compulsive sur le numéro de son étage.

— Allez !

Les portes s'ouvrent. Sarah lâche ses sacs sur le tapis de l'entrée pour saisir ses clés, se précipite à l'intérieur et balance les courses sur la table de la cuisine. Les fruits s'éparpillent au sol tandis qu'elle s'agite dans tous les sens afin de trouver une solution.

— Tu n'ouvres pas ! Non, c'est dégueulasse de faire ça ! crie-t-elle, hystérique.

Puis une idée lumineuse lui vient. Elle court vers la salle de bain, retire ses tennis et son jogging à toute vitesse. Penchée au-dessus de la baignoire, elle mouille ses cheveux, enroule sa tignasse dans une grande serviette et enfile son peignoir.

— Et le visage ! râle-t-elle en voyant ses lèvres pulpeuses et sa peau parfaite.

La voilà qui file vers la cuisine, ouvre tous les placards et ne trouve rien. Puis elle se souvient de la pâte à tartiner qu'elle vient d'acheter. Ni une ni deux, Sarah tourne le couvercle et en étale de partout, sauf sur ses yeux. La sonnette retentit. Son cœur bondit dans sa poitrine. Tremblante, la gorge nouée, elle se rince les doigts, respire un grand coup et prie pour que le subterfuge fonctionne.

— Quelle surprise ! feint-elle en les voyant. Vous êtes rentrés plus tôt ?

Aude ajuste ses lunettes rouges, se rapproche pour la renifler et passe son index sur son menton.

— Du chocolat ?

— Les femmes ! ricane Jim. Jamais satisfaites. Et oui, retour obligatoire, un souci au boulot.

— Ne restez pas sur le palier, entrez.

— Tu portes des verres de contact ? s'étonne Aude.

— Non, si, se rattrape-t-elle in extremis. C'est juste pour le fun, tu aimes ?

— C'est particulier.

Ils se mettent à l'aise, un peu trop au vu de la situation, et cela la frustre. Aude part vers le salon, Jim ramasse une orange sur le sol près de la cuisine.

— C'est une façon originale de ranger tes courses.

— Ah oui, je n'ai pas fait gaffe.

L'angoisse est si grande que son estomac brûle. Sarah les adore, et elle leur doit tellement depuis le drame. Ce sont eux qui, avec amour et patience, l'ont aidée à surmonter son chagrin et à essuyer ses larmes. Eux qui jour après jour l'ont soutenue sans relâche pour qu'elle reprenne goût à la vie. Oui, elle les aime. Mais cette visite tombe mal... Elle attrape deux poires près du pied de la chaise et les met dans le saladier quand Aude les interpelle, le portrait à la main.

— Quel tableau magnifique ! clame-t-elle en se retournant sur Sarah. C'est ton œuvre ?

— Hein ? Euh, non, répond-elle, gênée et cherchant désespérément une échappatoire. C'est à une collègue de travail, elle peint ici, vous savez, pour faire la surprise à son copain.

Aude le repose sur chevalet. Pendant quelques secondes, ils restent plantés devant. Lui, la main sur sa barbichette, elle, la bouche grande ouverte.

— Et si vous me racontiez vos vacances ? tente-t-elle pour les soustraire de leur contemplation.

C'est l'épouse qui revient s'asseoir en premier sur le divan. Sarah en fait autant et Jim se cale à son tour. Ils lui narrent leurs visites : le palais de Tokyo, le sanctuaire shintoïste de Meiji-jingu, la gentillesse des habitants... quand Sarah remarque une petite lueur de déception dans les yeux de Aude.

— C'était trop court, c'est ça ?

— Ne t'en fais pas, console Jim en serrant tendrement la main de son épouse. On y retournera.

— Je sais, chéri, je ne t'en veux pas. Au fait, finit-elle par dire pour changer de sujet. Nous avons un petit souvenir pour toi.

Le mari récupère le sac de son épouse et le lui tend. Enthousiaste, Sarah déballe le présent : une magnifique boîte à thé ainsi qu'une bouteille de saké.

— Jo nous a dit que tu adorais cet alcool.

Le sourire aux lèvres, elle n'ose leur avouer que c'est leur fille l'adepte des shooters, et qu'en réalité, l'alcool ce n'est pas son dada.

— C'est adorable, merci.

Assise entre eux deux, Sarah regarde toutes les photos souvenirs qu'ils ont prises, oubliant l'espace d'un instant ses tracas. Les voir ici, contre elle, sentir leur présence, cela lui donne du baume au cœur.

— Ces lieux sont splendides, Aude. Ne sois pas triste, ajoute Sarah en retirant une pointe de pâte à tartiner de son visage pour la placer sur son nez.

— Eh ! réagit Aude qui lui donne une tape.

— Et toi, ma belle, demande Jim, tout se passe bien ?

— Mieux que jamais.

— Bien, reprend Jim en se levant. J'ai un rendez-vous d'ici peu.

— Merci d'être passés, je vous adore.

— Nous aussi, ma puce.

Le couple s'apprête à l'embrasser, lorsqu'ils éclatent de rire.

— Passe à la maison un de ces jours, propose Aude sur le palier.

— Promis.

Derrière la porte, soulagée par leur départ, Sarah souffle, consciente d'avoir échappé à un long interrogatoire. Mais qu'en sera-t-il les fois suivantes ? Que va-t-elle bien pouvoir raconter à ses patrons, à Marie, et à Jo ?

— Une pierre à la fois, se dit-elle, enfin prête à se débarbouiller le visage.

Le peignoir suspendu, elle reste en t-shirt et pieds nus et en profite pour nettoyer la maison. En passant l'aspirateur dans la chambre de Jo, son regard se dirige vers la commode où elle range ses dessous. Poussée par le désir d'entrevoir son corps dans une belle lingerie, Sarah saisit un ensemble en dentelle beige et bordeaux, touche la matière, et hésite. *Je peux bien l'essayer, Jo ne le saura jamais.* Au départ, une certaine hésitation s'installe, elle trouve le bonnet énorme. Mais en présentant le soutien-gorge sur sa poitrine, sa bouche s'ouvre en grand. *Ah quand même !*

Euphorique, Sarah l'essaie et ajoute même le boxer assorti. C'est en voulant aller dans sa chambre pour s'admirer qu'elle aperçoit Jo dans le couloir. Celle-ci laisse tomber son sac de sport et reste bouche bée devant cette vision. Incapable d'articuler quoi que ce soit, Sarah déglutit et se tortille sans trop savoir quoi faire. Puis les mots sortent de sa bouche, hachurés, hésitants.

— Tu... Tu devais me prévenir de ton arrivée ?

Toujours muette et encore sous le choc, son amie s'avance, les yeux rivés sur ses courbes.

— Où est Sarah ?

La pression enfouie depuis tous ces jours remonte d'un coup. Lèvres tremblantes, Sarah éclate en sanglots. Jo se précipite pour la prendre dans ses bras. La belle rousse enserre son visage de ses mains, essuie ses larmes et l'accompagne vers sa chambre.

— Assieds-toi, propose son amie qui pose un plaid sur son dos. Et dès que tu seras prête, raconte-moi tout.

Sarah renifle, Jo lui tend un paquet de mouchoirs. Après s'être calmée, Sarah lui retrace tous les faits : la scène du tableau, ses vertiges au marché et l'horrible sensation face à l'homme qui l'a raccompagnée. L'apparition de Gabriel dans le jacuzzi et le baiser. Johanna ne dit rien.

— S'il te plaît, ne reste pas plantée là à me regarder comme une demeurée, dis quelque chose !

— Dingue !

— Tu ne me crois pas, c'est ça ?

— Quoi ? Ton histoire zarbie sur la téléportation du beau mec ?

Sarah soupire et baisse les yeux vers le sol. Qui pourrait croire à ce genre d'absurdités ? Même elle n'en revient pas. Sans rien dire, sa copine s'avance, s'agenouille et empoigne ses deux seins.

— Mais qu'est-ce qui te prend ?

— Bordel, ils sont vrais !

Sarah se recouvre, renfrognée.

— Tu t'es métamorphosée en quelques jours ? C'est juste ÉNORME. Ça relève du miracle !

— Je doute que ce soit la grâce de Dieu qui m'ait frappée, finit-elle par formuler avec un haussement de sourcils. Au fait, tes parents sont passés.

— NON ! s'écrie Jo, les yeux écarquillés. Comment ont-ils réagi ?

— Eh bien... Ils n'ont rien vu. Petit camouflage improvisé.

— Euh, explique ?

— J'ai suivi l'exemple de madame Doubtfire.

— Sérieux ? Sarah acquiesce. Chantilly ?

— Chocolat. Et j'ai cru mourir tellement mon cœur battait vite. Mais je suis terrorisée. Jamais je ne trouverai de parade ou d'explication pour justifier ce miracle. Si tu savais comme j'ai maudit Gabriel ! Certaine de sa culpabilité, je l'ai presque haï.

— Pourquoi ? Ce n'est pas lui le responsable ?

— Il semblerait que ce soit la vieille.

— Je le savais ! Depuis le début je la trouvais bizarre.

— Qu'est-ce que je vais devenir, Jo ? se désespère Sarah.

Johanna lui pince la cuisse.

— Aïe !

— Déjà d'une, tu vas arrêter de t'apitoyer ! De deux, il est temps que tu réalises que tu es une bombe.

— Mais...

— Chut, coupe Jo qui se relève. Nous devons réfléchir à ton boulot.

Elle arpente la chambre de long en large sous les yeux de Sarah. La main sur le menton, son visage passe par plusieurs expressions et ses bras s'agitent dans tous les sens.

— J'abandonne mon stage ! annonce soudain Sarah.

— Quoi ? s'exclame Jo, qui stoppe net.

— Je n'aime pas ce milieu de requins et j'y réfléchis de plus en plus.

— OK, développe !

— Eh bien, continue Sarah, un peu plus confiante. J'ai toujours rêvé de monter ma propre boîte de conseillère juridique.

— Il te faut quoi comme diplôme ?

— Master 2 en droit.

Les yeux de Jo s'ouvrent en grand et son sourire s'élargit.

— Mais tu l'as !

— Ouep. Alors, qu'en penses-tu ?

— Tu n'as pas un préavis à donner ?

— Non, pas dans ce contexte.

— Donc tu serais libre comme l'air ?

— Toi, tu as une idée derrière la tête ! note Sarah en la voyant tout excitée.

— Accompagne-moi.

— Où ça ? À Lyon ?

— Non, en Italie, ma belle.

— Quoi ? Attends, reprend Sarah, un peu dépassée. Qu'est-ce que je vais faire de mes journées pendant que tu travailles ? Et puis, il y a la barrière de la langue.

Jo envoie balader ses chaussures et saute sur le lit.

— Imagine Milan, mime son amie, les bras écartés. Une balade à vélo dans les rues, visite de la cathédrale Duomo. Et sans oublier le village pittoresque près du lac de Côme. Ma biche, ajoute Jo en se jetant sur elle. Tu vas surkiffer ! Personne ne te connaît là-bas, et tu pourrais même me servir de temps à autre de mannequin au boulot.

— Vu comme ça, tu me donnes envie.

— Nous aurons une somptueuse chambre dans un hôtel de ouf. Ma boss y est actionnaire. Et pour couronner le tout, une voiture est à notre disposition.

— Vraiment tentant.

— Allez, insiste-t-elle en la renversant sur le matelas. Si tu refuses, je t'étrangle.

Les yeux dans les yeux, Sarah grimace.

— Je n'ai rien à me mettre.

— Tu auras deux jours pour t'en charger.

— Et les billets ?

— Si tu dis oui, je t'ajoute à mon vol de vendredi soir... Enfin, s'il y a de la place.

— Mouais... Ce n'est pas une mauvaise idée.

— C'est un oui ?

Sarah acquiesce.

Un cri de joie s'élève, suivi de sauts euphoriques.

— Youpi ! hurle Jo qui file récupérer son ordinateur.

Le sourire aux lèvres, Sarah se demande si sa décision de quitter son boulot n'est pas précipitée. *Non, tu vas enfin pouvoir t'épanouir !* Elle se dépêche d'enfiler un pyjama et va dans le salon. Jo est assise sur le canapé et tape sur son clavier.

— Tu as trouvé ?

— Oui, répond-elle, satisfaite, je viens de te l'envoyer par mail, tu as le siège 14A. La chance, je suis juste à côté de toi. Prête pour l'aventure ?

— Oh que oui !

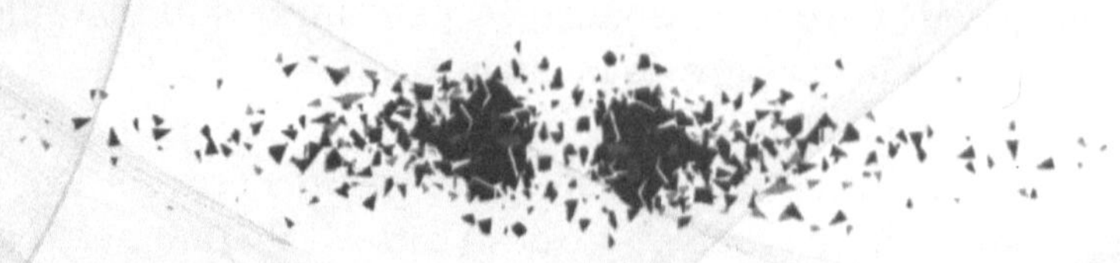

Le lendemain, Sarah trouve un message de Jo sur la table de la cuisine.

Profite du temps qu'il te reste pour aller faire du shopping. Hâte de partager ces moments avec toi.

Cette idée n'est pas si folle. La jeune femme boit son café, tape en même temps sa lettre pour le cabinet ainsi que celle pour l'organisme de stage et les imprime. Une fois les enveloppes prêtes, Sarah enfile un jogging et jette un œil dans le miroir pour se coiffer. Son propre regard la captive. Il y a dans ses iris quelque chose d'insaisissable, d'énigmatique. Les variantes de couleurs la surprennent à chaque fois, mais elle commence à les apprécier. *Mon regard est unique !*

Prête, elle dévale les marches jusqu'au parking et roule vers le huitième arrondissement. La rue Vignon regorge de magasins en tout genre, peut-être y trouvera-t-elle son bonheur. Les trottoirs sont animés pour un jour de semaine. Sarah en profite pour acheter du miel, un sac à main dans une maroquinerie ainsi qu'une paire de lunettes de soleil. Tout, sauf des fringues ! De retour dans la voiture, elle tape un message pour Jo.

Sarah : Tu connais une boutique sympa où je pourrais aller ?

La réponse survient cinq minutes plus tard.

Jo : Retourne aux Galeries Lafayette ?

Rien que d'imaginer le regard meurtrier du type, elle en frissonne.

Sarah : Non, pas là !
Jo : Va chez Grace et Mila, mais ne t'embête pas trop, les magasins à Milan sont exquis.
Sarah : Tu as raison. Bises.

Elle enclenche une vitesse et roule jusqu'au premier arrondissement de Paris. Trouver une place ne s'avère pas simple. Il lui faudra quinze bonnes minutes à aller et venir dans ces artères bondées de monde pour que l'une d'elles se libère. Une pluie fine commence à tomber. Sarah récupère le parapluie dans son coffre et arpente les rues. La devanture mauve et l'intérieur aux couleurs or de la boutique *Grace et Mila* l'éblouissent. Il fait chaud à l'intérieur, alors elle retire son blouson. La vendeuse qui sert une cliente lui sourit. Cette femme porte un pantalon similicuir près du corps et un chemisier en soie blanche, la classe personnifiée, classe qui la met de suite mal à l'aise. *Qu'est-ce que je fous ici ?* Sarah avance près d'un mannequin et admire le pantalon de lin et le haut en jersey. *Très chic.*

— Une tenue parfaite pour une balade, précise la vendeuse qui vient de la rejoindre.

— Oh oui, certainement.

— Vous devriez l'essayer !

Sarah a un moment d'hésitation, mais face au sourire et à la détermination de Madame Classe, elle finit par céder.

— Quelle taille faites-vous ?

Cette question aurait été pour n'importe qui d'une facilité absolue... mais pas pour elle ! La commerçante note le désarroi sur son visage et se permet d'inspecter son corps.

— Hum, je dirais un trente-huit.

Estomaquée par sa déduction, Sarah la regarde saisir les vêtements et les lui donner.

— La cabine est juste dans le coin, lui précise la vendeuse en désignant l'arche à côté du miroir.

Malgré sa gêne, Sarah tire sur le rideau, se dévêt et passe la tenue. Quand elle se présente devant le miroir, les mots restent bloqués au fond de sa gorge.

— Vous êtes sublime, mademoiselle.

Cette vision, d'une femme élégante aux courbes parfaites, lui fait monter les larmes aux yeux. Sarah ne se reconnaît plus. Ce que la vendeuse interprète comme un moment "d'émotion" n'est en réalité qu'un débordement silencieux de stress accumulé. Ces vêtements la mettent en valeur et subliment sa silhouette. Elle éclate en sanglots, puis rit à gorge déployée. Face à ce comportement, l'employée ne sait comment réagir.

— Je prends ! lance Sarah, les lèvres étirées en un immense sourire, et je veux aussi la petite jupe noire, le haut à épaule dénudé, et aussi le même pantalon que vous.

Dans la cabine, son euphorie continue. Plus rien ne tempère la joie qui anime son cœur. Cet instant magique où son corps se révèle enfin était tant attendu... presque inespéré. Ce n'est qu'en passant en caisse que sa paupière se met à frétiller. On est loin des prix des joggings et des pulls oversize. Pour le coup, sa carte bleue vient de flamber, sans entacher son bonheur.

De retour dans son appartement, Sarah récupère sa valise sous le lit, y dépose ses emplettes, puis ajoute quelques tenues plus décontractées et des dessous. Il ne lui manque plus que son vanity et le tour est joué. La sonnerie de son mobile retentit : Jo.

Jo : Alors ? Tes valises sont prêtes ?

Sarah : Oh que oui !

Jo : Tu vas devoir partir seule, mais je te rejoins deux jours après, ajoute-t-elle, de crainte qu'elle ne renonce au voyage.

Sarah : Pourquoi ?

Jo : Nous avons un contretemps. Écoute, je dois te laisser, ils m'attendent.

Sarah : Non, attends !

Mais le bip retentit. Le regard sur son portable, le stress s'immisce en elle. Prendre l'avion pour la première fois sans aucune compagnie lui donne soudain un mal de tête carabiné. *Foutu stress* ! Un long soupir s'échappe de sa bouche, puis la jeune femme entreprend d'aller trier tous ses vêtements afin de penser à autre chose. Sans même s'en rendre compte, Sarah passe tout l'après-midi à séparer, plier et ranger. Lorsqu'elle referme les sacs plastiques, une terrible pensée la traverse : *et si du jour au lendemain, je redevenais ce que j'étais ?*

Cette question la laisse désemparée. Récupérer son aspect initial ne l'effraie pas. Non, ce qui la chagrine semble plutôt être lié à la phase "mutation" et tous les inconvénients subis. Revivre encore une fois ce calvaire lui donne des frissons. Les gargouillis de son estomac la sortent de sa méditation. Manger un morceau lui fera le plus grand bien.

Assise sur le divan, un bol de nouilles à la main, Sarah suit les péripéties de sa série « *Desperate Housewives*[7] ». Les épisodes s'enchaînent. Concentrée sur son héroïne préférée, qui embrasse avec passion Carlos, Sarah caresse ses lèvres en repensant au baiser de Gabriel. Elle termine son repas, s'allonge et rêve de sa bouche sur la sienne, de son rêve endiablé, tandis que des frissons la parcourent. La main sur son bas-ventre, un poids immense lui tombe dessus.

---

[7] Série TV américaine de 2004 narrant les aventures mouvementées de quatre femmes d'une banlieue chic typique, rejointes par d'autres ensuite, et dont les aventures sont commentées par leur amie qui s'est suicidée dans l'épisode pilote

Le souffle coupé par l'impact, il faut un moment à Sarah pour reprendre sa respiration et réaliser que la masse n'est autre que son beau brun. La paupière tremblante, incapable de se mouvoir, elle fixe ses yeux noirs.

— Je t'ai manqué ? lance-t-il d'un air amusé, le visage près du sien.

— Pas du tout, bafouille-t-elle en tentant de le repousser jusqu'au moment où elle constate sa nudité.

Oh Seigneur !

— Tu as chaud, Sarah ?

Les mains sur son torse, le corps en feu, cette dernière écarquille les yeux lorsqu'une grosseur appuie sur son intimité.

— Ce n'est qu'une érection, ne t'affole pas... Ton collier, s'étonne-t-il en se décalant, il brille !

Sarah s'assoit sans le regarder et jette le plaid sur Gabriel. Une fois assis, la couverture entre les jambes, le jeune homme s'aperçoit que le visage de la jeune femme est tendu.

— Il faut que je t'avoue quelque chose, débute-t-elle sur un ton sérieux. Jo a trouvé ce bijou dans ma voiture, le jour de l'accident de tes parents. Au départ, je l'ai essayé seulement pour voir ce qu'il donnait sur moi... Mais je ne parviens plus à le retirer. Depuis que je le porte, il m'arrive des trucs étranges.

Les mâchoires de Gabriel se contractent et il détourne les yeux.

— Qu'y a-t-il ?

— Je ne sais pas par où commencer...

— Le début ? propose-t-elle, la main sur son épaule.

Il soupire et lui fait face. Sarah ne peut s'empêcher de regarder son cou, les muscles de son torse, en essayant de ne pas rougir. Cet homme lui fait un effet monstre !

— Je vais t'épargner les détails de mon enfance, commence Gabriel, les bras posés sur le dossier du canapé. Le collier que tu portes, c'est l'éclat d'un artefact capable de créer une planète.

De surprise, la bouche de Sarah s'entrouvre.

— La personne qui a placé ce pendentif dans ta voiture s'appelle Sybille.

Sarah se raidit à ce nom et frissonne.

— Tu la connais ?

— Je te l'ai déjà dit, répond-elle d'une petite voix. Une vieille femme aux yeux très clairs que j'ai croisée dans la rue... Mais, je ne comprends pas ? Quel est son but ?

— Se servir de toi pour m'appâter, je ne vois que ça.

— Que veut cette femme ? s'énerve-t-elle tout en enlaçant son coussin.

— Femme ? rit-il jaune. Tu ne l'as pas vue sous sa véritable apparence ! Monstre serait plus approprié, crois-moi.

— Tu plaisantes ?

— Pas du tout. Elle change d'aspect comme bon lui semble.

— Donc ce collier lui permet de t'avoir à l'œil ?

— Ce n'est qu'une déduction... Maintenant, pourquoi t'a-t-elle choisie, ça, je suis incapable de te répondre. Il plonge ses yeux noirs dans les siens. Sarah frémit. Cette Eisei...

— Une quoi ?

— Eisei, répète Gabriel. C'est un être de lumière doté de pouvoirs extrêmes.

Les mots lui manquent pour décrire ce qu'elle ressent à cet instant. Tout semble fou, déjanté, sorti d'un film de science-fiction.

— Pour résumer, elle veut réunir les éclats... Seul souci, ajoute Gabriel, la main sur son torse, l'un d'eux se trouve en moi.

Un "pff" sort spontanément de la bouche de Sarah tandis que lui garde son sérieux.

— Sans rire ?

Devant sa confirmation par un mouvement de tête, la jeune femme se racle la gorge.

— Rien de tout ça ne semble réel... Pourtant, ajoute Gabriel en lui saisissant le bras, c'est en train de nous arriver, et il nous faut rester unis.

— Je... Je suis terrifiée.

Le jeune homme la tire contre lui avec une douceur infinie. D'un geste tendre, il relève son menton, place une mèche derrière son oreille, et tente de la rassurer.

— Même si je ne le montre pas, cette situation m'effraie aussi.

Alors qu'il s'avance pour l'embrasser, un phénomène étrange les oblige à se séparer. Le collier se redresse à l'horizontale et pointe vers le cœur de Gabriel, comme si les deux voulaient s'unir.

— Je crois comprendre ce qui se passe... Il est possible que Sybille s'immisce entre nous pour nous empêcher d'être ensemble.

Un rai lumineux jaillit du pendentif... Un dernier regard entre eux... Et Gabriel disparaît.

CHAPITRE DIX-SEPT

GABRIEL

Allongé sur le sol, Gabriel essaie de se redresser. Des courbatures ankylosent ses membres et son aspect de vieil homme ne facilite pas la tâche. À genoux dans la cuisine, le chien se jette sur lui pour jouer.

— Toi... bougonne-t-il en le poussant gentiment, c'est pour t'éviter que je me suis crashé par terre.

Trop affaibli, il se colle au placard et couvre l'animal de papouilles. Comment lui en vouloir ? Le visage tourné vers le plafond, un sourire se dessine sur ses lèvres. Cette expérience extra-corporelle a son côté ludique, elle lui permet d'explorer des dimensions insoupçonnées... Comme s'il jouait avec les lois mêmes de la réalité. Les réactions de Sarah lors de ses apparitions le font exploser de rire. Il y a quelque chose chez elle qui le fait fondre, quelque chose qui le dépasse. Le bras tendu vers le rebord du plan de travail, Gabriel se lève en gémissant. Lucky sautille, excité, et réclame de l'attention.

— Deux minutes, mon beau... J'ai besoin de me remettre de cette chute.

Il s'étire pour soulager son dos et ajuste son polo.

— Viens, allons faire un tour.

Devant l'ascenseur, Mélissa pointe son nez dans le hall.

— Tu sors ?

— Ça ne se voit pas ?

Elle claque la porte et se joint à lui.

— Il y a un snack-bar sympa à deux pâtés de maisons. Je t'invite.

Ses reins le tiraillent. Ils marchent sur le trottoir sans se parler. De toute façon, Gabriel est perdu dans ses pensées. Sa mère s'installe à une table, commande un chocolat chaud, un café allongé pour son fils, ainsi que deux croissants. La serveuse apporte leurs consommations et s'en va. Gabriel saisit la viennoiserie et la trempe dans la tasse, à plusieurs reprises, en soupirant.

— Qu'est-ce que tu as ? Regarde l'état du croissant, tu en as fait de la bouillie. Dis-moi ce qui te turlupine ?

— Tu as bien dit que vous étiez deux peuples ? Les Eiseis et... je ne me souviens plus du nom.

— Tu parles des Razels ? Gabriel opine. Elle les a tous détruits.

— Quelque chose m'échappe, réagit soudain son fils en la fixant. Pourquoi s'évertuer à éliminer cette espèce et conserver les Eiseis ?

— À dire vrai, j'ignore la réponse... Peut-être par jalousie envers leur capacité à vivre à l'extérieur. Mais seul le Suprême pourrait nous éclairer.

Encore un soupir et le revoilà qui tourne la cuillère dans sa tasse. Cette fois, Mel déplace sa chaise pour s'installer près de lui.

— Au risque de te surprendre, précise sa mère à voix basse, je n'arrive plus à lire dans tes pensées.

Gabriel lève le nez, intrigué.

— Ça me frustre, Gabriel, de ne plus rien savoir !

— Sérieux ?

Mel balaye du regard les tables voisines. Sur sa droite, un couple bien trop amoureux pour écouter leur conversation. De l'autre, deux jeunes étudiantes occupées à réviser. Elle ajuste son foulard pourpre afin de cacher là où ses cheveux repoussent.

— À mon avis, enchaîne-t-elle, tu as dû débloquer l'un de tes pouvoirs.

— Génial, je suis un superhéros ! lâche-t-il, las.

— Parfois tu m'exaspères ! réagit sa mère en lui retirant la cuillère des mains. Réfléchis ! Si moi je suis incapable de te sonder, elle non plus.

— Pas faux !

Gabriel hèle la serveuse et demande un autre café. La fille fronce les sourcils à la vue du carnage sur la table.

— Veuillez l'excuser, intervient Mel qui se détourne de son fils. Mon... frère est... souffrant.

Compatissante, la jeune fille récupère la tasse, ramasse le croissant émietté et s'en va chercher sa commande. Au moment où Mel pivote, la moue déconfite de Gabriel lui soutire un rire.

— Quoi, tu préfères que je lui dise la vérité ?

Il roule des yeux sans se donner la peine de lui répondre. Savoir que sa mère n'a plus aucun moyen de pénétrer son subconscient est plutôt jubilatoire. Mais ce qui le rend si nostalgique et distant se résume à cinq lettres : Sarah. Les bras croisés sur son torse, Mélissa le jauge, irritée, et tape du pied. Une question lui brûle les lèvres.

— Allez, tu peux me l'avouer maintenant, hein ? Tu as découvert quelques-uns de tes talents ?

Pour une fois, la situation l'amuse et il hausse les sourcils pour la narguer.

— Tu deviens cruel, mon fils !

Gabriel laisse échapper un rire moqueur, caresse la truffe de son chien, puis se décide à raconter l'expérience vécue avec Sarah. Enfin, en se gardant de lui parler des détails croustillants.

— Tu es en train de me dire que tu parviens à te projeter ? Et tu gardes malgré tout un corps "physique" ?

— Mouais, madame, et pendant la projection, je ne suis pas vieux. Il y a juste ma peau qui rayonne par moments... Par contre, je me retrouve à poil à chaque fois !

— Nu ? Quelle situation gênante !

— Pas pour moi, s'esclaffe-t-il.

— Je n'en reviens pas ! Tu sais à quel moment tout s'est déclenché ?

— Maintenant que tu m'en parles...

Gabriel se concentre, revoit sa première mèche blanche et fait le rapprochement avec la scène du supermarché.

— À quoi ressemble Sybille ? demande-t-il à sa mère.

Mélissa tremble et se recroqueville sur elle-même.

— Ce monstre peut prendre l'apparence d'un spectre cadavérique aussi horrible que repoussant.

— Alors c'était elle ce jour-là ! crache-t-il en serrant les mâchoires. Elle avait l'apparence d'une mamie, et ensuite...

— Sybille entre dans le corps des gens et les utilise.

— Ce qu'elle a fait dans ce magasin...

— T'a-t-elle touché ?

— Elle ne s'est pas contentée de me toucher, explique-t-il, la main sur son torse. Ce monstre m'a frappé avec rage. Il fixe sa mère, perplexe. Et si c'était à ce moment précis qu'elle aurait provoqué ce changement en moi ?

— C'est possible... Te rends-tu compte de tes capacités ? Seigneur ! Cela va au-delà de ce que je pensais.

La serveuse revient avec le café, Mel paie la jeune femme et ajoute un pourboire. Une fois qu'elle s'éloigne, alors que Gabriel déguste son pur arabica, l'interrogatoire se poursuit.

— Bon, maintenant dis-moi, t'es-tu découvert d'autres aptitudes ?

— Non, dit-il en se redressant. Rentrons.

Côte à côte, ils marchent un moment sans se parler. Gabriel se tâte : doit-il lui dire ce qu'il vit en ce moment ou se taire ? Du coin de l'œil, il la voit lui lancer de brefs regards, ce qui le pousse à réagir.

— Je ne t'ai pas tout raconté...

Les mains dans les poches de sa veste, Mel se contente d'écouter tandis que lui évoque sa première rencontre dans la forêt de Sénart et décrit Sarah comme une fille en pleine puberté au visage ingrat. Ses rêves intrusifs chez elle, la façon dont ils se quittent à chaque fois, et sa soudaine transformation physique.

— Tu aurais dû voir ça ! énonce-t-il avec enthousiasme, de vilaine chenille, elle est devenue un magnifique papillon.

Pendant tout son discours, sans même qu'il s'en aperçoive, sa mère s'est agrippée à son bras et boit ses paroles. En la voyant ainsi, en admiration, il préfère ne pas la repousser. Ce contact lui apporte un certain réconfort, telle une ancre dans le tumulte de ses pensées. Devant son immeuble, alors que Mel pousse la porte, Gabriel lui pose une autre question.

— Me penses-tu capable d'un tel prodige ?

— Honnêtement ? Je n'en sais rien... Elle appelle l'ascenseur, puis ajoute. Néanmoins, je trouve étrange la façon dont vous vous séparez.

— Moi aussi.

Une fois sur le palier, Mel le laisse avancer vers son entrée et poursuit.

— Les Eiseis comme moi peuvent lire les pensées, Sybille, elle, se projette, a la faculté de manipuler les esprits et de lire en nous comme dans un livre ouvert. Je sais aussi qu'elle arrive à se régénérer.

— Se régénérer ? Comment ?

— J'ai vu ses blessures se refermer sous mes yeux... Cette Eisei est redoutable.

La main sur la poignée, Gabriel laisse échapper un soupir quand elle ajoute :

— Le Suprême reste le seul à maîtriser certains dons tels que maintenir l'équilibre d'une planète, et l'immortalité.

Interpellé par ses derniers mots, le jeune homme se retourne, les yeux écarquillés.

— Immortalité ?

— Cela paraît surprenant, mais il a le pouvoir de redonner la vie.

Ils se fixent un moment, avant que Gabriel n'ouvre sa porte et retire la laisse du chien.

— Je comprends ta lassitude... Arme-toi de patience.

— Parce que tu crois que j'ai le temps ? coupe Gabriel sur un ton désespéré. Regarde-moi !

Alors qu'il entre chez lui, sa mère retient le battant quelques secondes.

— J'ai une théorie.

Gabriel l'écoute.

— Elle t'a rendu vieux pour t'affaiblir...

— Probable, répond-il sans grande conviction.

— Plutôt logique, insiste-t-elle. Tu étais jeune, fort, et c'est certainement pour cela qu'elle n'a pas pu extraire le cristal…

— Mais si je péris…

— Ne dis pas de bêtises, conteste sa mère, outrée par cette idée. Nous trouverons le moyen de tout arranger.

CHAPITRE DIX-HUIT

GABRIEL

Un peu vaseux, Gabriel s'allonge sur le canapé. Il porte le poids du monde sur ses épaules. Chaque inspiration semble arrachée de son corps fatigué. Ses journées deviennent un éternel combat et ses nuits lui offrent une succession de pensées douloureuses. Ses forces physiques sont minées par ce corps de vieillard et son esprit s'embrouille de doute et de peur.

Au milieu de ce chaos émotionnel, une petite flamme continue de brûler en lui, faible, mais présente : son refus obstiné de se laisser sombrer. Gabriel enfouit son visage entre ses mains, un visage creusé de cernes et de rides. Il se lève et se poste devant la fenêtre, les bras croisés sur le torse, pour tenter de rassembler les pièces du puzzle farfelu des Eiseis. Son reflet sur le carreau le ramène à l'une des conversations avec sa mère : celle de son vrai père.

— Tu es en vie, murmure-t-il dans un souffle. Si seulement je savais où tu es...

Une lumière vive l'aveugle. Paniqué, Gabriel se tient au mur tandis que ses yeux subissent une succession de flashs : des paysages, des immeubles variés... Il se laisse glisser sur le sol, le cœur battant. Les aboiements de son chien deviennent lointains, ses battements de cœur ralentissent, sa respiration s'espace, puis ses yeux se couvrent d'un voile opaque.

La première image qui s'impose à lui, c'est une avec des bâtiments colorés jaunes et orange aux volets marron. Une végétation luxuriante au pied d'une immense montagne et une étendue d'eau qui longe le village à perte de vue. Pour avoir étudié l'Italie de longues années, Gabriel reconnaît le lac de Côme.

— OK, murmure-t-il pour lui-même sans bouger. Je veux voir les rues.

Aussitôt, son esprit s'élance à travers les artères de la ville. Il a l'impression d'admirer le monde à travers une longue-vue, où les images se déforment légèrement à son passage. Il descend les rues vers les rives de Lario quand il distingue soudain de petites embarcations reposant sur les pavés. Deux hommes tirent l'un des bateaux hors de l'eau. Le plus âgé attire Gabriel.

— Zoome sur lui ! ordonne-t-il à sa vision.

L'approche est immédiate et il arrive à distinguer toutes les irrégularités de son visage buriné par le temps. L'homme a des cheveux gris mi-longs attachés en queue-de-cheval et se retourne à plusieurs reprises, comme s'il se sentait épié. Gabriel tressaille ! Scott est son portrait craché ! Les flashs lumineux l'assaillent à nouveau, le voile se lève de ses yeux... Il est de retour chez lui.

— Oh bordel... Ma tête !

Le crâne entre les mains, Gabriel a l'impression que son cerveau va exploser. Des sifflements puissants percent ses oreilles et une douleur vive lui matraque les tempes. Plié en deux, il tremble, gémit et transpire... Puis, tout s'arrête d'un coup. Le souffle court, il respire à fond par à-coups. Le chien rampe vers lui, craintif.

— Ça va, mon grand, viens !

L'animal se cale entre ses jambes tandis qu'il reprend contenance et commence à réaliser l'étendue de son nouveau don. *Mon père est en vie...* Gabriel se redresse et marche vers la cuisine où il boit un grand verre d'eau. Les yeux rivés sur la tasse, il se demande quelle décision il doit prendre. *Rejoins-le.* Cette voix... Cela fait un moment qu'il ne l'entendait plus. Que va-t-il lui dire, surtout dans son état actuel de vieil homme ? *Cesse de te poser des questions, va !* Gabriel secoue la tête, gêné par ces interventions, mais l'idée s'est ancrée dans un coin de sa tête et ne veut plus en sortir. Revoir Scott... Dans quel but ? Lucky joue avec son os en caoutchouc, lui réfléchit à qui il pourrait confier la garde de son ami. *Carlos*... Le jeune garçon rencontré à l'arrêt de bus ? Gabriel s'empare de son téléphone et lui envoie un message.

Salut. Te serait-il possible de passer chez moi ?

La réponse lui parvient un quart d'heure plus tard.

OK, donnez-moi quinze minutes.

Gabriel récupère son ordinateur dans la chambre et s'installe sur la table de la cuisine. Il pianote à la recherche d'un billet d'avion pour Milan. Plusieurs dates apparaissent, mais une seule s'impose à lui : celle du vendredi soir. Il suit son instinct et sélectionne la dernière place, 14B, puis télécharge son billet. La sonnette retentit.

— J'arrive ! crie-t-il en se traînant vers l'entrée.

Carlos retire sa capuche et recoiffe sa tignasse brune.

— Bonjour, monsieur.

— Appelle-moi Gabriel. Entre ! Tu bois du café ?

— Oui ! lance-t-il en caressant Lucky. T'es mignon, toi.

Carlos s'avance dans le couloir et jette un œil aux quelques cartons encore fermés.

— Vous n'avez pas grand-chose à emporter, fait-il remarquer.

— Le reste est dans un garde-meuble. Mais ce n'est pas pour cette raison que je t'ai fait venir. Avec ou sans sucre ? demande Gabriel.

— Sans, merci.

— J'aurai un grand service à te demander.

— Je vous écoute.

— Pourrais-tu garder Lucky quelques jours ? Une semaine, tout au plus.

Il marche jusqu'au salon et s'empare d'un trousseau de clés qu'il lui tend.

— J'en prendrai le plus grand soin, monsieur... Et Momo va l'adorer.

— Carlos, insiste Gabriel, laisse tomber le "monsieur". Si ce n'est pas indiscret, quel est le problème de ta grand-mère ?

Sans rien dire, il passe devant lui, lave la tasse dans l'évier, la pose sur l'égouttoir et nettoie les gouttes d'eau à l'aide d'un chiffon... Ces gestes le surprennent. Ce garçon est calme et mûr pour son âge.

— Ce n'est pas simple tous les jours, avoue le jeune homme, la voix un peu étranglée. Les médecins ne savent pas ce qu'elle a. Son corps s'affaiblit, elle ne mange presque rien.

— C'est pour cette raison que tu t'es trouvé un job ?

Après un long moment de silence, Carlos s'appuie contre le plan de travail et hausse les épaules, son regard vers le bas.

— Momo a tout quitté pour venir s'occuper de moi quand ma mère est morte... Elle est tout ce qui me reste. C'est normal que je l'aide.

Discrètement, il essuie une larme du revers de sa manche et change de sujet.

— Ça vous arrive souvent de confier vos biens les plus précieux à des inconnus ?

Un rire s'échappe de la bouche de Gabriel. Ce qu'il vient de dire n'est pas dénué de sens. Pourquoi diable confie-t-il son chien à ce môme ? *Parce qu'il a du cœur.*

— Disons que je me fie à mon instinct.

Les mains dans les poches de son sweat, Carlos lui sourit.

— Je m'en occuperai bien.

— Je n'en doute pas une seconde !

— Je le récupère quand ?

— Après-demain, début d'après-midi.

En le regardant marcher vers la porte, Gabriel sent monter une déferlante d'émotions, comme si les pas de ce gosse emportaient avec lui un morceau de son cœur. Pourquoi a-t-il si mal ? *Tu éprouves de l'amour...* Surpris, il s'arrête à un mètre du seuil de l'entrée et se retient au mur. Que connaît-il de l'amour ? Pas l'amour évoqué dans les séries ou les livres, non. Le vrai, celui qu'on ressent au fond de son âme, dans un regard, des paroles, ou encore dans la douceur d'un geste. Pour lui, c'est un concept flou, telle une langue étrangère dont il ne maîtrise pas les mots.

— Eh, ça ne va pas ? s'inquiète aussitôt Carlos.

— Juste une seconde...

Le garçon respecte sa demande et se positionne près de lui de crainte qu'il ne tombe.

— Tu as le permis ?

— Pas encore, pourquoi ?

— À quelle heure débauches-tu ?

— Onze heures.

— Je t'attendrai en bas de chez moi... Tu as tes papiers sur toi ?

— Euh, dit-il en palpant son jogging, non.

— Ne les oublie pas.

Un peu interloqué, Carlos écarquille les yeux sans comprendre.

— Va, je t'expliquerai demain.

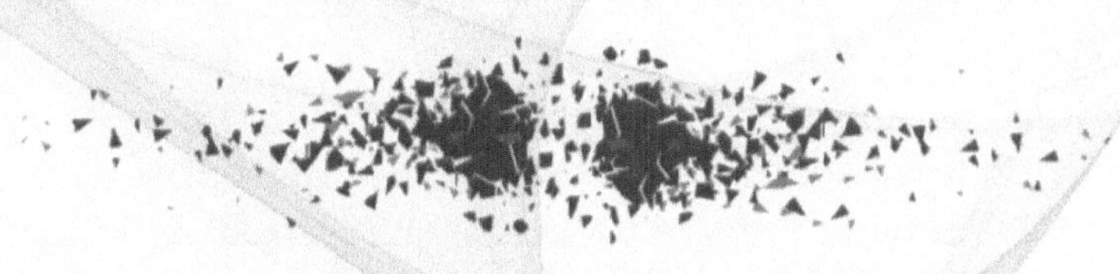

Cette nuit-là, le sommeil peine à venir. Gabriel ne cesse de penser à son ressenti envers Sarah et Carlos. La vie lui ouvre enfin de nouvelles portes... et cela le déstabilise. Il y a un mélange d'envie de se dévoiler, mais aussi la crainte de se découvrir. C'est peut-être ça, l'apprentissage de l'amour ? Avancer doucement, se laisser porter, et attendre ? Sous le halo de la lampe de chevet, il se retourne dans le lit et soupire. Comment offrir à autrui ce qu'on n'a jamais reçu soi-même ? Comment croire qu'on peut être aimé quand personne ne nous a enseigné le sens de ce mot ? *L'amour est un bien précieux, mon ami. Écoute ton cœur.* Sur cette étrange réflexion, Gabriel ferme les yeux.

Le lendemain, malgré son vieux corps, Gabriel est en forme et semble un peu requinqué. Son reflet le dégoûte moins ce matin, comme si d'un coup son esprit acceptait sa situation. Il se rase, se coiffe, et applique même de la crème sur son visage ridé. Pendant dix minutes, il inspecte les pattes-d'oie, les sillons creusés sur son front et ceux qui partent du nez vers la bouche. Bien qu'âgé, Gabriel garde une certaine prestance qui lui redonne le sourire.

— Si j'ai la chance de redevenir jeune... je saurai à quoi m'attendre plus tard.

Alors qu'il s'habille, une question sur son travail l'effleure : reprendre le boulot ou ouvrir sa propre clinique ?

— Une pierre à la fois ! grommelle-t-il en mettant ses chaussures.

Le temps est maussade, pour ne pas changer. Le chien renifle les trottoirs quand Gabriel aperçoit Carlos qui traverse la rue.

— Ouah ! balance le jeune homme à l'égard de son nouvel ami, vous êtes super élégant avec ce costume.

— La classe, hein ?

Un sourire s'étire sur la peau mate de Carlos et ses yeux brillent d'une lueur douce et joyeuse. Ils repartent vers le parking de l'immeuble quand Gabriel s'approche de sa voiture.

— Une Porsche Targa 911 ? Excellent !

— Un bijou, je te l'accorde.

En passant la marche arrière, le garçon le dévisage d'un air interrogateur. Gabriel se contente d'un sourire en coin, rien que pour titiller sa curiosité.

— On va où ?

— Tu verras... Patience !

Au bout de quelques kilomètres, il gare la voiture devant la vitrine d'une auto-école. Il éteint le moteur, et au moment d'ouvrir la portière, Carlos le retient par la manche de sa veste.

— Pourquoi s'est-on arrêtés ici ? Carlos le jauge avec sérieux et ajoute. Je n'ai pas besoin de charité.

— Qui t'a parlé de charité ?

Pris au dépourvu, le môme s'apprête à son tour à quitter l'habitacle quand c'est Gabriel cette fois qui l'empêche de sortir.

— Attends, s'il te plaît. Carlos referme la portière, le regard rivé droit devant lui. Je comprends ta réaction...

— Ah oui ? Vous êtes comme ça avec tous les gars que vous rencontrez dans la rue ?

— Non ! lâche-t-il, presque soulagé que ce ne soit pas le cas. Écoute-moi, et après tu pourras ou accepter ou refuser, d'accord ?

— OK, répond-il après une longue inspiration.

— Je suis dans une phase critique de ma vie, débute-t-il, la voix légèrement éraillée, une phase qui ne laisse plus de place à l'hésitation et m'oblige à faire des choix. J'ai toujours été un sombre crétin nombriliste, incapable de m'intéresser aux autres... Depuis quelques jours, quelque chose a changé en moi...

En tapotant le levier de vitesse du bout du doigt, il réalise l'évolution qui s'est opérée en lui et continue.

— Ce n'est pas de l'aumône, Carlos, mais juste une avance sur tous les services que tu vas me rendre.

— Je retiens "sombre crétin", note-t-il d'un air amusé. J'accepte à la condition que vous me laissiez tout rembourser.

— Si telle est ta volonté, acquiesce Gabriel, le poing tendu pour sceller l'accord.

Carlos checke, étonné par sa manière informelle de montrer sa solidarité. Une fois sorti du véhicule, le jeune homme ouvre son blouson et fixe Gabriel.

— Vous me la raconterez un jour, votre histoire ?

Gabriel considère son jeune visage. Ses yeux marron dégagent tant de sincérité et de profondeur qu'ils éveillent en lui un sentiment d'admiration mêlé à une irrésistible envie de le découvrir.

— Je te le promets !

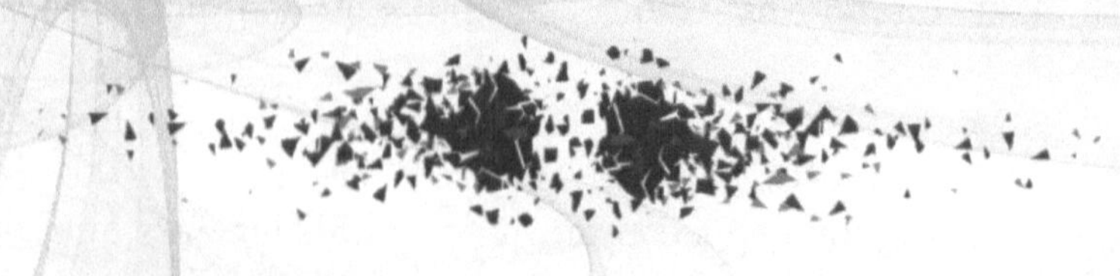

Sa valise devant la porte, Lucky remis entre de bonnes mains, Gabriel saisit une feuille et un crayon dans le tiroir du petit buffet pour écrire une lettre à sa mère.

Salut maman.

Ne sois pas étonnée de ne pas me trouver en rentrant, et ne t'affole pas non plus. Le chien est avec Carlos, un gentil gars que je te présenterai plus tard. Avant de poursuivre cette quête folle, j'ai besoin de réponses. Je te promets de tout te dire dès que je rentre. Sois prudente.

Tendrement

Ton fils

Gabriel quitte la maison, glisse l'enveloppe dans la boîte aux lettres et entre dans le taxi.

— L'aéroport Charles-de-Gaulle, s'il vous plaît !

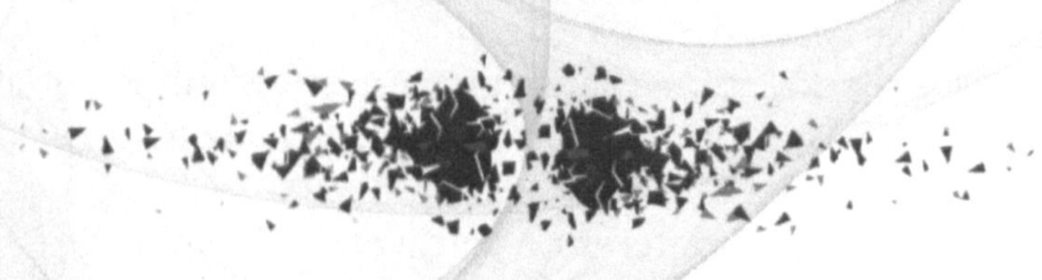

Au même moment, Sybille s'emporte et pulvérise le meuble du salon, les chaises, et hurle de rage. Ses lèvres se déforment et trahissent sa haine envers Gabriel. Sa perte de contrôle sur lui ne fait qu'augmenter sa fureur.

Les yeux injectés de rage, elle ouvre les bras, ferme les yeux et se concentre. Une aura sombre se met à flotter autour d'elle, quand un voile opaque se forme soudain sur ses yeux. Sybille se projette à travers les rues de Paris à la recherche d'alliés. Elle sait que certains d'entre eux sont protégés par le Suprême, mais pas tous ! Sa voix rauque et ténébreuse se met alors à résonner à travers les murs de la ville :

Venez à moi, peuple insignifiant… Craignez ma colère, Eiseis, si vous désobéissez !

Les humains n'entendent rien, mais en contrepartie, certains êtres de lumière se figent. Une femme, qui sort la poubelle d'un restaurant, tressaille. Plaquée contre le conteneur, les yeux écarquillés, elle cherche par où s'échapper et se met à courir comme une dératée. Apeurée, elle se retourne sans arrêt, bouscule un passant et tourne dans une petite ruelle. Ses joues sont rouges et son souffle court. Lorsqu'elle atteint l'entrée d'un immeuble en forme de voûte, Sybille apparaît devant elle.

— Où comptes-tu aller ?

Sybille la saisit par le cou et se rapproche de son visage. La femme se débat, griffe le bras de la créature, mais sans succès. La poigne est ferme. D'un mouvement rapide, l'autre main se plante dans la poitrine de l'Eisei pour la forcer à s'extraire de son enveloppe charnelle. Des gens qui assistent de leur fenêtre à la scène hurlent d'horreur. L'être de lumière, condamné, se désintègre sous les UV. Un nouveau message, empreint de menace, éclate dans l'air.

Tous ceux qui s'opposent à ma volonté périront !

Le corps s'embrase et devient poussière. Sybille disparaît pour réapparaître non loin de l'immeuble de Gabriel. Elle l'observe et le maudit en silence. Les feuilles de platanes se trouvant au sol tourbillonnent autour d'elle, puis s'arrêtent, comme si quelqu'un avait mis le temps sur arrêt. Ses yeux se gorgent d'une haine féroce et ses traits se tordent sous la colère, laissant apparaître des sillons sombres sur sa peau.

Son corps pivote dans un ralenti défiant la loi de la gravité. Chaque mouvement laisse derrière elle une traînée sombre qui semble sortie de l'enfer. Sybille s'éclipse pour ressurgir dans la cuisine de Dany. L'homme sursaute en la voyant et baisse les yeux pour montrer sa soumission.

— Il faudra récupérer la fille, ordonne-t-elle. Le combat ne saurait tarder.

Chapitre Dix-Neuf

SARAH

À l'aéroport de Charles de Gaulle, Sarah s'attarde devant les panneaux des départs à la recherche de son vol. L'enregistrement lui a semblé facile, mais là... Tous ces affichages lui donnent le tournis. Trépignant d'impatience, elle regarde autour d'elle à la recherche d'une tête sympa à qui demander de l'aide. Un couple d'une cinquantaine d'années traverse le hall dans sa direction.

— Pardon, les interpelle-t-elle avec le sourire. Pourriez-vous m'aider ?

L'homme regarde sa femme brièvement, puis se concentre sur Sarah.

— Bien sûr, répond l'épouse, que vous arrive-t-il ?

— C'est la première fois que je prends l'avion, et je ne sais pas comment me rendre à la porte d'embarquement.

Au même moment, une voix aiguë retentit dans le grand hall.

— Madame Martin Sarah est demandée porte numéro quarante-deux.

Son visage s'empourpre.

— Mais c'est moi ! panique-t-elle.

— Courez jusqu'au fond du hall, mademoiselle, dit l'époux en pointant l'endroit du doigt. Bon voyage !

— Merci.

Après un sprint monumental, elle arrive au niveau de l'agent, essoufflée, et son sac à main tombe par terre. Elle se baisse et en extirpe sa pièce d'identité. L'homme la dévisage et regarde à trois fois la photo.

— Mademoiselle Martin Sarah ?

— Oui, c'est moi, finit-elle par dire en se mordant la lèvre. Cette photo date d'il y a huit ans.

L'homme saisit le téléphone, perplexe, et compose un numéro. Sarah frappe sur le plexiglas pour attirer son attention.

— S'il vous plaît, regardez la petite tache en forme de marguerite sur mon front, montre-t-elle en soulevant sa frange. C'est la même. Vous voyez bien que c'est moi ?

Il vérifie, compare en allant de la photo à son visage, et acquiesce enfin.

— Merci, répond Sarah à deux doigts d'exploser.

Les joues en feu, elle se précipite dans le petit couloir. L'hôtesse l'accueille avec le sourire et l'accompagne vers sa place. Les gens se retournent, certains lancent des "pas trop tôt", d'autres, "qu'est-ce qu'elle est jolie". Mal à l'aise, elle s'excuse auprès du passager près d'elle sans le regarder et s'enterre dans son siège. Au même moment, la voix du pilote retentit.

Mesdames et messieurs, ici votre commandant de bord. Nous allons enfin pouvoir décoller. Applaudissements à notre retardataire.

Les personnes obéissent, frappent des mains et la félicitent, elle, en revanche, se fait toute petite. L'homme assis près d'elle lui lance des regards du coin de l'œil et semble amusé par la situation. Sarah retire de son sac un livre emprunté à Marie, un bon thriller comme elle les aime, et commence sa lecture en tournant les pages avec enthousiasme. Le parfum de l'individu à ses côtés éveille ses sens et lui rappelle quelqu'un. *Le type du magasin de chaussures ? Non, c'était plus sauvage.* La jeune femme se concentre à nouveau sur l'histoire de vol de bijoux et oublie l'espace d'un instant cette sensation qui la perturbe. Son voisin se lève. Elle en profite pour partir dans le sens opposé afin d'aller aux toilettes. De retour à son siège, ses yeux s'écarquillent devant le portrait craché de Gabriel en plus vieux : cheveux blancs sur un fond ébène, des pupilles noires, une mâchoire carrée... Et bien que ridé, c'est un bel homme. Sarah reste immobile à le dévisager. *Ben merde alors ! C'est lui ? Non, c'est impossible.* Le livre entre les mains, elle n'arrive plus à se concentrer et joue avec les pages.

— Il est si mauvais que ça, ce bouquin ?

— Hein, euh, non. C'est juste que j'ai la tête ailleurs.

— Premier voyage en Italie ?

— Oui, un cadeau de ma copine. Et vous ?

— Non, moi je connais bien ce pays. Si vous aimez les beaux paysages, je vous conseille d'aller voir le lac de Côme. Il est splendide.

— Justement, c'est l'un des lieux qu'elle m'a recommandés. Il ne me reste plus qu'à trouver un guide sachant parler français.

— Laissez-moi être votre guide !

La jeune femme cligne des yeux à plusieurs reprises, stupéfaite par sa proposition. A-t-elle bien entendu ?

— Pardon ?

— Je suis sérieux.

Si le seul moyen de percer le mystère te concernant, c'est d'accepter ta compagnie... Ben, go !

— Pourquoi pas ?

— Je manque à tous mes devoirs, je m'appelle G... Gérard, pour vous servir, se rattrape-t-il de justesse.

— Sarah.

Étrange, il ne lui tend pas la main et évite même de la toucher.

— Vous désirez boire quelque chose ? interrompt l'hôtesse qui pousse le chariot.

Tous deux refusent.

— Que faites-vous dans la vie, si ce n'est pas indiscret ?

— Je suis chirurgien esthétique à Londres.

Le silence s'installe. Gérard saisit son portable et tape son numéro sur son bloc-notes, puis le lui montre.

— Appelez-moi, je viendrai vous chercher.

Ses données enregistrées, Sarah le remercie et se dit qu'elle aura tout le temps de lui tirer les vers du nez. Malgré la curiosité qui la ronge, elle se remet sur *Le purgatoire des innocents*[8] et ne lève le nez du bouquin qu'au moment d'atterrir. Un geste de la main pour saluer son futur guide, et la jeune femme quitte l'avion.

Son bagage récupéré, Sarah arpente le terminal, s'arrête dans les boutiques par curiosité, puis sort enfin. Elle en profite pour activer les données mobiles quand la sonnerie de "Love me like you do" de Fifty Shades retentit. La jeune femme décroche.

— Alors ? demande Jo, tout excitée. Tu respires l'air italien ?

— Ouiii !

— Cherche un cabriolet noir. C'est notre voiture de fonction. Je file, hâte de te rejoindre.

— Bises.

Elle avance un peu, cherche du regard la fameuse voiture, et aperçoit un homme plutôt mignon lui faire un signe de la main. Le chauffeur de la décapotable s'arrête juste devant elle et la gratifie d'un magnifique sourire.

— Martin Sarah ? lance-t-il avec un accent chantant.

— Oui, c'est moi.

L'homme ouvre le coffre du véhicule, s'empare de sa valise et convie Sarah à prendre place. Une fois installée, elle envoie un message au fameux "Gérard".

Le lac de Côme, bel endroit pour une première balade.

---

8 Œuvre de Karine Giebel

CHAPITRE VINGT

SARAH

Le chauffeur gare le véhicule devant un immense édifice vitré et sort pour ouvrir la portière. Surprise par tant de galanterie, Sarah le remercie.

— *E un vero piacere, bella signorina*[9].

— Je ne comprends absolument rien de ce que vous me dites ! lui répond-elle en souriant.

L'homme retire sa valise du coffre, la dépose à ses pieds et lui tend les clés de la voiture.

— Prendre clés, *bella ragazza*, voitoure à toi.

— Ah, merci... Moi c'est Sarah, pas Bella.

L'individu s'esclaffe, puis saisit sa main pour y déposer un baiser.

— Ça promet !

Dans un soupir, elle entre dans le hall et reste scotchée par la beauté des lieux. *La classe !* La bouche grande ouverte, sans tenir compte des gens qui la dévisagent, elle s'extasie devant les murs en béton ciré, les fauteuils beiges en cuir et toutes les surfaces miroitantes... Sa bouche ne se referme plus. Après s'être avancée vers le comptoir aux lignes épurées, Sarah salue l'hôtesse d'accueil. La jeune femme, tirée à quatre épingles dans son tailleur crème, lui fait un signe de la main pour la ramener sur terre.

— Pardon, je n'ai jamais rien vu d'aussi beau. Je suis Sarah Martin.

---

[9] C'est un vrai plaisir, belle dame

— Oh, merci ! Nous vous attendions, mademoiselle. Voici votre clé magnétique, votre chambre se trouve au premier, le numéro est sur le badge.

Prête à partir, le journal posé sur le comptoir attire son attention : un article sur des crimes violents à Paris fait la une. Troublée, elle s’en empare et questionne l’hôtesse.

— Mademoiselle, pardon, pourriez-vous m’en dire plus ?

— Bien sûr. Une femme a été retrouvée brûlée non loin du musée Grévin, entièrement calcinée. Et un témoignage affirme qu’une restauratrice aurait été tuée par un “spectre”. Des histoires étranges, ajoute la femme, un peu sceptique.

— Quelle horreur !

Sarah reste médusée par cette information.

Un garçon bien habillé s’incline pour saisir sa valise.

— Oh.

— Il va se charger de votre bagage, explique l’employée avec un large sourire.

Tout ce cérémonial lui donne le sourire. Ses yeux ne cessent d’aller et venir. L’endroit l’émerveille, même le sol des couloirs aux lignes larges bariolées de couleurs. Sarah remercie son gentil porteur et pénètre dans sa suite. *Merde alors !*

Deux fauteuils club en cuir, un beau tapis moelleux... Sarah pose son sac à main sur la table basse, quand celle-ci s’éclaire sur la zone touchée. Amusée, elle frôle du doigt toute la surface et un trait lumineux apparaît. *Impressionnant* ! L’exploration se poursuit sur la partie nuit : immense chambre au lit king size avec une grande télé sur un meuble en teck. C’est en poussant la porte coulissante donnant sur la salle de bain que son regard s’illumine : un sauna, une somptueuse douche italienne et une baignoire d’angle. La pièce est lumineuse et les sols sont d’un blanc immaculé.

— Une tuerie !

Quelqu’un frappe à la porte. Sarah retourne vers l’entrée, ouvre et voit le groom avec un beau panier garni dans les bras.

— Pour vous souhaiter la bienvenue.

— Merci.

Confiseries, chocolats, fruits frais, boissons. Une panoplie appétissante qui lui donne envie d'y goûter. Assise sur le fauteuil, la bouche pleine de chocolat, Sarah saisit son portable pour vérifier ses messages.

— Tiens, il a répondu !

  Gé : Il semblerait que demain le soleil soit au rendez-vous... Vous êtes partante ?
Sarah : Génial.

— Je vais jouer le jeu, Monsieur-Je-M-Appelle-Gérard, et découvrir qui tu es !

  Gé : J'ai une proposition à vous faire.
Sarah : Je vous écoute.
  Gé : J'aimerais que vous posiez pour moi.
Sarah : Un nu ? Hors de question !

Elle s'empourpre soudain en réalisant qu'elle n'a même pas demandé quel genre d'œuvre il allait peindre.
— Et s'il parlait de mode, tu y as pensé ? N'importe quoi, il a dit être chirurgien !

  Gé : Quelle idée séduisante. Mais je pensais plus à un portrait.
  Sarah : Je plaisantais, LOL !

— Quelle conne ! Que va-t-il penser de moi maintenant ?

  Gé : Vous êtes là ?
Sarah : Oui, c'est OK pour demain.
  Gé : Voilà qui me réjouit.

Quelques minutes s'écoulent ; elle boit un jus de fruits et pioche à nouveau dans la boîte de chocolats au moment où le bip d'un message entrant retentit.

Gé : Vous avez oublié un détail !

La bouche pleine, elle tapote sa réponse.

> *Sarah : Ah bon ?*
> *Gé : Oui, l'adresse ?*

Sa paupière frétille. Comment fait-elle pour être aussi étourdie !

> *Sarah : Pardon, je vous l'envoie.*

Ses doigts tapotent le nom de l'hôtel, le lieu, et au moment de presser la touche envoi, elle hésite.

— Je suis complètement barrée ! D'où je connais ce type ? C'est vrai, quoi ! C'est peut-être un violeur, un tueur en série... N'importe quoi ! souffle-t-elle en se mordant la lèvre. Ou alors, Gérard a un lien de parenté avec Gabriel ?

> *Gé : Mon petit doigt me dit que vous doutez ?*

— Oui ! Je réfléchis ! lance-t-elle à voix haute à son téléphone.

Après un long soupir, Sarah appuie sur "envoyer".

> *Gé : À demain, 7 h tapante.*

Pour la première fois depuis des semaines, sa nuit s'avère sans cauchemar et reposante. Dans un lit douillet et parfumé, Sarah s'étire puis consulte son portable : six heures quinze. Elle enroule ses cheveux dans une serviette pour ne pas les mouiller et prend une douche. Devant sa valise, son choix se porte sur le pantalon en lin blanc et le haut turquoise aux épaules dénudées.

— Avec ou sans soutien-gorge ? questionne-t-elle ses seins avec le sourire. Sans !

Une fois habillée et coiffée, elle avale deux bananes et quelques abricots séchés. Mocassins aux pieds, sa veste mi-longue sur elle, Sarah file vers la réception. Il est tôt. À part un groom et quelques femmes de ménage, le calme règne. Gérard apparaît devant la porte coulissante, élégant dans un pantalon marine, polo et blouson en cuir. Il lui fait un petit signe, et la jeune femme le rejoint.

Sur la route, ils parlent de projets, Sarah, de son envie de monter sa boîte de conseillère juridique, Gémachin, de construire une clinique quelque part en Europe. Quand ils abordent leurs goûts musicaux, ils lâchent à l'unisson *Wonderwall* d'Oasis.

— Sinon, interroge Sarah, curieuse d'en savoir plus, vous vivez en France depuis longtemps ?

— J'y suis né, puis je suis parti à Londres pour mes études et j'ai fini par y rester.

— Vous n'avez pas d'accent, c'est incroyable.

— Ça, ajoute-t-il en hochant la tête, je le dois à mes parents. Et vous ?

— C'est la première fois que je sors de mon pays, précise Sarah, un peu gênée de l'admettre. De toute façon, j'adore Paris.

La ville de Côme se profile. Sarah admire le paysage et semble même éblouie par la beauté des lieux. Les rues sont splendides et les bâtiments colorés. Elle aperçoit enfin le lac qui arbore une couleur émeraude.

— Ouah, splendide !

— Cet endroit est magique, ajoute Gérard en garant sa voiture à quelques mètres des petites embarcations.

Le soleil brille. Il fait un peu frais, mais le spectacle en vaut la chandelle ! Gérard ouvre le coffre et extrait un chevalet, une toile ainsi qu'un coffret.

— Laissez-moi vous aider, propose-t-elle en s'emparant de la boîte en bois.

— Merci.

Ils descendent jusqu'aux pavés près de trois petits bateaux. Sarah ne peut s'empêcher d'admirer la vue. Son ami Gé place le tableau à quelques mètres d'elle et lui sourit.

— Je fais quoi ?

— Restez naturelle.

Le vent se lève. Ses cheveux longs dansent avec grâce, comme si chaque mèche cherchait à toucher l'horizon. De temps à autre, Sarah jette un regard dans sa direction... Chaque coup de pinceau semble chargé d'une intensité presque rituelle. Cet homme lève le bras comme s'il cherchait à immortaliser cet instant, et son poignet pivote avec précision, recule souvent, observe son modèle presque avec passion, puis reprend son œuvre. Les minutes deviennent des heures. Sarah montre des signes de fatigue et change souvent de posture.

— Nous allons nous arrêter là, annonce-t-il en rangeant le matériel.

À quelques mètres derrière Gérard, un homme plus âgé, grand, épaules larges, cheveux grisonnants, stoppe sa marche et contemple son ami avec insistance. Plus Sarah se focalise sur lui, plus la ressemblance entre eux la frappe. *Décidément ! Combien sont-ils ?* Elle se rapproche de Gérard, qui recule pour la laisser admirer le portrait. Ses yeux s'écarquillent, captivée par la précision des traits, et les mots lui manquent.

— Il vous plaît ?

— Mon Dieu, oui !

Alors qu'ils marchent vers le véhicule, Sarah cherche l'homme aperçu tout à l'heure.

— Quelque chose ne va pas ?

— Non, le rassure-t-elle.

Son nouvel ami place le tableau bien à plat dans le coffre, et Sarah cale le chevalet sur la banquette arrière.

— Cela vous dit qu'on aille visiter la cathédrale Sainte-Marie ?

— Avec plaisir !

— Nous mangerons un morceau dans le centre.

La visite d'une partie de cette ville s'avère être un régal. Sarah prend des photos sans relâche de tout ce qu'elle voit : la vue sur le lac, les bateaux, ainsi que la cathédrale sous toutes ses coutures. Ils s'arrêtent dans un restaurant et s'attablent.

— Vous avez une préférence ? Viande ou poisson ?

— J'adore les fruits de mer, répond-elle, l'eau à la bouche.

— Dans ce cas, deux toscans.

Quand le serveur arrive, Sarah reste médusée devant Gérard. Ses lèvres bougent avec une aisance désarmante, égrenant des mots en italien comme s'ils avaient toujours fait partie de lui.

— Vous êtes... surprenant ! Il lui sourit. Parlez-vous d'autres langues ?

— Eh bien l'anglais, le portugais, l'allemand et un peu le mandarin.

— Rien que ça ? s'exclame-t-elle, scotchée. Vous voulez postuler pour devenir souverain pontife ?

Gérard éclate de rire. Sarah, face à son hilarité contagieuse, se laisse aller à son tour. Leur repas est servi. Pendant qu'ils dégustent leurs plats, elle ne peut s'empêcher de ressentir ce trouble qu'elle ne parvient pas à expliquer. Ce n'est pas simplement de l'attirance, il y a autre chose. Sa façon de parler peut-être ? Ses paroles résonnent comme une mélodie à ses oreilles. Et quand il la regarde, c'est comme si ses yeux dévoilaient une partie de son être encore enfoui en elle. Plus Sarah le fixe, plus elle est convaincue que c'est Gabriel.

— Vous avez de la famille dans le coin ?

Cette question a pour effet d'assombrir le visage de son nouvel ami. Gérard se lève, s'excuse poliment et s'en va en direction du comptoir sans lui répondre. Sarah s'étonne de ce changement soudain, puis le voit revenir. Elle se redresse.

— Allons-y, il se fait tard.

Qu'est-ce qui lui prend ? Malgré ce malaise naissant, Sarah le remercie pour le repas et cette magnifique balade. Pas un mot ne sort de sa bouche, à peine un sourire rapide. La route se fait en silence et l'ambiance devient pesante.

— Est-ce que j'ai dit ou fait quelque chose qui vous a blessé ?

— Non ! répond-il en maintenant ses yeux sur la route.

— Pardon, mais depuis le restaurant, vous vous êtes muré dans le silence ! Et j'ai cette étrange sensation de vous connaître, débite-t-elle à toute vitesse. C'est dingue, mais je ne me l'explique pas !

Malgré sa tirade, le silence persiste.

— Vous allez rester là, complètement tendu, sans prononcer un mot ? Alors ? rajoute Sarah sur un ton colérique. Si vous ne me répondez pas, j'ouvre la portière et m'extirpe de ce véhicule.

Sarah le fixe et le voit contracter sa mâchoire. *Pourquoi ne réponds-tu pas ?*

— OK, arrêtez la voiture.

— Sarah...

— Maintenant ! hurle la jeune femme.

Il se gare sur le bord de la route et détache sa ceinture.

— Attendez, avant de sortir.

Un pied sur le sol, elle le laisse parler.

— Ce que je m'apprête à te révéler va te mettre en rogne...

— On se tutoie maintenant ?

— Tout ce que je te demande, c'est de m'écouter sans m'interrompre, après tu pourras partir.

Sarah referme la portière et croise les bras. Enfin elle va connaître le fin mot de cette histoire. Elle feint d'être renfrognée, lui la dévisage. Sa mâchoire se crispe.

— Je ne suis pas Gérard... Je suis Gabriel !

— Toi ? Je le sentais depuis le début ! Mais pourquoi m'as-tu menti ? Tu m'as vraiment prise pour une conne. Et merde enfin, quel âge as-tu au final ? Soixante ? Trente ?

— Calme-toi, supplie-t-il en soupirant. Je suis jeune en réalité, et cette apparence, c'est un coup de Sybille. Tout a commencé à Londres. Mon boss, qui du jour au lendemain, me mute à Paris. Mon arrivée ici, qui a été... chaotique ! Je me suis senti perdu au départ. Puis, ce type au restaurant, un mec balaise capable de contrôler mon esprit.

Sarah remarque le rictus de dégoût sur ses lèvres.

— Je sentais qu'on me donnait des ordres sans pouvoir bouger... et quelque chose s'est passé en moi, je ne sais pas comment, mais j'ai repris le dessus et fui. Cette même nuit, j'ai rencontré mon chien dans un conteneur...

— Oh, le pauvre, dit Sarah en se calmant un peu.

— Il était aussi paumé que moi, rit-il doucement. L'histoire s'est enchaînée avec mon renvoi de l'hôtel, je te passe les détails, ma rencontre étrange avec Mélissa, qui en fait est un être de lumière — et ma mère aussi —, qui me propose de me loger, et la mort abrupte de ceux que je croyais mes parents.

Sarah hausse les sourcils et le jauge avec intérêt.

— Ce n'étaient pas tes parents ? Comment ?

— Tout ceci est fou, tout comme les projections que j'ai quand j'apparais chez toi.

— Donc j'avais raison depuis le début ! J'aurais mieux fait de m'écouter.

— Je t'en prie, tente-t-il de la raisonner, ne me tourne pas le dos. C'est Sybille la responsable...

— Je ne veux plus t'écouter !

D'un mouvement brusque, la portière s'ouvre, elle quitte le véhicule et marche à grands pas sur le bord de la route. Gabriel lui court après malgré la raideur de son corps.

— Sarah, je t'en prie !

Il la rattrape et la saisit par le bras pour l'obliger à se retourner. Sarah lui envoie une droite magistrale.

— Ça, c'est pour t'apprendre à ne plus me mentir ! Merde enfin ! s'emporte-t-elle alors qu'il frotte son menton. Comment c'est possible ? Pourquoi t'avoir vieilli ?

— Mais si tu avais compris, pourquoi ne m'as-tu rien dit ?

Les bras croisés sur la poitrine, satisfaite du résultat, Sarah répond.

— J'attendais de voir combien de temps tu mettrais pour me l'avouer. Bon, après, vu la différence d'âge entre toi et ta projection, j'avais un doute.

— C'est sadique, gronde-t-il, toujours en massant sa mâchoire. Puis il soupire, las. Sybille n'arrive pas à récupérer l'éclat que j'ai en moi... J'imagine qu'en m'affaiblissant, la tâche sera plus aisée. Gabriel avance plus près, le visage empreint de tristesse, et les défenses de Sarah retombent comme neige au soleil. Pardonne-moi, je ne voulais pas te mentir… Si je pouvais remonter le temps, t'épargner ces déboires, je le ferais sur-le-champ, je te le jure.

Les larmes coulent toujours sur ses joues, lui s'approche, lève le bras et pose une main sur sa joue. Sarah éclate en sanglots et se blottit contre lui, puis finit par se calmer.

— Ramène-moi, s'il te plaît.

Plus un mot ne sort de la bouche de la jeune femme, préférant fixer l'extérieur pour vider son esprit trop embrouillé. Lorsqu'ils arrivent à l'hôtel, Gabriel pose la main sur la sienne et la cherche du regard. Un frisson parcourt le corps de Sarah, le même que dans l'appartement, confirmant bien l'identité de l'homme à ses côtés.

— J'ai besoin de temps pour digérer tout ça.

À contrecœur, il accepte son choix. La voiture s'éloigne. Le soleil commence à décliner, mais les gens vont et viennent dans les rues. Sarah décide de marcher afin de s'aérer la tête, et finit par s'asseoir sur le rebord en béton d'une fontaine. Des jeunes consultent leurs portables, tandis qu'elle essaie de rassembler ses idées.

— Le ciel est magnifique avec ces dégradés de rouge, n'est-ce pas ?

La paume sur sa poitrine, la jeune femme se tourne vers son interlocuteur et lève les sourcils : le type aperçu au lac de Côme. Est-ce une étrange coïncidence ? Ou les prémices de problèmes à venir ?

— Qui êtes-vous ?

— Scott, le père de Gabriel.

Ses traits s'adoucissent, mais Sarah reste méfiante.

— Vous étiez au lac, pourquoi ne l'avez-vous pas abordé ?

— Si je me suis éloigné, c'était pour une bonne raison, mademoiselle… Méfiez-vous de lui.

Parcourue de frissons, la jeune femme referme sa veste.

— Il ne vous causera que déception, ajoute-t-il avec mépris.

— Vous devez vraiment lui en vouloir pour tenir de tels propos ! Mais je suis assez grande pour évaluer mes relations. Sur ce, bonne soirée.

Pressée de mettre de la distance entre eux, Sarah accélère le pas quand elle entend sa dernière phrase "Il vous brisera le cœur !". Elle pivote d'un coup pour lui répondre, mais l'homme a disparu. De retour à l'hôtel, elle se douche, enfile une culotte et un t-shirt et s'allonge sur le lit.

— Qu'est-ce qui m'arrive ? murmure-t-elle, désemparée, le visage enfoui sous le coussin.

— Euh, Sarah, surtout ne t'affole pas en te retournant, murmure Gabriel.

Sarah lève la tête. Il est là, nu comme un ver, debout près de la table de chevet. Elle rougit et détourne les yeux avant de s'asseoir contre la tête de lit.

— Tout ceci me dépasse, finit-elle par dire sans le regarder.

Gabriel s'avance, s'installe près d'elle en se recouvrant jusqu'à la taille, et tend le bras pour la toucher. Mais elle refuse ce contact et se recroqueville.

— Tu te demandes comment tout cela est possible ?

— Nous sommes au vingt et unième siècle, Gabriel ! précise-t-elle, les yeux remplis de questions. Qui croit encore à la magie ou à la sorcellerie ? Ce n'est pas normal ! Tout ce qu'on vit en ce moment m'effraie au plus haut point... Tu saisis ça ?

— Je sais...

— Qu'est-ce que tu es venu faire en Italie ? Tu me suis ?

— Non, c'est plus compliqué...

— Ne te défile pas, insiste Sarah, fatiguée par toute cette situation. J'ai besoin de réponses !

Les mains légèrement tremblantes, Gabriel fixe les ombres sur le mur, projetées par les lampes murales, et ferme un instant les yeux. Elle sait qu'il cherche ses mots ou le courage de tout révéler. Quand il lève à nouveau les yeux, son regard est plus déterminé.

— Écoute, l'accident auquel tu as assisté, ce n'étaient pas mes parents...

— Continue.

— Les Eiseis, pour survivre sur Terre, empruntent des corps humains. Les êtres de lumière qui habitaient Mel et Édouard n'étaient en réalité que les sbires de Sybille.

— Tu veux dire que tu as été élevé par des extra-terrestres qui s'emparent de corps humains ?

— Dit comme ça, je comprends que ça choque. Ils n'ont pris possession de leurs corps qu'à mon adolescence. J'avais remarqué leur froideur mais, complète-t-il d'une voix tremblante, je n'étais qu'un môme perdu et seul. Ce n'est qu'il y a peu que j'ai retrouvé ma mère, enfin, ma vraie mère. Elle m'a alors appris que j'étais un mélange d'Eisei et d'humain. Ce qui m'a valu une vie recluse jusqu'à ma majorité... Plus je te raconte cette histoire, plus j'ai l'impression de devenir fou !

— Mais pourquoi t'avoir isolé du monde ?

— Pour mieux me contrôler, je suppose, ajoute Gabriel en serrant les poings. Je suis venu dans ce pays pour retrouver mon père.

Soudain, Sarah se fige.

— Scott ?

Il bondit du lit, les yeux écarquillés.

— Qui t'a parlé de lui ?

— Personne... Hier soir, après m'avoir laissée, je suis allée marcher et il est apparu. D'ailleurs, pendant que tu peignais mon portrait, il était derrière toi au lac.

Voilà Gabriel qui va et vient dans la chambre tel un lion en cage, en oubliant sa nudité.

— Qu'est-ce que tu as ?

— Ce n'était pas lui. C'est impossible.

— Quoi ?

Gabriel se précipite sur le lit, les traits du visage tirés.

— Ce n'était pas mon père.

— Tu me fais peur, avoue-t-elle en voyant la panique dans ses yeux.

— Quand je t'ai quittée devant l'hôtel, je me suis arrêté sur le bord de la route pour essayer mon don de projection. Ma mère m'avait dit que j'avais les mêmes capacités que Sybille... Je me suis donc concentré sur Scott pour le trouver. Il nettoyait ses cannes à pêche à l'extérieur d'une petite maison en bois. J'avais l'impression de tout voir à travers une longue-vue... Quand il est rentré, la montre murale affichait : samedi, dix-sept heures vingt.

Le sang de Sarah se glace et la peur s'immisce en elle.

— Il est en danger, je le sens, souligne-t-il en la dévisageant.

— Pour quelle raison Sybille s'attaquerait-elle à lui ?

— Pour m'atteindre moi.

Le collier de Sarah s'illumine.

— Ne me laisse pas seule, par pitié ! supplie-t-elle en s'accrochant à lui.

— Je viendrai te chercher... demain matin.

La lumière jaillit entre eux, et Gabriel s'éclipse en laissant une traînée de points scintillants dans l'air.

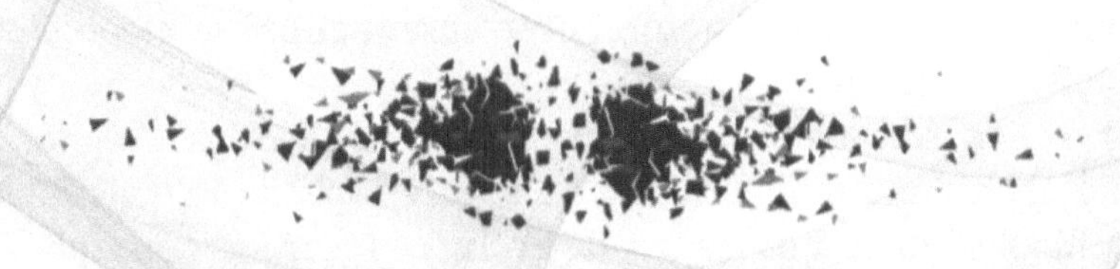

Après s'être étirée, elle avale trois gâteaux ainsi que quelques fruits secs, puis s'habille. Une tenue confortable, des baskets et son blouson. Elle envoie un message à Gabriel pour lui annoncer qu'elle l'attend en bas, à la réception. La réponse est instantanée : *Je suis dehors, dans la voiture.* Au moment de rentrer dans le véhicule, la triste réalité revient au galop : Gabriel est vieux et les poches sous ses yeux témoignent d'une nuit compliquée.

— Tu n'as pas dormi ? l'interroge-t-elle, inquiète.

— Difficile de trouver le sommeil.

Le moteur gronde, le jeune homme enclenche la première.

— Tu sais où se trouve ton père ?

— Je crois... J'ai passé une partie de la nuit à tracer mes visions. Je pense pouvoir retrouver l'endroit.

Durant une trentaine de minutes, ils gardent le silence, incapables de la moindre parole. La situation semble les submerger. Sarah rompt le silence, mais pèse ses mots.

— Que penses-tu trouver auprès de ton père ? Je veux dire, tu ne l'as jamais rencontré, c'est un parfait inconnu pour toi ?

— J'en suis conscient... mais j'ai quelque chose en moi qui me redonne de l'espoir. C'est comme, ajoute-t-il avec une pointe d'émotion dans les yeux, comme si quelqu'un me guidait depuis tout ce temps... Tu me prends pour un dingue, c'est ça ? demande-t-il en voyant la tête de Sarah.

— Non, du tout... J'ai juste la même impression. Et qu'en déduis-tu ?

— Difficile à dire... Peut-être que mon instinct est plus développé ? Que le fait d'être un mi-homme, mi-Eisei, j'arrive à débloquer une zone endormie de mon cerveau... Les suppositions peuvent être si nombreuses et je n'ai pas le mode d'emploi. Et pour toi ?

— J'en sais trop rien, confesse Sarah, le regard égaré. Je n'étais qu'une môme quand mon père a perdu le contrôle du véhicule... J'entends les cris de ma mère résonner dans ma tête. Je revois la panique dans les yeux de mon père... et je ne sais pas comment j'ai pu survivre, ajoute-t-elle, les larmes aux yeux. J'aurais dû mourir avec eux. Les parents de Johanna m'ont prise sous leur aile et m'ont sauvée... mais mon corps, lui, pour une raison que j'ignore, est resté enfermé dans mon adolescence. Puis tout a commencé à changer quand j'ai trouvé ce foutu collier.

— Je suis tellement désolé, murmure-t-il en posant la main sur son bras. Rien de ce que nous avons vécu n'est normal, du moins, c'est ce que je crois...

— Que veux-tu dire ?

— Nous connaissons les raisons qui la poussent à me poursuivre, tu es d'accord ? Elle opine. Mais pourquoi tu es mêlée à tout ça, j'ai du mal à saisir !

Cette question ne l'a jamais effleurée... Pourquoi diable s'en prend-elle à elle ? La voiture emprunte un chemin de terre et s'engouffre dans la forêt. Le parcours est semé de nids-de-poule, ce qui rend la conduite chaotique. Les secousses sont innombrables, et Sarah commence à s'inquiéter.

— Tu es sûr que c'est par ici ?

— Bonne question !

— Ça fait au moins vingt minutes qu'on roule, et il n'y a que des arbres... Attends ! s'écrie-t-elle en pointant quelque chose au loin. J'aperçois de la fumée, regarde !

— Une cheminée...

Quand la maison en bois apparaît dans leur champ de vision, Gabriel se gare entre deux conifères. Ses mains se serrent sur le volant et Sarah comprend qu'il angoisse. Avec douceur, elle tire sur son bras pour attirer son attention.

— Tout va bien se passer, tu verras.

Tous deux sortent du véhicule et marchent vers le perron. L'escalier grince sous leurs pas, et la porte s'ouvre. Scott apparaît. Gabriel et lui restent figés, l'un en face de l'autre, sans parvenir à parler. Leurs regards glissent pour se jauger, tandis qu'ils pâlissent. C'est comme se regarder dans un miroir, à quelques détails près.

— Qu'est-ce que... Qui êtes-vous ? balbutie Scott, son regard allant et venant sur le couple. Sarah prend les devants et engage la conversation.

— S'il vous plaît, nous avons besoin de vous parler...

— Comment avez-vous trouvé cet endroit ? réplique-t-il sur un ton aigri. Personne ne sait où j'habite...

— Maintenant si, réalise soudain Gabriel qui se retient à la rampe. Sybille.

Scott vacille en entendant ce nom et se précipite pour vomir au-dessus de la rambarde. C'est un homme tremblant qui leur fait ensuite face, puis qui file s'enfermer dans sa maison. Sarah frappe à la porte et le supplie d'ouvrir.

— Foutez le camp ! crache-t-il. Je ne veux plus jamais entendre ce nom !

— Et celui d'Élise ? hurle Gabriel à travers la porte. Il vous évoque quelque chose ? Laissez-moi entrer, j'ai beaucoup de choses à vous révéler.

— Bien, se résigne Scott en lui ouvrant.

Sarah s'apprête à entrer quand Gabriel l'arrête.

— Prends la voiture et rentre à l'hôtel...

— Hors de question !

— Je te le demande, insiste-t-il en saisissant ses bras ainsi que son collier. Maintenant, Sybille sait où nous nous trouvons... Nous n'aurions jamais dû venir ensemble.

Après un mouvement de recul, elle saisit le problème.

— Et s'il t'arrive...

— N'y pense pas !

Chapitre vingt et un

Gabriel

La pièce est à peine éclairée par les flammes de l'âtre. C'est sommaire : deux fauteuils tournés vers la cheminée, un coin cuisine minuscule, et une chambre séparée par un rideau marron. Les murs en rondins sont nus de cadres ou d'étagères.

— Vous vivez vraiment ici ? demande Gabriel, la surprise évidente dans sa voix.

Il balaye l'endroit du regard à la recherche d'un téléphone posé sur une table, un écran de téléviseur... Mais rien. Juste une simplicité déroutante. Scott prépare deux cafés sur un réchaud et revient à son niveau avec deux tasses.

— Je n'ai pas de sucre.

— Ça ira.

— Ce mode de vie, répond-il enfin à sa question en s'installant sur l'un des fauteuils, c'est mon choix.

— Un choix, ou une façon de se cacher ?

Le visage de Scott pâlit. Il déglutit, sans le quitter des yeux.

— Vous croyez tout savoir sur cet horrible monstre ? Qui que vous soyez, la vérité vous échappe. Ébranlé par les souvenirs qui émergent, son front se couvre de sueur. Dieu, que j'ai essayé d'oublier...

Pris de nausées, il se redresse et court vers l'extérieur vider ses tripes. Gabriel le suit.

— Cette histoire me remue toujours, explique l'homme en essuyant la bouche.

— Je sais ce qu'elle vous a fait pour vous obliger à quitter Élise.

La réaction de Scott est immédiate et violente. Il saisit le col de Gabriel, la rage dans les yeux.

— T'es un de ses sbires ? C'est ça ?

Gabriel saisit ses poignets pour se défaire de son emprise lorsqu'un flash lumineux traverse leurs rétines. Un courant chargé d'énergie les parcourt mutuellement. Le père reçoit en rafales tous les souvenirs de son fils, sa naissance au domaine, les pleurs d'un petit garçon qui vient d'assister à l'assassinat de son chiot, Sybille et le cristal qui s'incruste dans sa poitrine, la dispute avec ses parents, lui qui essaie de se reconstruire, son entrée à Oxford, et sa descente aux enfers quand il rencontre Dany au restaurant.

À chaque scène, leurs cheveux blanchissent un peu plus tandis que leurs corps subissent des soubresauts.

Face à son père, Gabriel, entouré d'une aura bleue, plonge dans le passé de ce dernier. Il assiste à son cursus universitaire de scientifique et son entrée à la NASA, à la Direction des missions d'exploration et d'opérations humaines. Puis vient la rencontre avec Élise. Il le voit, couvert de sang, qui rassemble ses affaires, une photo de sa bien-aimée dans la main. Ses hurlements sont déchirants et la souffrance de devoir quitter sa femme et son futur enfant le détruit. Sous l'effet de la colère, il casse tout autour de lui, puis pleure.

Les deux hommes se lâchent et restent figés, essoufflés, toujours l'un face à l'autre. Scott vacille, se retient aux rondins, puis sort à nouveau sur le perron. Gabriel, lui, encore secoué, inspire profondément pour assimiler toutes les infos qui viennent de l'assaillir. Il frotte son visage et s'avance vers le pas de la porte. Son père est avachi sur le fauteuil, en pleurs.

— PUTAIN ! lâche Scott entre deux sanglots, MON FILS !

Bloqué sur cette image, Gabriel s'adosse au montant et fixe celui qui lui a tant manqué. Toutes ces années... Des années d'une existence vide... vide d'un vrai père. Et maintenant, il est là devant lui. Scott s'aperçoit de sa présence et se lève. Une émotion presque douloureuse submerge Gabriel, un mélange de joie, de chagrin, de colère et d'amour. Un ouragan de sentiments. Les larmes se mettent à couler sur ses joues.

— Papa... Sa voix se brise, mais elle porte en elle tout le poids de ces années.

Son père ne répond pas tout de suite. Il essuie ses mains tremblantes sur son pantalon et s'approche de son fils. Aucun mot ne sort de sa bouche, à peine ce regard plein de regrets, de peur, mais aussi d'une infinie tendresse.

— Mon garçon, finit-il par répéter dans un souffle, comme s'il venait de découvrir ce mot.

Quand il est suffisamment près, Gabriel constate avec effroi les cicatrices sur son visage, son cou, et son cœur se serre. Il tend vers son père une main hésitante, puis incapable de se retenir plus longtemps, les deux hommes se serrent l'un contre l'autre. L'étreinte s'éternise. Gabriel ne cherche plus à cacher ses larmes, il les laisse couler, libres, sincères, tel un enfant qui attend ce moment depuis toujours. Scott pose une main hésitante au creux de son dos, pour le serrer plus fort, de crainte que son fils ne disparaisse.

— Viens, propose Scott, encore ému, entre, nous avons à parler.

L'homme place deux bûches dans l'âtre. Gabriel referme la porte et s'installe dans le fauteuil. Deux petits vieux qui contemplent un feu qui crépite.

— Maintenant, dis-moi pourquoi tu as eu envie de me retrouver.

— Depuis le début de cette folle aventure, je perçois les signes sans les comprendre. Comme des avertissements anticipés... Aujourd'hui, j'ai l'intime conviction que quelqu'un me guide, me protège. Quand j'ai appris ton existence, quelque chose m'a poussé à te chercher.

— Sais-tu de qui il s'agit ?

— Non, mais c'est étrange. Son téléphone se met à vibrer dans sa poche. Ça capte ici ?

— Évidemment, répond-il avec malice. Je ne suis pas un ermite.

— Un peu quand même.

Gabriel consulte le message de Sarah.

J'ai besoin d'aide, viens vite.

Il se redresse d'un coup.

— Je dois y aller, Scott.

— Cela semble urgent. Prends ma voiture. De toute façon, je ne la conduis que pour aller à la pêche. Suis-moi.

Ils longent un petit sentier jusqu'à l'approche d'un hangar. Scott tire sur le portail coulissant et retire la bâche qui recouvrait son 4x4.

— Les clés sont sur le contact.

Alors qu'il s'apprête à prendre place au volant, Gabriel pivote.

— Sois prudent.

— Attends, le retient Scott en sortant de sa poche intérieure un téléphone. Note mon numéro et tiens-moi au courant de tes déplacements... Pas question de te perdre une deuxième fois.

Une dernière accolade empreinte d'émotion, et la voiture s'éloigne.

Au bout de quelques kilomètres, Gabriel se stoppe sur le bord de la route, trop inquiet pour Sarah, et l'appelle.

— Qu'est-ce qui se passe ? Ton message semblait urgent.

— Quoi ? Gabriel, je ne t'ai envoyé aucun message.

Son visage se fige et il comprend que c'est l'œuvre de Sybille.

— Je te rappelle.

Prêt à lancer son portable sur la banquette avant, celui-ci sonne : sa mère.

— Gabriel, où que tu sois, reviens à Paris, c'est important.

— Dès que je peux, promis.

Par acquit de conscience, Gabriel consulte ses textos et constate qu'il n'y a plus aucun message. Rien. Ce monstre a fait en sorte de l'éloigner de son père ! La voiture démarre en trombe, il opère un demi-tour et repart vers le chalet à toute allure. Ses mains serrent si fort le volant qu'il en a mal aux doigts. Son cœur martèle sa poitrine comme un tambour de guerre. Chaque virage qu'il prend trop vite est un combat contre l'accident. Mais Gabriel ne ralentit pas ! Il sait que Sybille a retrouvé son père et craint le pire. Enfin la maison apparaît, mais son sang se glace quand il aperçoit la porte grande ouverte qui bat sous un vent invisible. Il freine d'un coup, soulevant un monticule de poussière, et se précipite à l'intérieur. La cheminée est éteinte et la fumée envahit le plafond. Une odeur plus forte que la cendre surplombe avec lourdeur : du camphre.

— Fi... Fils, retentit une voix presque inaudible.

Gabriel avance vers le fauteuil et trouve Scott allongé sur le ventre.

— Par pitié, non ! supplie-t-il en courant vers lui.

Avec précaution, il le retourne. Son cœur manque un battement quand il voit son front ensanglanté ainsi que ses paupières brûlées et collées sur ses yeux. Les mains tremblantes, il le soulève avec délicatesse. Scott gémit et cherche son fils à tâtons.

— Tu... es revenu...

— Ne te force pas à parler, je suis là.

— Sy... Sybille...

Sa gorge se noue tandis qu'il retient ses larmes pour lui répondre.

— Papa, je sais.

L'homme s'accroche à son bras et se redresse un peu.

— Je ne vois rien... Tout est si sombre.

Quelques larmes roulent sur ses joues, il les nettoie et s'empresse d'aider son père.

— Te sens-tu la force de marcher ?

— Je... Je crois.

Jamais il n'a ressenti autant de rage en lui qu'à cet instant. Ce monstre n'a pas de limites ! Tous deux marchent en direction du véhicule.

— Allonge-toi sur la banquette, ça va aller. Ne bouge pas.

La portière claque, Gabriel saisit son téléphone et appelle la clinique des grands brûlés à Salzbourg, en Autriche. Ça sonne. Une femme décroche. Dans un allemand parfait, Gabriel se présente et demande à parler à Ademar Mozer, médecin et responsable du service. Le jeune homme étant actionnaire majoritaire depuis le soi-disant décès de ses parents, son interlocutrice sait à qui elle s'adresse et le met en relation immédiatement.

— Monsieur Ardent Gabriel, toutes mes condoléances pour vos parents.

— Merci. Si je vous appelle aujourd'hui, c'est pour solliciter votre aide, Docteur.

— De quoi s'agit-il ?

Patiemment, sans quitter le véhicule des yeux, il expose la situation et l'état des yeux de son père. Étrangement, l'homme ne pose aucune question concernant la cause et se contente de lui dire qu'il doit examiner le patient au plus vite.

— Il y a un aéroport privé près de Linate, ajoute Mozer. Des gens très discrets, habitués à travailler avec tes parents. Vas-y, je les préviens de ton arrivée.

— Seul le patient embarquera. J'ai une affaire urgente à régler. Merci, Ademar.

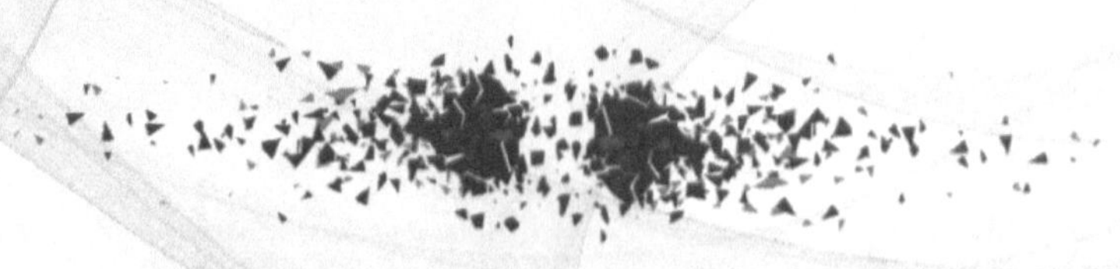

— Où m'emmènes-tu ? demande Scott qui se réveille.

— Ne te force pas à parler.

— Je suis un dur à cuir, fils... Cette folle ne m'aura pas aussi facilement.

À travers le miroir, Gabriel le voit se redresser sur la banquette.

— Tu devrais rester allongé.

— Ne t'inquiète pas. Ce monstre est venu me torturer pour que je lui dise où tu étais !

Gabriel hausse les sourcils, surpris. Donc sa mère a raison ! Quelque chose en lui bloque l'accès aux Eiseis... Une excellente nouvelle en réalité.

— Cette monstruosité aurait dû me tuer, intervient Gabriel. Elle ne sait pas de quoi je suis capable.

Le silence s'installe, bref, car Scott cherche des réponses.

— Qu'est-ce que tu es au juste ? Je veux dire, aucun être humain ne peut entrer dans l'esprit d'un homme et faire défiler toute une vie, comme si on visionnait un film...

Gabriel l'observe à travers le rétroviseur. Malgré ses blessures, il se tient droit et attend.

— Tu savais pour maman ?

— Que c'était un être de lumière ? Oui, dès le premier jour où je l'ai rencontrée. Ta mère ne m'a jamais caché ce qu'elle était. Mais je ne comprends pas...

— Comment j'ai pu naître ?

— Avoue que c'est troublant !

— J'ai eu la même réflexion que toi. Il semblerait qu'un miracle se soit produit, finit-il par conclure.

— Un miracle qui attise la convoitise.

Tous deux restent concentrés dans leurs pensées, puis Gabriel reprend.

— Scott ?

— Hum ?

— Tu pars en Autriche.

— Quoi ?

— Des médecins spécialistes s'occuperont de toi.

— Que comptes-tu faire, fils ?

— Dans un premier temps, retrouver ma...

Il s'interrompt et se mord la lèvre. Gabriel ne sait pas comment aborder le sujet sur sa mère... Comment dire à son père que la femme qu'il a aimée n'a plus la même apparence ? Le temps se gâte et la pluie se met à tomber. Le jeune homme actionne les essuie-glaces et ralentit légèrement.

— Si tu savais ! murmure Scott avec émotion. Je vendrais mon âme au diable rien que pour la revoir, ne serait-ce qu'une minute.

— Papa, intervient Gabriel en mesurant ses paroles. Maman n'est plus...

— Tu oublies que je suis entré dans ton esprit ? le coupe-t-il en tapotant son crâne de l'index. Je sais pour ta mère, je l'ai vue avec son foulard sur la tête. Peu importe le visage qu'elle a aujourd'hui. Je l'aime, et je l'aimerai toujours.

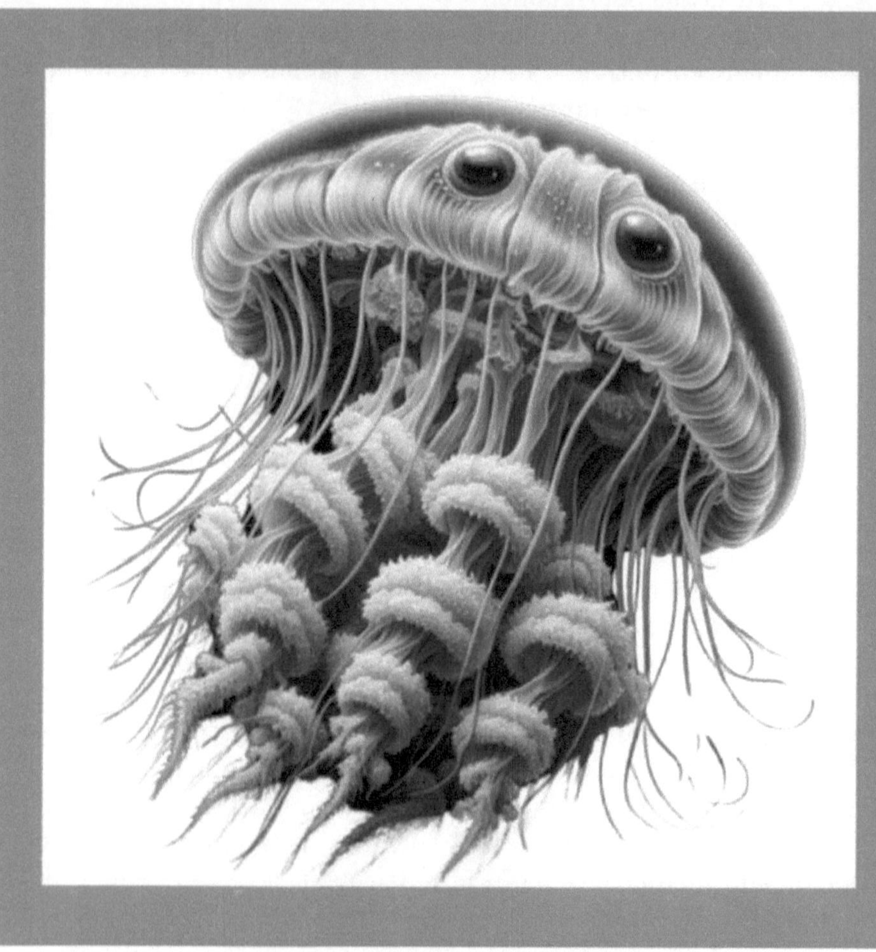

CHAPITRE VINGT-DEUX

GABRIEL

À quelques minutes d'embarquer dans l'avion pour Paris, Gabriel appelle Sarah afin de la rassurer. Un peu nerveux, le téléphone collé à son oreille, il arpente le hall de long en large et lui explique les derniers évènements sans trop détailler la gravité des blessures de son père. Malgré les efforts employés pour déguiser la vérité, sa voix éraillée le trahit.

— Reste vigilant, le supplie-t-elle.

— Je te le promets.

Le numéro de son vol résonne dans le hall de l'aéroport.

— Tu me manques déjà, lui dit-il sans attendre sa réponse, et raccroche.

L'épuisement de ces derniers jours l'assomme. Gabriel s'endort d'un sommeil profond, la tête posée contre le hublot. C'est le stewart qui le réveille pour lui annoncer qu'ils ont atterri. L'aéroport Charles-de-Gaulle subit un ballet incessant de va-et-vient de gens pressés. Lui n'a qu'une envie : retrouver son compagnon à quatre pattes... et sa mère. Un sourire s'étire sur son visage. Oui, il est heureux que la vie lui ait donné une seconde chance, heureux que ses parents soient en vie.

À peine sorti du terminal qu'un break marron freine brusquement devant lui. La vitre s'abaisse côté passager et Gabriel se penche en avant afin d'identifier le conducteur.

— Toi ?

— Monte ! ordonne sa mère en agitant sa main pour le presser.

— Comment as-tu su où j'étais ?

— Le chauffeur qui t'a emmené jusqu'à l'aéroport, précise-t-elle, c'est un ami, un Eisei. Allez, dépêche-toi !

Gabriel place sa valise à l'arrière et s'installe. Mel passe la première et roule un moment avant d'emprunter l'autoroute.

— Tu comptes partir à l'armée ? lance-t-il, amusé par son accoutrement. Treillis, blouson kaki, et la casquette assortie ?

Elle tourne à peine le visage, reste silencieuse et continue, concentrée sur la route.

— Maman, c'est quoi tout ce mystère ? À qui est cette voiture, et où on va ?

— Á Anatole ! Pour l'instant, ne me pose aucune autre question, et oui, je te dirai pourquoi dès qu'on arrivera à destination. En attendant, ajoute Mel en lui désignant la banquette. Attrape le sac de sport.

Gabriel s'en empare après avoir retiré sa ceinture et jette un œil à l'intérieur.

— Mon jogging et mes baskets ?

— Mets-les, insiste-t-elle en opinant du chef avec un regard insistant.

— Je ne te connaissais pas ce côté "tyran".

Il déboutonne son pantalon slim en coton et se contorsionne pour le retirer. Au même moment, Mel accélère pour doubler. Le front de Gabriel heurte le tableau de bord.

— Ralentis ! grogne-t-il alors qu'il tente de retirer ses mocassins. C'est pas vrai ! Tu as intérêt à m'expliquer tout ce cirque !

Une fois habillé et essoufflé, le jeune homme attache à nouveau sa ceinture et aperçoit le panneau en direction de Reims.

— Tu ne me diras rien ? Sa mère secoue la tête. C'est en rapport avec qui tu sais ? Elle acquiesce.

Mel appuie sur le bouton du poste radio et la voix de Charles Aznavour retentit. Sous les paroles *de La Bohème*, Gabriel s'assoupit. Lorsqu'il rouvre les yeux, après avoir bâillé, il remarque un panneau indiquant cette fois-ci les Ardennes.

— Belle sieste ! Tu as un thermos de café sous le siège.

— Tu as pensé à tout... Tu en veux ?

— Non, merci. Il y a quelque chose pour toi dans la boîte à gant, dit-elle en posant l'index sur ses propres lèvres pour lui demander de garder le silence.

Le mystère devient de plus en plus angoissant. Son fils fronce les sourcils, mais obéit sans rechigner. Une lettre pliée en trois avec en en-tête une phrase écrite en rouge "lis en silence".

Je suis désolée, mais c'est le seul moyen de communiquer sans que Sybille intercepte notre discussion. Elle ne peut pas lire en toi, ce qui n'est pas le cas pour nous autres. J'ai dû m'exercer à écrire en pensant à autre chose. Rien que pour rédiger ces quelques mots, tu n'imagines pas la concentration et l'énergie que j'ai déployées. Tu l'auras compris, bloquer Sybille m'est impossible. Nous nous rendons dans un petit aérodrome privé. Notre destination ? Tu le sauras plus tard. Et pour terminer, tu t'apprêtes à rencontrer notre Suprême dans un lieu secret.
PS : Il t'attend avec impatience.

Le message semble très clair, Gabriel la regarde et lève le pouce en signe d'approbation. Mel remet la musique et lui sourit. Ils traversent la frontière belge et s'arrêtent à une station pour faire le plein. Mel lui annonce qu'ils feront une halte dans un motel pour la nuit. Il acquiesce et profite de l'arrêt pour aller aux toilettes et prendre un vrai café. Dans le magasin, il repère quelques douceurs et saisit une boîte de chocolats au praliné.

— Ce sont ses préférés, murmure-t-il, étonné de le savoir.

Gabriel lance un regard vers la voiture et contemple sa mère avec émotion, puis fixe à nouveau les douceurs. Il se souvient d'une scène quand il était gamin et la revoit clairement : Mel jouant à cache-cache avec lui, riant aux éclats... eux deux enfouis sous les draps à manger du chocolat.... Un pincement au cœur, sa gorge se noue. Ces rares souvenirs avaient disparu de sa mémoire... *Non, à peine occultés par ta souffrance.* Il hoche la tête, paie ses achats, puis la rejoint avec deux gobelets à la main et son petit trésor.

Mel en profite pour se rendre aux toilettes. Gabriel l'attend, appuyé contre la voiture. Elle parvient ensuite à son niveau dans une démarche assurée, comme il ne l'avait jamais vue. Sa mère dégage de l'assurance, mais aussi du respect. Il lui donne son café et continue de siroter le sien. Mel le boit d'une traite, jette le gobelet en carton dans la poubelle et se remet au volant. Le moteur du 4x4 rugit quand son fils lui tend la boîte de chocolats ouverte.

— Je me souviens, maman.

La main tremblante et les yeux embués, elle s'empare d'un petit carré... Ses lèvres tremblent. Gabriel regarde ses larmes couler. D'un geste tendre de la main, il essuie sa joue et plonge son regard dans le sien.

— Je t'aime...

— J'ai attendu si longtemps pour entendre ces paroles, lui avoue-t-elle, la voix chevrotante.

Mel saisit sa main et la serre fort contre son visage, puis ventile son visage humide. Quand enfin elle lui sourit, ses yeux brillent d'une nouvelle lueur, la même que celle qui illumine les pupilles de Gabriel : l'amour.

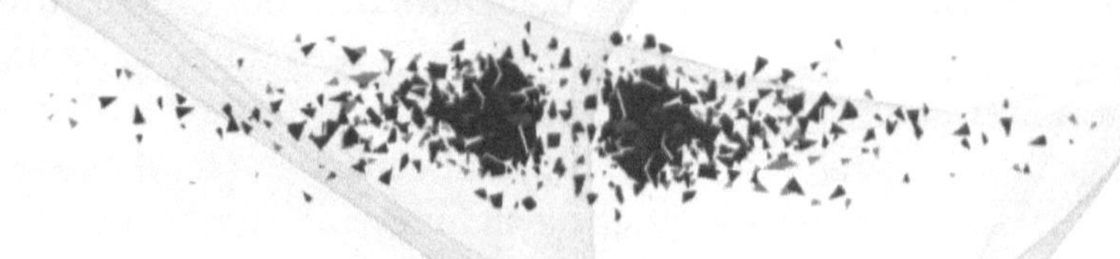

Le lendemain, aux aurores, tous deux roulent quelques kilomètres avant que la voiture n'emprunte un chemin de campagne. Pas une maison à l'horizon. Les secousses dues aux nids-de-poule les font sursauter. Le véhicule s'engouffre dans un autre sentier, plus dense en végétation, et le soleil peine à percer. Mel coupe le moteur. Elle s'étire vers la banquette arrière pour saisir les deux lampes torches et lui en tend une.

— Suis-moi.

Marcher à travers bois s'avère compliqué pour la condition physique de Gabriel. Il trébuche, glisse, se prend des branchages dans la figure, râle, mais ne ralentit pas. Sa mère s'arrête enfin et semble chercher quelque chose au milieu des buissons. Elle se redresse et lui montre une clé dentelée.

— Aide-moi à dégager l'entrée !

Mère et fils arrachent les branches jusqu'à ce qu'une porte en acier apparaisse. Mel se dépêche d'ouvrir les trois verrous, s'appuie sur le battant et pousse de toutes ses forces, mais celle-ci s'ouvre à peine. Gabriel se place à ses côtés et tire avec force. Le grincement des gonds résonne dans l'air.

— Elle pèse une tonne ! grogne-t-il en redoublant d'efforts.

L'accès s'agrandit enfin. Mel est la première à s'engouffrer à l'intérieur, suivie de son fils. Elle insère une carte magnétique dans une fente à peine visible. Un léger déclic métallique se fait entendre. S'ensuit le bruit d'un mécanisme feutré et distinct d'électroaimants qui relâchent leur emprise. Un mouvement fluide s'amorce, accompagné d'un chuintement presque imperceptible du frottement contrôlé du système interne. La porte s'ouvre sur une immense salle où des néons s'illuminent devant eux, et en son centre, un avion supersonique. La bouche grande ouverte, Gabriel ne peut détacher son regard de l'engin aux allures aérodynamiques.

— Bordel ! C'est le SR-71 Blackbird[10] ?

Sa mère esquisse un sourire fier, mais ne lui répond pas. Elle tire une échelle à roulettes, la positionne vers le cockpit et monte pour se mettre aux commandes. Les yeux de Gabriel se tournent vers l'inscription peinte en blanc sur le fuselage noir : *Angel*. Les deux réacteurs s'enclenchent.

— Monte ! crie-t-elle.

Un bruit assourdissant s'élève dans le hangar alors qu'un immense panneau se déploie devant eux. Il grimpe sur l'escalier mobile, observe la route à l'horizon tandis qu'une question l'effleure : comment l'engin décollera avec une piste si courte ? *Tu verras bien !* Une fois sur le siège, son regard cherche une ceinture.

— Mets le casque ! ordonne sa mère.

— OK... Tu es au courant que je ne sais pas piloter ?

— T'inquiète, je gère !

---

[10] Avion militaire de reconnaissance conçu pour voler à Mach 3+

L'intensité des réacteurs augmente. L'appareil ne bouge pas, le sifflement des réacteurs, lui, devient assourdissant. Mel s'assure que les moteurs atteignent la puissance optimale pour le décollage, puis *Angel* s'élance sur la piste et décolle. Gabriel est collé à son siège, le cœur palpitant.

— Petite précision : ce bébé est bien plus puissant que le Blackbird. Prépare-toi, nous allons franchir le mur du son ! Imagine notre technologie combinée à celle des humains...

L'accélération est immédiate. La pression et la température augmentent si vite qu'il finit par s'évanouir. Quand Gabriel revient à lui, il reconnaît le paysage montagneux pour l'avoir étudié plus jeune : la Sierra Madre au Mexique. L'engin se rapproche d'un pic et la vitesse se réduit d'un coup. Mel appuie sur des boutons et actionne d'autres réacteurs. Une secousse fait monter l'appareil, comme si quelqu'un le soulevait. *Angel* tourne sur lui-même, stagne, et semble attendre quelque chose.

Gabriel jette un œil vers l'extérieur et aperçoit un dôme. La structure se scinde en deux et se rétracte sur le sol pour laisser apparaître une plateforme. Difficile de distinguer ce qu'elle contient à cette hauteur, *Angel* opère sa descente et se pose. Un homme accourt et traîne avec lui l'échelle afin qu'ils puissent quitter le cockpit. Sa mère est la première à sortir.

— Attends !

Mel se retourne.

— Où as-tu appris à piloter ?

— Toutes les connaissances captées par le Suprême sont transmises aux Eiseis de génération en génération. Un peu comme dans une colonie de fourmis.

— Ce qui signifie que je suis moi aussi capable de piloter cet engin ?

— Fort probable ! s'exclame-t-elle avec un large sourire.

Puis elle descend, Gabriel à sa suite. Le dôme se referme lentement et émet un son métallique assourdissant. Gabriel frotte sa nuque et reste en admiration. Il imagine le travail titanesque qu'il leur a fallu pour construire cet abri si haut. Le soleil brille et les rayons scintillent sur le verre. Mel revient à son niveau.

— Suis-moi.

Un homme à la peau noire et au crâne chauve les attend près d'un accès menant au sous-sol. Il se contente d'un signe de tête vers Gabriel, puis tape un code sur le cadran posé sur l'une des colonnes. Les portes s'ouvrent sur une cage en fer.

— À partir d'ici, tu iras seul. Presse le bouton de droite, lui montre-t-elle du doigt.

Mel recule et se place auprès de son ami. Mère et fils se regardent quelques secondes avant que l'accès se referme. Gabriel reste un moment dans l'obscurité, puis un léger bourdonnement de moteur retentit. Une lumière s'allume au plafonnier ajouré. La cabine vibre et descend doucement, et Gabriel s'accroche à l'une des barrières horizontales tout en fixant les parois rocheuses qui l'entourent. Seul le son du frottement des câbles et de quelques grincements lui parvient. La machine ralentit au bout de deux minutes et un "clac" métallique suivi d'une légère secousse annonce l'arrêt. Il jette un œil vers le haut, bien trop sombre pour détecter quoi que ce soit, et estime sa position à une quinzaine de mètres de fond. Gabriel pousse la grille, observe le couloir devant lui qui se termine dans une obscurité totale. Peu rassuré, il avance de quelques pas quand la lumière de la cabine s'éteint subitement.

— Merde !

Une lueur semble se déplacer vers lui. La chose s'approche et Gabriel se plaque contre la roche sans bouger. Il fixe la créature aux allures de méduse lune qui lévite et ondule dans les airs jusqu'à se placer devant son visage. Ce corps gélatineux est parcouru par des rais luminescents bleus, et en son centre, il croit apercevoir des yeux ronds qui brillent.

— *N'aie crainte, mon ami.*

Cette voix...

— C'est toi le Suprême ? Depuis le début ?

Gabriel lève la main et frôle la surface du bout des doigts. La matière se déforme au toucher et génère des vagues bleutées qui se déplacent de l'extérieur vers l'intérieur. La bouche ouverte, admiratif, il réitère l'expérience. Il y a dans cet échange quelque chose d'hypnotique et apaisant.

— *Viens !*

La créature utilise sa surface arrondie en forme d'ombrelle, contracte ses muscles en bordure et expulse l'air pour se pousser vers le haut. Lui la regarde se déplacer, non sans secouer la tête d'étonnement. La lumière qu'elle dégage lui permet enfin de voir les parois recouvertes de minéraux, ce qui l'émerveille. Le Suprême s'arrête à un virage qui part vers la gauche et descend d'environ un mètre. Gabriel tâtonne le sol lisse avec son pied, toujours éclairé par le Suprême, puis glisse en écartant les bras pour s'équilibrer. Il se retrouve dans une cavité d'environ deux mètres carrés avec au milieu une auge surélevée en cristal. Le Suprême se propulse vers elle et entre. Une lumière irradie de celle-ci et se propage sur le sol et les parois. Gabriel tourne sur lui-même pour admirer les cristaux roses et blancs qui scintillent, quand son regard se porte sur l'auge.

— *Approche-toi.*

Gabriel avance et pose les mains sur le rebord froid. Les mots lui manquent... Un être de la taille d'un enfant de deux ans est allongé là... Son immense tête est disproportionnée par rapport au reste du corps. L'un de ses bras n'a qu'un doigt, long et rond à l'extrémité. Ses petites jambes n'en forment qu'une et se terminent par un seul pied boudiné. Mais ses yeux... Ses yeux sont immenses et remplis de constellations.

— *J'attends ce moment depuis si longtemps,* résonne la voix dans sa tête.

— J'ai tellement de questions, commence Gabriel, très ému. Pourquoi n'es-tu pas resté sous ta forme originelle ?

— *Je m'apprête à affronter l'extérieur, et cette enveloppe est ma seule protection.*

— C'est donc toi le leader des Eiseis ? Celui qui doit recréer une planète ?

— *En effet... Cela te surprend, n'est-ce pas ?*

— Un peu, je l'avoue.

Gabriel marque un arrêt et repense aux derniers évènements, à tout ce qui a chamboulé sa vie.

— *J'entends, mon ami, et je ressens ton trouble.*

— Si tu as toujours été là, je veux dire, depuis mon enfance... Alors pourquoi avoir attendu aussi longtemps pour te révéler ?

— *Ton esprit avait érigé une barrière de défense contre toute intrusion. J'ai patienté, te protégeant discrètement en attendant que tu mûrisses. Puis il a fallu un élément extérieur pour réveiller l'Eisei endormi en toi.*

— Le restaurant !

— *Le jour où tu t'es révélé.*

— J'ai besoin de savoir, reprend Gabriel, légèrement tendu, la main sur le torse. Que s'est-il passé ce jour-là ?

Le Suprême lève le bras et tend son doigt vers lui.

— *Laisse-moi te montrer.*

Aspiré dans une spirale lumineuse, l'esprit de Gabriel se matérialise au domaine de Fontainebleau. Il se revoit adolescent dans son bureau baigné de soleil, concentré sur ses devoirs. Une ombre recouvre son cahier, lui lève les yeux vers la fenêtre : il fait pourtant beau. C'est là qu'il sent quelque chose s'enrouler autour de son cou. Il se débat, suffoque, quand sa mère déboule dans la pièce, affolée, le souffle court. Sybille le maintient fermement et semble attendre quelque chose. Les lèvres de Barbara bougent, mais aucun son ne lui parvient. Ce ne sont que des fragments de sa mémoire, muets et irrévocables, qui défilent sous ses yeux. Sa mère avance, le bras tendu, un cristal grenat dans la paume. Elle hésite un instant tandis que l'étau autour de son cou se resserre... L'air lui manque. Ses bras maigres fouettent l'espace, mais rien ne brise l'étau qui l'étouffe peu à peu. D'un mouvement sec, Sybille projette sa force sur Barbara, qui s'écroule. Le cristal vole, puis s'éclate au sol en trois morceaux. Un râle monstrueux sort de la bouche de l'Eisei qui tente, d'un mouvement de doigts, de les rassembler et de les ramener à elle. Gabriel veut crier, mais sa voix est nouée d'angoisse. Son regard, brouillé par le manque d'air, capte alors un éclair lumineux.

Il aperçoit, derrière sa mère qui vient de se relever, une figure éthérée : le Suprême, sous sa forme originelle. Suspendu dans les airs, il semble concentrer toute sa puissance. Son corps se contracte brusquement et une onde éclate, traversant la pièce comme une marée invisible. Sybille vacille légèrement, et les cristaux, pris dans cette vague, dévient de leur trajectoire. Le temps se ralentit, chaque mouvement devient presque figé, comme si l'univers hésitait à révéler ce qui allait suivre. Sybille empoigne deux d'entre eux. Gabriel, suspendu entre douleur et suffocation, voit l'autre éclat changer de direction. Il le sent, plus qu'il ne le voit, venir vers lui. Puis, dans un éclair aveuglant, le cristal entre en contact avec sa peau. Une douleur déchirante le traverse. Son être se brise, éclate, comme si chaque fibre de son corps était mise à nu. Ses yeux se révulsent, sa bouche s'ouvre en un hurlement muet et tout s'efface, ne laissant derrière lui que la brûlure de l'éclat fusionnant avec sa chair.

Quand Gabriel reprend ses esprits, ses jambes se dérobent. La douleur sur son torse, vive et lancinante, lui arrache un gémissement étouffé.

— *Mon intervention n'a duré que quelques fractions de seconde... Sybille n'a rien vu. C'était le seul moyen de protéger le cristal... Le seul moyen de nous protéger tous.*

Encore sonné par le flot des images, Gabriel lève les yeux, le souffle court, et se tient au rebord de pierre.

— Toutes ces rafales de souvenirs... Dans le parc, c'était toi ? Le petit être acquiesce. Le chien aussi ?

— *Quand j'ai vu cet homme jeter le chiot dans le conteneur, j'ai su que cette rencontre serait un déclencheur émotionnel pour toi.*

Gabriel reste figé, les mots résonnent en lui.

— *Comprends-moi, je t'en prie. Il fallait te ramener à la raison, abattre le mur que tu avais érigé pour empêcher quiconque de pénétrer ton cœur. L'échec n'était pas une option...*

Ses paroles, si lourdes de sens, s'ancrent dans son esprit. Gabriel serre les poings, partagé entre la colère et une étrange forme de compréhension.

— Ce jour-là, dans le supermarché, explique-t-il, la voix tremblante, elle aurait pu arracher l'éclat de ma poitrine... Pourtant, réalise-t-il soudain en fronçant les sourcils, j'ai résisté ?

— *Souviens-toi,* ordonne calmement le Suprême en posant une main sur la sienne.

Une décharge électrique parcourt Gabriel, suivie d'une myriade de fourmillements qui envahissent son crâne. Les sensations de cette journée fatidique refont surface avec une précision déconcertante, chaque détail s'insinuant dans sa mémoire.

— Tout mon être s'y est opposé, murmure-t-il avec étonnement. C'était comme si une autre partie de moi rejetait sa main qui me lacérait...

— *Ton côté eisei, mon ami.*

— Pourquoi ? Je veux comprendre... Pourquoi l'une des vôtres voudrait-elle détruire sa propre planète ? Et si cet être de lumière est si malfaisant, pourquoi avoir sauvé une partie de son peuple ? Et Sarah ? Pourquoi l'impliquer ? Ce n'est qu'une humaine après tout.

Le Suprême détourne la tête, évitant son regard, et se concentre sur le plafond.

— Qu'est-ce qui se passe ?

Un bruit sourd emplit la pièce. Des craquements se font entendre, accompagnés de vibrations qui secouent les murs. Gabriel lève les yeux, les sens en alerte. Tout autour de lui des milliers de particules se détachent de la roche, comme si le monde lui-même se désintégrait. Les fragments tournoient au-dessus de leurs têtes, s'assemblent en une danse hypnotique, avant de converger en trois points distincts. Peu à peu ces points grossissent, prenant la forme de petits galets luminescents, suspendus dans l'air. Gabriel, fasciné et terrifié, n'ose plus bouger, le regard rivé sur cette étrange manifestation.

— *Prends-les !* ordonne le Suprême.

Les trois cristaux, d'un rose éclatant, tombent doucement dans la paume ouverte de Gabriel. Il les observe, intrigué par leur lueur.

— *Il y en a un pour Sarah, un pour ton père et un autre pour ta mère, explique le Suprême.*

— À quoi serviront-ils ?

— *Tu es en droit de connaître toute la vérité,* résonne la voix dans son esprit. *Les véritables raisons qui ont poussé Sybille à se rebeller, l'histoire de Sarah et ce qui t'attend dans le futur, mon ami.*

Le Suprême lève alors un doigt, mais cette fois, il fait un geste circulaire. Un disque lumineux d'environ dix centimètres se forme devant eux, pulsant d'énergie. Gabriel fixe la lumière, fasciné, ses yeux suivant chaque rotation avec une concentration absolue. Soudain, une dizaine de filaments s'échappent du disque, s'étirent jusqu'à venir se connecter à ses tempes. Un contact immédiat et saisissant. Gabriel est immobile, son corps figé comme une statue. Ses yeux se couvrent d'une fine membrane blanche et le silence s'installe, lourd et chargé d'attente.

Quand il revient à lui, son visage est empreint de gravité et de la sueur perle sur son front.

— C'est impossible. Je...

— *Tu ne peux rien révéler, mon ami. Il te faudra garder ce secret jusqu'au moment voulu.*

— Je suis terrifié...

— *La tâche qui t'incombe est immense et j'en suis conscient... Mais je serai là pour te guider,* précise le Suprême avec une assurance apaisante.

— Je me sens différent, comme si une énergie nouvelle circulait dans mes veines...

— *Je t'en ai offert un peu... Maintenant, va.*

Reprenant sa forme originelle, le Suprême s'élève et se met à flotter devant Gabriel, illuminant le tunnel sombre de sa lueur bienveillante. Tous deux avancent en silence jusqu'à atteindre la cage. Gabriel s'arrête, le cœur serré. Lentement, il se tourne vers le Suprême, tend une main hésitante et le touche une dernière fois, avec une infinie douceur.

Le regard de Gabriel est empli de tristesse. Puis, sans un mot, il referme la grille, laissant la créature qui a tant fait pour lui.

CHAPITRE VINGT-TROIS

SARAH

Deux jours se sont écoulés sans que Sarah ait de nouvelles de Gabriel. Deux jours d'angoisse. Toutes les deux heures, elle consulte fébrilement son portable, espérant un appel ou un message… mais rien. Le vide.

Vêtue de son pyjama, elle se dirige vers la fenêtre de la chambre. La pluie ruisselle sur les vitres, amplifiant l'atmosphère morose de cette journée sans activité. Son seul réconfort du moment est l'arrivée imminente de son amie. Sarah jette un coup d'œil sur son téléphone pour vérifier l'heure. Tout semble en ordre et Jo ne va pas tarder, si tout se passe comme prévu.

En quête d'une échappatoire à sa nervosité, elle s'allonge sur le lit et allume le téléviseur. Sarah zappe, incapable de se concentrer, jusqu'à tomber sur une chaîne française diffusant un documentaire animalier sur la reproduction des éléphants.

— Génial ! murmure-t-elle avec une pointe de sarcasme en fixant l'écran sans vraiment le voir.

Perdue dans les images de la savane, un soupir s'échappe de sa bouche. Ses pensées reviennent inévitablement à Gabriel : son sourire, cette façon bien à lui de la taquiner, et ce baiser… Ce baiser qui, rien qu'en y repensant, fait monter une immense vague de chaleur en elle. Son visage s'empourpre et son corps tout entier brûle d'une sensation troublante et oppressante. La douleur devient presque tangible, comme si sa poitrine se comprimait sous le poids de ses émotions.

Incertaine de ce qui lui arrive, Sarah se redresse brusquement et ouvre la fenêtre, cherchant désespérément une bouffée d'air frais pour apaiser cette chaleur inhabituelle.

— Je suis là ! s'exclame la voix joyeuse de Jo.

Sarah pivote et se précipite dans les bras de son amie, l'enlace avec une intensité qui en dit long sur son soulagement. Derrière elles, le majordome toussote avec délicatesse, signalant sa présence.

— Oh, pardon ! s'excusent les deux amies à l'unisson en riant.

Les bagages déposés dans leurs chambres, la jolie rousse glisse un pourboire au garçon, referme la porte, puis elles retombent dans les bras l'une de l'autre.

— Bon sang, tu m'as manqué, avoue Sarah. J'ai cru que tu n'allais jamais venir.

— Moi aussi.

Les filles s'installent sur le canapé ; Jo se met à la fixer et retire une longue mèche du visage de son amie.

— Quoi ? J'ai un bouton sur le nez ?

— Non... Je n'en reviens toujours pas de ta transformation. On dirait que tu es encore plus belle que la dernière fois qu'on s'est vues.

— Mouais... grogne Sarah qui détourne le regard.

Jo bondit soudainement de son assise et attrape le combiné de l'hôtel.

— Qu'est-ce que tu fais ?

— Je commande à manger, pas question de perdre une miette de tes aventures. Il y en a eu, dis-moi ?

— Euh, je crois.

— Des trucs croustillants ?

Sarah lève les yeux au ciel, exaspérée, tandis que Jo s'excite à l'idée de l'entendre. Elle se dépêche de commander une pizza et des boissons, impatiente d'en savoir plus, et revient s'asseoir en tailleur sur le divan.

— Tu t'es vue ? rit Sarah, amusée par son comportement.

— Ben quoi ? Avec toi, c'est mieux qu'un téléfilm.

— Par où commencer...

— Je veux du cochon, du chaud !

— Tu es insatiable ! s'esclaffe Sarah. Désolée de te décevoir, mais on s'est juste... embrassés.

— Juste embrassés ?

— Et c'était... divin !

— Toi, tu es raide dingue de ce mec !

— Hein ?

— Avoue !

— En vrai, commence Sarah après une pause, ce que je ressens pour lui est... indescriptible. Il y a cette attirance étrange, comme si nous étions faits l'un pour l'autre depuis toujours. Comme si mon corps cherchait à se fondre dans le sien. Elle s'interrompt, cherche un moment ses mots. C'est perturbant et incroyablement excitant à la fois. Quand il est près de moi, qu'il me touche, quelque chose s'éveille à l'intérieur de mon corps... Tu vois ce que je veux dire ?

— Oh, je vois très bien, glousse Jo, tu as juste besoin de t'envoyer en l'air !

Elles éclatent de rire et restent un moment euphoriques. Au même moment, deux coups discrets sur la porte les interrompent.

— Notre repas ! se réjouit Jo qui part récupérer la pizza.

La bonne odeur de la pâte et ses condiments embaume la pièce. Incapable d'attendre, Sarah subtilise une part et croque dedans.

— Hum, délicieux !

— Au fait, je commence à bosser dans un atelier de couture demain, annonce Jo entre deux bouchées. Viens avec moi, tu me serviras de mannequin.

— Quoi ? Tu es sérieuse ?

— Évidemment. Ma boss, Bruna, est cool, tu verras. Enfin, elle donne l'impression d'être rigide, sévère avec sa coupe au carré et ses petites lèvres qui ne sourient jamais, mais il n'en est rien.

— Pourquoi pas ! Mais maintenant, parle-moi de ton séjour à Lyon.

— Une vraie cata ! Le styliste avait engagé quatre nanas censées avoir un minimum d'expérience, et je peux te jurer que c'était une hécatombe, un véritable carnage !

Sarah rit, intriguée.

— L'une d'elles ne savait pas marcher en talons, conclusion, elle a défilé pieds nus. L'autre s'est pris les pieds dans le tapis et s'est étalée sur l'estrade. Tu aurais dû voir ça, explique Jo en mimant la fille au sol, bras écartés, jambes en l'air, déclenchant un fou rire chez Sarah.

— Et après ?

— Après ? Celle qui la suivait, au lieu de l'aider à se relever, s'est mise à glousser comme une dinde. C'était le chaos, termine Jo en haussant les bras avant de bâiller. Quelle heure est-il ?

— Vingt-trois heures... Je n'ai pas vu le temps passer.

— Je vais me doucher, et au lit. On a une grosse journée demain, déclare Jo en se levant.

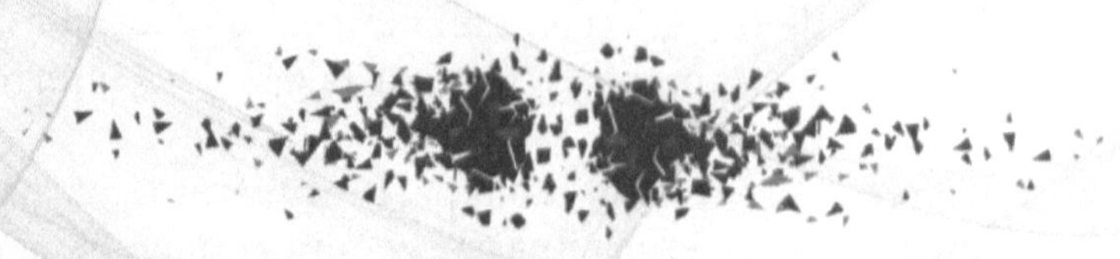

Les deux jours suivants, Sarah s'intègre à l'atelier comme si elle en avait toujours fait partie. Ses journées consistent à essayer des vêtements, non seulement pour son amie, mais aussi pour les collègues couturiers présents. Contre toute attente, la patronne de Jo s'avère être une femme très sympathique. Bruna arpente l'atelier plusieurs fois dans la journée, s'arrête par moments pour aider un employé en difficulté avec sa machine à coudre, puis reprend sa marche, les bras derrière le dos.

Aujourd'hui, en fin de matinée, alors que la jolie rouquine surpique la manche d'un tailleur sur son amie, le téléphone de cette dernière se met à sonner.

— Tu peux regarder qui c'est ?

Johanna plante une dernière aiguille sur la doublure du tissu et s'empare de son sac sur le porte-manteau pour en extraire le téléphone.

— Deux appels manqués et un message.

— De qui ?

— Du beau gosse.

— Vas-y, lis ! s'impatiente Sarah, le cœur battant.

— Oh, minute, papillon ! Voilà : *Coucou ma belle, besoin de toi au plus vite. Je viens te chercher à l'aéroport.* Jo lève les yeux sur elle, interloquée. Qu'est-ce que tu me caches ?

Le visage de Sarah se ferme, tel un voile qui s'abat sur ses yeux.

— Il faut que je parte... Enlève-moi ça, s'il te plaît.

Bien qu'intriguée, Jo s'exécute en silence et retire les épingles une à une, mais son regard curieux revient sans cesse sur Sarah. Quand enfin le tissu glisse de sa poitrine, la jeune styliste attrape son amie par la main alors qu'elle descend de l'estrade.

— Depuis qu'on se connaît, tu me dis tout... Alors pourquoi j'ai la sensation que quelque chose de grave se prépare ?

Une boule se forme dans la gorge de Sarah qui la presse fort contre elle.

— Je te promets de tout te dire plus tard, murmure-t-elle à son oreille.

Tandis que Sarah s'habille et rassemble ses affaires, Jo se met à ranger maladroitement les chutes de tissus sur les étagères. Deux échantillons de velours glissent au sol.

— Mais c'est pas vrai !

Sarah s'approche, ramasse les rouleaux et les replace doucement sur la pile. Les deux amies se regardent, leurs expressions trahissant une multitude d'émotions. Les bruits mécaniques des machines à coudre remplissent l'atelier, comme un rappel de la routine qui continue malgré tout. Sarah pose une main légère sur la joue de son amie. Cette dernière recule d'un pas, les lèvres tremblantes, comme pour graver ce moment dans sa mémoire.

— Je me faisais une joie qu'on se retrouve ensemble... Et là tu pars, je suis juste déçue.

Sarah reste figée, les bras le long du corps, tandis que Jo disparaît dans une autre pièce. Les larmes lui montent aux yeux.

— Moi aussi...

— Quelque chose ne va pas ? retentit la voix calme de Bruna derrière elle.

Sarah se retourne brusquement, essuie ses joues avec ses doigts et tente de reprendre contenance.

— Une urgence, madame. Il me faut repartir à Paris dès aujourd'hui.

— Suivez-moi, propose Bruna. Vous serez mieux dans mon bureau pour chercher un vol.

La jeune femme acquiesce, suit la gérante et jette un dernier regard en arrière. Depuis qu'elles se connaissent, c'est la troisième fois qu'elle voit son amie en larmes. La première, c'était à l'enterrement de ses parents. La deuxième, quand son ex l'avait lâchement quittée pour une autre... Et aujourd'hui.

Sous sa façade de fille forte, Jo est un paradoxe : aussi douce qu'un bonbon, mais terrifiée à l'idée de montrer sa fragilité. Sarah s'arrête un instant sur le pas de la porte, le cœur lourd. Laisser son amie dans l'ignorance lui brise le cœur, mais elle-même ne sait pas vraiment ce qui l'attend.

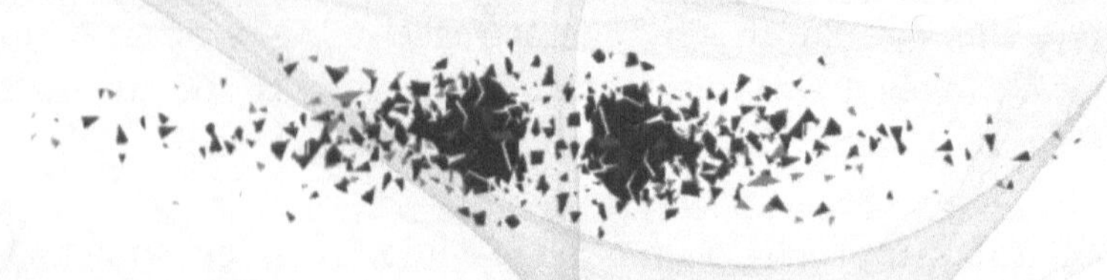

De retour dans sa chambre d'hôtel, Sarah rassemble rapidement ses affaires. Elle boucle sa valise, puis regarde l'heure : quinze heures dix. Le taxi sera en bas dans dix minutes.

Après avoir enfilé sa veste en laine, elle attrape son sac à main et sa valise puis se dirige vers le couloir. La porte entrouverte, une vague de nostalgie la submerge et les derniers moments passés en Italie lui reviennent. Sarah soupire, triste de quitter cet endroit, et se retourne sur la chambre une dernière fois. Son cœur manque un battement.

Sybille se trouve au fond de la pièce, immobile, enveloppée d'une aura noire qui semble absorber toute la lumière autour d'elle. Un froid glacial envahit Sarah, une sensation qui lui transperce l'échine et lui glace le sang. Sa main tremble sur la poignée de la porte. Elle veut fuir, mais son corps refuse de bouger, paralysé par la peur. Un groom passe au même moment dans le couloir pour accompagner une nouvelle cliente et la salue.

— Bonjour, mademoiselle Martin.

La réalité revient brutalement tandis que sa respiration s'accélère. Son front perle et son teint est livide... Comment trouver le courage de se retourner ? Ses paupières se ferment un bref instant. *Calme-toi... ce n'était qu'une hallucination.* Lorsque ses yeux s'ouvrent à nouveau, Sybille n'est plus là... Il lui faut quelques secondes pour se reprendre, juste le temps nécessaire pour que son cœur reprenne un rythme normal.

Pas la peine de refermer la porte, Sarah file. Arrivée à l'accueil, elle remet la clé magnétique à l'hôtesse avec un sourire nerveux, bredouille un rapide "merci" et quitte l'hôtel.

CHAPITRE VINGT QUATRE

SARAH

Assise en première classe, le regard de Sarah balaie les installations luxueuses qui l'entourent. Les sièges spacieux, le service attentionné, tout respire une opulence qui lui laisse un goût amer dans la gorge. Seul un couple d'un certain âge partage cette section de l'avion, tandis que de l'autre côté, la classe économique se remplit à vue d'œil. Cet écart flagrant de privilèges lui serre l'estomac, mais elle n'a pas eu le choix : c'était la seule place disponible pour rejoindre Gabriel au plus vite.

Elle saisit son portable et lui envoie un message :

Sarah : Je suis dans l'avion, arrivée prévue à 17 h 30.
Gabriel : Hâte de te revoir.

Ses pouces hésitent sur l'écran. Doit-elle répondre ? Son esprit s'embrouille de questions : pourquoi ressent-elle ce besoin viscéral d'être à ses côtés ? Pourquoi cette attraction si intense la perturbe-t-elle autant ?

— Bonjour, mademoiselle, interrompt le stewart. Nous allons décoller. Veuillez passer votre téléphone en mode avion et attacher votre ceinture, s'il vous plaît.

— Bien.

Ses doigts pianotent sur l'écran : *Je pars pour Paris.* Juste quelques mots pour prévenir Jo. La réponse arrive presque instantanément : *Sois prudente.*

Sarah se plie aux règles et s'enfonce dans le siège, les mains agrippées aux accoudoirs alors que l'avion entame son roulage. L'engin accélère, tout comme son rythme cardiaque. Ses yeux se ferment. *Ça va aller.* L'avion se stabilise et le voyant du plafonnier indique qu'elle peut enfin se détacher.

— Vous désirez une collation, mademoiselle ? propose le stewart en poussant son chariot.

— Non, merci.

L'un des rares avantages de cette place hors de prix est le confort et l'écran individuel pour visionner des films. Sarah navigue dans le menu et sélectionne un thriller. À peine vingt minutes après le début, ses paupières s'alourdissent et elle glisse dans un sommeil entrecoupé d'images floues.

Une odeur âcre flotte dans l'air et lui pique la gorge. Cela ressemble à de la graisse carbonisée, comme un steak oublié sur le grill. Tout autour, l'obscurité est totale. Sarah avance les mains devant elle, cherchant un appui, jusqu'à ce que ses doigts rencontrent un mur froid. Lorsqu'elle tente de bouger, une douleur fulgurante irradie dans sa cuisse, lui arrachant un cri déchirant. Elle s'écroule au sol, haletante. Ses mains tremblantes glissent vers sa jambe, rencontrant une texture poisseuse et chaude. Du sang. Son sang. Elle tente de dégager le tissu collé à la plaie, mais la douleur la transperce et un hurlement guttural s'échappe de ses lèvres...

Les larmes coulent sur ses joues. Sa respiration s'affole. Sarah se force à se redresser malgré la douleur qui la paralyse. Autour d'elle, le silence est oppressant, comme si le monde entier retenait son souffle.

— À l'aide !

Sa voix se brise dans l'obscurité.

— Je vous en prie... Aidez-moi !

Un souffle chaud sur sa nuque la fige sur place.

— Qui est là ?

Sur le siège, Sarah s'agrippe de toutes ses forces à la ceinture qui la maintient, tremble, secoue la tête, et transpire à grandes gouttes. Une hôtesse s'approche d'elle pour tenter de la réveiller et se prend un poing dans la figure.

Sarah frappe dans le vide. Un grognement retentit derrière elle. La peur la fige. Plaquée contre la paroi, la jeune femme retient sa respiration pour écouter les bruits environnants. Rien. À peine ce silence oppressant. Avec prudence, elle avance. Son prénom résonne alors comme un écho lointain. Ignorant la douleur de sa jambe, Sarah se met à courir, trébuche, bascule en avant et s'écrase lourdement par terre. Un gémissement s'échappe de sa bouche : sa plaie brûle. La terre sous elle se met soudain à trembler, suivi de craquements sinistres. Le sol s'écarte et se dérobe sous ses mains. Elle recule en rampant aussi vite que possible, mais la crevasse s'agrandit et l'emporte dans le gouffre. Elle hurle, glisse dans ce trou sans fin tandis que ses ongles griffent la terre dans l'espoir de trouver un appui. Sa main percute une racine... Elle s'y accroche de toutes ses forces.

Seigneur... Je ne veux pas mourir !

Son corps se balance au-dessus d'un abîme obscur, empli de tourbillons et de débris.

Pitié...

Sa gorge s'assèche, ses forces s'amenuisent.

Sarahhhh...

La texture rugueuse de la racine devient lisse et se met à se mouvoir sous ses doigts, grimpe le long de son bras, tel un serpent, et s'y enroule.

Nonnn, par pitié !

Sarah hurle, tente de se hisser, mais la liane la projette en arrière et la maintient suspendue dans le vide...

Sarahhhh...

C'est la chute.

Elle se réveille en sursaut, couverte de sueur. Ses cris attirent le steward qui s'approche aussi vite que possible. L'hôtesse, qui frotte encore son arcade sourcilière, préfère garder ses distances.

— Mademoiselle ? Respirez lentement.

Le regard de la jeune femme erre entre le hublot et les visages autour d'elle.

— Vous êtes dans l'avion, tout va bien.

Les battements de son cœur reprennent un rythme normal. Sarah se redresse un peu sur son siège, confuse.

— Cela vous arrive souvent ?

— Non, je... C'était juste un cauchemar.

— Vous faites peut-être des crises d'angoisse ? continue-t-il en lui donnant un verre d'eau.

— Je n'en sais rien...

Sarah vide le verre d'une traite, le remercie et s'enfonce dans son siège. Ce n'était pas un simple rêve, elle le sent au plus profond de son être. C'était un avertissement. L'annonce de l'atterrissage la sort de ses pensées. L'appréhension monte, mélange d'impatience de retrouver Gabriel et de peur face à l'inconnu. Une fois au sol, les gens s'activent pour descendre de l'avion, Sarah, elle, saisit sa veste, son sac à main, et suit le mouvement sans entrain. Elle arpente le couloir, récupère son bagage et se dirige vers la sortie. Avant d'atteindre les portes coulissantes, Sarah active son téléphone et appelle Jo. La sonnerie retentit, la messagerie s'enclenche.

— Coucou, toi, juste un petit message pour te dire que je suis bien arrivée. Elle marque une brève pause et ajoute, la voix remplie d'émotion, je t'aime.

Dehors, le froid est saisissant. Prise de frissons, elle couche sa valise par terre, retire un pull ainsi qu'une écharpe et s'empresse de les passer avant de téléphoner à Gabriel.

— Salut, je suis à Paris.

— Tout va bien ? Tu as la voix un peu rauque.

— Je te raconterai... Où es-tu ?

— Ma mère t'a envoyé son ami te chercher : voiture noire, un type costaud avec une grosse barbe. C'est un Eisei, tu peux lui faire confiance.

— D'accord, à tout de suite.

Il y a beaucoup de monde, les voitures défilent. C'est là qu'elle l'aperçoit au loin qui agite sa main.

— Mademoiselle Martin ?

— Oui, c'est moi.

— Je m'appelle Anatole.

Il charge sa valise dans le coffre, tous deux montent dans la voiture. Le véhicule roule un moment lorsque Anatole s'arrête sur un terre-plein.

— Gabriel m'a demandé de vous remettre ce quartz. Ne vous en séparez pas. D'ailleurs, j'ai besoin de votre collier.

— J'aimerais bien, mais je ne parviens pas à l'enlever.

— Prenez-le, insiste l'homme, la main tendue dans sa direction.

Sarah fixe ce caillou rose avec curiosité, s'en empare, et son pendentif glisse sur ses genoux.

— C'est étrange.

— Je pense que le quartz neutralise l'emprise de Sybille.

— Je n'étais qu'un pion...

— J'en ai bien peur. Peut-être qu'elle n'envisageait pas que vous tomberiez amoureuse ? Sarah écarquille les yeux, comme si cette annonce tombait du ciel. Pardon, ce ne sont que des suppositions.

Un peu gênée, elle lui tend le collier et se concentre sur le paysage qui défile. Une pensée lui traverse l'esprit, celle des rencontres fortuites de Gabriel. Maintenant, tout semble plus clair : son pendentif n'était qu'un moyen pour Sybille de s'interposer entre eux. Un appel interrompt le silence. L'homme répond par un "Je t'écoute, c'est noté", avant de couper la communication.

— Où allons-nous ?

— Dans un endroit sécurisé.

CHAPITRE VINGT CINQ

SYBILLE

À peine éclairée par la lueur vacillante d'une bougie, Sybille arpente son bureau d'un pas nerveux. Ses mouvements sont maîtrisés, mais le chaos gronde en elle, prêt à exploser. Elle frôle du bout des doigts les objets sur ses étagères, un à un, comme si la réponse pouvait émerger de l'un d'eux.

Un Eisei, sous sa forme originelle translucide et gélatineuse, s'approche pour franchir le seuil, mais Sybille referme la porte rien qu'en levant le doigt.

— Pas maintenant ! crache-t-elle d'une voix rauque, son regard incendiaire rivé sur le bois qui vibre encore.

Pas question qu'on l'interrompe... Pas avant d'avoir résolu ce problème, d'avoir réussi à les atteindre. Alors qu'elle saisit une opale noire posée sur une étagère, une douleur fulgurante traverse son esprit. Un cri silencieux éclate dans sa tête, comme un fil rompu. Sybille titube, ses ongles griffant la bibliothèque alors qu'elle s'y accroche pour ne pas tomber. Une aura sombre enveloppe son corps frêle, la pièce semble s'assombrir davantage.

La connexion avec Sarah s'est rompue.

— Nonnnnn !

Dans une explosion de rage, Sybille projette l'opale qui s'éclate au sol. Elle balaye tout ce qui se trouve à sa portée : les livres volent, le bureau se renverse, la porte se fend puis se désintègre sous une onde invisible. Sa poitrine se soulève tant sa colère est grande.

— C'est impossible !

Ses traits témoignent d'une vie marquée par la rancune, les déceptions, et d'années d'un pouvoir corrompu. Chaque ride, chaque pli de ses lèvres crispées est une cicatrice laissée par une haine ancienne, par des espoirs perdus. Pourtant, cette rage ne dissimule pas tout. Sous le masque déformé, une tristesse subtile s'immisce, un vide qu'elle refuse de reconnaître : celui d'une colère nourrie et jamais apaisée.

Les yeux rivés sur son bracelet, elle respire profondément pour tenter de se calmer. Mais l'humiliation de cette connexion rompue lui est insupportable ! Ses mains squelettiques se ferment jusqu'à entendre ses os craquer. Elle a tout prévu dans les moindres détails, tout calculé... Pourtant, Gabriel a réussi à déjouer ses plans. Et cette fille, sur qui elle avait fondé tant d'espoirs, n'est qu'un amas de désillusions. Les Eiseis présents sortent de son champ de vision et se cachent dans les recoins de la maison. Aucun n'ose intervenir tant ils redoutent sa colère.

— Comment ont-ils fait !

L'image de ce jour au supermarché lui revient avec une clarté insupportable. Elle revoit Gabriel se débattant avec une force qu'elle n'a pas anticipée. Il a résisté, puis a repoussé sa main. Un râle sourd s'échappe de sa bouche. Sybille saisit un presse-papier en bronze sur le bureau, qui se plie dans sa main comme une vulgaire feuille de papier.

— J'aurais dû écraser l'éclat dans sa poitrine et lui broyer les os !

Un murmure s'élève derrière l'Eisei, d'abord timide, puis plus clair.

— *Vous scellez votre destin sur cette planète en faisant ça, ainsi que celui de notre peuple.*

D'un geste de la main, elle le repousse violemment.

— Tais-toi. Je ne t'ai pas demandé ton avis.

La créature s'éloigne en se propulsant vers l'obscurité où il disparaît.

— Il a résisté... Son côté eisei m'a repoussée... et ce crétin s'est forgé une barrière de protection. Oh, et cette Sarah... Bien plus coriace que prévu.

Un souffle froid s'engouffre soudain dans la pièce. La tempête intérieure de Sybille semble s'étendre au monde extérieur.

Les livres au sol se soulèvent, des éclats de bois et des débris tournoient autour d'elle dans un cyclone de colère. Des décharges électriques crépitent dans l'air, éclairant fugacement son visage déformé.

— Il est temps d'y remédier !

Sa main frôle le tourbillon, de gauche à droite, dans un mouvement fluide. La tempête répond à ses ordres, un écran se forme sous ses yeux, flou au départ, puis s'éclaircit.

— Montrez-moi ! ordonne-t-elle d'une voix glaciale.

Des images émergent et s'animent. Sarah monte dans une voiture. Gabriel, au volant de sa Porsche, file à vive allure. Mélissa, quant à elle, marche près d'un parc, visiblement inconsciente du danger qui l'entoure. Ils sont loin les uns des autres. Sybille plisse les yeux, se concentre davantage.

Les images se brouillent. Des grésillements s'élèvent, suivis de grondements. Une force externe brouille la vision, l'empêche de localiser précisément ses cibles. Les bras tremblants, Sybille lutte pour maintenir le sas temporel ouvert, mais la résistance est trop forte. Elle hurle de rage et relâche sa concentration. Le cyclone s'effondre dans un fracas assourdissant.

— Où êtes-vous !

Les objets retombent lourdement au sol, laissant derrière eux un silence menaçant. Un autre Eisei s'approche, sa présence presque imperceptible, comme s'il craignait de trop attirer l'attention.

— *Le réseau est en place*, annonce-t-il en gardant une certaine distance. *Vos ordres ?*

Sybille tourne la tête lentement. Ses yeux perçants se posent sur la créature, qui frissonne malgré lui.

— Mobilisez chaque Eisei. Aucun recoin de cette planète ne doit être négligé. Trouvez-les, où qu'ils soient.

— *Bien, madame.*

L'Eisei s'incline et s'évanouit dans l'ombre.

Sybille reste seule au milieu du chaos qu'elle a provoqué. Les débris s'écartent d'eux-mêmes lorsqu'elle avance vers la fenêtre, son aura noire pulsant autour de son corps comme un cœur monstrueux. Dehors, le ciel est un immense drap gris lourd et oppressant. Des nuages noirs s'amoncellent, désagrégés de temps à autre par des éclairs violents.

Ses doigts caressent distraitement la vitre. Un rictus glacial étire ses lèvres, une idée vient de germer dans son esprit. Les visages de Gabriel et Sarah apparaissent dans sa vision mentale... ainsi que celui de Jo.

— Ces liens humains, si fragiles, si faciles à briser, murmure-t-elle avec un plaisir venimeux.

Sa main trace un cercle invisible sur le carreau et l'image de Johanna apparaît, souriante, insouciante.

— Que choisiras-tu, Sarah ? Sauver ton amie ou ton précieux Gabriel ?

Un rire rauque et sinistre monte dans sa gorge, emplissant la pièce d'un écho terrifiant.

La partie vient d'être relancée.

CHAPITRE VINGT SIX

GABRIEL

Gabriel roule depuis plus d'une demi-heure vers Toussus-le-Noble pour rejoindre l'aérodrome. Il lance un regard furtif aux deux paquets posés sur le siège, le premier contenant l'un des quartz ainsi qu'une lettre adressée à son père, le deuxième une importante somme d'argent retirée quelques heures avant son départ. Ses mains serrent le volant... L'inquiétude le gagne.

— Et s'il refuse le fric ? Ce type ne m'a jamais vu...

— *Calme-toi*, répond le Suprême. *Une fois sur place, je saurai quoi faire.*

Une légère oppression lui comprime la poitrine et le fait grimacer : la peur de ce qui l'attend dans un futur proche.

— *Je suis avec toi, mon ami, murmure le Suprême.*

— Je sais, répond Gabriel dans un souffle las.

Malgré ce soutien constant, les images que le Suprême lui a transmises continuent de le hanter. Elles le font frissonner d'appréhension. Il lève les yeux pour apercevoir un panneau triangulaire clignotant : **Ralentir, Danger**. Un rire nerveux s'échappe de ses lèvres.

— Danger ? articule-t-il avec sarcasme. Bientôt, je vais y plonger jusqu'au cou, alors merci pour le rappel !

Gabriel serre les dents et appuie légèrement sur l'accélérateur, comme pour distancer ses pensées. La voix féminine du GPS retentit : **"Vous êtes arrivé."**

Le hangar apparaît dans son champ de vision. Il emprunte le chemin, jette un œil dans le rétroviseur et accélère en voyant son visage ridé.

Ce reflet de vieil homme lui insuffle une énergie puissante qui lui donne envie de se battre afin de retrouver son apparence. "Tu peux le faire". Un élan de courage le traverse, alimenté par la nécessité de stopper Sybille une bonne fois pour toutes. Les pneus crissent légèrement au moment de freiner sur le bitume. Le moteur tourne encore alors qu'il attrape les paquets, puis il l'éteint et descend de la voiture. Il glisse une main dans la poche de son blouson. Le contact rassurant du cristal sous ses doigts lui procure un semblant de calme. Près du hangar, un homme en combinaison de vol s'apprête à monter dans un petit avion-cargo. Gabriel accélère le pas, levant les bras pour attirer son attention.

— Eh, monsieur ! Attendez, s'il vous plaît !

Le pilote pivote et fixe Gabriel qui s'approche de lui.

— Comment je fais ? demande Gabriel, légèrement nerveux.

— *Détends-toi*, répond le Suprême, *de bonnes ondes émanent de lui... Présente-toi et tends la main.*

Arrivé à sa hauteur, Gabriel, fébrile, s'exécute.

— Gabriel Ardent, dit-il en essayant de paraître sûr de lui. J'ai besoin d'un service urgent.

L'homme retire ses lunettes de soleil pour le fixer droit dans les yeux.

— Que puis-je pour vous ?

Le pilote répond à la poignée de main, et à cet instant, le monde semble basculer. Le bruit environnant disparaît. Un oiseau qui décollait reste figé dans les airs, ailes immobiles. Gabriel écarquille les yeux.

— Ça alors ! lance-t-il, bouche bée.

— *Ne bouge pas... Il me faut quelques minutes pour lire dans son esprit.*

— Flippant, en vrai ! Savoir qu'à n'importe quel moment tu peux t'immiscer dans nos têtes et découvrir le moindre de nos secrets...

— *Silence ! interrompt le Suprême.*

Gabriel, figé dans l'étrangeté de la scène, observe le pilote. Ses yeux s'arrêtent sur l'emblème de la compagnie aérienne cousu sur son blouson, puis remontent vers son visage. Les yeux bleus, aussi clairs qu'un ciel d'été, contrastent avec les cicatrices marquant sa peau, vestiges d'une acné passée. Il se dégage de cet homme une sorte de puissance d'âme, celle de la bravoure.

— *Il s'appelle Bruno*, lui apprend l'être de lumière. *Marié depuis sept ans à Isabelle, son amour de jeunesse. Ils désirent un enfant, mais lui se refuse à perdre sa femme...*

— *Pourquoi ?* questionne-t-il.

— *Ses problèmes de colonne pourraient lui être fatals. Bruno cherche à réunir une belle somme d'argent afin de permettre à son épouse de partir aux États-Unis pour se faire opérer.*

— *J'en sais assez*, annonce Gabriel en inspirant profondément.

Le monde reprend soudain son mouvement. Les bruits environnants reviennent crescendo et l'oiseau poursuit son envol. Gabriel relâche la poignée de main et fixe Bruno avec un sourire empreint de détermination.

— Je m'appelle Bruno, se présente le pilote naturellement, que puis-je pour vous ?

— Beaucoup, en réalité. J'ai besoin que ce colis parte en urgence dans une clinique privée à Salzbourg.

— L'Allemagne ? Je suis désolé, mais ma destination se trouve à l'opposé...

— Je vous en prie, insiste Gabriel, les yeux larmoyants. Il s'agit de sauver une vie, quelqu'un qui est cher à mon cœur. Tenez, dit-il en lui tendant les paquets.

L'homme reste interdit devant Gabriel.

— Ouvrez-les. Vous verrez que dans l'un, il y a une pierre, et dans l'autre, une belle somme d'argent. Toutes mes économies, pour être sincère.

Il ment pour la première fois de son existence et un sentiment d'inconfort s'installe : la culpabilité. Gabriel baisse le regard vers le sol. *Détrompe-toi, mon ami... il s'agit bien de sauver la vie de ton père. En ce qui concerne tes "économies", croismoi, ça n'a aucune importance... Regarde son visage.* Les yeux du pilote pétillent d'un espoir nouveau, mais il semble partagé. Sa bouche s'entrouvre, et ses mains tremblent légèrement.

— C'est beaucoup d'argent… Je ne peux…

— Vous croyez ? intervient Gabriel en serrant son bras. Mettez-vous à ma place l'espace d'un instant. Si c'était votre mère, votre enfant ou même votre femme… Que feriez-vous ?

Ses mots frappent juste. Bruno déglutit, puis finit par saisir les deux paquets.

— À qui dois-je le remettre ?

— À Adémar, le responsable. Donnez-le-lui en main propre. Dites à l'accueil que vous venez de la part de Gabriel Ardent. Voici l'adresse de la clinique à Salzbourg.

Bruno acquiesce et monte dans l'avion. Les moteurs rugissent et l'hélice commence à tourner. Gabriel reste planté là, fixant l'appareil qui s'éloigne. Le doute l'envahit à nouveau.

— *Il accomplira sa mission,* le rassure le Suprême. *Son âme est pure et sincère.*

— Et maintenant ?

— *Rentre chez toi…*

Sur la route du retour, une envie pressante le contraint à s'arrêter en bord de route. Il s'avance rapidement vers un poteau près des champs et se soulage.

— Bon sang ! Ça fait du bien.

Lorsqu'il pivote pour retourner à la voiture, Gabriel aperçoit un break gris stationné derrière sa Porsche. Deux hommes en descendent. Il reconnaît immédiatement Dany, le restaurateur chauve. L'autre, un colosse à la peau sombre, reste adossé à la carrosserie, les bras croisés, observant calmement. Une tension glaciale s'installe. Gabriel plisse les yeux en voyant Dany porter un téléphone à son oreille.

— Je te parie que ce crétin prévient Sybille ! marmonne-t-il, les dents serrées.

— *Ils veulent te coincer.*

Gabriel inspire profondément, rassemblant son courage.

— Je n'ai pas l'intention de mourir aujourd'hui !

Il avance d'un pas régulier, le regard fixé sur les deux hommes. Sa démarche est pleine d'assurance, mais une tempête gronde en lui. Dany hésite, mais finit par esquisser un sourire narquois.

— Eh ben ! s'exclame Dany en secouant la tête. J'ai eu du mal à te reconnaître. T'as pris un sacré coup de vieux, mon gars.

— Que me voulez-vous ?

— Que tu nous suives, répond calmement le colosse, avançant légèrement.

Un sourire ironique étire les lèvres de Gabriel.

— Notre dernière altercation ne t'a pas suffi ? lance-t-il à Dany. Tu veux en plus tâter de mes poings ?

— À deux contre un, tu ne fais pas le poids, grogne le mastodonte en retroussant ses manches. Si j'étais toi...

— Mais tu n'es pas moi, le coupe Gabriel, poings serrés le long du corps. Ton pote à la calvitie en sait quelque chose.

Dany se crispe, mais décide de lui tenir tête.

— Dans quelques minutes, tu perdras de ta superbe, mec !

— Vraiment ? Ce n'est pas que je m'ennuie, les gars, finit-il par dire en ouvrant la portière, mais je dois y aller.

Mais à peine a-t-il effleuré la poignée que le complice l'attrape par les épaules et le tire violemment en arrière. Gabriel réagit instinctivement. Il enfonce son coude dans le ventre de son agresseur, qui vacille. Pivotant sur lui-même, Gabriel lui assène un coup de poing au visage, un craquement sec résonne dans l'air. Dany en profite pour le bloquer par-derrière, enroulant un bras autour de son cou.

— Tu ne fais pas le malin maintenant, hein ? siffle Dany.

Gabriel sent une explosion de douleur quand un poing s'abat dans son estomac. L'air s'échappe de ses poumons dans un râle. Mais soudain, tout se fige. Le temps s'arrête. Les deux hommes restent suspendus dans une posture grotesque : l'un des types avec le poing encore collé au torse de Gabriel, l'autre crispé autour de son cou. Même le vent semble s'être arrêté.

— *Dépêche-toi, Gabriel,* intervient le Suprême. *Je ne peux pas maintenir ça longtemps.*

Rassemblant ses forces, Gabriel souffle comme un taureau et repousse les bras qui l'entravent. Ses muscles tremblent sous l'effort, mais il se libère en dégageant un bras d'un mouvement sec. Les silhouettes statufiées autour de lui ajoutent une dimension irréelle à la scène. Enfin libre, il recule de quelques pas et reprend son souffle.

— *Regarde sur ta droite...* murmure le Suprême.

Gabriel tourne lentement la tête, son regard captant une présence oppressante. Son estomac se noue quand il la voit.

Sybille est là.

Suspendue dans les airs, son aura sombre la suit, comme un gouffre annonçant les abysses. Ses cheveux blancs, semblables à des serpents vivants, sont tordus sous ce vent inexistant. Son visage cadavérique marqué par la haine fixe Gabriel avec une intensité glaciale. Sa robe noire colle à son corps squelettique et lui donne l'apparence d'une entité sortie d'un cauchemar.

— Elle est si proche... murmure Gabriel, reculant instinctivement jusqu'à heurter l'aile de sa voiture.

Le temps reprend soudain son cours. Les deux hommes se redressent, secoués, mais Sybille capte toute l'attention de Gabriel. Un éclair illumine le ciel sombre, zébrant l'obscurité d'une lumière froide.

— *File !* ordonne le Suprême. *Je ne peux pas les retenir plus longtemps.*

Gabriel ne se le fait pas dire deux fois. Il bondit dans la Porsche, claque la portière et démarre en trombe. Les pneus crissent sur l'asphalte, laissant derrière lui une traînée de fumée et une tension palpable. Alors qu'il s'éloigne à toute vitesse, il jette un dernier regard dans le rétroviseur. Sybille est toujours là, flottant au-dessus des deux hommes, son regard glacé rivé sur lui. Un frisson glacé parcourt son échine.

— La fin est proche et tu n'y changeras rien, lance Sybille, un sourire cruel étirant ses lèvres exsangues.

Gabriel écrase l'accélérateur.

CHAPITRE VINGT-SEPT

GABRIEL

— Maman ?

— Où es-tu ?

— En chemin, répond Gabriel, la voix légèrement enrouée. Les sbires de Sybille m'ont trouvé.

— Quoi ? s'exclame Mel, l'inquiétude perçant dans sa voix. Tu vas bien ?

— Oui, le Suprême m'a tiré du pétrin... Maman, ils savent où nous habitons et Sarah est en chemin vers l'appartement.

— N'aie crainte, j'ai prévenu l'Eisei de la mettre en sécurité. Écoute-moi, reprend-elle d'un ton ferme. Rends-toi au château à Boulogne-Billancourt.

— Le Rothschild ? demande Gabriel. L'endroit est une ruine.

— Ne te fie pas à l'extérieur. Vas-y, on t'y attend.

— J'arrive.

Il met fin à l'appel, glisse son téléphone dans la poche intérieure de son blouson et se concentre sur la route. Lorsque le château apparaît à l'horizon, entouré de jardins étonnamment bien entretenus pour un lieu supposé abandonné, Gabriel ralentit sur l'allée granuleuse. La demeure, en pleine restauration, arbore des échafaudages accrochés à ses murs défraîchis dépourvus de fenêtres. Le toit mansardé en ardoise et zinc, percé de multiples failles, témoigne des ravages du temps, peut-être même de la dernière guerre. Gabriel laisse échapper un sourire fugace.

— Enfin un peu de vie dans ce vestige... murmure-t-il pour lui-même.

Un véhicule est garé près de l'entrée : le break que sa mère a emprunté à Édouard. Gabriel arrête la Porsche à proximité, coupe le moteur, mais un vrombissement dans sa poche attire son attention. Son téléphone affiche alors un message sur son écran fissuré :

Bonjour, monsieur Ardent, juste pour vous dire que Lucky se porte à merveille. J'espère vous revoir bientôt.

Lucky... Avec tous ces revirements de situation, il en a oublié son compagnon ! Un soupir empreint de reproches sort de sa bouche.

— Père indigne ! profère-t-il en pianotant sa réponse.

Je te rappelle bientôt. Merci, Carlos.

Il remet le portable dans sa poche et descend de la voiture quand Mel l'interpelle. Elle porte un foulard turquoise sur la tête et agite la main pour l'inciter à la rejoindre. Gabriel accélère le pas jusqu'à sa hauteur.

— Tu savais que j'étais là ?

— Nous avons placé une caméra sur la fenêtre de l'étage, explique-t-elle en désignant l'endroit. Discrète, mais très utile.

Mel se met alors à examiner son visage, écarte son blouson comme si elle cherchait quelque chose.

— Maman, je vais bien, lance-t-il d'une voix rassurante en saisissant ses poignets. Ils n'ont pas eu le temps de me blesser.

— Désolée...

Elle reste devant lui sans bouger et baisse la tête pour cacher les larmes qui glissent sur ses joues. Gabriel la serre dans ses bras, conscient des tourments qu'elle endure.

— J'ai peur...

— Moi aussi, répond-il dans un murmure.

Mel se décolle de l'étreinte de son fils et essuie son visage grossièrement.

— Si nous devons rester ici quelques jours, il nous faudra des provisions. Je reviens dans une heure. Va jusqu'au fond du salon, là-bas, indique-t-elle du doigt. Tu trouveras un mur plein de graffitis, appuie sur la tête de l'aigle pour accéder à la cave.

— D'accord... Ça ira ?

Pour seule réponse, sa main caresse son visage buriné avec une infinie tristesse, puis elle s'éloigne. Il fixe un moment ce bout de femme dont le courage semble démesuré par rapport à sa frêle apparence... Courage qui le laisse en admiration et le remplit de fierté, en dépit de la crainte qui le submerge. Lui aussi redoute le pire, mais n'ose le montrer. Gabriel laisse échapper un soupir, puis se dirige vers l'endroit indiqué par sa mère.

Il parcourt le mur coloré des yeux, cherche l'animal parmi les dizaines de dessins et finit par le trouver à un mètre du sol. Personne ne peut deviner qu'ici se cache l'accès au sous-sol, le leurre est parfaitement dissimulé dans cette fresque moderne. Alors qu'il s'apprête à appuyer sur la tête de l'aigle, Gabriel retient son geste et pose le front sur la paroi froide. Il se tient là, à quelques mètres de la femme qu'il aime, le cœur battant... l'âme déchirée. Combien de fois a-t-il rêvé de ce moment ? Un gémissement s'échappe de sa gorge tandis que son front frappe le mur froid. Chaque matin, le miroir s'évertue à lui rappeler ce que Sybille lui a subtilisé : la fraîcheur de son visage, la vivacité de son pas, et parfois, un peu de son courage.

Il baisse les yeux sur ses mains, marquées par les années, ridées, des mains qui portent l'histoire d'une vie qu'il n'a pas eue... Gabriel inspire profondément pour se donner de la force et appuie sur la tête de l'aigle. Le bruit métallique d'un mécanisme retentit. Un pan de mur se rétracte et se déplace sur le côté pour laisser apparaître une cage d'escalier. De la lumière jaillit au moment où il pose le pied sur la première marche. La porte se referme derrière lui tandis qu'il descend.

Elle est là... Plus belle que jamais.

Les mots lui manquent, il n'ose s'approcher alors que tout son corps la désire. Habillée d'une combinaison décolletée turquoise, Sarah avance lentement dans sa direction. Elle a ce regard pétillant et triste à la fois qui lui rappelle son état. Alors qu'elle s'apprête à l'enlacer, il s'éloigne avec gêne, retire son blouson qu'il pose sur une petite table. Il lui tourne le dos, observe la pièce sans grand intérêt et se rapproche du clic-clac au fond de la pièce.

— Je suis heureux de te revoir...

— Ne me repousse pas, Gabriel, finit-elle par dire d'une toute petite voix en se plaquant contre son dos.

Ce contact le fait frémir de la tête aux pieds. Il caresse ses bras, le cœur serré, tandis que ses yeux se remplissent de larmes.

— J'aurais tant aimé te combler d'amour... chuchote-t-il, sa voix brisée par l'émotion.

Sarah le contourne, elle aussi en larmes, prend son visage entre ses mains et l'embrasse. Alors que leurs lèvres s'unissent, le monde s'efface autour d'eux, laissant place à un désir dévorant. Un halo ocre émerge de leurs corps, les enveloppant comme une aura mystique. Soudain, le corps de vieillard se détache de lui pour laisser apparaître celui qu'il était : cet homme jeune et beau avant d'être frappé par la malédiction de Sybille. Son enveloppe de vieux lévite comme s'il flottait dans un rêve. Les deux amants s'arrêtent un instant, observant ce phénomène familier. Puis ils se retrouvent à nouveau, submergés par une passion qu'ils ont trop longtemps retenue.

Les lèvres de Gabriel s'écrasent alors avec fougue sur celles de Sarah, de crainte que cet instant ne s'arrête. Elle s'accroche à sa chevelure tandis qu'il descend la fermeture Éclair de sa combinaison. Le vêtement tombe lourdement au sol, la laissant à peine vêtue d'une culotte en dentelle. Sarah se colle contre son corps nu, se presse contre lui et gémit sous ses baisers. Il la soulève du sol. Elle enroule ses jambes autour de sa taille, lovée entre ses bras, quand il la plaque sur le canapé. Il la dévisage un instant pour marquer ce moment comme s'il allait être le dernier et caresse sa joue du bout des doigts.

— Si tu savais comme je te désire...

Des larmes coulent des yeux de Sarah, des larmes de joie. Le souffle court, elle passe sa main derrière sa nuque.

— Tu es la plus belle chose qui me soit arrivée, murmure-t-elle en saisissant à nouveau ses lèvres.

Leurs auras s'étendent à présent dans cette pièce exiguë tandis qu'ils libèrent enfin tout ce qu'ils ont retenu. Gabriel retire avec délicatesse le tissu qui couvre l'intimité de son aimée et se met à explorer son corps du bout des doigts. Tout y passe : ses courbes voluptueuses, la douceur de sa peau, le galbe de sa poitrine, avant de finir par lui mordiller les mamelons. Elle soupire, ses joues se colorent de rose et les battements de son cœur s'accélèrent. Sa langue glisse sur sa peau vers son nombril, le bas de son ventre, et effleure son entrejambe. Sarah se cambre et gémit.

— Prends-moi, le supplie-t-elle en le ramenant vers sa bouche.

Gabriel sent un feu brûler dans ses veines, un désir dévorant qu'il n'a jamais connu auparavant. Il la contemple un instant, comme pour s'assurer que ce moment est bien réel, que cette femme, si belle, si vulnérable, est entre ses bras, offerte à lui.

Quand il la pénètre, un petit cri échappe à Sarah, mélange de surprise et d'extase. Gabriel se fige un instant, craignant de lui faire mal, mais elle le rassure, ses mains glissant sur son dos pour l'inciter à continuer.

— Non, ne t'arrête pas...

Son regard fébrile, ses soupirs, sa peau frémissant sous ses doigts, tout en elle le rend fou. Gabriel se perd dans cet instant, chaque geste est calculé, précis, et tendre. Il savoure chaque seconde, chaque sensation, chaque gémissement qui franchit les lèvres de Sarah. Son odeur, mélange exotique et sucré, l'enveloppe, s'imprime en lui de façon indélébile.

À cet instant précis, le monde pourrait s'effondrer autour d'eux que cela n'aurait aucune importance. Tout ce qui compte pour Gabriel, c'est elle. L'aimer. La chérir.

Leurs corps s'unissent dans une harmonie parfaite, oubliant l'espace d'un instant les épreuves qui les attendent. Gabriel s'abandonne totalement, certain qu'il n'a jamais vécu un moment aussi vrai.

CHAPITRE VINGT-HUIT

SARAH

Assoupie contre le torse de Gabriel, Sarah laisse échapper un soupir paisible. Elle lève son bras et observe les reflets ocre qui baignent la pièce, projetant une teinte étrange et chaleureuse sur sa peau.

— Dis ?

— Hum, lance-t-il en caressant sa chevelure du bout des doigts.

— C'est la première fois qu'on est ensemble sans qu'on soit interrompus.

— Peut-être que l'absence du collier y joue beaucoup.

Elle reste silencieuse, pensive.

— À chaque fois que tu apparaissais chez moi, que Sybille s'apprêtait à nous séparer, il émanait de nous une lueur claire, presque bleutée... Pourquoi est-ce différent aujourd'hui ?

La réponse semble tarder et Sarah le remarque.

— Je n'en sais rien.

Un léger sifflement envahit soudain le crâne de Sarah. Elle fronce les sourcils, secoue la tête et se redresse brusquement.

— Qu'est-ce que tu as ? demande Gabriel, inquiet.

Sarah se lève d'un bond, ramasse ses vêtements éparpillés et commence à s'habiller.

— Je me sens bizarre, explique-t-elle en enfilant sa combinaison. J'ai des bourdonnements dans les oreilles... et ces murmures... On dirait que quelqu'un me parle, mais je n'arrive pas à comprendre.

Gabriel, intrigué, se redresse lui aussi, observant chacun de ses mouvements avec attention.

— En réalité, continue Sarah en le dévisageant, j'ai la sensation de bouillir de l'intérieur, et... comment te dire...

— Comme une cocotte-minute prête à exploser ?

— Oui ! C'est exactement ça ! Qu'est-ce qui m'arrive ?

L'aura qui les entoure commence à s'amenuiser, se dissipant comme un souffle qui se meurt. Lentement, l'enveloppe charnelle de Gabriel cesse de léviter et redescend vers le sol. Son spectre est happé par une force invisible, attiré vers son corps tel un aimant, jusqu'à réintégrer son être. Sarah suit la scène, ses mains massant frénétiquement sa tempe droite. Ses yeux plissés trahissent la douleur qui pulse dans son crâne.

— Fait chier ! profère-t-elle, gênée par ces hallucinations auditives. Je veux que ça s'arrête !

Le halo ocre a disparu et ses maux de tête aussi. Gabriel, revenu dans son corps marqué par l'âge, s'approche doucement d'elle et pose ses mains sur ses épaules tremblantes.

— Respire, Sarah. Tente de te calmer.

Mais elle le repousse violemment, ses gestes désordonnés trahissant son agitation.

— Non ! Tu ne comprends pas ! Ce truc va me rendre dingue !

— Au contraire, je comprends parfaitement. Tu...

Elle le jauge, alors que sa poitrine se soulève sous l'effet de sa respiration accélérée, attend qu'il poursuive sa phrase, mais Gabriel se retient. Un bip strident les interrompt. Ils pivotent en même temps vers l'écran.

— Ma mère !

Sarah détourne son regard vers l'entrée, il lui semble avoir entendu vibrer son téléphone. Elle se précipite vers son manteau suspendu à une patère, saisit son portable et ouvre la bouche en voyant l'image et le message qui s'affichent : une photo de Jo, bâillonnée, pieds et poings liés, étendue sur le sol, suivie d'un message de Sybille qui est clair : *Rejoins-moi dans les catacombes dans le quatorzième, seule, ou elle mourra.* Sarah est prise de tremblements et pâlit.

— Qu'y a-t-il ? s'inquiète Gabriel en voyant son visage.

— Non, rien... Ma copine a eu un souci... Je dois aller la voir.

— Laisse-moi t'emme...

— Non !

Elle enfile son manteau à la hâte alors que Mel apparaît sur la dernière marche, deux sacs dans les mains. Sarah se retourne brusquement et les courses se renversent par terre. Tout ce qu'elle voit au milieu des fruits et des conserves, ce sont les clés du break. Gabriel se baisse et ramasse deux boîtes de petits pois qui ont roulé jusqu'à lui.

— Pardon, s'excuse Sarah qui l'aide à rassembler les courses et subtilise le trousseau au passage. Laissez-moi vous aider à tout mettre sur la table.

— Merci.

— J'aimerais prendre un peu l'air, annonce Sarah, la voix légèrement éraillée, déjà en mode départ.

— Je t'accompagne, intervient Gabriel, soucieux de son état.

— Je ne sors pas du périmètre de la caméra, comme ça tu pourras me surveiller, ça te va ?

Le ton qu'elle emploie, sec et abrupt, surprend Mel et son fils. Ils se fixent, interdits.

— Je ne voulais pas hausser le ton, s'excuse Sarah, le regard abattu, consciente de son excès. J'ai besoin d'être un peu seule.

Sa main s'engouffre dans la poche de son manteau et elle presse les clés. Le cœur serré, elle fixe une dernière fois le visage de l'homme de sa vie pour le graver dans son esprit. Sa gorge se noue et les larmes montent, elle le sent et se dépêche de monter les marches avant qu'il ne la voie pleurer. Quand le passage se referme derrière elle, Sarah explose en sanglots. Un élancement sur sa tempe brouille sa vue. Elle cligne des paupières à maintes reprises, secoue la tête dans l'espoir de dissiper son malaise, puis se ressaisit. *Reprends-toi, Sarah ! Jo est en danger.* À cet instant, elle cesse de réfléchir et court vers le break sans s'arrêter. Elle ouvre la portière, se met au volant et démarre le véhicule. Ce dernier part en trombe et fait un tête-à-queue avant de se stabiliser. Quand elle passe la troisième et accélère, elle aperçoit Gabriel dans le rétroviseur qui agite les bras, totalement désemparé.

— Désolée, murmure-t-elle, en larmes.

Sarah appuie sur l'accélérateur, les yeux rivés sur le rétro. Elle sait qu'il cherchera à la suivre... Il lui faut mettre de la distance entre eux le plus vite possible. La main tremblante, elle retire son téléphone de la poche et le place sur le socle à cet effet sur le tableau de bord.

— Dis, Siri, cherche l'itinéraire pour aller aux catacombes dans le quatorzième arrondissement de Paris.

L'appareil s'exécute et la voix du GPS retentit. Son cœur bat fort, chaque pulsation résonne comme un tambour de guerre. Ses mains moites serrent le volant tandis qu'elle avale les kilomètres, klaxonne ceux qui la ralentissent, tout en maintenant son objectif. Elle se remémore les éclats de rire de Jo, les secrets partagés durant ses années de complicité et cette promesse d'être toujours là l'une pour l'autre. Ses lèvres frémissent à ces pensées... Les larmes coulent le long de ses joues, brûlantes, douloureuses. Les traits de son visage changent, se durcissent, animés par une force nouvelle qui l'aide à ne pas céder à la panique. La tristesse laisse place à une détermination féroce, celle de foncer au risque d'y perdre la vie.

L'immense avenue du Colonel Henri Rol-Tanguy est bondée de voitures. Sarah tourne sur sa gauche, atteint la place Denfert-Rochereau et abandonne la voiture en double file. L'appréhension la gagne de nouveau. Elle fixe la zone arborée où se trouve le bâtiment arrière des catacombes et se souvient de sa première visite avec Jo et Marie. Les galeries, recouvertes par endroits de têtes de morts et d'ossements, lui avaient donné la chair de poule. Sarah déglutit, puis son téléphone vibre. Un autre message de Sybille s'affiche sur son écran. Fébrile, elle clique dessus.

Le site est fermé pour manutention, la porte s'ouvrira quand tu te présenteras devant l'entrée. Descends les marches jusqu'à la grosse colonne en forme de tonneau... Nous t'y attendons.

Sarah descend du véhicule, claque la porte et pose ses mains tremblantes sur la portière. Les yeux fermés, elle inspire un grand coup pour se donner du courage, puis s'élance sur le trottoir. Il y a du monde dans les rues, et les regards, d'hommes et de femmes, lui paraissent tous suspects. La tête baissée, Sarah contourne l'immeuble aux teintes beiges et se place devant la grille de l'entrée. La main en visière, elle observe l'intérieur.

— C'est fermé, mademoiselle.

Sarah sursaute et pivote. Un jeune homme aux cheveux débraillés, mains dans les poches, lui sourit.

— Je me suis porté volontaire pour aider à la restauration. On débute lundi prochain. Il vous faudra attendre pour les visites.

— Euh, oui, s'empresse-t-elle de répondre, se forçant à sourire. Je reviendrai à ce moment-là.

Le jeune homme lui envoie un clin d'œil et poursuit sa route quand le déclic du verrou de la grille s'enclenche. Avec discrétion, la jeune femme vérifie autour d'elle pour s'assurer que personne ne la regarde et s'engouffre à l'intérieur. La porte se referme toute seule. Sarah frissonne et frotte ses bras, comme si cela pouvait soulager la peur qui l'assaille. Elle avance ensuite vers l'accès menant aux escaliers et descend. Le sol est inégal, glissant, et la luminosité, très faible. Ses mains s'accrochent aux parois terreuses. Cent trente et une marches pour atteindre ces galeries morbides... Galeries remplies d'ossements d'innocents.

Le froid qui flotte à cette profondeur lui donne la chair de poule. Sarah resserre son manteau contre sa poitrine et fixe un bref instant les piliers épais noir et blanc qui soutiennent la pièce. Aucun bruit ne lui parvient, pas même des gémissements. Son cœur se serre, mais elle refuse d'imaginer le pire pour son amie. Jo est en vie ! Il le faut. Elle longe les couloirs ornés d'os et de crânes tandis qu'un goût amer monte le long de sa gorge. Quand la colonne volumineuse apparaît, son cœur manque un battement en apercevant les cheveux roux sur le sol.

— Jo ! s'écrie la jeune femme qui se précipite sur elle.

— Ah, Sarah, ma douce Sarah. Tu es toujours aussi prompte à jouer les héroïnes. Mais sais-tu seulement à quel point tu es pathétique ?

Encore accroupie, Sarah sent un léger courant d'air lui glacer le dos quand elle aperçoit Sybille, une aura sombre flottant autour de son corps. Sarah lui lance un regard froid, rempli de reproches. Sybille penche la tête, surprise, tandis que ses yeux étincellent d'une lumière perverse, et un sourire cruel tord ses lèvres fines.

— Tu brilles d'une lueur nouvelle ! crache Sybille, un rictus en coin. Qu'est-ce qui te rend si sûre de toi ?

Les mains derrière le dos, affublée d'une longue robe noire, elle s'approche de quelques pas des deux filles. Sarah se redresse et recule, l'air mauvais.

— Peut-être que je n'ai plus peur de vous !

Quelques mètres à peine les séparent. Sybille se crispe, surprise par son audace, tend son bras dans sa direction et projette sa main sur son cou. Le mouvement est si rapide que Sarah n'a pas le temps de réagir et se retrouve plaquée au mur, le visage de Sybille presque collé au sien. Une étincelle de rage brille dans les yeux de la créature tandis que Sarah se débat.

— Tu veux jouer ? Très bien ! ajoute-t-elle en serrant son cou.

— Qu'attendez-vous ! Tuez-moi ! Mais... vous désirez... autre chose.

— Gamine futée !

— C'est... Gabriel que vous... voulez !

— Décidément, tu m'impressionnes !

Sybille relâche la pression et la pousse en arrière. Droite comme un "i", la jeune femme lui fait front.

— Vous avez obtenu ce que vous vouliez, non ? Maintenant, libérez mon amie.

Un rictus déforme les lèvres de Sybille, et son aura, aussi obscure que les abysses, commence à encercler son corps. Les murs autour d'elles tremblent sous l'effet de son pouvoir. Des fragments de pierres se détachent et s'écrasent au sol dans un fracas assourdissant.

— Appelle Gabriel ! ordonne-t-elle, sa voix résonnant comme un tonnerre. Ses yeux la transpercent, lourds d'une haine palpable. Et je déciderai ensuite.

Sarah sort son téléphone, les mains tremblantes, et jette un coup d'œil rapide à l'écran. Elle lève les sourcils en constatant l'absence de barres.

— Pas de réseau... souffle-t-elle, nerveuse.

Sans un mot, Sybille lève la main. Jo, toujours endormie, commence à s'élever dans les airs comme une marionnette tirée par des fils invisibles.

— Qu'est-ce que vous faites ? s'affole Sarah, accrochée à son amie.

— Je la ramène à la surface... Une fois en haut, je verrai si tu es digne de négocier.

Peu confiante, mais sans autre choix, Sarah obéit, suivant le corps inerte de Jo qui lévite devant elle, maintenu par la volonté oppressante de Sybille. À chaque pas, ses pensées tourbillonnent. Que va faire cette femme à son amie ? Va-t-elle réellement la laisser partir ? Comment Johanna réagira-t-elle si elle se réveille au beau milieu de ce cauchemar ?

Serrant les dents pour refouler sa peur, Sarah tente une manœuvre audacieuse. À mi-chemin de l'entrée, sans se retourner, elle parle d'une voix ferme :

— Vos pouvoirs semblent sans limites, n'est-ce pas ?

— Est-ce une question ? répond-elle d'un ton dédaigneux.

— Oui. Pouvez-vous faire en sorte que mon amie rentre chez elle sans aucun souvenir de cet enfer ?

La jeune femme pivote pour la fixer et attend sa réponse.

— Je le peux... mais tout dépendra de la réponse de Gabriel.

Une fois en haut, Sarah fixe le corps de Jo et s'adresse à l'Eisei.

— Tout ce que je veux, c'est qu'elle rentre chez elle saine et sauve, explique Sarah en tapant le numéro de Gabriel et en portant le téléphone à son oreille. Respectez ma requête, et tout se passera selon vos conditions.

La sonnerie retentit, Sarah lui tend le téléphone, Sybille s'en empare.

— Bon sang ! s'écrie Gabriel. Où es-tu !

— Entre de bonnes mains ! Voilà le deal, très cher : tu me rends la pierre, et en échange, tu récupères ta précieuse Sarah.

Un silence pesant s'installe. Sarah sent son cœur se serrer tandis que Sybille attend, savourant l'angoisse du jeune homme.

— Je ne suis pas très patiente, râle-t-elle, agacée. Alors, Gabriel ? Quelle est ta décision ?

— L'échange aura lieu au Mexique, sur le pic de la Sierra Madre.

Un éclat de surprise traverse le visage de Sybille, rapidement remplacé par un sourire carnassier.

— Si tel est ton souhait, mon garçon, le lieu m'importe peu... Tout ce que je désire, c'est récupérer le cristal.

— Ne touche pas à Sarah !

— Une menace ? persifle-t-elle sans quitter des yeux la jeune femme.

— Un avertissement ! corrige Gabriel d'un ton acerbe.

CHAPITRE VINGT-NEUF

SARAH

Il règne dans l'entrée une tension palpable. Dehors, les gens s'affairent dans les rues alors que le soleil décline. La pièce s'obscurcit de plus en plus. Sarah se place près de son amie Jo, qui flotte toujours, et la retourne. Le peu de lumière qui s'infiltre par les fenêtres lui donne un teint cireux, cadavérique. Sa main tremblante glisse vers son cou pour s'assurer qu'elle respire... Le pouls est là, calme, régulier.

— Pousse-toi ! ordonne l'Eisei tout en se rapprochant de l'endormie.

Sarah l'observe. Ses doigts fins se placent sur le crâne de son amie qui ouvre les yeux. Un éclair fin et bleuté émane des mains de Sybille. La pièce baigne dans une lueur douce et presque reposante au vu du contexte. Toujours en lévitation, le corps de Jo se redresse à l'horizontale.

— Tu vas rentrer chez toi, et lorsque tu claqueras la porte, tu penseras être rentrée de balade, sans aucun souvenir de cet instant. As-tu compris ?

Telle une automate, la tête de Jo oscille, puis elle marche vers la porte grillagée et s'arrête. Sarah s'avance, caresse la joue de son amie. Ses pupilles sont dilatées.

— Dites-moi qu'il ne lui arrivera rien ?

— Je ne suis pas un monstre, réplique Sybille, presque offensé, en croisant les bras sur son torse.

— Ben voyons !

Un déclic métallique résonne, la porte grince et s'ouvre légèrement. Jo sort dans la rue, le regard perdu dans le vide.

— Comment va-t-elle rentrer ?

— Elle rentrera, je peux te l'assurer ! Maintenant, il est temps de partir.

Côte à côte, elles longent un moment le trottoir sans s'adresser la parole. Sarah lui lance des regards inquisiteurs, ses yeux scrutent le moindre de ses mouvements, chaque expression de son visage. Il semble renfermer en lui une multitude de secrets, une histoire inachevée qu'elle est prête à déchiffrer. Pourquoi cette femme aux allures de sorcière lui semble-t-elle soudain si familière et à la fois si étrangère ? Une berline stoppe à leur niveau, interrompant ses pensées. Sybille ouvre la portière, et d'un geste du poignet, l'incite à y entrer. Elle obéit, se cale sur la banquette en cuir et fixe le chauffeur au crâne dégarni. Le type se contente d'un regard dans le rétro, puis se remet en route. *Comment sait-il la destination à suivre ? Ils communiquent par la pensée ? Oui... je ne vois que ça !*

Pour la première fois depuis la découverte de Gabriel, Sarah veut connaître le fin mot de l'histoire sur ces créatures énigmatiques. Une certaine fascination l'envahit : quelle est donc leur origine ? Y a-t-il des légendes qui les entourent ? Et pourquoi Sybille s'acharne-t-elle avec hargne sur les siens ? Alors qu'elle se surprend en plein questionnement, la culpabilité, sinueuse et pernicieuse, la ramène à la réalité. Elle se pince la lèvre inférieure, saisit son portable et tape un message à Jo.

Coucou toi, elle hésite un moment et cherche les mots justes avant de poursuivre. *Bien rentrée d'Italie ?*

La réponse ne tarde pas.

Salut... Mal de crâne carabiné, je rentre à l'instant d'une petite promenade.

Sarah lance un regard discret à Sybille et comprend qu'il s'agit certainement des effets de la transe.

Ne sors pas et repose-toi.

Tu peux en être certaine, j'ai l'impression qu'on me broie le cerveau...

La mâchoire de Sarah se crispe, elle déglutit et les larmes montent.

Je t'aime, sœurette, tape-t-elle les doigts tremblants, comme si ces mots étaient les derniers.

Moi aussi.

Soulagée de la savoir en sécurité, elle range le téléphone dans sa poche et contemple le paysage qui défile. Au bout d'un long moment de silence, elle aperçoit un panneau avec l'inscription "Héliport Valérie ANDRE". La piste se dessine au loin tandis que ses muscles se tendent. La dernière fois qu'elle a pris l'avion, un horrible cauchemar avait failli l'étouffer. La voiture s'engage dans la grande allée et s'arrête à quelques mètres d'un hélicoptère aérodynamique : long, avec deux hélices et une longue queue fuselée. Sarah sort du véhicule en plissant le front.

— Paris Mexique ? Dans cet engin ?

Un rire amusé s'échappe de la bouche de Sybille qui l'invite à s'installer à l'intérieur. Le chauffeur laisse le véhicule en plan pour rejoindre le pilote. Dedans, il n'y a aucun accès à l'avant, à peine deux grilles à petits trous sur la paroi qui les sépare. *Peut-être des haut-parleurs ?* Le côté passager est propre, rutilant même, aussi soigné qu'une salle d'opération. Sarah lève les yeux vers le haut et remarque une enfilade de boutons translucides. Au-dessus des banquettes il y a une sorte de harnais noir, non seulement suspendu au plafond, mais aussi à la paroi verticale.

— J'en déduis que je dois m'attacher ?

— Si tu ne veux pas voler à travers l'habitacle ! répond Sybille de façon désinvolte en s'installant face à elle.

La porte latérale se referme automatiquement. Des rampes lumineuses s'éclairent tandis qu'un bourdonnement sourd s'élève. Sarah se dépêche d'enfiler le harnais, clipse le système de sécurité qui forme un X, quand elle se sent tirée en arrière d'un coup et plaquée à la paroi. Les larges sangles se resserrent mécaniquement autour d'elle, la corde au plafond se tend, l'obligeant à maintenir une position bien raide.

— Ouah !

Elle a à peine le temps de réaliser ce qui lui arrive que sa tête se met à tourner, suivi d'un haut-le-cœur.

— La vitesse crée toujours cet effet.

— Ce n'est pas un engin courant.

— Bien sûr que non. Ce petit bijou renferme les connaissances technologiques de nos civilisations, qui dépassent largement celles des humains.

— Je sens une pointe de fierté dans vos propos. Ce qui diverge avec votre cause actuelle.

— Que sais-tu de ma cause ? s'insurge Sybille en haussant la voix. Tu ne sais rien de moi, hormis ce que t'a raconté cet effronté de Gabriel. Pour toi je ne suis qu'un monstre cruel, n'est-ce pas ?

— Difficile d'avoir une autre opinion de vous, au vu de vos derniers actes.

Les deux femmes se jaugent, leurs regards s'affrontant avec intensité.

Il émane de cette créature une aura indéfinissable, un mélange de puissance et de désolation. Sarah la détaille, cherchant à comprendre ce qui l'effraie tant. L'étrange froideur sur le visage de l'Eisei persiste, mais ses yeux... Ses yeux autrefois voilés de blanc se sont adoucis, teintés à présent d'un bleu ciel lumineux.

— Qui êtes-vous ? murmure Sarah avec prudence. Quelle est votre histoire ?

— Tiens donc, voilà que ma vie t'intéresse ? ricane Sybille.

— Quitte à mourir dans les heures qui viennent, rétorque-t-elle avec un soupçon d'ironie, autant connaître votre version.

— D'où te vient cette... audace ?

Sarah lève les sourcils, elle-même surprise par la réflexion de Sybille. Son regard vacille un instant et elle fixe le sol. D'où lui vient cette curiosité ? *Tu as repris confiance en toi... Continue de l'interroger.* Cette voix, douce et posée, lui parvient comme un murmure lointain et a l'effet d'un calmant.

— Racontez-moi. Si nous devons nous affronter, je veux au moins savoir pourquoi...

Sybille roule des yeux, mais un éclat d'hésitation passe sur son visage... Sarah continue de la dévisager : ses cheveux blancs tirés en arrière forment une longue tresse qui se balance de droite à gauche selon les mouvements de l'hélico. Elle se tient à la verticale telle une statue de marbre, les mains ouvertes plaquées sur ses cuisses. Sarah remarque que ses doigts se referment sur le tissu noir... Est-ce un signe de nervosité ?

— Si tu veux tout savoir, je ne suis pas l'instigatrice de cette guerre, commence-t-elle à expliquer de façon posée. Je vivais parmi les miens en totale harmonie, nos deux espèces s'entendaient à la perfection...

— Vos deux... espèces ?

— Si tu veux vivre assez longtemps pour entendre la fin, tiens ta langue ! grogne-t-elle, le regard froid.

Sarah effectue un geste de la main sur sa bouche pour simuler le silence, et attend. Sybille inspire profondément, puis reprend le récit de sa vie.

— Notre planète était habitée par deux espèces, poursuit Sybille, ses yeux se perdant dans un lointain passé. Nous, les Eiseis, êtres de lumière, étions contraints de nous protéger du soleil sous une enveloppe protectrice, et les Razels, un peuple brillant, pouvait vaquer librement sous les rayons du jour. Nous vivions en parfaite symbiose. Le Suprême, une entité puissante, veillait à la paix et l'équilibre.

Sa voix se brise légèrement et elle détourne les yeux.

— Puis un jour, mon cœur s'est épris d'un Razel...

Sarah écarquille les yeux, stupéfaite.

— Cela te paraît invraisemblable qu'une créature comme moi puisse aimer ?

— Non... c'est juste que... je ne m'y attendais pas.

— Il me traitait comme une reine, reprend Sybille, nostalgique. Chaque mot qu'il prononçait illuminait mon âme. À ses côtés je me sentais importante, unique... aimée.

Sybille ferme les yeux, cherchant à contenir l'émotion qui afflue.

— Mais notre amour était jugé contre nature. Les Razels ont d'abord toléré notre rapprochement, jusqu'à ce qu'ils comprennent qu'il s'agissait de bien plus qu'une amitié. Alors nous avons commencé à nous voir en secret, à l'abri des regards. Les mois passaient et notre amour grandissait. Puis un jour, nous nous sommes unis.

— ...

Une immense tristesse s'abat sur son visage. Ses doigts triturent nerveusement le tissu de sa robe. Une larme glisse le long de sa joue creusée, mais elle ne l'essuie pas.

— Nous nous sommes aimés, poursuit Sybille, les yeux pleins de larmes, chaque jour, chaque heure, chaque minute...

Plongée dans ses pensées, Sybille revit son étreinte. *Caché au milieu d'une végétation dense, le Razel, à l'apparence proche d'un Salpidae : corps gélatineux ovale strié, aux multiples cornes souples qui s'étendent comme des élastiques, enlace l'Eisei de ses tentacules. Une lueur dorée s'étend autour d'eux et des vibrations émanent de leurs corps mous. Les plantes aux alentours frétillent et dansent, rythmées par leurs ébats. Les branches des arbres se plient pour former un dôme protecteur, les isolant de toute éventuelle entrave.*

— De notre union est né un petit être, dit-elle enfin, sa voix tremblante... Un être extraordinaire, différent de nous tous : une tête fuselée avec de gros yeux ronds et un corps allongé muni de dizaines de tentacules luminescents. Il avait le pouvoir de transformer les gouttes d'eau en neige, d'apaiser les tempêtes, de faire fleurir le printemps en plein hiver...

Sarah retient son souffle, captivée par le récit.

— Nous l'avons caché dans une grotte pour ne pas attirer l'attention. Mais un jour, alors que je m'apprêtais à rejoindre la cachette...

Son visage s'assombrit d'un coup et ses traits se tordent de haine.

— Il avait disparu !

— Que lui est-il arrivé ? souffle Sarah, oubliant toute prudence.

— Les Razels... Ils me l'ont enlevé !

L'aura noire de Sybille jaillit, envahissant l'habitacle de l'hélicoptère. Sarah détourne légèrement le visage, suffoquée par cette vague de colère.

— Nous l'avons cherché partout, dans les grottes, dans les montagnes, mais il était introuvable ! fulmine Sybille, les poings crispés. J'ai donc commencé par questionner les miens, espérant qu'ils aient vu ou entendu quelque chose. Mais leurs visages étaient emplis de confusion et de désarroi face à mon état. Aucun d'eux n'avait la moindre réponse, aucune piste. Ils étaient aussi démunis que moi... ou faisaient semblant de l'être.

La voix de Sybille se charge de rancune et son regard se perd dans le vide. Sa mâchoire se contracte et sa main se referme violemment, comme si elle étranglait un ennemi invisible. L'énergie sombre qui l'entoure commence à vibrer de manière de plus en plus rapide.

— J'ai supplié le Suprême de m'aider... Il m'a répondu que malheureusement les Razels avaient tué mon enfant ! Mon ire s'est abattue sur eux... Je les ai traqués, un par un, les poussant jusqu'à leurs limites, les brisant pour qu'ils souffrent comme je souffrais.

Sarah frissonne devant la puissance brutale émanant de l'Eisei.

— Vous les avez... détruits ?

Les pupilles de Sybille se voilent d'une aura d'obsidienne et se braquent sur elle avec une intensité terrifiante.

— Ils m'ont arraché mon tout-petit ! hurle-t-elle. Une vague d'énergie noire explose autour de l'Eisei, obligeant Sarah à protéger son visage avec son bras. Et personne... PERSONNE n'a levé le moindre petit doigt pour me consoler.

La douleur dans sa voix est tangible, presque suffocante. Sarah lutte pour retrouver son souffle, consciente qu'elle est à la merci d'une créature brisée par la perte, consumée par une rage aussi ancienne que l'amour qu'elle portait à son enfant.

— Et votre aimé ? intervient Sarah, haletante.

L'aura sombre qui imprègne l'habitacle vacille, se rétracte peu à peu comme une marée qui reflue.

— Qu'est-il arrivé à votre amour, Sybille ?

Les pupilles de l'Eisei retrouvent leur teinte immaculée, mais son visage reste figé dans une expression amère. Ses traits sont marqués par les rides et transpirent d'hostilité.

— Il est mort... murmure-t-elle d'une voix tranchante où se mêlent douleur et colère, chaque mot vibrant avec une intensité presque insupportable.

Sarah fronce les sourcils, perplexe.

— Que voulez-vous dire ?

Sybille détourne légèrement les yeux, comme si revisiter ce souvenir était une épreuve insurmontable.

— Le déclin de notre planète... Elle marque une pause, cherche ses mots tandis que ses lèvres frémissent. La disparition des Razels est venue rompre l'équilibre de celle-ci... Et ça, je ne l'avais pas prévu. Le ciel, autrefois éclatant de lumière, s'est terni sous un voile toxique. Les océans, vibrants de vie, se sont asséchés, pour laisser place à des déserts sans fin. Et la chaleur... a consumé tout ce qui existait. Mon aimé, lui aussi, fut une victime de ce déclin. Son corps lumineux s'est fissuré, incapable de résister à l'agression constante de notre environnement en décomposition.

Sarah sent une vague de compassion mêlée de peur monter en elle. Cette douleur liée à la perte, elle la connaît. Mais la profondeur du désespoir de Sybille semble insondable.

— Vous vous sentez coupable ?

Sybille éclate d'un rire bref et amer, puis la dévisage.

— Ni mes dons ni ceux de notre Suprême, bien trop affaibli, ne pouvaient inverser l'agonie de notre monde. Le mal était fait ! Les remords ou les regrets ne servaient plus à rien. Pourtant, j'ai dû réagir vite pour sauver le reste de mon peuple.

C'est sur Terre que quelque chose en moi s'est révélé, comme une prise de conscience.

Elle inspire profondément et reprend.

— Ça a été le début de ma transformation. J'ai compris que pour survivre, pour préserver ce qui restait des miens, il fallait agir autrement. Briser les règles. Réécrire les lois mêmes de la vie.

— Vous... Vous avez commencé à phagocyter des êtres vivants ? murmure Sarah, peinant à croire ce qu'elle entend.

— Je n'avais pas le choix, rétorque-t-elle d'une voix calme, mais chargée de gravité. Mon peuple me regardait comme leur dernier espoir. Ils attendaient de moi des miracles que je n'étais plus capable de leur offrir. Je ne pouvais pas me permettre de leur montrer que j'étais faillible face à la mort de l'être que j'aimais.

Sarah frissonne à nouveau. Chaque mot de Sybille transpire d'une justification implacable, d'une absence totale de remords. Pourtant, derrière cette façade de contrôle, Sarah perçoit une fissure, une sorte d'humanité vacillante.

— Alors vous les avez sacrifiés, ces innocents ?

— Des innocents ? Les Razels étaient des traîtres, des voleurs qui m'avaient tout pris. Ils ont payé pour leurs crimes. Chaque goutte de leur vitalité m'a permis de me renforcer pour pouvoir offrir une chance de survie à mon espèce.

— Et votre peuple a accepté ces sacrifices ?

— Ils ne savaient pas... ne pouvaient pas savoir. Suite à l'extinction des Razels, le Suprême a disparu. Une partie des Eiseis, orphelins, a commencé à voir en moi une sorte de déesse, une sauveuse. Je leur ai donné l'espoir de marcher un jour à la surface sous un soleil éclatant, loin de notre planète mourante. J'ai alimenté leurs rêves, tout en portant seule le poids de la vérité.

— Et maintenant ? Que reste-t-il de cet espoir ?

— Il reste tout, tant que je respire. Je trouverai un moyen de ramener mon peuple à la lumière. Peu importe le prix.

— C'est pour ça que vous massacrez des humains ? lance Sarah avec amertume. Pour votre propre survie ?

— Massacrer ? Non, je les ai utilisés. Les humains sont fascinants, si faibles et pourtant si résilients. Je ne les ai pas détruits, Sarah, je les ai sublimés. Chaque être que j'absorbe devient une partie de moi, de mon peuple. Une symbiose, si tu veux.

— Une symbiose ? Vous parlez d'un meurtre déguisé en altruisme !

— Tu ne comprendras jamais. Vous, les humains, êtes si attachés à vos principes... À votre petite morale étriquée. Mais quand il s'agit de survie, il n'y a ni bien ni mal. Seulement la nécessité.

Un silence pesant s'installe entre les deux femmes. Seul le vrombissement de l'hélicoptère occupe l'espace pendant de longues minutes. Sarah déglutit et finit par rompre le silence.

— Et maintenant ? reprend-elle. Qu'attendez-vous de Gabriel et de moi ? Nous absorber aussi pour nourrir votre folie ?

— Toi, Sarah, tu n'es qu'un hasard. Une pièce sur l'échiquier, rien de plus. Tu n'as jamais été choisie pour qui tu es, mais simplement pour ce que tu pouvais représenter pour lui, pour Gabriel. Mon véritable objectif, c'était lui.

Sybille marque une pause et lève le bras pour exposer le fragment d'artefact contenu dans son bracelet juste devant les yeux de Sarah.

— Gabriel n'est pas comme les autres. Il est unique, porteur d'une lumière que même les Eiseis ne peuvent créer. Le fragment d'un objet d'une puissance telle qu'il est capable de faire renaître tout ce que j'ai perdu. Mon peuple. Ma planète. Et pour cela, je suis prête à tout.

Sarah déglutit, son esprit s'embrouille face à sa révélation.

— Alors... vous m'avez utilisée comme un simple moyen pour atteindre Gabriel ?

— Exactement, ricane Sybille avec un sourire cruel. Tu étais le levier idéal. Une distraction pour lui, un appât pour le maintenir enchaîné à cette réalité. Rien de plus.

CHAPITRE TRENTE

GABRIEL

— Qu'y a-t-il, Gabriel ? La voix inquiète de sa mère résonne dans son casque de communication.

Depuis qu'ils ont embarqué à bord d'*Angel*, il n'a cessé de fixer l'horizon, le regard perdu à travers la verrière du cockpit. Son esprit vagabonde, happé par de sombres pensées. Chaque nuage qui défile obscurcit un peu plus ses certitudes, creuse ses doutes. Sera-t-il à la hauteur ? Aura-t-il la force d'affronter ce qui l'attend ? Et Sarah... Que va-t-il advenir d'elle ?

Ses doigts effleurent machinalement sa poitrine, là où bat ce fragment qui le condamne autant qu'il le définit.

— Parle-moi, je t'en prie...

La supplique de Mel interrompt ses pensées, il perçoit sa détresse, son angoisse étouffée derrière des silences trop lourds. Le jeune homme ferme les yeux un instant, tente de contenir cette vague d'émotion qui menace de le submerger. Une part de lui voudrait lui dire que tout ira bien, qu'il n'y a rien à craindre. Mais il refuse de lui mentir. Pas à sa mère.

Sa mâchoire se contracte, sa gorge se serre.

— Maman...

— Je suis là, mon fils.

Gabriel prend une inspiration profonde... cherche les bons mots.

— J'ai retrouvé papa.

Un silence s'abat aussitôt dans l'habitacle.

Gabriel sait que cette révélation est un coup en plein cœur pour sa mère. Il ne peut pas la voir, mais devine les larmes qui envahissent ses yeux, la main crispée sur le manche de l'appareil.

— Comment... ? souffle-t-elle enfin, la voix brisée.

— Une projection... près du lac de Côme. Un phénomène étrange nous a frappés. J'ai vu sa vie et lui la mienne. Je t'ai vue, maman. J'ai ressenti son amour pour toi, sa douleur quand il a dû partir... et son manque. Il a vécu ces années sans toi avec un poids que je ne peux même pas décrire.

Les grésillements dans son casque ne dissimulent pas le sanglot qu'elle retient avec peine.

— Ton père... Il me manque chaque jour. Pas une seconde ne passe sans que je ne pense à lui.

Gabriel serre les poings.

— Je sais... C'est pour ça que je veux que tu le rejoignes à la clinique de Salzbourg.

— Quoi ? Mais... pourquoi ? Que lui est-il arrivé ?

— Sybille s'en est prise à lui, murmure-t-il, les poings crispés.

— Seigneur... Que lui a-t-elle fait ?

— Ses yeux ont été touchés. Il se fait soigner, mais... Scott aura besoin de toi.

Un silence, puis Mel reprend, le ton tranchant.

— Après la confrontation.

— Non, maman. Tu ne resteras pas.

— Quoi ? s'insurge-t-elle. Pas question de te laisser seul !

Gabriel ferme les yeux un instant. Il déteste lui mentir, mais refuse qu'elle soit là pour voir ce qui va arriver.

— Fais-moi confiance, insiste-t-il. J'ai besoin de toi auprès de Papa, et lui aussi veut te revoir.

— Ne me mens pas ! Tu essaies de m'éloigner !

Le silence s'étire.

— Ce combat, je dois le mener seul. Et ça, ce n'est pas négociable.

— Que veux-tu que j'attende, hein ? Que l'on me ramène ton corps dans un cercueil ? hurle-t-elle alors que l'appareil penche légèrement sur la droite.

Gabriel sent le poids de ces mots s'écraser sur lui comme une lame enfoncée en plein cœur.

La peur.

Pas celle de mourir.

Celle de la laisser seule.

— Maman, écoute-moi...

Gabriel ferme un instant les yeux, puis reprend d'une voix tremblante, plus douce cette fois.

— J'ai passé trop d'années à errer sans attaches, sans toi. Trop d'années à survivre, à fuir au lieu de vivre. Je ne me suis jamais autorisé à ressentir le manque, à penser à ce que je n'avais plus, parce que c'était trop douloureux. Mais toi, tu n'as jamais cessé de me chercher, de me protéger, jamais cessé de m'aimer... même quand j'étais perdu.

Sa voix se brise légèrement, mais il continue.

— J'ai compris, maman. J'ai compris que je ne veux plus être seul. Que je veux te retrouver, rattraper ces années gâchées. Je veux connaître mon père, comprendre d'où je viens, reconstruire ce que Sybille a détruit. Mais pour ça, il faut que tu sois en sécurité.

Sa mère ne répond pas. Il sait qu'elle pleure en silence.

— Ce combat... Je vais le mener pour nous, maman. Pour que demain on puisse enfin avoir une chance d'être une famille.

Il sort une enveloppe de sa veste et la glisse sur le siège.

— Je veux que tu donnes ça à Carlos. C'est le garçon qui s'occupe de mon chien. L'adresse est dessus.

— Non, murmure-t-elle en un gémissement étouffé. Je ne veux pas.

— Maman...

Mel secoue la tête, le visage ravagé par les larmes.

— Je t'aime, maman. De tout mon cœur.

— Pas ça... Pas ces mots-là, Gabriel...

Sa voix se brise et Gabriel sent son propre cœur se fissurer.

— Promets-moi que tu feras ce que je t'ai demandé.

Sa mère secoue encore la tête, refuse, lutte.

Mais les montagnes de la Sierra Madre se dessinent à l'horizon et ils n'ont plus le luxe de discuter.

— Promets-le-moi, maman.

Un silence. Puis, dans un souffle, elle capitule.

— Je te le promets.

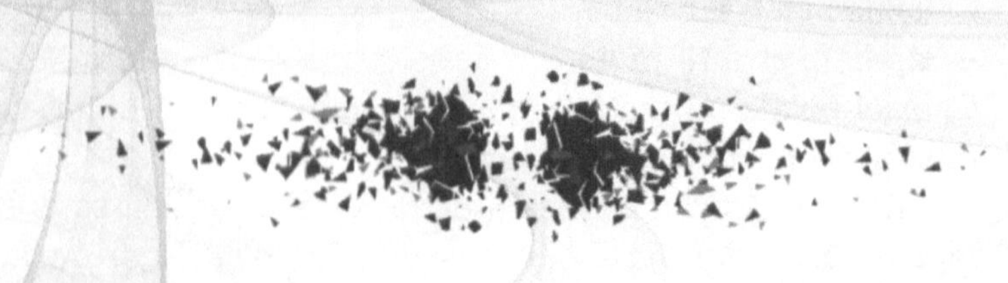

Angel fend le ciel, sa carlingue frémissant sous la puissance des réacteurs. Les montagnes de la Sierra Madre s'étendent en contrebas, majestueuses et implacables. À mesure que l'avion approche de la plateforme, l'immense plateau se révèle, cercle de béton taillé à même la roche, une scène parfaite pour un affrontement qui scellera le destin de tous.

Gabriel, les yeux rivés sur le sol qui se rapproche, perçoit une silhouette immobile, drapée dans l'ombre. Sarah est là, debout, le vent soulevant ses longs cheveux bruns, ses bras croisés sur sa poitrine comme une armure fragile. À ses côtés, Sybille. Son visage impassible ne trahit aucune émotion, ses yeux blancs plantés droit sur lui.

Angel entame sa descente, ses réacteurs passant en mode stationnaire, vomissant un bruit assourdissant qui fait vibrer l'habitacle. L'engin se stabilise, puis amorce peu à peu sa descente, soulevant une pluie de poussières. Une secousse annonce l'atterrissage.

Dans le cockpit, le verre se soulève lentement, laissant entrer l'air brûlant du Mexique. Gabriel se redresse, mais la main de Mel se referme sur son bras. Elle le retient, le presse comme si ce simple contact pouvait empêcher ce qui allait suivre. Ses yeux, brillants de larmes, vont de son fils à Sybille, puis reviennent sur lui, suppliants.

— Cette Eisei ne ressent rien... souffle-t-elle entre ses dents serrées. Elle est dénuée de compassion et se croit au-dessus de tout.

— Maman...

— Je sais, je sais, coupe-t-elle en lâchant son bras pour essuyer ses larmes. Reviens-moi entier, c'est tout ce que je te demande.

Il hoche la tête, incapable de répondre autre chose.

Sarah approche l'escalier roulant et Gabriel descend, un poids lourd dans la poitrine.

Les regards se croisent.

Celui de Mel, déchiré entre la peur et l'amour.

Celui de Sarah, empli d'une inquiétude muette, d'une compréhension silencieuse.

Celui de Sybille, distant, insaisissable, un sourire cruel effleurant ses lèvres.

Angel redécolle dans un rugissement. Le souffle des réacteurs balaye la plateforme d'un vent violent, soulevant un nouveau tourbillon de poussières. Sarah s'accroche à Gabriel, qui la serre instinctivement contre lui, bouclier humain contre la tempête. Sybille, elle, reste parfaitement immobile. Seuls les pans de sa robe et la tresse dans son dos dansent sous l'assaut des bourrasques.

Le bruit assourdissant des moteurs s'estompe peu à peu et un silence presque irréel s'installe, oppressant, chargé d'une tension palpable.

Puis un frisson parcourt l'air.

Un grondement sourd monte du sol.

L'horizon s'embrase de rouge tandis que le soleil disparaît derrière les montagnes.

Un bruit mécanique retentit, brisant le calme précaire. Sous leurs pieds, la roche tremble. Sarah et Gabriel échangent un regard inquiet. De gigantesques colonnes de béton surgissent du sol, émergent lentement comme des sentinelles réveillées après des siècles de sommeil. Les projecteurs intégrés aux piliers s'activent, projetant des faisceaux blancs tranchant l'obscurité grandissante.

Sybille observe le spectacle avec une lueur d'admiration.

— La technologie de nos jours... Une pure merveille, souffle-t-elle, presque rêveuse.

Gabriel se place devant Sarah, son corps tendu comme une corde prête à rompre, ses poings crispés le long de son corps.

— Venons-en au fait !

Sybille laisse échapper un rire bas, amusé, avant qu'une ombre ne glisse le long de son corps. Une aura noire, dense, s'étend autour d'elle et se distord, faisant frémir la pierre sous leurs pieds.

— Es-tu pressé de mourir ? ricane-t-elle.

— Qu'insinue-t-elle ? s'insurge Sarah en faisant un pas en avant.

Gabriel incline légèrement la tête en direction de la jeune femme, sans lâcher Sybille du regard.

— Quoiqu'il arrive dans les minutes qui viennent, n'interviens pas !

— Mais...

— Tu dois me faire confiance.

Ses doigts glissent dans sa chevelure, caressent doucement sa joue. Puis, dans un élan presque désespéré, il l'attire contre lui et l'étreint avec force.

— Gabriel... murmure Sarah, blottie contre lui. Pourquoi ai-je la sensation que c'est un adieu ?

— Non, ce n'est qu'un bref au revoir.

Il se détache lentement, pose une dernière fois ses lèvres sur les siennes, s'imprégnant de son goût, de son odeur, de sa chaleur.

— Nous aurons toute la vie pour nous aimer.

Un ricanement brise l'instant suspendu.

— Touchant !

Sarah se retourne, le visage déformé par la colère.

— Comment pouvez-vous être aussi insensible ? crie-t-elle à Sybille, la voix tremblante. Vous avez connu ce sentiment !

Gabriel arque un sourcil, surpris par sa réflexion. Son regard se fixe sur Sybille, cherchant à capter un indice, une faille dans son masque impénétrable.

— Vous avez nourri votre haine durant tout ce temps... mais en réalité, nous n'y sommes pour rien, poursuit Sarah qui avance d'un pas. Ce n'est pas nous que vous haïssez.

Sybille l'observe sans ciller, son expression impassible. Puis, lentement, elle lève le bras en direction de Gabriel.

— Peut-être... concède-t-elle d'une voix grave.

— Depuis le début, crache Gabriel, les yeux injectés de haine, c'était vous ?

— Si tu fais allusion à ta mutation... Oui !

Son poignet effectue un mouvement rotatif et une sphère d'énergie noire tourbillonne dans l'air, grandissant chaque seconde.

— Mais nous ne pouvons pas remonter le temps.

L'énergie vibre, s'étire, prend forme.

— Personne ne pourra éteindre la douleur qui enserre mon cœur.

Gabriel fronce les sourcils, intrigué par ces mots.

— Parce que vous avez un cœur ?

Sybille détourne légèrement la tête, une ombre traversant fugitivement son regard.

La sphère noire traverse alors l'air en une onde de choc aveuglante avant de frapper Gabriel en pleine poitrine. L'impact est si brutal qu'il crée un souffle puissant suivi d'un craquement sinistre : la roche se fissure sous ses pieds, des éclats de pierres volent autour d'eux et les projecteurs vacillent, grésillant sous l'onde d'énergie qui les percute.

Gabriel se cambre en arrière, ses muscles contractés sous la puissance du choc. Son corps tout entier vibre, soulevé du sol comme une marionnette dont les fils seraient tirés par une force invisible. Il hurle, son corps arqué et suspendu en l'air par l'énergie de Sybille. Ses muscles tremblent, son souffle est saccadé. Sa chemise se déchire sous la pression invisible qui l'écrase. Il sent chaque fibre de sa peau s'arracher, chaque nerf brûler sous la lame invisible qui l'écorche dans une lenteur abominable.

Sybille observe son œuvre, son regard glacé fixé sur le sang qui s'écoule. Ses doigts se meuvent dans l'air, invisibles marionnettistes de cette torture méthodique.

— Tu ressens ça, Gabriel ? susurre-t-elle, sa voix tel un murmure venimeux. Cette douleur qui lacère ta chair, qui expose ta faiblesse au grand jour ? C'est une fraction de ce que j'ai enduré... Une infime part du prix que j'ai payé.

Gabriel serre les dents, suffoquant sous l'agonie. Ses mains se crispent dans le vide, il cherche un appui inexistant.

— Tu crois... halète-t-il, la tête vacillante, que me torturer changera quelque chose ? Que ça te rendra ce que tu as perdu ?

Sybille plisse les yeux, une étincelle de rage traverse ses pupilles.

— Tu parles comme si tu comprenais. Comme si tu pouvais imaginer ce que c'est de voir son monde s'effondrer, de se voir arracher son propre sang ! Mais toi... toi tu sais, n'est-ce pas, Gabriel ? Le Suprême te l'a murmuré, glissé dans l'ombre de tes pensées. Il t'a raconté ce que j'ai perdu... et pourtant, tu restes là, à me juger comme tous les autres !

Elle tord l'index et le majeur, et une déchirure plus profonde ouvre le torse de Gabriel. Son hurlement se répercute contre la montagne, un hurlement inhumain qui semble fracturer l'espace.

— Tu veux que je ressente ta douleur ? crache-t-il, la voix brisée. Eh bien, félicitations, Sybille, tu es sur la bonne voie ! Mais ça ne t'apportera rien. Pas la paix. Pas ton enfant. Juste... juste plus de cendres !

Le regard de Sybille s'assombrit, ses lèvres se pincent en une moue froide.

— C'est là que tu te trompes, Gabriel.

Ses doigts s'ouvrent en un geste dramatique.

— Je ne cherche pas la paix.

Elle referme sa main d'un coup sec et l'intérieur de Gabriel s'ouvre en une plaie béante, révélant l'éclat palpitant au creux de son torse.

— Arrêtez ! hurle Sarah, sa voix brisée par la panique. Par pitié !

La jeune femme tente d'avancer, mais une force invisible la maintient en arrière, comme si l'univers tout entier s'opposait à elle. Sarah se débat, les larmes brouillant sa vision, ses mains cherchant désespérément un moyen d'intervenir.

Gabriel, lui, sent son esprit vaciller, ses yeux se fermer. Mais il trouve encore la force de sourire. Un sourire tremblant, moqueur, teinté d'une dernière lueur de défi.

— Alors tu n'es qu'une ombre, Sybille. Une coquille vide... Une reine sans royaume.

Il tousse. Du sang s'échappe de ses lèvres.

— Même ton enfant aurait eu honte de ce que tu es devenue.

Le visage de Sybille se fige. Un instant. Une fraction de seconde. Puis une onde de rage explose autour d'elle.

Elle projette Gabriel au sol avec violence, son aura sombre crépitant autour d'elle comme une tempête furieuse, et s'avance, son regard incandescent de haine.

— Tu crois que tu peux me briser ? gronde-t-elle, sa voix résonnant comme un coup de tonnerre. Que tes mots peuvent m'atteindre ?

Elle tend la main.

Lui est à l'agonie.

Le cristal palpite.

Gabriel, à bout de souffle, murmure dans un dernier râle.

— Ce n'est pas moi... qui vais te briser.

Sa tête bascule sur le côté... Ses yeux sont vides de vie. Une énergie invisible envahit la scène, comme si l'univers lui-même retenait son souffle. Un silence pesant s'installe, seulement brisé par le battement sourd du cristal.

L'éclat, encore souillé du sang de Gabriel, flotte au-dessus de son corps inerte, illuminant la plateforme d'une lueur spectrale. Sybille tend la main, ses doigts avides se referment dans le vide. Elle est à quelques centimètres de l'artefact lorsqu'une onde d'énergie traverse l'air et foudroie l'espace autour d'eux.

La montagne gronde. L'atmosphère se charge d'électricité statique, et un rugissement viscéral semble émaner des entrailles mêmes du monde. Une colonne de lumière aveuglante jaillit de l'entrée de la grotte du Suprême, déchirant la nuit et projetant des ombres mouvantes sur les parois rocheuses.

Sarah recule, une main plaquée sur sa bouche, son regard fixé sur le geyser d'énergie qui s'élève vers le ciel, engloutissant tout sur son passage.

Au cœur de ce cataclysme, une silhouette étrange se dessine. Suspendue dans le rai lumineux, une créature éthérée descend lentement vers eux. Un être translucide, telle une méduse céleste, flotte. Ses tentacules ondulent autour de lui, pulsant d'une lueur bleu pâle et dorée.

Le Suprême.

Un silence glacial tombe sur la plateforme.

Sybille se fige, ses yeux injectés de rage braqués sur l'entité qui descend vers eux.

— Non... Pas maintenant... gronde-t-elle entre ses dents serrées.

Le Suprême ne lui accorde pas un regard. Ses tentacules s'élancent, s'étirent dans un mouvement fluide et hypnotique... et s'enroulent autour du cristal qui lévite.

— NON ! hurle Sybille qui se précipite en avant, son corps se dédoublant dans une danse irréelle de clones d'ombres.

Les filaments luminescents du Suprême serrent leur prise, et d'un mouvement sec, il attire le cristal à lui, le pressant contre son corps immatériel.

Une onde de choc invisible éclate sur la plateforme. Sybille est projetée en arrière comme une poupée de chiffon.

Sarah sent un frisson glacial parcourir son échine. Elle sait. Elle comprend enfin.

— C'est toi... murmure-t-elle, ses lèvres tremblantes. C'est toi qui...

La créature se redresse, détachée, presque amusée. Puis elle rit. Un rire creux, profond, un écho dérangeant qui se répercute dans la vallée en contrebas. Elle tourne lentement son regard vers Sybille encore à genoux.

— *Tu pensais vraiment que j'allais te laisser mon bien sans me battre ?* résonne la voix du Suprême, suave et tranchante comme une lame d'obsidienne. Il m'appartient.

Sybille redresse la tête, les dents serrées, ses poings crispés.

— Tu es responsable de tout ce chaos ! crache-t-elle d'une voix tremblante de rage. Rien de tout cela ne serait arrivé si tu m'avais aidée à retrouver mon enfant !

Le Suprême s'immobilise un instant, comme s'il savourait ses paroles. Puis un sourire narquois étire ses traits semi-humains.

— *Oh, Sybille...* susurre-t-il. *Pauvre, pauvre Sybille.*

Il incline légèrement la tête, son amusement teinté d'une certaine cruauté.

— *Tu as toujours cru que cet enfant t'avait été arraché.*

Ses tentacules ondulent autour du cristal.

— *Mais tu n'as jamais posé la vraie question...*

Il tourne son regard brillant vers Sarah, la scrutant comme un entomologiste observerait une créature sous son scalpel.

Sarah sent son souffle se couper.

Elle ne veut pas entendre la suite.

— *Pourquoi ai-je gardé cet enfant en vie, selon toi ?*

Un silence glacé s'abat sur la montagne. Sarah tremble.

— *Parce qu'il n'était pas destiné à être le tien, Sybille.*

Sybille écarquille les yeux. Le sang quitte son visage, son expression figée dans une stupeur inimaginable.

— Tu mens !

Le Suprême éclate d'un rire cynique.

— *Voyons, Sybille. Ai-je vraiment l'air de quelqu'un qui a besoin de mentir ?*

Il pivote lentement vers Sarah, ses yeux luminescents transperçant l'obscurité.

— *Tout ce temps...* murmure-t-il, *je n'ai fait que protéger ce qui me revenait de droit.*

Sarah recule d'un pas, son cœur battant à tout rompre.

— Qu'est-ce que vous racontez ?

Le Suprême s'avance lentement, son corps flottant à quelques centimètres du sol, imposant, inéluctable.

— *Ce n'est pas Sybille qui a porté mon héritier.*

Chapitre trente et un

— Le combat —

Sybille s'approche du Suprême, les traits tirés, les mâchoires contractées par la tension. Le malaise qui règne sur le plateau montagneux crée une atmosphère pesante qui semble écraser chaque respiration. Les yeux blancs de l'Eisei, déterminés, mais emplis de rage, fixent la créature mouvante. Chaque pas qu'elle fait sur cette surface rocailleuse semble résonner dans le silence, amplifié par la solitude des lieux. Il la jauge, son regard est perçant... Sybille attend que le jeu reprenne. Elle ne le craint pas et la lumière éthérée qui émane de lui ne l'aveugle plus, elle est avide de vérité.

— Où est-il ? demande-t-elle, le ton tranchant comme une lame.

Le Suprême reste immobile, ses tentacules translucides vibrant d'une énergie nouvelle.

— *De qui parles-tu, Sybille ?* souffle-t-il, son ton mielleux et moqueur.

— Mon enfant ! Tu as osé me l'arracher... et maintenant, je veux savoir ce que tu en as fait !

Le Suprême frémit et génère une onde d'énergie.

— *Enfin tu poses la bonne question !*

Sybille sent une rage froide lui glisser sous la peau, telle une tempête prête à exploser. Sarah reste immobile, figée comme une statue. Chaque mot prononcé par le Suprême semble l'enflammer et sa poitrine se soulève sous le choc de ses révélations.

— Ne joue pas avec moi ! reprend Sybille. Réponds-moi !

Un rire grave s'échappe du Suprême.

— *Ce petit bâtard né de votre union n'existe que parce que je l'ai voulu !* Son timbre change et devient plus incisif. *Cet être exceptionnel est un Suprême.*

Le monde vacille sous les pieds de Sybille.

— Qu'est-ce que tu racontes… ? murmure-t-elle, le souffle coupé.

— *Les Eiseis et les Razels ne sont que des fragments d'un équilibre ancien. Séparés, ils sont puissants, mais ensemble… Ensemble, ils donnent naissance à quelque chose de bien supérieur. Un être capable de transcender les lois de l'univers.*

Sybille recule d'un pas, ses lèvres s'entrouvrent sous l'effet du choc.

— Tu savais ?

— *Évidemment ! Dès l'instant où tu as conçu cet enfant, je savais ce qu'il représentait. Pourquoi crois-tu que j'avais interdit tout rapprochement entre les deux espèces ? Il n'était pas seulement ton enfant, Sybille, il était l'héritier. L'ultime convergence entre l'essence lumineuse des Razels et la puissance des Eiseis.*

Le Suprême glisse lentement vers elle, tel un spectre avide, ses tentacules se mouvant dans l'air.

— *Un être comme lui ne pouvait pas être laissé libre.*

Sybille sent sa gorge se nouer.

— Alors tu l'as enlevé…

— *Je l'ai sauvé.*

— Tu mens !

— *Vraiment ?* rétorque-t-il avec un rire cynique. *Et que crois-tu qu'il serait advenu de lui, entouré par le chaos et la guerre ? Il aurait été traqué, réduit à l'état d'arme, consumé par les ambitions des tiens.*

Les poings de Sybille se contractent.

— Tu n'avais pas le droit !

Le Suprême rit à nouveau, un rire sans chaleur, un écho venu d'un passé oublié.

— *Le droit ? Je suis le seul à avoir cette légitimité.*

Il tend ses tentacules pour montrer l'éclat qu'il détient.

— *Grâce à lui, je m'assurerai qu'aucun autre Suprême ne puisse jamais naître après moi.*

Sybille déglutit.

— L'artefact...

— *Un puits d'énergie pure, une source infinie de vie. Il était censé canaliser l'essence du premier Suprême. Mais au lieu de cela... il deviendra mon salut.*

Elle comprend enfin ! Cette vérité qui la frappe s'abat sur elle comme une marée noire.

— Tu veux absorber son énergie ! réalise-t-elle avec difficulté. Pour prolonger ta propre existence.

Le Suprême se délecte de la peur qu'il lit dans son regard.

— *Tu comprends vite. J'ai déjà deux fragments. Avec le tien, je pourrai achever le processus. Je n'ai plus besoin d'attendre. Plus besoin d'un héritier.*

Il avance en ondulant vers elle. Sybille sent son pouvoir grandir en elle, incontrôlable, brûlant de rage et de désespoir.

— Tu as commis une erreur, Suprême !

Il s'arrête, intrigué par sa réplique, et la toise tandis qu'elle serre son bracelet très fort.

— Tu aurais dû me tuer quand tu en avais l'occasion.

Elle libère toute sa puissance dans un hurlement de fureur. Une onde de choc se propage en spirale, atteint de plein fouet le Suprême et libère les éclats qui s'éparpillent sur le sol. Pris au dépourvu, il recule, ses tentacules frémissent face à cette soudaine poussée de puissance.

— *Voilà qui devient intéressant...* murmure-t-il avec un amusement teinté de mépris. *Maman est en colère !*

Sybille ne répond pas et fonce sur lui. Rapide comme l'éclair, son aura noircie d'énergie brute. Sa silhouette fine balaye l'air d'un revers de la main, projetant des lames d'ombres vers son ennemi. Il esquive les frappes avec une aisance déconcertante, presque paresseuse, glissant dans l'air comme un spectre. Il réplique. Ses tentacules se déploient en une multitude de fouets luminescents qu'il projette sur elle avec une force inouïe. Sybille bloque le premier coup, mais le second l'envoie valser contre une colonne de béton qui explose sous l'impact. Elle crache du sang, mais déjà, ses doigts se referment sur son artefact.

— *Tu crois que tes misérables pouvoirs suffiront contre moi, Sybille ?* Le Suprême flotte lentement vers elle, son corps translucide irradiant d'une lumière vive. *Je suis l'Alpha et l'Oméga de ton existence. Tout ce que tu es, je l'ai permis. Tout ce que tu espères, je l'ai brisé.*

Sybille se redresse, essuyant le sang au coin de ses lèvres.

— Et tout ce que tu es... je vais le détruire.

Sa main se tend vers lui et une immense vague de ténèbres jaillit d'elle pour frapper à nouveau son leader. L'énergie sombre engloutit le Suprême, l'enfermant dans un étau de noirceur. Le corps gélatineux se déforme alors qu'il tente de s'extraire de son emprise.

Un rire rauque résonne.

— *Toujours aveuglée par ta colère... Tu es pathétique !*

Il projette ses tentacules autour d'elle et, en un battement de cils, l'expédie dans les airs et la foudroie d'un rayon d'énergie pure. Sybille hurle, son corps brûle et craque sous l'intensité de l'attaque.

À quelques mètres d'eux, Sarah bouge enfin et s'agenouille devant le corps de Gabriel. Ses doigts tremblants glissent sur son torse brisé et ensanglanté, cherchant un battement, une chaleur... un miracle.

— Non, souffle-t-elle, la gorge serrée, son cœur battant à s'en briser. Reviens... S'il te plaît...

Les larmes roulent le long de ses joues, traçant des sillons brillants sur sa peau souillée.

— Tu m'as promis... murmure-t-elle en posant son front contre le sien. Tu m'as promis que ce n'était qu'un au revoir...

Gabriel reste inerte.

Quelque chose en elle se fissure et une énergie nouvelle explose en son être. Son aura ocre se met à irradier de son corps. Un grondement monte dans ses entrailles. La douleur se mue en rage, en une flamme ardente qui consume son corps. Les éclats de l'artefact, jusque-là dispersés, se mettent à frémir et luire sur la roche. Celui que détient Sybille se détache de son poignet, sous le regard stupéfait du Suprême et de l'Eisei. Les trois artefacts lévitent vers Sarah et gravitent autour d'elle.

— *Impossible...*

L'aura ocre englobe chacun des éclats et les fusionne. Sarah se redresse, ses yeux baignés d'un éclat divin. Elle sait ce qu'elle est.

Le Suprême recule légèrement, ses tentacules se rétractant sous l'effet d'une nouvelle menace.

— *Toi...* souffle-t-il, un frisson d'angoisse dans la voix.

— Sarah ? murmure Sybille, aussi émue que choquée.

— Mon nom est Sarazel, rectifie-t-elle en dévisageant l'Eisei.

La jeune femme pivote pour faire face au Suprême, et tend la main à l'horizontale. L'artefact vibre et irradie de lumière, puis se déplace lentement vers elle. Quand enfin elle l'empoigne, le regard lancé au leader est froid et dénué de compassion.

— Tu as vécu assez longtemps, affirme-t-elle.

Le ciel au-dessus de la plateforme se couvre de nuages chargés d'énergie qui tournent tel un cyclone. Sarazel se maintient droite, juste au centre de l'œil, alors que des centaines de décharges l'entourent. Son aura dorée brille de mille feux. Face à elle, le Suprême flotte, ses tentacules ondulent tels des serpents affolés.

— *C'est impossible...* siffle-t-il, son timbre d'ordinaire froid et maîtrisé légèrement tremblant. *Tu n'aurais jamais dû atteindre ce stade.*

Sarazel le fixe sans faiblir. Cette nouvelle force qui circule en elle vibre d'une puissance qu'elle n'a jamais soupçonnée. L'artefact bat en résonance avec son cœur, fusionnant avec son essence, l'emplissant d'un savoir ancien et terrible.

— Vous vous êtes servi de moi depuis le début !

— *Tu n'étais qu'un embryon de puissance, un éclat latent sans contrôle. Je t'ai permis de grandir à l'abri de tout.*

Sarazel sent un frisson glacé courir le long de son échine.

— Vous m'avez gardée au chaud pour pouvoir vous alimenter ensuite de crainte de périr.

Un sourire étire les traits amorphes du Suprême.

— *Un Suprême ne meurt jamais. Il se renouvelle.*

Les poings de la jeune femme se ferment et sa mâchoire se serre.

— Voilà pourquoi tu as pris l'enfant de Sybille... Une source d'énergie inépuisable.

Le Suprême ne répond pas immédiatement. Il semble agité et ne cesse de frémir. Cette attitude trahit son impatience. Les yeux de Sybille sont chargés d'une haine palpable, viscérale. Elle est capable du pire à cet instant précis.

— *Tout se passe selon mes désirs ! J'avais tout calculé et implanté le Razel dans le ventre de la mère de cette humaine. Ce fut un jeu d'enfant. Puis il y a eu cet accident...* ajoute-t-il sur un ton d'agacement. Cette humaine a failli y rester, emportant mon salut dans sa tombe...

— Vous êtes intervenu et m'avez sauvée, interrompt Sarazel.

— *Un besoin vital pour mes projets.*

La révélation du leader lui coupe le souffle.

— Vous aviez la possibilité de sauver mes parents ?

— *Ils étaient déjà morts, avoue-t-il avec indifférence. Mon seul objectif était de te sauver toi.*

Un hurlement de rage s'élève derrière elle.

Sybille.

L'Eisei s'élance comme un météore sur son leader, les bras tendus, les ombres ondulant autour d'elle, telle une tempête déchaînée. Sa silhouette est fendue d'éclats de ténèbres, ses yeux brillent d'une fureur qui réclame une revanche.

— Je vais te tuer !

D'un geste désinvolte, le Suprême envoie une onde de choc. Sybille est projetée en arrière et retombe lourdement au sol. Sarazel lance un regard au corps de Gabriel, immobile, le teint cireux, l'empreinte du sacrifice encore imprimée dans sa chair. Le chagrin qui habite son cœur se transforme en rage... Une rage assoiffée de vengeance. La jeune femme tend les bras vers le haut, attirant à elle toute la puissance de la Terre. Tout son être rayonne. Des milliers de rais dorés traversent ses pores et irradient les lieux. L'artefact, qui lévitait près d'elle, vibre si fort qu'un son strident inonde la plateforme. Un grondement assourdissant suivi d'une détonation fait trembler la montagne.

Le Suprême recule d'un mouvement instinctif, puis raffermit sa posture : ses tentacules se positionnent en mode attaque.

— *Montre-moi si tu es digne de ton héritage !*

Le visage de Sarazel reste impassible alors que les éléments autour d'eux se déchaînent. Les éclairs se multiplient et frappent la roche. Les tremblements créent des fissures dans la pierre, qui courent sur le flanc de la montagne. Des éboulements environnants se font entendre et résonnent dans l'air tandis qu'elle reste concentrée sur le Suprême. Des secousses surviennent, la pierre sous ses pieds craque. Le leader recule, ses tentacules se rétractent en un spasme de surprise.

Les veines de Sarazel palpitent sous l'éclat doré tandis que son regard se tourne vers Sybille, comme si elle cherchait son approbation. Encore affaiblie du coup porté par le Suprême, l'Eisei se redresse, chancelante, ses doigts tremblants crispés contre son cœur. Elle contemple Sarazel, un mélange d'émotion et de fierté dans ses yeux pâles.

— Mon enfant... murmure-t-elle, les larmes aux yeux, presque trop bas pour être entendue.

Le vrombissement de cette terre déchaînée continue d'envahir le ciel et résonne au-delà des montagnes. Sarazel serre les dents alors que Sybille se rapproche d'elle.

— Il est temps pour vous de choisir votre camp ! lance la jeune femme sans la quitter des yeux.

Sybille laisse échapper un rire nerveux, un rire sans joie, plein d'amertume et de douleur.

— Crois-tu que le pardon soit aussi simple ? Que des siècles de haine, de destructions et de pertes peuvent être effacés aussi facilement ?

Sarazel la fixe avec intensité.

— Nous avons toutes les deux été manipulées, trompées.

Sybille s'immobilise.

Le Suprême observe l'échange à la recherche d'un moyen de contrer cette force qui vient de naître sous ses yeux. Ses yeux globuleux vont du cristal à la jeune femme. Sans même détourner le regard de l'Eisei, Sarazel comprend ses intentions.

— Plus jamais tu ne le toucheras !

— *L'artefact est à moi ! Et toi, insignifiante créature, tu n'es qu'un réceptacle !*

Alors qu'il lance un tentacule pour saisir le cristal, celui-ci se déplace à toute vitesse dans le champ qui entoure Sarazel. Sybille recule, son regard oscillant entre sa fille à l'aura flamboyante et l'être qui les menace.

— Toi seule peux le détruire, réalise enfin l'Eisei tandis que le vent sur la plateforme s'intensifie.

— Joignez vos forces aux miennes, propose Sarazel à Sybille.

Durant quelques instants, celle-ci semble partagée entre la rage et la raison, son regard perçant trahissant l'intensité de son conflit intérieur. D'un mouvement du poignet, sa fille lui envoie une onde qui la projette dans le passé... Un passé entouré d'amour, de joie et de compassion. Un léger souffle s'échappe des lèvres de Sybille. Revoir ces instants de bonheur mue sa haine en une décision plus sage. Elle inspire un grand coup, et d'un simple signe de tête, indique à Sarazel son choix de la soutenir.

— Ce monstre m'a tout volé, déclare-t-elle, les poings serrés le long du corps. Il est temps de mettre fin à son règne.

Le vent hurle autour d'eux, soulevant des nuages de poussières alors que l'énergie se déchaîne dans l'air. Sarazel sent la puissance de l'artefact affluer en elle, brûlante, insatiable, comme une étoile sur le point d'exploser. Le Suprême, en face d'elle, ondule, ses tentacules tordus dans des spasmes incontrôlables, ses yeux sans pupille braqués sur elle avec une rage dévorante.

Il sait.

Il sait qu'il a perdu.

Le Suprême tend l'un de ses appendices vers Sarazel et une vague d'énergie bien plus sombre jaillit de son corps gélatineux et fonce droit sur elle. Sybille se projette à toute vitesse en direction du faisceau noir et le frappe de sa puissance pour le retenir. Les mains jointes, l'Eisei forme un écran protecteur contre son assaut. Malgré sa tentative de défense, des dizaines de filaments noirs s'échappent et filent vers sa fille, tels des éclairs foudroyants.

Sarazel ne bouge pas.

L'énergie ocre qui gravite autour d'elle se met, contre toute attente, à absorber toutes les particules néfastes envoyées par le Suprême. Une force nouvelle envahit la jeune femme... qui n'est plus elle-même. Chaque cellule de son être vibre d'une puissance aussi sombre que claire. Elle n'est à cet instant ni la lumière ni les ténèbres... à peine la fusion des deux. Elle est le nouvel équilibre.

Le Suprême rugit, sa forme tremblant sous la révélation.

— *Impossible !*

Le Suprême tente de fuir. Il s'élève, ses tentacules battant l'air pour se hisser au-delà des montagnes, cherchant désespérément une échappatoire.

Sarazel ferme les yeux, et lorsqu'elle les rouvre, une lumière éclatante jaillit de ses prunelles. Un cri de pure terreur s'échappe du Suprême lorsque l'énergie commence à l'aspirer. Il lutte, se débat, fouettant l'air de ses appendices, projetant des ondes sombres autour de lui, mais rien n'y fait. Il est condamné.

— *Je suis l'alpha et l'oméga !* hurle-t-il dans une dernière tentative de résistance. *Je suis éternel !*

Sarazel avance d'un pas et intensifie le faisceau qui sort de ses yeux. Sybille met son bras en visière pour se protéger de la lumière qui éblouit sa vision et du souffle qui la pousse en arrière.

L'artefact émet une détonation stridente, puis commence à absorber le Suprême. Son hurlement se perd dans l'éther tandis que son corps, son essence, son existence même, sont avalés dans le cristal.

Un silence assourdissant tombe sur la montagne, le vent s'est tu, comme si la nature elle-même retenait son souffle après le cataclysme. L'énergie environnante disparaît. Le ciel se couvre d'étoiles tandis que Sarazel se laisse tomber à genoux.

Derrière elle, Sybille reste figée un instant, ses yeux fixant le vide où quelques secondes plus tôt se tenait son ennemi juré. Puis, elle aussi vacille et s'écroule à son tour. Sarazel cligne des paupières, sentant la dernière trace de chaleur quitter l'air.

Le Suprême n'est plus.

Mais à quel prix ?

Le cœur lourd, la jeune femme tourne le regard vers Gabriel.

Il gît là, la poitrine déchiquetée, le torse recouvert de sang. Il baigne dans un halo pâle, presque irréel. Un sanglot déchire la gorge de la jeune femme. Elle se traîne jusqu'à lui. Ses genoux raflent la roche et déchirent son jean, mais elle continue d'avancer. Ses mains tremblantes effleurent son torse sans oser le toucher. Ses larmes ruissellent sur ses joues tandis qu'elle pose son front contre le sien et prie en silence.

— Reviens-moi, je t'en supplie. Je t'aime...

Sa voix se perd dans un sanglot.

Sybille, restée en retrait, observe la scène. Elle ne dit rien. Ses propres mains tremblent et son regard, d'ordinaire acéré, est voilé d'une émotion qu'elle-même connaît : le désespoir.

Les yeux levés vers le ciel, Sarazel laisse échapper un cri de douleur qui déchire le ciel. Elle se sent vidée, meurtrie. Ses doigts glissent le long du visage de Gabriel, traçant les contours de ses traits, caressant la courbe de sa mâchoire, replaçant une mèche sombre sur son front.

— Reviens-moi...

Mais il ne répond pas. Il ne respire plus.

C̲HAPITRE – T̲RENTE-DEUX

— D̲EUIL —

L̲a nuit enveloppe la Sierra Madre d'un manteau d'ombre. Sur la montagne, Sarazel demeure immobile, le regard fixé sur l'horizon, un vide abyssal pesant sur sa poitrine. Le vent nocturne siffle entre les roches, mais rien ne dissipe la douleur qui lui tord les entrailles. Sybille s'approche lentement, hésitante, avant d'enrouler un bras autour de ses épaules. Sarazel ne s'attend pas à cette étreinte inattendue venant d'un être destructeur et avide de vengeance. Cette ombre dénuée d'humanité lui offre maintenant un soutien silencieux.

— Je ne peux pas le laisser ainsi, murmure-t-elle, brisée.

— Pardon, Sarazel, souffle Sybille, sa voix tremblante, presque inaudible. Je m'en veux...

— Jamais je ne pourrai oublier tout ce que vous avez fait, même si vous avez été manipulée, vous êtes responsable de vos actes...

Les yeux de Sarazel se perdent dans le vide, hantée par des souvenirs qu'elle aurait préféré effacer. Il n'y a ni colère ni reproche dans ses mots. Seulement une douleur profonde, une compréhension de l'irréversibilité de ce qui vient de se passer, et un immense regret de n'avoir pu protéger son amour.

— Tu es une Suprême, Sarazel... Peut-être que tu arriveras à refermer sa plaie ? Notre leader créait des enveloppes protectrices pour les Eiseis. Je me suis dit...

Sarazel se détache de Sybille pour se mettre près de Gabriel. Ses yeux se ferment et ses mains se placent à plat au-dessus de son corps. Des rayons ocre s'échappent de ses paumes et scannent le torse du défunt. Les côtes craquent, se replacent, les muscles et les nerfs se reconstituent tandis que la peau se referme lentement.

— J'ai le pouvoir de restaurer... Mais pas celui de ressusciter. C'en est cruel.

Un battement régulier et métallique rompt le ciel. Sarazel et Sybille lèvent les yeux et aperçoivent un hélicoptère, puis deux, trois...

— Qu'est-ce qui se passe ? demande Sybille, étonnée.

— J'ai appelé tous les Eiseis à nous rejoindre...

Les pales du premier engin brassent l'air et renvoient un vent puissant vers le sol. La première à descendre est Mélissa, puis Scott. Le cœur de la jeune femme se serre dans sa poitrine, elle sait ce que cette mère s'apprête à vivre. Au moment d'apercevoir Sybille, Mel se braque et retient Scott par le bras.

— Qu'y a-t-il ? questionne-t-il, inquiet de cet arrêt subit.

— Sybille est encore là !

Un pansement sur les yeux l'empêche de voir, alors il avance, aidé de sa canne. C'est là que Mel distingue le corps de son fils inerte sur le sol et se précipite dessus en hurlant.

— Non, non, non ! supplie-t-elle en se jetant sur lui. Pourquoi ne se réveille-t-il pas ? demande Mélissa à Sarazel quand son visage se distord de haine en voyant l'Eisei se rapprocher.

Mel se relève d'un coup, prête à se jeter sur elle, quand Sarazel la retient.

— Laisse-moi passer ! crie-t-elle en se débattant. Qu'est-ce que tu as fait à mon fils, pourriture ?

Sarazel la serre contre elle et place sa main contre son crâne. Un fluide aux couleurs ambrées parcourt son foulard et pénètre dans sa peau. Mel voit dans son esprit la scène qui s'est déroulée sur la plateforme. Elle cesse de se débattre, les larmes plein les yeux, et se met à trembler de tout son corps. Scott, guidé par sa canne, avance dans leur direction.

— Montre-lui, supplie Mel, les lèvres frémissantes, il doit savoir.

La jeune femme obéit, s'approche du père de Gabriel et lui touche l'épaule.

— Qui êtes-vous ? demande-t-il en tournant la tête sur le côté.

Elle ne lui répond pas et se contente de lui prendre la main. Une chaleur inhabituelle envahit le bras de Scott qui tente de reculer, mais l'assaut d'images le cloue sur place. L'homme est parcouru de spasmes, et quand les visions se terminent, Sarazel doit le retenir pour qu'il ne s'écroule pas.

— Mon fils...

— Je sais...

D'autres hélicoptères font leur apparition dans le ciel, venant déposer les derniers Eiseis. Quand le ballet des engins se termine, le soleil décline. Une centaine de personnes foulent la plateforme : hommes, femmes et adolescents, qui restent immobiles, à attendre.

Mélissa et Sarazel regardent cette enveloppe vide de vie, les yeux remplis de larmes. Scott a la tête baissée, et bien que ses yeux soient recouverts d'un pansement, il pleure son garçon parti trop tôt. Sybille observe le corps inerte, le regard grave. Bien qu'elle ne l'ait jamais réellement connu, elle sait ce qu'il représente pour Sarazel, sa famille, ainsi que pour tous les Eiseis, et elle refuse qu'il disparaisse dans l'oubli comme un simple mortel. Elle avance.

— Il mérite mieux.

Sarazel lève la tête, les yeux rougis par les larmes.

— Mieux ?

— Il a donné sa vie pour préserver ce monde... Et même s'il n'était pas totalement un être de lumière, il en mérite les honneurs.

Derrière eux, les Eiseis rassemblés observent la scène et acquiescent aux dires de Sybille, puis baissent la tête en signe de respect face à Sarazel. Certains se mettent à murmurer dans un dialecte étrange qui ressemble plus à une symphonie qu'une prière. Le chant s'élève dans les cieux tandis que Sarazel saisit les intentions de Sybille.

— Vous voulez que Gabriel ait une cérémonie ? Comme pour vos anciens chefs ?

— Il est plus qu'un simple humain, poursuit Sybille en fixant Mel, Scott et tous les autres. Il est l'homme qui a changé notre destinée. Nous devons l'honorer comme tel. Si ce lieu a abrité l'ancien Suprême, son sarcophage doit être ici. Est-ce le cas ?

— En effet, précise Mélissa en reniflant. Il se trouve dans une grotte en dessous de nous.

Elle indique de l'index le recoin où se trouve l'accès.

— Si vous le souhaitez, précise Sybille en s'adressant à Sarazel, Mel et Scott, nous pouvons faire de cet endroit l'ultime demeure de Gabriel.

Il n'y a aucune forme de manipulation dans sa voix, aucun calcul, juste une sincère reconnaissance. Sarazel inspire profondément et lance un regard à Mel, qui d'un simple signe de tête, lui signifie qu'elle approuve. Ce cortège silencieux se dirige vers la grille. Les Eiseis ouvrent la marche, formant une haie d'honneur. Le corps de Gabriel flotte au-dessus du sol, porté par la force psychique de Sybille. Le regard de Sarazel se pose sur son aimé, ses doigts tremblants l'effleurent, comme si cela pouvait encore le retenir.

La descente vers la caverne est lente, seul le grincement strident du mécanisme résonne. Leurs pas provoquent un écho assourdissant. La voûte apparaît enfin. Devant eux se trouve l'auge de l'ancien leader, une structure colossale sculptée à même la pierre. Des symboles jadis dissimulés, en forme d'arabesques, se dessinent sur les parois pour recouvrir toute la grotte.

Sybille s'approche et touche la surface du bout des doigts. Une onde d'énergie parcourt la surface, faisant vibrer les lieux. Le corps de Gabriel se déplace dans l'air pour aller se caler dans ce cercueil de roche. Certains symboles se mettent à suinter d'un liquide argenté qui coule le long de la paroi puis remonte jusqu'à Gabriel et le recouvre lentement d'une membrane épaisse.

— Ce sarcophage, explique Sybille alors que le processus se poursuit, a protégé l'un des nôtres durant des siècles... Il a été conçu pour préserver et non pour détruire.

— Que voulez-vous dire ? demande Sarazel, les sourcils arqués.

— Eh bien, simplement que son corps ne disparaîtra jamais, il sera préservé et cet endroit veillera sur lui.

— Comme un sanctuaire, murmure Sarazel, parcourue de frissons.

Sybille acquiesce.

Mel prend la main de la jeune femme et la serre dans la sienne afin de la soutenir. Leurs regards se croisent. Sarazel fixe à nouveau son aimé et ne sait pas si cette annonce l'apaise ou l'accable davantage. Savoir qu'il restera à jamais dans cette enveloppe, préservé du temps, provoque en elle un trouble certain : celui d'accepter son deuil tandis qu'il restera intact. À l'extérieur, tous les Eiseis ont les yeux fermés et chantent en se balançant de droite à gauche, telle une danse apaisante. Le son se propage à travers la roche et les symboles présents dans la caverne s'illuminent tandis que la membrane argentée continue d'envelopper Gabriel comme une étreinte avant l'éternité. Les chants cessent, le rituel se termine. Sarazel effleure du bout des doigts le corps momifié. La surface est dure et froide et ne laisse entrevoir aucune partie de son corps. Dans un murmure inaudible, elle prononce un "je t'aime" qui sonne comme un adieu. Le silence s'abat dans la grotte. Les quatre remontent à la surface et trouvent les Eiseis en position circulaire qui ploient le genou devant elle. Surprise, son front se plisse et elle tourne sur elle-même pour les observer.

— Qu'est-ce qu'ils font ?

L'Eisei repentie s'avance à son niveau.

— Ils attendent.

— Attendre quoi ?

— Tu es leur nouvelle leader, répond Sybille.

Sarazel la dévisage et prend petit à petit conscience de ses paroles.

— Le Suprême leur avait promis un nouveau monde, un lieu paisible où vivre en paix... Ce qu'ils attendent, c'est que tu recrées leur planète.

La jeune femme serre les poings. Peut-elle vraiment accomplir un tel prodige ? Elle connaît son pouvoir, l'a ressenti couler en elle comme une rivière en crue. Mais le contrôler, le canaliser pour créer un nouveau monde ? Rien ne lui dit qu'elle en est capable.

Son regard bascule vers la mère de Gabriel. Mel, les yeux gonflés de larmes, se détache lentement de Scott. Elle s'agenouille à son tour, posant une main tremblante sur son cœur, et incline la tête en signe d'acceptation.

Sarazel sent son estomac se tordre.

Elle doit le faire...

Mais comment ?

Le silence continue de peser sur ses épaules. Personne ne peut répondre aux questions qui la submergent, personne ne peut la guider. Elle est seule, ferme les yeux, et sent l'énergie émerger dans son corps. Une vague de chaleur se répand dans ses veines, pulsant avec une force qu'elle peine à contenir. Son pouvoir est immense, incontrôlable. Peut-être même dangereux.

La peur l'effleure.

Et si elle échouait ? Si elle détruisait au lieu de créer ?

Elle écarte les doigts. Une lueur ocre vacille dans sa paume, hésitante, incertaine, tout comme elle. Sarazel la fixe, si petite, comparée à ce qu'on attend d'elle. Un frisson la parcourt. Et s'il suffisait de refuser ce fardeau, de tourner les talons et de partir ? Son regard croise celui de Sybille, de Mélissa, puis elle fixe le visage marqué de Scott.

Elle serre les dents puis tend les bras.

La lueur dans sa paume s'amplifie, s'étend, devient une onde dorée qui pulse dans l'air. Tous lèvent les yeux vers le ciel. Des nuages de gaz et de poussière se mettent à tourbillonner, attirés par la force qu'elle déchaîne. L'espace se plie sous son énergie. Le ciel se déchire. Au centre de cette tempête cosmique, une brèche translucide s'ouvre. Et au-delà, quelque chose se distingue au loin...

Un geyser puissant éclate de Sarazel et traverse le portail. Tous fixent la scène, les yeux rivés sur cette boule qui naît et grossit. À travers cette loupe géante, ils aperçoivent le bleu profond des océans, les vallées fertiles qui s'étendent à perte de vue, ainsi que le soleil radieux qui brille. Mel et Sybille ne peuvent s'empêcher de dévisager leur nouveau Suprême en pleine création, avec dans les yeux une admiration et un respect immenses. L'énergie continue de pulser de la jeune femme. Elle forge l'atmosphère de cette nouvelle planète, sculpte les montagnes et en appelle aux vents et aux rivières.

Les murmures émerveillés des Eiseis s'élèvent, et tous tombent à genoux pour se prosterner devant le leader. Les êtres de lumière quittent leur enveloppe humaine un par un afin de rejoindre leur nouveau foyer. Les corps, eux, se désintègrent en une poussière fine vite emportée par le vent. Alors que les derniers Eiseis franchissent le portail, Sarazel tourne le visage vers la mère de Gabriel qui embrasse Scott, en pleurs. De sa main tremblante, Mélissa caresse une dernière fois les joues de celui qu'elle aime tant tandis qu'il la retient et la supplie de rester. Le cœur déchiré, Mel se rapproche du faisceau.

— Non ! ordonne Sarazel en la stoppant d'un geste de la main. Vous restez.

Les yeux de Mel s'illuminent.

— Vous méritez d'être heureuse... Et votre fils aurait approuvé cette décision.

— Merci, murmure Scott, ému par sa décision.

Le regard plein de larmes, Mel pose la main sur son cœur en signe de reconnaissance et se blottit dans les bras de son aimé. La plateforme s'est vidée. Sybille reste immobile et ne quitte pas des yeux son Suprême. Sarazel sent son regard sur elle avant même de se retourner.

— Il ne reste plus que nous, finit par dire Sybille d'une voix posée.

— Vous partirez sans moi.

— Quoi ? s'insurge-t-elle, le front plissé. Tu ne peux pas fuir tes responsabilités, Sarazel. Ce monde est le tien, ton peuple a besoin de son leader.

La jeune femme détache son regard du portail et s'avance vers l'Eisei, le visage fermé.

— Ce nouveau monde est le vôtre, pas le mien.

Sybille sent l'émotion la gagner. Ses lèvres tremblent et ses yeux se remplissent de larmes.

— J'ai perdu mon enfant à cause de cet empire corrompu. Aujourd'hui... Aujourd'hui, c'est toi qui portes cet héritage.

— Non, l'interpelle Sarazel, le regard dur. Je ne peux pas gouverner un monde que je n'ai pas connu... mais vous si.

— Quoi ? Non, je n'ai pas les...

— Vous n'avez pas le choix, la coupe-t-elle aussitôt. Voyez cela comme une rédemption.

Le silence s'installe entre elles. Choquée, Sybille est incapable de prononcer un mot, incapable de réaliser que le long combat mené contre son Suprême vient enfin de s'achever.

— Je ferai de mon mieux, répond Sybille qui peine à prononcer ces mots, même si je pense que cette place te revient.

— Je ne peux pas partir, ajoute Sarazel alors que ses prunelles fixent la cage menant à la grotte.

Sybille regarde à son tour la grille et revient sur elle. Sybille secoue la tête, la dévisage, puis s'approche d'elle. Ses traits sont doux et transpirent de compassion. Les deux femmes se fixent un moment quand l'Eisei pose la main sur son ventre. Mel écarquille les yeux et ouvre la bouche lorsqu'elle comprend le sens de ce geste.

— Tu restes pour lui.

La jeune femme n'a pas besoin de répondre et se contente d'un mouvement de tête. Après quelques minutes de silence, Sybille lui tend la main, Sarazel l'empoigne. Elles viennent de sceller un accord tacite.

— Prenez soin de votre peuple pour que l'équilibre soit préservé.

Sybille le lui promet. Sans un mot, l'Eisei pivote, puis avance de quelques mètres. Une fois positionnée en dessous du portail, elle lance un dernier regard à son enfant, un regard rempli de reconnaissance et de tristesse. L'être de lumière est aspiré vers le haut, le corps part en poussières tandis que le passage se referme.

ÉPILOGUE

Debout devant la porte de son appartement, Sarah respire un grand coup avant de franchir le seuil. Le grincement des gonds attire aussitôt Jo qui apparaît à l'autre bout du couloir. Elle reste un moment figée sur place à fixer Sarah, avant de se jeter en pleurs dans ses bras.

— J'ai cru qu'il t'était arrivé malheur, murmure Jo entre deux sanglots.

La jolie rouquine recule, serre son visage entre ses mains, vérifie qu'elle n'est pas blessée en inspectant son torse, ses membres inférieurs, et l'étreint à nouveau.

— Cette sorcière ne t'a rien fait, Dieu merci.

Si elle savait...

Les mots restent bloqués dans la gorge de Sarah, comme si elle cherchait à garder sa douleur pour ne pas l'inviter dans la vie de son amie. Lui avouer la vérité viendrait à l'écraser sous le poids de son propre fardeau.

— Je vais bien...

— Mensonge ! réplique Jo qui se décolle pour la fixer. Je te connais, Sarah, comme si je t'avais faite ! Qu'est-ce qu'il y a ?

La jeune femme n'ose pas lui dire, quand elle remarque soudain la tenue de son amie : une robe couleur prune épouse à la perfection les courbes de son corps, et ses magnifiques cheveux bouclés tombent en cascade jusqu'au bas de ses reins.

— Tu es magnifique.

— Oh, ça ? lance-t-elle en tournant sur elle-même. Je vais essayer d'impressionner les parents de Patrick. Tous les dimanches, ils déjeunent ensemble...

— Il veut te présenter ?

— Ouiiii... Mais c'est peut-être trop moulant ?

— Tu es sublime, la rassure Sarah. Ils vont t'adorer. Vas-y, tu me raconteras.

— Hors de question !

Jo saisit son poignet, la traîne vers le salon et l'oblige à s'asseoir sur le canapé.

— Dis-moi tout. Pourquoi tu fais cette tête de déterrée ?

Les yeux de Sarah se remplissent de larmes, ses mains tremblent sur ses cuisses.

Sa gorge racle. Les mots peinent à sortir.

Jo prend place auprès d'elle sans rien dire et attend que son amie s'ouvre à elle.

— Gabriel... est mort.

— Quoi ? lâche la rouquine, la bouche grande ouverte. Comment ?

— C'est une longue histoire. Mais là... tu dois y aller, ils t'attendent.

— Je ne peux pas partir et te laisser seule dans cet état !

— Si, reprend Sarah en se tournant vers elle, tu vas rejoindre l'homme de ta vie et en mettre plein la vue à ses parents.

— Mais...

— Ne t'inquiète pas pour moi, ça va aller. File le rejoindre !

Avec douceur, Johanna pose un baiser sur sa joue et essuie les larmes de son amie du bout des doigts.

— Tu as déjà tellement souffert... Ce n'est pas juste.

Elles se fixent un moment, leurs regards chargés de douleur. Jo sent son cœur se serrer en voyant la détresse de Sarah. Elle sait qu'aucune parole n'effacera sa peine.

— Rien de ce que je te dirai ne pourra t'apaiser... Mais sache que je suis là pour toi, et nous traverserons cette épreuve ensemble.

Les larmes dévalent les joues des deux jeunes femmes quand elles tombent dans les bras l'une de l'autre.

— Merci, murmure Sarah.

— On se voit ce soir, d'accord ?

Sarah acquiesce, la regarde s'éloigner dans le couloir et remercie le ciel de l'avoir auprès d'elle. L'âme déchirée, la jeune femme se traîne vers le salon... et son regard croise le portrait de Gabriel. Chaque pas est un supplice qui la ramène à une triste réalité. Son cœur se serre en revoyant son beau visage et ses membres tremblent. Alors que ses doigts frôlent la toile, ses larmes coulent à nouveau. La poitrine comprimée par le chagrin, elle hésite... Le toucher ne fait que rendre son absence encore plus cruelle. Sarah s'empare du tableau, le presse contre elle, puis l'emporte dans sa chambre pour le poser sur la commode.

— Où que tu sois, je ne te perds pas... Je te porte dans chaque battement de mon cœur... de nos cœurs.

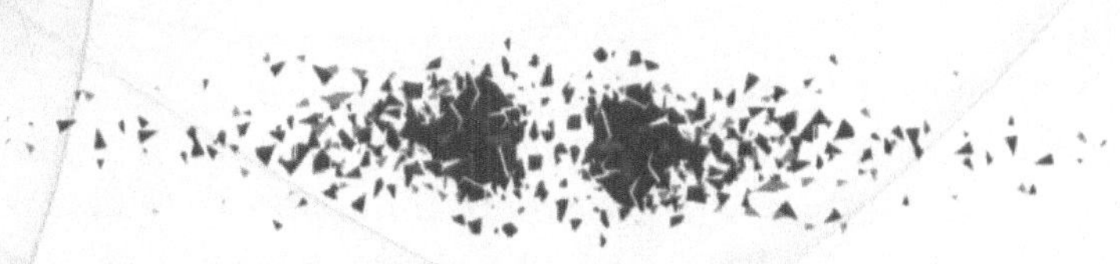

Il fait beau à Villeneuve-la-Garenne, et ce mois de mai s'annonce très doux. Sarah éteint le moteur de la Porsche, abaisse son regard vers le siège passager et saisit la lettre que lui a remise Mel. Elle claque la portière et marche vers l'entrée de l'immeuble où vit Carlos. Un souffle s'échappe de sa bouche en voyant la serrure électronique. Elle n'a pas le code d'accès. Discrètement, elle pose l'index sur la serrure, se concentre, puis un déclic lui indique que la porte vient de s'ouvrir. Elle entre dans le hall, parcourt des yeux les boîtes aux lettres et trouve le nom du garçon avec l'indication rez-de-chaussée.

Sarah presse la sonnette, remet une longue mèche derrière son oreille et attend. Un jeune homme à la peau mate vêtu d'un sweat à capuche l'accueille.

— Bonjour, que puis-je pour vous ?

Un chien noir se précipite vers la jeune femme et lui saute dessus en remuant frénétiquement la queue.

— Pardon ! s'empresse-t-il de dire en saisissant l'animal par le collier. D'habitude, il aboie...

— Ce n'est rien, j'adore les chiens, répond Sarah, les doigts dans le pelage de l'animal. Lucky, c'est ça ?

— Oui... Il a l'air de vous apprécier.

Le chien la lèche, puis se met soudain à pousser de petits couinements plaintifs et semble avoir du mal à respirer.

— Mais qu'est-ce qu'il a ? s'affole le jeune homme qui ne l'a jamais vu dans cet état.

Elle sait ce qu'a le chien… Il vient de comprendre à travers Sarah que son maître est mort.

— Ça va aller, murmure-t-elle à l'oreille de la pauvre bête. Ça va aller.

Sarah se redresse, ses traits sont sérieux, empreints d'un message lourd et douloureux. Elle retient sa peine et lui tend la lettre.

— Elle est de Gabriel.

Fébrile, il se retient au mur et ses doigts tremblent quand il saisit l'enveloppe. La gorge sèche, il déploie la feuille tandis que ses yeux parcourent les mots laissés par son ami.

Mon cher Carlos,
Si tu lis cette lettre, c'est que je ne suis plus de ce monde.

Carlos laisse échapper un "non !" et secoue la tête, comme s'il refusait d'y croire.

Je m'y suis pris à quatre fois pour trouver les mots justes, les mots pour te dire que c'est toi qui m'as redonné foi en l'humain… Si jeune et déjà si dévoué. Je t'admire, Carlos. J'admire ta force, ton altruisme et tes choix de vie. Nous aurions été de bons amis. Merci pour tout ce que tu as fait pour Lucky, je sais qu'il sera heureux à tes côtés.
Prends soin de toi et de ta grand-mère…
Ton ami Gabriel

Le visage de Carlos se lève vers Sarah, les joues humides et les lèvres tremblantes. Sarah laisse échapper une larme, elle sent toute l'angoisse et le chagrin qui l'assaillent. Carlos essuie son visage du revers de la manche, replie la lettre, incapable d'arrêter le flot de tristesse en lui. Sarah le prend dans ses bras, aussi déchirée que lui, quand une voix retentit du salon.

— *Hijo*[11], qui c'est ?

Le jeune homme se ressaisit, nettoie ses yeux à toute vitesse et l'invite à entrer.

— C'est ma grand-mère... Je vous en prie, entrez !

Le hall d'entrée est épuré, les tableaux aux murs représentent des paysages d'Amérique du Nord, d'autres, leurs familles. Sarah aperçoit une vieille dame assise sur un fauteuil roulant. Ses yeux sont légèrement voilés, ses longs cheveux gris tressés retombent sur une épaule.

— Elle ne voit pas très bien mais vous entendra, explique Carlos en s'avançant vers sa mamie.

— Momo, je te présente, commence-t-il alors qu'il se rend compte qu'il ne lui a même pas demandé son nom.

— Je m'appelle Sarah.

— Approchez.

La jeune femme s'agenouille, tandis que la mamie parcourt son visage du bout des doigts.

— Tu es jeune et belle, dit-elle, un sourire en coin. Quand comptais-tu me dire que tu avais une petite amie ?

— Momo, non...

— On ne me la fait pas à moi, continue sa grand-mère en tapotant sa joue.

Sarah ne peut s'empêcher de sourire à Carlos, qui hausse les épaules, à la fois dépité et gêné par les propos de sa mamie.

— Je suis ravie de vous connaître, madame.

— Et moi donc... Il était temps qu'il trempe son biscuit.

— Momo !

Malgré le sourire qu'affiche Sarah, le poids dans son cœur est bien présent. Elle se redresse, jette un regard vers Carlos qui tente de se faire tout petit, visiblement mal à l'aise de cette situation.

— Il mérite d'être heureux, mon garçon, poursuit la mamie. Il travaille très dur.

— Oui, il mérite tout le bonheur du monde.

---

[11] Fils

Après quelques instants de silence, Sarah remercie chaleureusement la grand-mère. Carlos la raccompagne. Lucky se colle à ses jambes et couine sans relâche. Le jeune homme le retient avec difficulté. Mais plus Sarah s'éloigne de l'appartement, plus l'animal s'agite et tente de la rejoindre. Devant la Porsche, Sarah ouvre la portière, mais le cri déchirant du chien la fait pivoter. Carlos secoue la tête en essayant de le contenir, puis le lâche. Lucky se précipite vers la voiture et saute sur le siège, ses yeux noyés de tristesse, comme s'il cherchait à retrouver une présence qu'il ne peut plus sentir. Son corps tout entier frémit tandis qu'il fixe désespérément Sarah...

— Pardon, Sarah... Je ne sais pas ce qu'il a !

— Non, ne t'excuse pas, il a juste besoin de temps.

— Prenez soin de lui...

— Tu pourras venir lui rendre visite autant de fois qu'il te plaira. Voici mon adresse.

Le jeune homme saisit la carte de visite et la remercie. La portière claque, elle sourit tendrement à Carlos et démarre. Une fois sur la route, la jeune femme caresse avec douceur la tête de la boule de poils.

— Ça va aller, tu verras.

NOTE DE L'AUTEURE

Voilà, tu viens de terminer "Sarazel" et j'essaie d'imaginer ce qui te trotte dans la tête. As-tu aimé ? détesté ? ou simplement apprécié ? Là, c'est mon côté parano qui parle, et je peux t'assurer qu'il me fatigue ! Non, en réalité, je veux te raconter comment cette histoire a germé dans mon esprit, comment tout a commencé...

Ce récit a vu le jour il y a plusieurs années, sous sa toute première version (une cata pour être honnête). Pourquoi ? Disons que le français et moi, ça fait deux. Moi, Cristina, nulle en grammaire, je me lançais dans l'aventure de l'écriture (même pas peur), sans connaître les règles de l'édition, sans savoir où je mettais les pieds. Tout ce qui m'intéressait, c'était écrire, encore et encore, sans relâche. Puis un jour, j'ai connu les réseaux sociaux... Là, mon euphorie est retombée. J'ai découvert de jeunes auteurs qui débutaient, parlant de bêtas lectures, d'incohérences et de syntaxe, et tout cela m'a donné le vertige. Mon œuvre me semblait soudain petite, sans intérêt, et je l'ai laissée de côté. Oh, je n'ai pas cessé d'écrire, non, des nouvelles ont vu le jour ainsi qu'une duologie écrite à quatre mains... Mais ma toute première création restait lamentablement enfermée dans l'obscurité de mon tiroir. Ça n'a pas duré. J'ai fini par oser chercher des bêtas capables d'analyser les faiblesses de mon histoire... La vache, je les ai trouvés ! Ils ne m'ont pas épargnée. Mais est-ce que j'en serais là aujourd'hui s'ils ne m'avaient pas tous boostée ? Non, certainement pas. Ma fille Sarah est la première à avoir cru en cette histoire, la première à m'avoir insufflé le courage de poursuivre. Mon fils Joaquim, en me disant que je n'avais rien à perdre. Ma meilleure amie, Valentine, me bottait le luc pour ne pas abandonner. Ma clique d'amies, Caroline, Morgane, Aurore, Alexandra, ont été extraordinaires et d'un soutien indéfectible. Aurélie et Thory, mes deux adorables bourreaux, implacables et intransigeants, m'ont suivie durant toute la transformation de Sarazel... Un travail de titan. Je ne peux pas oublier mon amie, ma super correctrice, Farida, couverte de cheveux blancs par ma faute... Je crois qu'elle m'aime un peu malgré tout. Samantha, qui s'est chargée de la mise en page avec brio et la graphiste, Cara studio, pour cette merveilleuse couverture.

Sans ma famille et mes amis, Sarazel n'aurait jamais vu le jour... Je leur dois tout.

Table des matières